운명의 날

상

DENNIS LEHANE

운명의 날

데니스 루헤인 장편소설

조영학 옮김

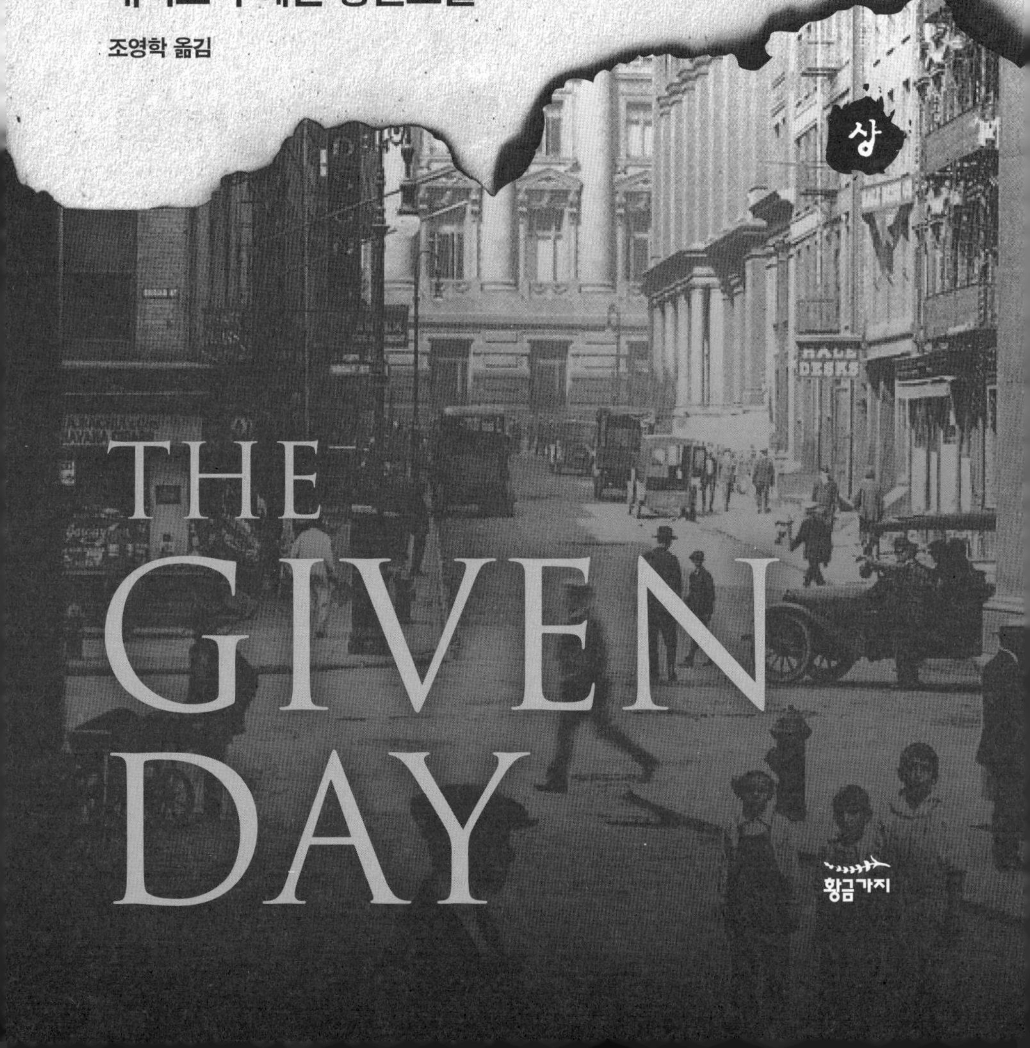

상

THE GIVEN DAY

황금가지

THE GIVEN DAY

by Dennis Lehane

차 례

일러두기

1. 본문에 표기된 이탈리아 어는 원서에서는 해석이 따로 제공되어 있지 않기에 본문에서는 발음 그대로를 두고, 해석을 각 권의 본문 마지막에 따로 표기하였습니다.
2. 본문에 등장하는 사건은 대부분 실제 사건이며 이에 대해서 *로 따로 표기하고 그 설명을 각권 마지막에 수록하였습니다. 등장인물 중 특별히 설명이 필요한 주요 실존 인물 역시 *로 표기하고 그 설명을 각권 마지막에 수록하였습니다.

언제나 기차를 타고 산을 둘러 오신답니다.
그녀의 대답이었다.

— 조시 리터, 「날개」

THE GIVEN DAY

오하이오의 베이브 루스

프롤로그

육군성이 메이저리그에 가한 여행 제한 덕분에, 1918년 월드 시리즈는 9월에 치러진 데다 두 개의 홈스탠드 경기(동일한 두 팀이 두 차례 이상 연속해서 벌이는 야구시리즈. 더블헤더가 포함된다 — 옮긴이)로 분리되었다. 때문에 시카고 컵스는 처음 세 경기를 홈에서, 마지막 경기는 보스턴에서 치러야 했다. 9월 7일, 컵스가 세 번째 게임에서 패한 후, 보스턴 레드삭스와 시카고 컵스는 미시건 센트럴 기차에 함께 타고 27시간의 여행에 올랐다. 기차 안에서 레드삭스의 베이브 루스*는 술에 취한 채 남이 쓴 모자를 가로채기 시작했다.

애초에 그를 강제로 기차에 태울 수밖에 없었다. 컵스와의 경기가 끝나자마자, 그는 워배시에서 동쪽으로 몇 블록 떨어진 술집으로 달려갔더랬다. 사내들이 모여 카드게임을 하고 퍼마시고 여자들과 재미를 보는 곳인데, 스터피 맥기니스*가 그의 단골집을 몰랐다면, 베이브 루스는 귀향 열차를 놓치고 말았을 것이다.

게다가 베이브 루스는 저녁 8시가 조금 지나, 기차가 덜컹거리며 센트럴 역을 떠나 가축시장을 지나 굽이칠 때쯤엔, 실제로 승무원 대기 칸에 구토를 하기도 했다. 차내는 연기와 소 도축 냄새로 찐득거렸고, 검은 하늘엔 별 하나 찾아볼 수가 없었다. 베이브는 플라스크(납작한 휴대용 술병 — 옮긴이)의 호밀주로 입 안의 구토물을 가글링한 다음 철제난간 너머로 뱉어냈다. 기차가 멀어질수록 시카고의 불 밝힌 밤거리도 조금씩 아련해지고 있었다. 술에 절어 어느 고장을 떠날 때마다 느끼는 바지만, 왠지 얼빠진 고아라도 된 기분이었다.

그는 호밀주를 조금 더 마셨다. 스물세 살의 나이에 마침내 리그 최고의 공포 타자군에 들어갔다. 아메리칸리그의 연간 홈런 96개 중 베이브가 날린 공만 11개이니, 거의 12퍼센트에 달하는 대기록이다. 6월 3주간의 끔찍한 슬럼프를 계산에 넣는다 해도, 투수들도 그를 꺼려할 수밖에 없었다. 상대 타자들도 마찬가지다. 베이브가 투수로 등장해 그 시즌에만 13승을 거두었기 때문이다. 그뿐이 아니다. 그는 좌익수로 59게임을, 그리고 1루수로 13게임을 소화해 냈다.

문제는 좌완투수한테 꼼짝도 못한다는 데 있었다. 그에겐 취약인 셈이다. 참전(參戰) 선수들 때문에 각 구단에 허접대기들밖에 남아 있지 않은 터라, 상대 팀 감독들도 어떻게든 베이브의 약점을 파고들기 위해 집요하게 좌완투수들을 내세웠다.

"개새끼들."

그는 바람을 향해 욕설을 퍼붓고는 플라스크의 술을 한 모금 더 들이켰다. 구단주 해리 프레이지*의 선물이다. 베이브는 7월에 펜실베이니아 체스터의 '체스터 십야즈' 팀으로 잠깐 이적한 적이 있다. 베이브 루스는 투수 출전이 싫었는데, 감독이 그의 투구 능력을 타격 능력보다 높이 샀기 때문이다. 물론 투수로 출전해서 스트라이크 아웃을 먹이면 관중들이 박수갈채를 보내기는 한다. 하지만 홈런을 때려 보라. 장내는 열광의 도가니에 빠진다. 하지만 체스터 십야즈 또한 그의 투구 능력을 탐내고 있었다. 게다가 레드삭스의 구단주 프레이지가 소송으로 협박했고, 체스터 십야즈는 베이브를 배에 태워 레드삭스로 돌려보냈다.

프레이지는 라우흐 앤 랭 오페라 전동 쿠페(2인승 4륜 유개차의 일종 — 옮긴이) 뒷자리에 베이브를 태우고 역까지 배웅했다. 밤색 차체에 검은색 내장의 차였다. 베이브는 날씨나 시간에 관계없이 자기 모습을 그대로 투영해 주는 차체에 늘 감탄하곤 했다. 운전사가 애틀랜틱 애버뉴로 차를 빼내는 동안, 베이브는 프레이지에게 이런 고물차는 얼마나 하는지 물었다. 그랬더니 프레이지는 회색 의자를 만지작거리며 "자네보다 비싸, 베이브."라고 내뱉곤 루스에게 이 플라스크를 건넸다. 백랍 플라스크엔 이런 문구가 새겨 있었다.

베이브, G. H.

체스터, 펜실베이니아.

7/1/18~7/7/18

그는 플라스크를 만지작거리며 다시 한 모금을 들이켰다. 공장지대와 달궈진 선로의 텁텁한 녹내, 그리고 도축장의 찐득한 피 냄새도 마셨다. 문득 기차 밖으로 고함이라도 지르고 싶었다. '난 베이브 루스다! 술에 취해 승무원 칸에 있지만 않았던들 네놈들 다 죽었어! 난 거물이야. 그래, 난 거물이다. 거물 중의 거물이며 영웅 중의 영웅이다. 언젠가……'

베이브는 플라스크를 들어 구단주 해리 프레이지를 위해 건배했다. 걸쭉한 음담패설과 맑은 미소를 지닌, 세상의 모든 해리 프레이지들을 위해서도 건배했다. 그리고 그도 한 잔을 마셨다. 술기운은 이마 아래까지 차올라 두 눈썹을 끌어내렸다.

"이제 자러 갈 거다, 이 늙다리 창녀 년아."

베이브는 밤과 어두운 지평선과 도살된 소들을 향해 속삭였다. 눈앞에 펼쳐진 중서부의 검은 들판과 이곳에서 거버너 스퀘어까지 늘어진 잿빛의 공단 지대, 그리고 별 하나 없는 저 뿌연 밤하늘에게도 작별인사를 했다.

그는 비틀비틀 특별실로 돌아왔다. 존스와 스코트, 맥기니스와 함께 쓰는 객실이다. 그는 옷을 입은 채로 쓰러졌다.

다음날 새벽 6시에 깨었을 때는 벌써 오하이오였다. 그는 식당칸에서 아침을 먹고 커피를 머그잔으로 두 번이나 마셨다. 차창을 내다보니, 검은 언덕 위에 잔뜩 웅크린 주물공장과 제강공장에서 연기가 꾸역꾸역 솟구치고 있었다. 머리가 지끈거렸기 때문에 커피에 플라스크 술 몇 방울을 떨어뜨려 마셨다. 그랬더니 두통이 거짓말처럼 사라졌고, 그 후에는 에버렛 스코트와 함께 커내스터(두 벌의 카드로 넷이 하는 놀이 — 옮긴이)를 했다. 또 다른 공장지대인 서머포드에 이르러 기차가 오랫동안 정차하자, 모두들 정거장 너머의 들판으로 나가 뻣뻣한 다리를 풀었다. 베이브가 처음 파업 얘기를 들은 건 그때였다.

레드삭스의 주장이자 우익수인 해리 후퍼, 2루수 데이비드 션이 시카고 컵스의 좌익수 레슬리 만과 포수 빌 킬레퍼를 상대로 열띤 논쟁을 벌이고 있었다. 맥기니스 말로는 여행 내내 저 넷이 끝없이 속닥거렸단다.

"왜들 저래?"

베이브가 물었다. 사실 그다지 관심은 없었다.

"낸들 아나? 돈 받고 플라이 볼을 놓친 것 아닐까? 일부러 져주려고?"

스터피 맥기니스가 대답했다.

주장 후퍼가 들판을 가로질러 그에게 다가왔다.

"친구들, 우리 파업하자고!"

"이 친구, 술 취했나?"

스터피 맥기니스가 비웃었다. 후퍼는 고개를 저었다.

"그 개자식들이 우릴 착취하고 있어."

"누가?"

"대가리들이지, 누군 누구야? 하이들러, 허먼, 존슨 망할 놈들 말이야."

스터피 맥기니스가 담배종이에 담배를 뿌리더니, 가장자리에 침을 발라 양 끝을 말았다.

"어떻게?"

"시리즈의 입장수입 배당액을 속인 거야. 총수익의 퍼센트를 깎았다고. 그게 벌써 지난겨울 일인데, 개새끼들이 아직까지 일언반구도 없잖아."

"잠깐만. 우리가 초반 네 경기 입장수입의 60퍼센트를 받는 거 아니었어?"

맥기니스가 따졌다.

해리 후퍼가 고개를 저었다. 베이브는 조금씩 흥미를 잃고 있었다. 들판 끝으로 전신선이 길게 이어져 있었다. 가까이 다가가면 저 전선에서도 부 하는 소리가 들릴까? 입장수입. 배당금…… 갑자기 계란 요리가 먹고 싶었다. 베이컨 요리도.

"전에는 60퍼센트였지. 지금은 55퍼센트야. 전쟁 때문에 관중 수가 줄었으니 5퍼센트 삭감이 우리의 애국적 의무라는 거야."

맥기니스가 어깨를 으쓱했다.

"그럼, 의무라고 해도……"

"그 다음엔 클리블랜드, 워싱턴, 시카고에 각각 40퍼센트를 빼앗기고 있지."

"뭣 때문에? 2차, 3차, 4차전에서 개쪽을 만들어줬다고?"

"그뿐이 아니야. 전쟁구호금으로 또 10퍼센트를 빼앗기잖아. 그래, 이제 뭣 좀 보이나?"

스터피의 인상이 구겨졌다. 누구든 한 대 걷어차고 싶은 표정. 물론 차더라도 끽 소리 못할 상대를 골랐을 것이다.

베이브는 모자를 허공으로 던졌다가 등으로 받았다. 그리고 돌멩이를 집어 하늘 높이 던지고 모자도 다시 던졌다.

"다 해결될 거야."

베이브가 말하자 후퍼가 그를 보았다.

"뭐?"

"그게 뭐든, 받아내면 되잖아."

"어떻게, 베이브? 무슨 재주로?"

"어떻게든."

베이브는 머리가 지끈거리기 시작했다. 돈 얘기는 늘 그렇게 머리를 아프게 만들었다. 세상 일이 다 그랬다. 차르를 엎어버린 볼셰비키. 유럽을 짓밟는 독재정부들. 바로 이 나라 이 거리에서 폭탄을 던져 퍼레이드와 우체통을 날려버리는 무정부주의자들. 사람들은 분노하고 소리 지르고, 참호에서 죽어가거나 공장 밖에서 시위를 했다. 모두가 돈 문제였다. 베이브도 그 정도는 알고 있으나 그런 문제를 생각하는 것 자체가 싫었다. 그도 돈을 좋아한다. 좋으니까 좋아한다. 돈을 많이 번다는 것도 알고 또 더 많이 벌 생각이다. 새로 산 모터스쿠터가 좋고 비싼 시거도 좋으며, 두터운 커튼이 달린 고급 호텔 방에서 지내며 술집 손님들한테 술을 돌리는 것도 좋아한다. 그래도 돈에 대해 생각하고 얘기하는 건 딱 질색이다. 지금은 그저 보스턴으로 돌아가 홈런으로 사람들을 열광시키고 싶을 뿐이었다. 거버너 광장은 홍등가와 고급 살롱으로 가득한 곳이다. 게다가 곧 겨울이 아닌

가. 시간이 있을 때, 그러니까 아직 춥지 않고 눈도 내리지 않았을 때 실컷 즐기고 싶었다. 서드베리의 아내 헬렌한테 돌아가 말똥 냄새에 갇히기 전에 말이다.

그는 후퍼의 어깨를 두드리며 특유의 낙관론만 되풀이했다.

"어쨌든 좋아질 거야. 두고 보자고."

후퍼가 베이브의 어깨를 보았다. 그는 들판을 보고 다시 베이브를 돌아보았다. 베이브가 미소 지었다.

"착한 아기(babe)는 딴 데 가서 놀아라. 얘기는 엉아들한테 맡기고."

그가 비아냥거렸다.

후퍼는 아예 등까지 돌려버렸다. 그는 밀짚모자를 비스듬히 뒤로 젖혀 썼는데 베이브는 밀짚모자를 싫어했다. 둥글고 포동포동한 얼굴 탓에 그런 모자를 쓰면 정장을 하고 뛰어노는 어린애처럼 보였기 때문이다. 그는 후퍼의 모자를 벗겨 기차 지붕으로 날려버리는 상상을 했다.

후퍼는 턱을 숙인 채 스터피 맥기니스의 팔꿈치를 잡아끌고 들판 안으로 들어갔다.

베이브는 돌멩이를 하나 집어 해리 후퍼의 무명재킷 등판을 노려보았다. 저기 포수 미트가 있어. 공이 빨려 들어가는 소리를 들어봐. 날카로운 척추를 부수는 날카로운 돌멩이. 그때 어디선가 진짜 날카로운 소음이 들려왔다. 장작불이 타들어가듯 딱 하는 격음이었다. 그가 동쪽을 보았다. 들판이 끝나고 작은 숲지대가 시작되는 방향이다.

등 뒤에서는 기차가 쉿 소리를 내뿜고 선수들의 잡담과 들판이 바스락거리는 소리가 들렸다. 엔지니어 둘이 파이프의 접합부분이 터져, 고치려면 두세 시간은 잡아먹을 거라는 얘기를 속닥이며 지나갔다. 이런 똥구덩이에서 두 시간이나? 그때 예의 그 소리가 다시 들렸다. "딱!" 마른 장작이 타들어가는 소리. 저 소리는 분명…… 그래, 분명 숲 반대쪽에서 누군가 야구를 하는 소리였다.

그는 혼자서 들판을 가로지르기 시작했다. 신경 쓰는 사람은 아무도 없었다. 야구시합 소리가 점점 커졌다. 단조로운 야유, 공을 쫓아다니느라 분주히 잔디를 밟는 발소리, 외야수의 글러브 안으로 빨려 들어가는 플라이 볼 소리. 그는 숲을 통과하면서 천천히 코트를 벗었다. 몸에 열이 나기 시작했다. 숲을 빠져나왔을 때 그들은 공수를 전환하던 참이었다. 한 무리가 1루 라인을 따라 더러운 헝겊 조각들이 있는 곳으로 달려가고, 다른 그룹은 3루에서 홈으로 들어오고 있었다.

흑인들.

그는 그 자리에 선 채, 몇 미터 떨어진 곳에 자리 잡은 중견수를 향해 고개를 끄덕여주었다. 중견수도 그에게 짧은 고갯짓을 해보이곤 베이브의 어깨 너머 숲을 훑어보았다. 오늘 얼마나 더 많은 백인을 낳을 생각인지 숲에게 묻고 싶은 모양이다. 이윽고 그가 베이브를 등지더니 허리를 굽히고 손과 글러브를 양 무릎에 댔다. 베이브만큼이나 덩치도 크고 어깨도 넓은 친구였다. 허리와 엉덩이는 솔직히 그보다도 날렵해 보였다.

투수는 시간을 허비하는 법이 없었다. 거의 와인드업도 없이 긴 두 팔을 들어 올렸다가 마치 새총을 쏘아 대양을 넘기려는 사람처럼 오른팔을 힘껏 뿌렸다. 플레이트를 가르는 공은 정말로 불붙은 듯했다. 그리고 타자는 멋진 타격 폼에도 불구하고 거의 15센티미터 가까이 차이나게 헛스윙을 하고 말았다.

다음 타구는 성공이었다. 빠각 하고 배트 부러지는 소리가 들릴 정도로 깔끔한 타구. 공은 곧바로 허공으로 치솟더니 마치 배영을 거부하는 오리처럼 느긋하게 푸른 하늘을 헤엄쳐 흘러갔다. 이윽고 중견수가 한 발을 움직여 글러브를 갖다 대자 공은 마치 호출이라도 받은 듯 가죽 글러브 한가운데로 빨려들어가 버렸다.

베이브는 한 번도 시력검사를 받아본 적이 없었다. 그건 죽기보다 싫었다. 하지만 어릴 때부터 그는 다른 사람들은 상상도 못하는 거리에서 교통신호등을 읽고 건물 간판들을 읽을 수 있었다. 사냥을 하러 가면 100미터 높이에서 총알처럼 돌진하는 매의 깃털까지 세세히 보였다. 물론 야구공도 언제나 너무 큰 데다 느려터지기까지 했다. 공을 던질 때면 투수 미트가 마치 호텔 베개만 했다.

그 덕분에 비록 먼 거리였으나 다음 타자의 망가진 얼굴까지 훤히 볼 수 있었다. 작은 체구에 젓가락처럼 야윈 친구였는데, 갈색 피부에 붉은 가죽을 덧댄 듯한 상처 때문인지 분위기만은 완전히 달랐다. 그는 두 번의 스트라이크 후에 공을 배트에 맞추었다. 베이브도 그 흑인 타자의 발이 빠를 거라는 생각은 했지만 얼마나 빠른지에 대해선 전혀 예상치 못했다.

공은 우익수 쪽으로의 아치를 끝내지도 않았건만(베이브는 그때 이미 그가 공을 놓칠 거라고 확신했다.) 타자는 번개돌이처럼 잽싸게 1루를 돌고 있었다. 공이 잔디에 닿는 순간 우익수가 맨손으로 잡고는 한두 걸음 내딛다 재빨리 자세를 잡고 공을 뿌렸다. 공은 딸년과 자다가 걸린 놈팡이만큼이나 쏜살같이 달아나 눈 깜짝할 사이에 2루수의 글러브를 때렸다. 하지만 번개돌이는 이미 2루에 서 있었다. 아주 당당한 자세였다. 슬라이딩을 하지도 않고, 다이빙을 하지도 않았다. 그는 아침 신문을 집듯 가볍게 날아와 베이스 위에 서더니, 곧바로 중견수를 돌아보았다. 순간 베이브는 그가 자신을 보고 있다는 사실을 깨달았다. 그는 모자를 건드려 인사했다. 그도 환하게 웃어보였다. 오만한 미소.

베이브는 그 청년을 주시하기로 마음을 먹었다. 그가 어떤 짓을 하든 분명 아주 특별한 일이 될 것 같았다.

2루 주자는 라이트빌 머드호크스 팀에서 선수로 뛴 적이 있었다. 이름은 루터 로렌스. 그가 머드호크스에서 해고당한 건 6월이었다. 팀 매니저이자 1루수이며, 보통은 딸랑이 톰(백인한테 굽실거리는 흑인의 통칭 ― 옮긴이)으로 통하는 제퍼슨 리즈와 싸운 게 불찰이었다. 콜럼버스 인근의 백인 노동자 주변을 알짱거리며 자기 동족 욕이나 해대는 푸들 같은 놈이었다.

루터는 어느 날 밤, 데이트 하던 여자한테서 리즈에 대해 구체적인 얘기를 들었다. 제퍼슨 리즈와 같은 직장에서 일하는 릴라라는 이름의 젊고 착한 아가씨인데, 그녀가 루터한테 들려준 이야기는 이랬다. 어느 날 밤 리즈가 그릇에 수프를 붓고 있는데, 백인들이 시카고 흑인들이 건방지다고 싸잡아 욕하기 시작했다. 걷는 폼이 싸가지 없고, 백인 여자가 지나가도 고개를 빳빳이 쳐들고 있다는 식의 욕이었는데, 그때 리즈가 폴짝 끼어든 것이다.

"그렇잖아도 쪽팔려 죽겠습니다요. 예, 그렇고말고요, 나리들. 시카고 깜둥이 놈들이나, 칡넝쿨에 매달려 끽끽거리는 침팬지 놈들이나 그게 그놈 아닙니까. 그 놈들은 인간도 아니라고요. 교회가 다 뭡니까. 금요일이면 지칠 때까지 퍼마시고 토요일엔 포커 판에서 죽치다가, 일요일 내내 아무 깜둥이 여편네나 붙잡고 그 짓을 해대는 놈들이라니까요."

루터가 릴라한테 되물었다. "그렇게 말했어?" 둘은 딕슨 호텔 욕조에 몸을 담그고 있었다. 물론 흑인 전용이다. 그는 목욕물에 거품을 풀어놓고, 릴라의 작고 단단한 가슴 위로 거품을 쓸어 올렸다. 그녀의 녹슨 황금빛 피부에서 보글거리는 거품이 보기 좋았다.

"더 심한 말도 했는데? 하지만 자기, 그 인간하고 싸우면 안 돼. 무서운 자야."

루터가 잉크웰 구장의 더그아웃에서 그와 맞붙었을 때, 리즈는 트레이드마크격인 썩은 미소를 거두고, 루터를 산 채로 찢어버릴 듯한 표정으로 돌변했다. *오호, 이런.* 루터가 그런 생각을 하는 순간 리즈가 돌진해 들어왔다. 야구 배트 머리 같은 주먹이 루터의 얼굴에 쏟아졌다. 루터도 받은 만큼 돌려주려 했으나, 제퍼슨 리즈는 나이가 두 배는 많고 10년 동안 백인에게 굽실거리며 살아온 검둥이였다. 가슴 속 깊이 한이 많다는 얘기다. 그리고 그 울분을 온전히 실어낸 주먹은 더욱 더 매섭고 모질기만 했다. 그는 루터를 땅바닥에 패대기친 다음 무자비하게 두들겨 팼다. 피가 터져 그라운드의 흙과 분필가루와 먼지에 엉겨 붙을 때까지 리즈는 무섭게 주먹을 휘둘렀다.

루터가 세인트 존스 병원 시료병동에 누워 있을 때 그의 친구 아에네우스 제임스가 이런 말을 했다.

"이런 얼간이, 네놈이 아무리 빨라도 그런 미친 새낀 보자마자 토끼는 게 장땡이야, 인마. 그 새끼 눈빛 보면 몰라?"

여름 내내 그 말을 곱씹었지만 루터는 아직 답을 얻지 못했다. 그도 둘째가라면 서러워할 만큼 몸놀림이 빨랐다. 아직 자신보다 빠른 사람은 보지도 못했다. 어쩌면 그땐 단지 달아나는 게 쪽팔려서 그랬던 걸까?

하지만 지금, 베이브 루스 비슷하게 생긴 백인이 숲에서 그를 지켜보는 가운데, 루터의 머릿속에 든 생각은 달랐다. '어이, 흰둥이, 진짜 달리는 게 뭔지 알아? 알긴 개뿔이나. 이제 곧 보게 될 테니 나중에 손자들한테 얘깃거리로 남겨두라고.' 그리고 스티키 조 빔이 오케이 사인을 교환한 후 투구 동작을 취하자마자 루터가 베이스를 벗어났다. 그 순간 백인의 눈도 자기 배만큼 커졌다. 루터의 발이 어찌나 빠른지 그가 그라운드를 달리는 게 아니라 그라운드가 그의 발밑에서 달리는 것처럼 보였다. 그는 실제로 땅이 해빙기의 강물처럼 흘러간다고 생각했다. 그는 3루에 서 있는 타이렐 호크를 떠올렸다. 그는 밤새도록 술을 마시고 섹스를 한 탓에 경기 내내 헤매고 있었다. 루터는 거기에 패를 걸었다. '지금 3루로 뛰는 게 무리라고요, 백인 나리? 천만의 말씀입니다요. 야구야 원래 스피드가 생명 아닙니까? 나리께서 보고 있는 바로 이놈이 세상에서 제일 빠른 놈인뎁쇼.' 그리고 그가 고개를 들었을 때, 맨 먼저 눈에 띈 것은 귓가에 바짝 붙어 있는 타이렐의 글러브였다. 그 다음은 왼쪽에서 불티를 휘날리며 내리꽂히는 별똥별, 바로 공이었다. 루터는 순간 "왁!" 하고 소리쳤고, 괴성에 깜짝 놀란 타이렐의 글러브가 5센티미터 정도 튀어 올랐다. 루터는 다이빙을 했다. 공이 타이렐의 글러브 바닥을 살짝 벗겨내고 루터의 목덜미 머리카락을 스쳤다. 메리디언 애버뉴의 모비네 이발소 면도칼만큼이나 뜨거운 접촉. 그리고 그는 오른발가락 끝으로 3루 베이스를 살짝 건드리고 그대로 내달렸다. 그라운드가 어찌나 빨리 흐르던지 정말로 경기장 밖으로 내동댕이쳐질 것만 같았다. 벼랑 가장자리를 벗어나고 세상의 한계를 벗어날 것만 같았다. 투수 랜섬이 공을 던지라고 외쳤다.

"야, 여기! 빨리 던져!"

고개를 들어보니 랜섬 보인튼이 불과 몇 미터 앞이었다. 공도 시야에 들어왔다. 루터는 공기를 한꺼번에 들이마시곤, 총알처럼 달려 그대로 랜섬을 덮쳐버렸다. 어찌나 충격이 강한지 오히려 아무 느낌도 없었다. 루터의 발이 홈플레이트에 닿는 순간 공이 뒤쪽 나무 울타리를 때렸다. 완전히 이질적인 두 개의 소리가 서로를 물고 늘어졌다. 하나는 딱딱하고 예리한 소리. 그리고 다른 하나는 먹먹하고 답답한

소리. 그는 속으로 중얼거렸다. '봤지? 너희 중 누구도 상상하지 못할 속도를?'

그는 팀 동료들한테로 곧장 달려갔다. 그들에게서 말과 손으로 축하 세례를 받으며 고개를 돌렸다. 백인 뚱보의 표정을 보기 위해서다. 백인은 수목 한계선에 없었다. 아니, 지금은 거의 2루까지 와 있었다. 루터를 향해 달려오고 있는 것이다. 미소 띤 백인 꽃돼지의 얼굴이 부르르 떨리고 두 눈이 팽그르르 돌았다. 마치 누군가한테 조랑말을 선물 받고 기뻐서 어쩔 줄을 모르는 다섯 살짜리 아이 같았다. 행복한 선물을 향해 두 팔을 휘저으며 깡충깡충 뛰어오는 아이.

그리고 루터는 그 얼굴의 진짜 표정을 보고 말았다.

설마.

그때 랜섬 보인튼이 옆으로 나와 소리쳤다.

"믿지 못하겠지만 지금 베이브 루스가 달려오고 있다. 니미, 퉁퉁 분 폭주기관차가 따로 없군."

"나도 끼워주겠소?"

베이브 루스가 그 말을 했다는 사실을 누가 믿겠는가. 베이브는 루터에게 달려와 그를 번쩍 들어 올리고 얼굴을 감쌌다. 아예 끌어안고 등을 두드려주기까지 했다.

"이봐, 빠른 녀석들은 나도 조금 아는데, 자네 같은 친구는 정말 평생 처음이요. 오, 세상에, 대단한 장관이었어."

모두 그가 진짜 베이브 루스라는데 동의했다. 베이브도 흑인들이 대부분 자신을 알아본다는 데 놀랐다. 스티키 조는 시카고에서 그를 직접 본 적이 있고, 랜섬은 그의 시합을 두 번이나 보았다. 한 번은 투수, 한 번은 좌익수로. 다른 사람들도 신문의 스포츠난과 《야구 매거진》의 기사를 읽었던 것이다. 그 얘기에 베이브가 눈썹을 치켜떴다. 세상에 글을 읽는 검둥이가 있다는 사실이 믿기지 않는다는 투였다. 베이브가 제안했다.

"사인을 원하면 기꺼이 해주겠소."

그런 건 또 아무도 관심 없는 눈치였다. 그들은 구두를 내려다보거나 하늘을 보며 딴청을 했다. 베이브가 입을 삐죽 내밀었다. 루터는 베이브에게 지금 앞에 서 있는 친구들이야말로 진짜 위대한 선수들이라고 얘기해 주고 싶었다. 진실로 위대한 전설들이라고 말이다.

문어 팔을 가진 저 친구? 그는 지난 해 오하이오 노동자 리그에서 밀러스포트 킹혼스 팀 선수로 출전해 32승 2패의 전적을 거두었다. 방어율 1.78에 32승 2패. 죽이지 않는가. 그리고 상대팀의 앤디 휴즈는(지금까지 시합은 막상막하였다.) 그랑뷰 하이츠의 다운타운 슈거 쉑스 팀 유격수로 무려 3할 9푼의 타율을 자랑할 정도로 대단한 인재였다. 더군다나 사인 따위를 좋아하는 건 백인밖에 없다. 까놓고 말해서 종이쪼가리에 몇 자 긁적인 게 무슨 의미가 있다는 건가?

루터는 이런 얘기를 하려 입을 쫑긋했으나 베이브의 얼굴을 보고 그만 두기로 했다. 이 사내는 어린아이 같았다. 덩치가 하마 같고 허벅지가 드럼통만 하기는 해도 어쨌든 아이처럼 보였다. 눈도 루터가 아는 누구보다도 컸다. 이제 루터는 오랫동안 저 두 눈을 기억하게 될 것이다. 그 후 신문지상에서 늘 그 눈을 볼 것이기 때문이다. 시간이 흐를수록 더 작아지고 어두워지게 될 저 눈. 하지만 그 때 오하이오의 들판에서 루터가 본 눈은 학교 운동장을 뛰노는 작은 뚱보 소년의 눈이었다. 희망과 염려와 절박감으로 가득 찬 눈.

그가 세인트 버나드만 한 앞발을 내밀었다.

"시합 한 번 합시다. 당신들 모두하고 나하고 말이오."

그 말에 모두 뒤집어지고 말았다. 친구들은 모두 허리를 숙이고 키득거렸으나 루터만은 무표정을 유지했다. 루터가 동료들을 보고 천천히 베이브를 보았다.

"에…… 어쩌면요. 야구 할 줄은 아십니까?"

그 말에 레기 포크가 땅바닥을 굴렀고 다른 친구들은 깔깔대거나 옆 사람의 가슴을 두드렸다. 하지만 베이브는 달랐다. 그는 하늘만큼이나 맑은 눈을 가늘게 떴다. 루터는 곧바로 의미를 깨달았다. *배트만 줘봐. 그럼, 너희들 모두를 날려주마.*

베이브는 불도 안 붙인 시거를 빨고 타이를 느슨하게 풀었다.

"여행 중에 한두 가지 보물을 얻기도 하지. 이름이……?"

"로렌스입니다, 나리. 루터 로렌스."

루터는 여전히 돌처럼 굳은 표정으로 그를 보았다. 베이브가 한 팔로 그를 끌어안았다. 루터의 허리만 한 팔.

"자네 포지션은 뭔가, 루터?"

"중견수입니다, 나리."

"에, 그럼 고개만 젖히고 있으라고."

"고개를 젖히다뇨?"

"내가 친 공이 그 위로 날아갈 거니까."

루터도 어쩔 수가 없었다. 기어이 그의 얼굴에 미소가 걸리고 말았다.

"그리고, 제발 그놈의 나리 소리 좀 그만 두라고, 루터? 지금은 다 야구선수일 뿐이잖아."

오, 첫 대면에선 스티키 조가 그에게 삼진 아웃을 먹였다. 맙소사!

스트라이크 셋. 실로 구슬을 꿰듯 줄줄이 사탕이었다. 백인 뚱보는 공 한 번 건드리지 못했다.

그는 마지막 스트라이크에 웃다가 방망이로 스티키 조를 가리키며 크게 고갯짓을 해주었다.

"하지만, 이봐요, 아직 구질이 낯설어서 그래요. 금방 익숙해질 거요."

그가 투수로 나서는 걸 원치 않았기 때문에 그는 나머지 경기 동안 매회 한 선수를 빼고 대신 나섰다. 한 이닝 쉰다고 해서 투덜대는 사람은 없었다. 맙소사, 베이브 루스가 아닌가. 하찮은 사인 정도야 원치 않았지만, 오늘 이야기는 오랫동안 술을 얻어 마시고도 남을 만한 특종이었다.

한 번은 그가 좌익수를 하고 루터가 중견수를 맡았다. 같은 팀 투수인 레기 포크는 늘 그렇듯 투구 인터벌이 길었다.

"그래, 루터, 야구놀이하지 않을 땐 뭘 하고 지내나?"

베이브가 물었다. 루터는 콜럼버스 외곽의 군수품 공장에 대해 얘기해 주었다. '전쟁은 엿 같지만 그래도 주머니 사정에는 도움이 된답니다.' 같은 말.

"맞는 말일세."

하지만 베이브의 대답은 건성이었다. 루터도 그 정도는 눈치 챘다. 베이브가 다시 루터의 얼굴 상처에 대해 물었다.

"선인장 때문입니다."

그때 딱 하는 방망이 소리가 들렸다. 베이브는 밋밋한 플라이 볼을 쫓아가, 특유의 뭉툭한 발끝으로 발레리나처럼 몸을 돌리더니 2루에 가볍게 공을 연결해 주었다.

"오하이오에 선인장이 많나? 금시초문인데?"

루터가 미소 지었다.

"오하이오엔 선인장 투성인 걸요. 사방이 선인장이죠."

"그럼, 자네도 그 밭에 떨어진 건가?"

"예, 선생님. 그것도 아주 심하게요."

"마치…… 비행기에서 떨어진 것 같구먼."

로터가 아주 천천히 고개를 저었다.

"사실은 비행선입니다."

그 말에 두 사람이 오랫동안 키득거리며 웃었다. 루터는 루브 그레이가 느닷없이 도루를 시도하는 순간에도 웃음을 참지 못했다.

다음 이닝. 백인 몇이 어슬렁거리며 숲을 빠져나왔다. 물론 동료들도 그들 몇 명을 한눈에 알아보았다. 스터피 맥기니스, 세상에나. 에버렛 스코트, 엄마야. 그리고 시카고 컵스 선수도 둘이나 되었다. 저게 누구야? 플랙하고 만 아냐? 세 번째 남자는 소속은 모르고 얼굴만 알았다. 그들은 라이트필드를 따라 건너와 어느 순간 1루 라인 옆의 낡아빠진 벤치 뒤에 섰다. 모두 넥타이 정장 차림에 햇볕을 막기 위해 모자를 썼고, 또 모두 담배를 피웠다. 이따금 "기제"라는 이름을 부르며 소리를 지르는 통에 루터를 헷갈리게 만들어놓았다. 기제가 베이브 루스의 별명이라는 걸 알게 된 건 조금 후의 일이다. 언제부턴가, 백인들은 셋이 더 늘었다. 레드삭스의 휘트먼, 시카고 컵스의 유격수 홀로처, 그리고 정체는 모르지만 붉은 얼굴에 기다란 주걱턱이 특징인 말라깽이 사내였다. 루터는 숫자부터 맘에 들지 않았다. 여덟 명에 베이브 루스…… 그건 팀을 꾸릴 수 있는 숫자였다.

한두 이닝 정도는 아무 일이 없었다. 백인들도 대부분 저들끼리 놀았다. 한두 명이 원숭이 흉내를 내고, 몇 명이 "그 공을 놓치면 쓰나, 깜상. 죽이게 들어왔는데.", "헤이, 깜둥이, 좀 더 아래로 처박으란 말이야." 따위를 외치기야 했지만, 니미럴, 그런 말이야 어디 한두 번 들은 것도 아니잖은가. 그보다 훨씬 심한 말도 무수히 참아온 루터였다. 보다 껄끄러운 건, 그들 여덟 명이 조금씩 1루 라인으로 다가오고 있다는 사실이었다. 콜로뉴 향수를 맡을 정도로 백인들이 접근한 터라, 그쪽으로 달리기도, 번트를 대기도 난감한 상황이 되었다.

마침내 공수 교체 상황에서 그 중 하나가 내뱉었다.

"이봐, 한 명 더 끼는 건 어때?"

루터가 베이브 루스를 돌아보았을 때 그는 마치 숨을 구멍이라도 찾는 사람처럼 보였다.

"어때, 기제? 한 명 더 들어가 몇 회 정도 뛴다고 해서 네 새로운 친구들이 뭐라고 하진 않겠지? 우리도 깜둥이들이 야구에 천부적이라는 얘기는 많이 들었거든. 꼬리 잘린 쥐새끼들보다도 잘 달린다는 소문도 있었지, 왜."

사내가 베이브를 향해 두 손을 들어보였다. 아무도 알아보지 못하는 부류의 선수 중 하나였다. 필경 벤치를 지키는 후보군이겠다. 하지만 커다란 손, 납작코, 떡 벌어진 어깨, 대리석만큼 각진 몸매…… 게다가 저 눈은 과거 가난한 백인들한테서 봤던 바로 그 눈이었다. 식량 대신 분노를 먹으며 평생을 키워온 눈빛. 이미 그 눈빛에 길들여진 이상, 남은 생애 아무리 잘 먹고 잘 산다 해도 결코 지워지지 않을 것이다.

그는 루터가 무슨 생각을 하는지 안다는 듯, 미소까지 지어보였다.

"이봐, 넌 어때? 우리 중 한 명을 끼워서 한두 게임 뛰어보자고."

루브 그레이가 빠지기로 하고 백인들은 남부 오하이오 깜둥이 리그로의 마지막 트레이드 선수로 스터피 맥기니스를 골랐다. 덩치 큰 백인이 당나귀처럼 히히힝거리며 웃었지만 루터도 그라면 상관없다고 생각했다. 적어도 스터피 맥기니스는 놀 줄 안다. 그에 대해서라면 09년 시즌에 필라델피아 등번호를 달고 등장했을 때부터 빠짐없이 기사를 챙겨 읽은 터였다.

하지만 그 이닝이 끝나고 루터가 센터에서 들어올 때 보니, 다른 백인들이 모두 홈플레이트 옆에 줄지어 서 있었다. 대장 격인 시카고 컵스의 플랙은 아예 어깨에 방망이를 메고 있었다.

처음엔 베이브도 말렸다. 루터도 가만히 보고 있지만은 않았다.

"지금 시합 중입니다, 나리. 제발 봐 주세요."

플랙이 그를 향해 환하게 웃어보였다.

"이제부터 제대로 된 시합을 하자고, 베이브. 이 친구들이 아메리칸리그와 내셔널리그 최우수 선수들을 상대로 어떻게 싸우는지 보는 거야."

"오, 백인 리그들 말씀이시군요. 그렇죠?"

스티키 조 빔이었다. 다들 그를 건너다보았다.

"이봐, 그게 무슨 소리야?"

스티키 조 빔은 마흔두 살의, 다 타 버린 베이컨조각처럼 생긴 흑인이다. 그가 입을 삐죽 내밀고는 땅바닥을 내려다보았다. 그가 다시 백인들을 봤을 땐, 아무래도 한바탕 주먹질이 오갈 것만 같은 분위기였다.

"한 수 배우겠다고 말했습죠. 예, 그렇고말고요."

그가 그들을 보며 이렇게 해명했다.

루터가 베이브의 눈을 건너보았다. 꽃돼지 뚱보가 불안한 웃음을 보냈다. 문득 어릴 때 할머니가 귀에 딱지가 앉도록 하던 얘기 하나가 떠올랐다. 마음과 몸이 따로 논다는 …….

'그런 거요, 베이브? 그게 당신이요?'

그는 그렇게 묻고 싶었다.

흑인들이 아홉 명을 선발하면서부터 베이브는 술을 마시기 시작했다. 어디에서부터 꼬인 건지 알 수가 없었다. 그냥 단순한 야구 시합이었건만. 그는 너무도 슬프고 부끄러웠다. 말이 되지 않았다. 기차 수리를 기다리는 동안 무료해서 동네시합에 끼어들었다. 그게 다였다. 그런데, 이 슬픔과 수치심이라니. 그가 플라스크 뚜껑을 따서 벌컥벌컥 들이켜기 시작한 건 그 때문이었다.

그는 한사코 투수를 하지 않겠다고 했다. 첫 번째 시합으로 팔꿈치가 아픈 데다 월드시리즈 기록도 생각하지 않을 수 없다는 핑계를 댔다. 때마침 완봉승 신기록을 노리던 터라, 이런 오지의 동네 경기 때문에 무리할 수는 없다는 변명이었다.

결국 에비 윌슨이 공을 던졌다. 오자크스에 있다가 7월부터 보스턴에 합류한 비열한 뺑쟁이 놈이었다. 그는 야구공을 두 손에 잡으며 씩 웃어보였다.

"좋아, 친구들, 자네들이 깨닫기도 전에 검둥이들을 박살내 주지. 물론 검둥이들도 미처 깨닫지 못할 거야."

그가 큰 소리로 웃었으나 따라 웃는 사람은 없었다.

에비가 처음부터 피치를 올린 덕에 순식간에 수위 타자들이 우르르 무위로 물러났다. 그리고 스티키 조가 마운드에 올랐다. 애초부터 초강력 기어뿐인 친구인데 그가 저 펄떡거리는 촉수들을 휘두르노라면 어떤 공이 들어올지 신도 모를 판이었다. 그의 직구는 눈에 보이지도 않았다. 스크루볼엔 눈까지 달려 방망이를 보면 고개를 숙이고 윙크까지 해 보인다. 그밖에도 타이어를 한 바퀴 돌아갈 정도의 커브

볼에, 플레이트 바로 앞에서 10센티미터나 꺾이는 너클볼까지…… 그는 만을 삼진 아웃시키고, 스코트를 삼진 아웃시키고, 맥기니스까지 잡아 첫 회를 마무리 지었다. 실로 눈 깜짝할 사이의 일이었다.

처음 몇 이닝은 투수전이었다. 피처마운드를 벗어나는 공이 거의 없을 정도라, 무료해진 좌익수 베이브 루스가 플라스크에 입을 대는 시간만 길어졌다. 흑인 팀은 첫 회에 1점, 2회에 다시 3루타를 뽑아 1점을 추가했다. 내야를 가르는 타구가 어찌나 빠른지 홀로처가 깜짝 놀라 센터에서의 송구에 실패하고 말았다. 간신히 공을 추슬렀을 땐 루터 로렌스가 이미 홈플레이트를 지나고 있었다.

장난으로 시작했던 시합은 가벼운 놀라움으로 변했고("저 깜둥이들처럼 공을 잘 다루는 놈들은 처음이군. 기제, 너도 어렵겠어. 제길, 월터 존슨으론 안 돼. 저 새끼들 완전히 귀신이잖아.") 다시 초조함으로 이어졌다가("니미, 이래서 월드시리즈에 돌아가기 전에 1점이라도 얻겠냐?") 급기야는 분노를 낳고 말았다("여기가 저 깜시들 홈구장이라서 그래, 젠장. 그뿐이야. 저 새끼들하고 리글리 필드나 펜웨이에서 다시 붙어봐야겠어.").

흑인 팀은 번트도 댈 수 있었다. 오, 하느님, 번트까지! 번트 공은 플레이트 10센티미터 앞에서 마치 총을 쏜 듯 박혀 꼼짝도 하지 않았다. 주루 플레이는 더 환상적이었다. 그들은 2루에 서는 게 당연하다는 듯 손쉽게 2루 베이스를 훔쳤다. 무엇보다 강한 건 단타였다. 5회 말쯤 되자, 누구든 타석에 오르면 자연스럽게 내야안타를 쳐냈다. 단타라면 하루 종일 뽑아낼 수 있을 것만 같았다. 마침내 1루수 휘트먼이 마운드로 건너가 에비 윌슨과 잠시 얘기를 나누었다. 그리고 그때부터 에비는 체인지업을 포기하고 미친 듯이 강속구만 뿌려 댔다. 저런 식으로 던지다가는 겨울 내내 팔에 깁스를 하고 다녀야 할 것이다.

6회 초, 흑인 팀이 6대 3으로 앞섰을 때, 스터피 맥기니스가 스티키 조 빔의 초구 직구를 숲 위로 넘겨버렸다. 루터 로렌스가 공 찾는 걸 포기할 정도의 장타였다. 그들이 벤치 옆의 캔버스 가방에서 다른 공을 꺼내왔다. 그리고 연이어, 휘트먼이 2루타를 쳐내고 플랙이, 두 개의 스트라이크 후에 집요하게 파울 여섯 개를 물고 늘어지다 왼쪽을 꿰뚫는 단타를 쳐냈다. 이제 스코어는 6대 4. 노아웃에 주자는 1루와 3루였다.

베이브는 느낄 수 있었다. 천으로 배트를 닦아내고 타석에 나가 발끝으로 흙을 파내면서도 그들 모두의 들끓는 혈기를 느낄 수 있었다. 이 순간, 이 태양, 이 숲과 가죽과 수족과 손가락들과 결과를 기다리는 고통은 모두 아름답다. 여자나 말보다 아름답고 심지어 웃음보다도 아름다웠다.

스티키 조는 빈볼 비슷한 속구를 던졌다. 안쪽 높은 곳을 파고드는 급커브. 고개를 젖히지 않았더라면 남부 오하이오를 여행하다 이빨을 모두 날리는 참사를 당했을 것이다. 베이브는 마치 라이플을 겨누듯 배트로 스티키 조를 겨누고 노려보았다. 그의 눈은 이 시합이 멋진 경험이라고 말해주고 있었다. 베이브가 미소 짓고 스티키도 미소로 화답했다. 두 사람은 서로에게 끄덕였다. 베이브는 문득 그의 울퉁불퉁한 이마에 키스하고 싶었다.

"지금 공, 볼 맞지?"

베이브가 외쳤다. 멀리 센터필드의 루터까지 경쾌하게 웃었다

맙소사, 이렇게 기분이 좋다니. 하지만, 오, 이런, 드디어 오는군. 샷건보다 빠른 너클볼. 베이브는 공의 솔기를 보았다. 붉은 선이 아래로 꺾이고 있었다. 그는 천천히 방망이를 휘둘렀다. 원래보다 조금 낮은 위치이지만 그는 공이 어디로 갈지 알고 있었다. 저 망할 놈을 방망이로 두들겨, 공간 밖으로, 시간 밖으로 날려버리고 싶었다. 이윽고 손과 발이 달린 듯한 타구가 하늘을 기어오르기 시작했다. 베이브가 1루를 향해 달리기 시작했다. 플랙도 1루를 벗어나고 있었다. 그가 공을 제대로 맞추지 못했음을 깨달은 건 바로 그때였다. 공이 속임수를 부린 것이다. 그가 외쳤다. "안 돼!" 하지만 플랙은 이미 달리기 시작했다. 휘트먼은 3루에서 몇 발짝 벗어난 위치에 머물며 두 손을 들어보였고, 루터는 수목한계선을 향해 멈칫멈칫 뒷걸음질쳤다. 공은 곧바로 루터의 글러브 안으로 빨려 들어갔다.

플랙이 2루에서 1루로 복귀하고 있었다. 빠른 질주였다. 그리고 루터가 1루를 향해 공을 던지는 순간, 휘트먼도 3루를 밟고 있다가 홈베이스로 달리기 시작했다. 그럼, 플랙은? 플랙이 빠르기는 했지만 루터의 날렵한 몸은 대포에 진배없었다. 공이 비명소리를 지르며 초지를 갈랐다. 플랙은 말 그대로 역마차처럼 달렸다. 공은 아에네우스 제임스의 글러브를 때렸다. 아에네우스. 베이브가 제일 처음 숲에서 나왔을 때 중견수를 맡았던 덩치. 그는 그 긴팔을 휘둘러, 가슴을 깔고 미끄러져 들어오는 플랙의 어깨 위를 때렸다. 그리고 플랙의 손이 플

레이트에 닿았다.

그가 빈손으로 플랙을 가리켰다. 하지만 플랙은 그 손을 무시하고 자리에서 일어났다.

아에네우스가 공을 투수인 스티키 조에게 돌려주었다.

플랙은 바지를 털고 1루 베이스를 밟고 섰다. 그리고 두 손을 무릎에 대더니 2루를 향해 오른발을 내디뎠다.

스티키 조가 마운드에서 선 채로 그를 바라보았다.

아에네우스 제임스가 물었다.

"지금 뭐 하시는 겁니까?"

"무슨 소리야?"

플랙의 목소리는 지나치게 들떠 있었다.

"왜 아직 이 자리에 서 계신지 모르겠군요."

아에네우스 제임스가 말했다.

"1루에 있지, 그럼 2루로 가랴?"

플랙이 빈정댔다.

아에네우스는 갑자기 지친 표정을 지었다. 14시간짜리 중노동을 끝내고 집에 돌아왔는데, 누군가 카우치를 점령하고 있을 때의 표정이었다.

'오, 맙소사, 안 돼.' 베이브가 속으로 탄식을 터뜨렸다.

"선생님은 아웃인걸요."

"무슨 개소리야? 난 세이프야."

"야, 깜상, 그 친구 세이프야. 누가 봐도 뻔했잖아."

에비 윌슨이었다. 그는 어느새 베이브 옆에 서 있었다. 흑인들이 다가와 무슨 일인지 묻고 나섰다.

"이 분이 세이프래."

아에네우스가 대답했다.

"뭐? 설마 농담이겠지."

카메론 모건이 2루에서 천천히 다가오며 말했다.

"이봐, 입 조심해라, 응?"

"저도 조심할 건 합니다."

"그래서?"

"분명히 아웃입니다."

"세이프야. 틀림없어."

"아웃입니다. 플랙 씨, 불손할 생각은 없습니다만, 분명 아웃이었습니다."

스티키 조가 차분한 목소리로 말했다.

플랙이 뒷짐을 지고 스티키 조에게 접근했다. 그는 큰 키를 이용해 흑인을 내려다보며 코를 킁킁거렸다. 물론 의도된 동작이었다.

"그래서 내가 1루에 서 있는 게 착각 때문이라는 건가, 응?"

"아니, 그런 말이 아닙니다."

"그럼, 무슨 말인데?"

"플랙 씨께선 분명 아웃입니다."

이제 모두가 1루에 모였다. 각 팀 선수 아홉 명씩, 거기에 새 게임이 시작된 이후 벤치를 지켜야 했던 흑인 아홉까지 모두.

베이브는 "아웃"과 "세이프"를 끊임없이 들었다. "꼬마"와 "깜둥이"와 "깜상"과 "흙손" 같은 단어들도 들었다. 그리고 누군가 그의 이름을 불렀다.

고개를 드니 스터피 맥기니스가 베이스를 가리키고 있었다.

"이봐, 기제, 네가 제일 가까이 있었잖아. 플랙은 세이프라고 했어. 에비도 똑똑히 봤다는데 세이프래. 네 생각은 어때, 베이브? 세이프야 아웃이야?"

베이브는 이렇게 많은 흑인들의 화난 표정을 이렇듯 가까이에서 본 적이 없었다. 모두 열여덟. 납작코, 동파이프 같은 근육들, 짧은 머리와 송골송골 맺힌 땀방울. 그 모든 게 좋았건만 그래도 저 시선들만큼은 맘에 들지 않았다. 말을 할 수는 없지만 당신이라는 인간을 알 만큼은 알고 있다는 눈빛들. 그 체념의 눈빛들은 그럼에도 불구하고 상대를 단단히 옥죄고 있었다.

6년 전 메이저리그가 최초의 파업을 일으켰을 때의 일이다. 디트로이트 타이거스는 리그 회장 벤 존슨이 타이 코브에 대한 처벌을 풀 때까지 경기를 거부했다. 타이 코브는 스탠드의 관중을 폭행한 죄로 출장정지를 당했다. 절름발이에 두 팔까지 잘린 관중이라 방어할 능력도 없었건만 그가 그라운드에 내려오자 코브가 한참 동안이나 두들겨 패고, 야구화 바닥 징으로 얼굴과 갈비뼈를 짓밟았던 것이다. 그런데도 코브의 동료들은(아무도 그를 좋아하지 않으면서도) 그의 편을 들었고 심지어 파업까지 벌였다. 중요한 건, 그 관중이 코브를 '반깜둥이'라고 불렀다는 사실이었다. 그건 '깜둥이의 연인'이나 진짜 '깜둥이'가 아니라면, 더할 나위 없이 치욕스러운 욕이었다.

그 얘기를 들은 건 감화원에서였는데 베이브는 어쨌든 타이거스 선수들의 입장을 이해했고, 합당한 파업이라고 생각했다. 물론 흑인들과 얘기를 하고, 웃고 심지어 그들과 농담을 주고받을 수도 있었다. 크리스마스 언저리라면 좀 더 후한 인심으로 함께 웃어준 흑인들한테 인사치례를 할 수도 있겠다. 하지만 미국은 여전히 백인의 사회이자, 가족과 정직한 노동의 개념 위에 세워진 세계였다. (가족들이 굶주리고 있는 판에, 이 흑인들은 도대체 백주 대낮에 이런 들판에서 무슨 짓거리를 하고 있단 말인가?) 그러니 무슨 말을 하고 어떤 행동을 하든지 최선은 항상 동족의 편을 드는 것이다. 평생을 함께 살고 함께 먹고 함께 일해야 하는 사람들.

베이브는 1루 플레이트를 보았다. 루터가 어디 있는지 알고 싶지는 않았다. 그러다가 자칫 눈을 마주칠까봐 불안하기도 했다.

"세이프였어."

그의 말에 흑인들은 당연히 어이없어 했다. 그들도 1루를 가리키며 소리 지르고 비명을 질러댔다.

"빌어먹을."

어느 정도 소란이 이어지다가 그들 모두가 갑자기 입을 다물면서 멈췄다. 마치 백인은 듣지 못하는 개 호루라기 소리라도 들은 것만 같았다. 그들은 근육의 긴장을 풀고 어깨를 늘어뜨린 채 베이브 루스를 노려보았다. 그의 뒤통수까지 꿰뚫어보는 눈초리들이었다. 마침내 스티키 조 빔이 말했다.

"좋습니다, 예, 좋아요. 우리도 늘 이런 식으로 경기하니까요. 암요."

"우리도 마찬가지야."

맥기니스의 응대하자 다시 스티키 조가 말했다.

"예, 물론입죠. 이제야 알 것 같네요."

그리고 그들은 모두 자기 위치로 돌아갔다.

베이브는 벤치에 앉아 술을 들이켰다. 기분이 더러웠다. 문득 에비 윌슨의 머리통을 잡아 짚더미에 던져버리고 싶었다. 그 다음은 플랙 차례였다.

아니, 그럴 필요는 없었다. 그냥 팀이 원하는 일을 했을 뿐이니까. 하지만 그렇게 자조해도 기분이 나아지지는 않았다.

술을 마실수록 기분은 더욱 더러워졌다. 그리고 8회가 시작할 때쯤, 그는 다음 타석에서 일부러 헛칠 가능성을 저울질하고 있었다. 휘트먼과 위치를 바꿔 지금은 1루수 위치였다. 타이렐 호크가 타석에 들어섰지만 대기석의 루터 로렌스는 여전히 베이브만 노려보고 있었다. 이제 전혀 낯선 백인을 보는 눈빛이었다. 짐꾼과 구두닦이와 벨보이들 특유의 공허한 시선. 베이브의 속이 들끓기 시작했다.

논쟁의 여지가 있는 두 번의 태그와(물론 누가 맞는지는 지나가는 똥개 새끼도 알 것이다.) 메이저리거들이 홈런이라고 주장한 장타 파울볼에도 불구하고, 9회 말 여전히 흑인 팀한테 9대 6으로 밀리고 있었다. 그리고 마침내 내셔널리그와 아메리칸리그의 자존심이 비로소 발동하기 시작했다.

홀로처가 1루를 뚫는 안타를 때리고, 스코트는 3루수의 머리를 넘겼다. 플랙이 헛손질을 했지만, 맥기니스가 1루를 스치는 안타를 때려낸 덕분에 만루가 되었다. 원 아웃. 조지 휘트먼이 타석에 오르고 베이브가 대기석에 들어섰다. 병살타를 노리는 터라 스티키 조 빔은 장타가 용이한 공은 절대 허용하지 않았다. 베이브는 문득 상상도 하지 못할 소원을 빌고 있었다. 병살타. 그럼 타구에 들어설 필요도 없을 텐데…….

휘트먼이 지나치게 느린 싱커에 배트를 갖다 대는 바람에 공은 공중으로 치솟다가 오른쪽으로 휘어 내야 바로 밖으로 떨어졌다. 분명 파울이었다. 이후 스티키 조 빔은, 지금껏 베이브가 보아온 가장 극악한 직구 둘로 그를 아웃 처리했다.

베이브가 타석에 들어섰다. 그는 팀이 얻은 6점 중 깨끗하게 얻은 점수가 얼마나 되는지 계산해 보았다. 3점. 오하이오 촌구석 지저분한 들판의 이름 없는 흑인들이 지상 최고의 선수들을 초라한 3점으로 묶어놓다니. 망할. 베이브는 그 3점 중 1점을 때렸고 그것도 최선을 다한 결과였다. 조 빔의 투구 때문에 헤매는 것만은 아니다. 절대로 아니다. 말은 쉽다. 수비수가 없는 쪽으로 때려라. 하지만 이놈의 흑인들은 어디에나 있었다. 틈이 있다고 생각하는 순간 어느새 그 틈마저 사라져버렸다. 이 세상 누구도 쫓아갈 수 없는 곳으로 쳐낸다 해도 공은 귀신처럼 이놈들의 글러브 안으로 빨려들고 말 것이다. 더군다나 그런 호수비를 하면서도 호흡 하나 거칠어지는 놈이 없었다.

그들이 속인 게 아니라면, 지금이야말로 베이브 루스 평생 가장 중요한 순간이 될 것이다. 상상도 해보지 못한 최강 팀을 맞아, 9회말 2아웃 만루. 한 방이면 전세를 뒤집을 수 있는 순간이 아닌가.

물론 이길 수는 있다. 지금껏 스티키 조를 연구해 왔다. 그는 지쳐 있고 베이브는 그의 모든 투구를 지켜보았다. 그들이 속이는 게 아니라면 지금 루스가 코로 들이마시는 공기는 순도 100퍼센트짜리 코카인이 분명할 것이다.

스티키 조의 첫 번째 공은 너무 느슨하고 느렸다. 베이브는 딱 헛손질을 할 만큼만 스윙 속도를 조절했다. 물론 속이기 위해서다. 심지어 스티키 조까지 놀란 표정이었다. 다음 공은 좀 더 빡빡한 데다 약간의 소용돌이까지 일었다. 베이브는 파울로 넘겨버렸다. 세 번째는 바닥을 깔면서 들어왔고 그 다음 공은 턱 높이였다.

스티키 조는 공을 뒤로 돌리고 잠시 마운드를 벗어났다. 베이브는 모두의 눈이 그를 향하고 있음을 느낄 수 있었다. 그는 루터 로렌스 너머의 숲을 보고, 다시 베이스에 나가 있는 홀로처와 스코트와 맥기니스를 보았다. 그리고 이 시합이 정정당당하게 치러졌으면 얼마나 좋았을까 하는 생각을 했다. 가벼운 마음으로 하늘 저 멀리 공을 날려버릴 수만 있다면. 그럼 어쩌면……

그는 한 손을 들고 타석을 벗어났다.

'그냥 친선경기였잖아, 응?' 패배를 결심한 후 내내 자문해 본 질문이었다. 아무 의미 없는 시합. 이런 시합에서 진들 누가 신경이나 쓰겠는가.

하지만 그 반대도 마찬가지로 사실이었다. '그럼, 이기면 어때? 그게 무슨 문제라도 된다는 건가?' 아니, 그럴 리가 없다. 그런다고 인생이 바뀔 사람도 없다. 게다가, 지금 이 순간은 특별했다. 9회 말 투아웃에 만루 상황이란 말이다.

구미당기는 공을 던져준다면 그냥 쳐버리고 말겠어. 그걸 어떻게 마다해? 베이스엔 세 명이 나가 있고 손에 방망이가 들려 있는데? 게다가 이 흙과 풀과 햇볕의 냄새라니.

그가 다시 타석에 들어섰다.

공 하나, 배트 하나, 선수 아홉. 그건 한순간이다. 영원이 아니라 단 한순간이다.

그리고 여기 공이 오고 있다. 예상보다 훨씬 느린 공. 베이브는 늙은 투수의 얼굴에서 이미 구질을 읽고 있었다. 그리고 그의 손에서 공이 떠난 순간 모든 것이 분명해졌다. 미트볼.

베이브는 헛손질에 대해서 생각했다. 바로 위를 겨냥하고 공평하게 경기를 마무리하는 거야.

그때 기적이 울렸다. 하늘 높이 치솟는 크고 날카로운 소음. 베이브는 그게 신호라고 생각했다. 그래서 그는 발을 내딛고 방망이를 휘둘렀다. 포수가 "망할"이라는 짧은 저주를 내뱉었다. 그리고…… 그 소리. 나무가 소가죽을 때리는 기막힌 소리. 순간 공은 하늘 위로 사라져버렸다.

베이브는 터덜거리며 몇 발짝 뛰다가 그 자리에 멈춰 섰다. 그가 싸움에서 졌음을 깨달았던 것이다.

루터 로렌스가 그를 보고 있었다. 비록 찰나에 불과했지만, 그는 자신이 무엇을 하려 했는지 루터가 꿰뚫어보고 있음을 알았다. 베이브는 홈런을 치려고 했다. 그것도 그랜드슬램을. 깨끗하게 시합에 임한 사람들한테서, 부당한 방식으로 시합을 빼앗아가려고 한 것이었다.

루터의 눈이 마침내 베이브의 얼굴을 떠났다. 베이브에게는 두 번 다시 마주보지 않을 거라는 경고 같았다. 루터는 공 아래쪽으로 달려가 자리를 잡고 하늘을 쳐다보았다. 그리고 그가 글러브를 머리 위로 들어올렸다. 그것으로 시합은 끝이었다. 공이 루터의 글러브 안으로 곧바로 떨어지고 있지 않은가!

하지만 루터는 공을 잡지 않았다.

루터는 글러브를 내리고 내야 쪽으로 걷기 시작했다. 우익수도, 좌익수도 마찬가지였다. 공은 등 뒤의 잔디에 맞고 퍽 소리를 내며 튀었으나 돌아보는 사람은 아무도 없었다. 그들은 그냥 걷기만 했다. 홀로 처가 홈을 밟았지만 그곳엔 이미 포수가 없었다. 포수는 3루를 따라 벤치로 걷고 있었고 3루수도 마찬가지였다.

스코트도 홈을 밟았다. 하지만 맥기니스는 3루에서 멈춰 섰다. 그는 흑인들을 보았다. 그들은 지금이 9회 말이 아니라 2회 말이라도 된다는 듯 천천히 벤치로 몰려들었다. 그리고 서로를 위로하며 배트와 글러브를 두 개의 캔버스 가방에 집어넣기 시작했다. 처음부터 백인들 따위는 존재하지도 않았던 것처럼. 베이브는 루터에게 달려가 뭔가 말하고 싶었으나 루터는 결코 돌아보지 않았다. 이윽고 그들이 들판 뒤의 지저분한 길을 향해 걸었다. 루터는 흑인들 틈에 묻혀 보이지도 않았다. 앞쪽에 있는지 왼쪽인지 분간이 가지 않았지만 그래도 그는 돌아보지 않았다.

다시 기적이 울렸다. 하지만 백인들도 감히 움직일 생각을 못했다. 흑인들은 천천히 걷는 듯 보였건만 어느새 들판을 벗어나고 있었다.

스티키 조만이 예외였다. 그는 베이브가 있는 곳으로 건너오더니, 베이브가 사용한 배트를 집어 어깨에 얹고 그의 얼굴을 보았다.

베이브가 손을 내밀었다.

"멋진 시합이었소, 빔."

스티키 조 빔은 베이브의 손을 못 본 척했다.

그가 말했다.

"여러분들 기차인 모양이군요."

그도 그 말을 끝으로 들판 저 너머로 걸어갔다.

베이브는 기차로 돌아오자마자 식당칸으로 건너가 술을 마셨다.

기차는 오하이오를 벗어나 덜그럭거리며 펜실베이니아를 관통했다. 베이브는 혼자 술을 마시며 펜실베이니아의 울퉁불퉁한 언덕과 시꺼먼 석탄재를 내다보았다. 그는 2주 전 볼티모어에서, 새 엄마의 남동생 벤지 스파이스와 싸우다 죽은 아버지 생각을 했다. 아버지는 두 대를, 스파이스는 한 대밖에 때리지 못했지만 중요한 건 그 한 대였다. 그 때문에 아버지는 연석에 머리를 부딪고 몇 시간 후 대학병원에서 숨을 거두었다.

신문들은 이틀 정도 그 사건을 대서특필했다. 베이브의 의견과 기분을 묻기도 했다. 베이브는 유감이라고 말했다. 물론 슬픈 일이다.

아버지는 겨우 여덟 살의 베이브를 감화원에 처넣었더랬다. 예의범절을 더 배워야 한다는 게 이유였다. 엄마와 아빠 말을 잘 들으라고 야단치는데도 지쳤다며, 세인트 메어리 감화원이 그에게 도움이 될 거라고 했다. 지금은 살롱을 운영하느라 바쁘지만, 그가 고분고분하는 법을 배우면 꺼내주겠다는 말도 했다.

엄마는 그가 감화원에 있을 때 저 세상으로 갔다.

그것도 슬픈 일이다. 슬픈 일. 그는 신문에도 그렇게 말했다.

그도 뭔가 느끼고 싶기는 했다. 그래서 2주나 기다렸지만 사실 아무 느낌도 없었다.

술기운이 자기 연민에 빠뜨리는 경우가 아니라면, 뭔가 느끼는 유일한 순간은 공을 때릴 때뿐이었다. 공을 던질 때도 아니고 잡을 때도 아니다. 오직 때릴 때뿐이었다. 나무 방망이가 소가죽에 닿고 엉덩이가 돌아가고 어깨가 비틀리고 허벅지와 종아리 근육이 팽팽해지는 그 순간. 검은 방망이가 완전히 돌아가며 하얀 공을 지상의 어느 것보다도 빠르고 높이 던져 올리는 바로 그 순간뿐이었다. 오늘 오후 마음을 바꾸어 마음껏 휘두른 것도 그 때문이었다. 해야 했기 때문에. 공은 너무나 느리고 정직했다. 공은 방망이를 기다리고 있었고 그래서 휘둘렀다. 그 이야기는 그게 전부였다. 그뿐이었다.

그는 맥기니스와 존스, 만과 홀로처와 함께 포커를 했다. 파업과 전쟁 얘기들. 하지만 야구시합 얘기를 꺼내는 사람은 없었다. 그런 일조차 없었던 것만 같았다. 그는 또 긴 낮잠을 잤다. 그리고 잠에서 깨었을 때 기차는 뉴욕을 지나고 있었다. 그는 숙취를 이기기 위해 해장술을 몇 잔 들이켰다. 해리 후퍼는 아직 잠들어 있었다. 베이브는 그의 모자를 벗겨 주먹으로 한참을 두드린 다음에 다시 머리에 씌워 주었다. 웃어주는 사람도 있고 “기제, 넌 존경심도 없냐?”라며 나무라는 사람도 있었다. 그래서 그는 다른 모자를 공략했다. 이번엔 시카고 컵스 영업부장인 스투 스프링거의 모자를 빼앗아 아예 구멍을 내버렸다. 그 칸의 절반이 그에게 모자를 던지며 계속하라고 부추겼다. 그는 좌석 위로 올라가 원숭이처럼 “후 후 후” 소리를 지르며 이 의자 저 의자로 넘어 다녔다. 문득 뜬금없는 자부심이 여름날 죽순처럼 스멀거리기 시작했다. 그가 소리쳤다.

“나는 원숭이 인간이다! 나는 베이비 몽키 베이브다! 너희들을 잡아먹겠다!”

몇몇이 그를 끌어내리려 했다. 시끄럽다고 외치는 사람도 있었다. 그래도 그는 의자에서 내려와 복도를 뛰어다니며 닥치는 대로 모자를 빼앗아, 몇 개는 던지고 몇 개는 구멍을 뚫었다. 사람들이 좋다고 박수를 쳤다. 환호를 지르고 휘파람을 불었다. 그는 원숭이처럼 박수를 치고 엉덩이를 긁고 “후 후 후” 괴성을 질렀다. 사람들도 좋아했다. 정말로 즐거워했다.

마침내 모자가 다 바닥으로 떨어졌다. 통로를 돌아보았다. 모자들이 바닥을 덮거나 짐칸에 매달려 있었다. 차창엔 밀짚 자락들이 걸려 있었다. 베이브의 목덜미에도 밀짚이 들어갔다. 기분이 더럽고 아드레날린은 치솟았다. 그래서 그는 타이를 공략하기로 했다. 다음은 정장,

그 다음은 수화물이 될 것이다.

에비 윌슨이 그의 가슴에 손을 댔다. 베이브는 그가 어디에서 나타났는지조차 알지 못했다. 스터피가 웃는 얼굴로 일어나 술잔 비슷한 걸 들어 보였다. 베이브가 손짓을 해주었다.

"내 모자 내놔."

에비 윌슨이 말하자 베이브가 그를 내려다보았다.

"뭐라고?"

윌슨이 한심하다는 듯 두 손을 들어보였다.

"새로 산 모자였어. 네가 망가뜨렸으니 책임져야 할 것 아냐."

누군가 휘파람을 불었다.

베이브가 윌슨의 정장 재킷 어깨 쪽을 어루만졌다.

"술 한 잔은 사줄 수 있지."

"술은 싫다. 모자나 내놔."

베이브는 '모자 같은 소리 하네.'라고 말할 참이었다. 그런데 그때 에비 윌슨이 그를 밀쳤다. 사실 밀쳤다고 보기도 어려웠다. 마침 기차가 굽잇길로 접어들었기 때문에 흔들리다가 밀쳐진 거다. 베이브도 기차가 휘어 달리는 것을 보았다. 그래서 그는 윌슨에게 미소를 지었고, 모욕을 주는 대신 한 방 먹이기로 마음을 먹었다. 그가 주먹을 날렸다. 주먹은 에비 윌슨의 눈을 향해 날아갔다. 윌슨도 더 이상 젠체하지 않았다. 더 이상 모자에도 관심이 없었다. 하지만 그때 기차가 다시 꿈틀거리는 바람에 베이브의 주먹은 크게 빗나가고 말았다. 그의 몸도 오른쪽으로 쏠렸다. 머릿속에서 목소리가 들렸다.

"이건 네가 아냐, 기제. 너답지 않단 말이야."

그의 주먹이 차창을 때렸다. 그리고 그 충격은 팔꿈치와 어깨를 타고, 목덜미와 귀밑으로 이어졌다. 문득 동네 구경거리에 얼빠진 고아가 다시 되었다는 생각에 뱃속이 들끓었다. 그는 빈자리에 털썩 주저앉아 손을 주무르며 이빨 틈으로 공기를 빨아들였다.

루터 로렌스와 스티키 조와 아에네우스 제임스는 지금쯤 누군가의 현관에 앉아 맥주로 한밤의 더위를 식히고 있겠지? 어쩌면 베이브 자신의 이야기를 할 수도 있겠다. 하늘에서 떨어지는 공을 등지고 걸어 나가던 루터의 표정에 대해 얘기할지도 모른다. 어쩌면 큰소리로 웃으며 안타와 투구와 득점을 복기(復棋)하고 있을지도 모르겠다.

그리고 그는 이곳에 나와 있다. 이 세상에.

사람들이 얼음 양동이를 들고 와 그의 부은 손을 담갔다.

'뉴욕을 지날 때 난 잠들어 있었어.' 문득 그 생각이 들었다. 그리고 기차는 맨해튼은커녕 이제 겨우 올버니를 지났을 뿐이었다. 기분은 여전히 개판이었다. 올버니는 수백 번도 더 왔지만 여전히 경관이 좋았다. 저 야경. 도시를 카펫처럼 두른 검은 강. 밤하늘을 배경으로 하얗게 빛나는 석회암의 뾰족탑들.

그가 얼음에서 손을 빼냈다. 공을 던지는 손이건만 벌겋게 부어올라 주먹을 쥘 수조차 없었다.

"기제, 너 모자에 유감 있냐?"

뒤쪽에서 누군가가 외쳤다.

베이브는 대답도 않고 창밖을 내다보았다. 매사추세츠 스프링필드의 평평한 잡목지대. 그는 차창에 기대 머리를 식히기로 했다. 차창에 비친 자신의 영상과 창밖 대지의 영상이 겹쳐보였다. 둘은 하나였다.

통통 분 손을 차창에 대자 풍경이 손을 가로질러 갔다. 그렇게 하면 아픈 손이 나을 것 같기도 했다. 부러진 게 아니어야 할 텐데. 주먹질은 모자 장난만큼이나 어리석은 짓이었다.

언젠가 어느 더러운 마을의 더러운 거리에서 루터와 마주칠지도 모른다는 생각을 했다. 그럼, 그에게 술을 사주고 사과해야지. 그럼 루터도, '쓸데없는 걱정 마십시오, 루스 씨.'라고 하며 오하이오의 선인장 얘기를 들려줄지도 모른다.

순간 다시 루터의 두 눈이 떠올랐다. 그의 내면을 들여다보고는 가차 없이 고개를 돌려버린 시선. '웃기지 마, 새끼야. 네놈이 뭐라든지 내가 알 바 아니잖아. 내 말 들려?'

내가 알 바 아니다.

그의 인생은 이제 시작이었다. 그는 앞날을 활짝 열어젖힐 생각이다. 그건 알 수 있었다. 엄청난 미래. 이제 엄청난 일이 일어날 것이다. 베이브 자신으로 인해. 세상 모든 곳에서. 그가 최근에 얻은 느낌이었다. 마치 그를 포함해 전 세계가 마구간에 갇혀 있지만, 이제 곧, 이제 곧 모든 것이 사방으로 터져나갈 듯한 그런 느낌이었다.

그는 차창에 이마를 기댄 채 두 눈을 감았다. 그리고 그는 전원풍경이 얼굴을 가로지르는 것을 느끼며 코를 골기 시작했다.

THE GIVEN DAY

위험한 임무

1

어느 축축한 여름 밤 코플리 광장 근처의 미캐닉스 홀, 보스턴 경찰 대니 커글린은 동료 경관 조니 그린과 4라운드 복싱 경기를 벌였다. '커글린 대 그린' 전은, 플라이급, 웰터급, 크루저급, 헤비급을 망라한 열다섯 경기의 마지막 대전이자 최고의 흥행경기였다. 대니 커글린은 190센티미터에 100킬로그램에 달하는 헤비급 거구였다. 어정쩡한 레프트훅과 2퍼센트 부족한 스텝 때문에 전문적인 파이터까지는 못 되지만 면도날 같은 레프트잽이 라이트훅의 엄청난 파괴력과 맞물릴 경우, 이스트코스트의 어느 세미프로도 그를 당해내기가 쉽지 않았다.

하루 종일 벌어지는 이 권투 이벤트엔 '복싱과 배지: 희망을 향한 강펀치'라는 타이틀이 붙어 있었다. 수익금은 지체장애 고아들의 세인트 토머스 고아원과 경찰의 친목동호회 격인 보스턴 경우회에 반반씩 전달되는데, 경우회는 그 돈을 상이경찰의 복지기금에 충당하고 또 제복과 장비구입에 충당한다. 이른바 당국에서 지급을 거절한 비용인 셈이다. 관람에 관심이 없는 사람도 시합을 알리는 전단지가 전신주와 마음씨 좋은 가게들 문에 붙을 때면, 미리 기부금을 내기도 했다. 시합 전단지는 모든 범죄의 사령부 격인, 보스턴 최악의 슬럼가까지 들뜨게 만들었다. 그곳은 위조지폐범, 깡패, 폭력배, 그리고 도시의 가장 무자비한 길거리 조폭 거스티 패거리들이 진을 치고 있는 곳이다. 그들은 사우스 보스턴에 본부를 두고 있으나, 도시 전역까지 촉수를 뻗고 있었다.

그들이 열광하는 이유는 간단하다.

범죄자들은 경찰을 죽도록 패주는 것만큼이나, 경찰들이 서로 죽도록 패는 모습을 보고 싶어 한다.

'복싱과 배지: 희망을 향한 강펀치'가 열리는 미캐닉스 홀에 가면 경찰들이 서로를 죽도록 패준다.

고로, 범죄자들은 그 장면을 보기 위해 미캐닉스 홀에 모일 것이다.

대니 커글린의 대부, 에디 맥케나 경위가 이 이론을 철저히 연구한 장본인이다. 물론 그가 군림하는 경찰 특공대를 포함해 보스턴 경찰 전체를 위해서였다. 에디 맥케나의 특공대원들은, 그날 하루 종일 관중들 사이를 누비며 거의 피 한 방울 흘리지 않고 미제 영장들을 해결했다. 목표물이 화장실 등을 이유로 메인홀을 빠져나가면, 기다렸다는 듯 곤봉으로 뒤통수를 갈겨 골목에 대기 중인 경찰 왜건에 처박아버렸다. 대니가 링에 오를 때쯤에는 영장이 발부된 대부분의 깡패들이 잡히거나 뒷문으로 빠져 나갔으나, 진짜 멍청한 몇 놈은 그때까지도 담배연기에 찌들고 쏟아진 맥주로 찐득거리는 복도와 방을 떼 지어 돌아다녔다.

대니의 세컨드(권투 중 선수를 돌보는 사람 — 옮긴이)는 스티브 코일이었다. 스티브는 노스엔드 01지구의 순찰 파트너이기도 했다. 두 사람의 관할은 하노버 거리의 끝에서 반대편 끝, 그리고 컨스티튜션 부두에서 크로포드하우스 호텔까지다. 그리고 두 사람이 파트너로 있는 동안 대니는 복싱을 했고 스티브는 그의 세컨드 겸 응급요원 역할을 했다.

1916년 살루테이션 파출소 폭파사건의 생존자인 대니는, 초보 시절부터 줄곧 높은 근무 평점을 유지해 왔다. 또한 건장한 어깨와 검은 머리, 검은 눈의 미남이기도 했다. 그 덕분에 여자들이 노골적으로 힐끔거리곤 했는데, 드러내놓고 담배를 피우는 여자들이나 이민 여성만 그러는 게 아니었다.

그와 반대로 스티브는 땅딸막한 안짱다리에, 얼굴은 교회 종처럼 통통하고 늘 벌겋게 부풀어 있었다. 그 해 일찍이 여자들의 마음을 사로잡겠다며 남성 4중창단에 가입했는데, 지난 봄 내내 큰 진척이 있는 듯도 했으나 가을에 다가선 지금에 이르러서는 전망이 그다지 밝지 못했다.

소문에 따르면, 스티브는 아스피린마저 지끈거리게 할 정도의 수다쟁이였다. 어릴 때 부모를 모두 잃고, 어떤 연줄이나 뇌물 하나 없이 경찰에 들어온 터라 벌써 9년째 근무인데도 여전히 순경 신세를 면치 못했다. 그와 반대로 대니는 보스턴 경찰청의 귀족이었다. 사우스보스턴 12지구 토머스 커글린 서장의 아들이자 특공대 에디 맥케나 경위의 대자가 아니던가. 덕분에 불과 5년도 채 되지 않았건만 보스턴 경찰은 누구나 그의 형사 진급이 머지않음을 알고 있었다.

"니미, 뭐가 이렇게 오래 걸려?"

스티브가 홀 뒤쪽을 훑어보았다. 그도 오늘의 복장이 자꾸 신경 쓰이는 모양이었다. 격투기 종목에서 세컨드로 가장 뛰어난 민족이 스코틀랜드라는 얘기를 어딘가에서 들었다며, 아예 킬트 차림으로 링에 나온 것이다. 진짜 격자무늬 킬트(스코틀랜드 사람이 전통적으로 착용하는 치마형의 남자 하의 — 옮긴이)에 적/흑색의 아가일 무늬가 있는 양말, 새까만 트위드재킷과 똑같은 종류의 5버튼 조끼, 은색의 예복 넥타이, 진짜 레이스 단화, 비스듬히 얹힌 빵모자까지…… 세상에, 정말로 경악스러운 건 그 복장에 그 꼬락서니가 아니라, 그가 스코틀랜드 출신이 아니라는 사실이었다.

경기가 막바지에 이르자, 벌겋게 술에 취한 관중들이 조금씩 동요하기 시작했고, 정규 시합 사이마다 여기저기에서 진짜 싸움이 일어나기도 했다. 대니는 로프에 기대 하품을 했다. 미캐닉스 홀은 사탕과 술 냄새로 진동했다. 짙고 축축 한 담배연기도 그의 두 팔을 감아

돌았다. 이쯤 되면 대기실로 돌아가도 뭐라고 할 사람이야 없겠지만, 가봐야 대기실이 아니라 비상복도에 벤치 하나가 고작이었다. 5분 전 09 지구 소속의 우즈가 그곳으로 찾아와 링에 오를 시간이라고 알려주었더랬다.

그래서 그는 텅 빈 링에 서서 조니 그린을 기다렸다. 관중들의 아우성이 점점 커지고 거칠어졌다. 여덟 번째 줄의 한 남자가 접이의자로 다른 남자를 때리더니 피해자 위로 넘어졌다. 그도 너무 취한 터였다. 경찰이 한 손에 둥근 헬멧, 다른 손에 곤봉을 들고 관중을 헤치고 들어갔다.

"그린이 뭐 하는지 보고 오지 그래요?"

대니가 스티브한테 말했다. 스티브는 대답하기 전에 턱으로 관중들을 가리켰다.

"싫다. 왜, 네놈이나 내 킬트 밑으로 들어와 핥아보지 그래? 저 군중 새끼들 완전히 술에 절어 있어. 내가 나갔다간 내 옷을 모조리 잡아 뜯으려 들 거다. 그게 킬트든 스카프든."

"맙소사, 여벌옷이라도 가져오지 그랬어요." 그는 로프에 등을 몇 번 튕기며 목 근육을 풀고 팔목을 비틀었다. "저기 과일 날아와요."

"뭐?"

스티브가 되묻곤, 갈색의 상추 꽁다리 하나가 링 가운데로 날아들자 펄쩍 물러섰다.

"아니, 야채네요."

"상관없어. 도전자 나리께서도 등장하셨으니까. 시간을 아주 잘 지키는 놈이군."

스티브가 손으로 가리키며 말했다.

대니가 중앙통로를 돌아보았다. 조니 그린의 그림자가 백색광의 입구 한가운데를 막아섰다. 관중들도 그를 의식하고 고개를 돌렸다. 그가 트레이너와 함께 복도를 내려오기 시작했다. 15지구의 내근 경위라는 건 알고 있지만 이름은 기억나지 않았다. 열다섯째 줄 근처의 통로에서 해밀턴이라는 이름의 얼뜨기 특공대원이 누군가의 코를 잡아 질질 끌고 나갔다. 이미 행사도 막바지인 터라, 이제 위장 따위는 아무래도 상관없다고 판단한 모양이었다.

보스턴 경찰서 대언론공보관 칼 밀스가 스티브를 불렀다. 스티브가 한 쪽 무릎을 꿇고 그와 얘기를 나누었다. 대니는 조니 그린을 보고 있었다. 그 자의 눈에서 비치는 느낌이 맘에 들지 않았다. 뭔가 정신줄이 끊긴 놈 같지 않은가. 조니 그린이 군중을 보고 링을 보고 다시 대니를 보았다. 하지만 정작 그의 눈에 비친 건 대니가 아니었다. 그린은 모든 것을 보고 동시에 아무것도 보지 못했다. 대니도 전에 본 적이 있는 표정이다. 주로 꼭지 돌게 퍼마신 술꾼이나 강간 피해자들의 얼굴에서였다.

스티브가 등 뒤로 돌아와 그의 팔꿈치를 건드렸다.

"밀스 말이, 저 친구 24시간 동안 이게 세 번째 시합이래."

"예? 누가?"

"누가? 그린 새끼지 누군 누구야. 어젯밤 소머빌크라운 호텔에서 한 번 붙었고, 오늘 아침엔 브리튼의 조차장, 그리고 여기 온 거라는

군."

"몇 라운드나 뛰었대요?"

"어젯밤 13라운드는 확실한가봐. KO로 패했고."

"그런데, 또 여기 와요?"

"집세. 아이 둘. 임신한 아내."

스티브가 내뱉었다.

"기껏 집세 때문에?"

관중들이 발을 구르기 시작했다. 벽이 부르르 떨고 지붕 서까래가 흔들렸다. '지붕이 날아가도 내가 눈 하나 깜짝하나봐라.' 대니가 속으로 중얼거렸다. 조니 그린은 가운 없이 자기 코너로 올라오더니 글러브를 부딪쳐 평펑 소리부터 냈다. 두 눈이 공허하기가 짝이 없었다.

"여기가 어딘 줄도 모르는군."

대니가 말했다.

"아니, 알아. 지금 링 중앙으로 나오잖아."

스티브가 말했다.

"스티브, 맙소사."

"맙소사 같은 소리 하네. 어서 나가기나 해."

링 중앙으로 나가자, 전직 복서 출신의 레프리, 빌키 닐 형사가 두 선수의 어깨에 손을 얹었다.

"깨끗하게 싸워. 최소한 깨끗한 것처럼 보이라고. 질문 있나?"

"이 친구, 눈이 안 보이는 모양인데요?"

대니가 말했다. 그린은 자기 구두만 내려다보고 있었다.

"네놈 머리를 뽑아버릴 만큼은 보인다."

"내가 글러브를 벗어볼 테니까, 손가락 좀 헤아려볼 텐가?"

그린이 머리를 들더니 대니의 가슴에 침을 뱉었다.

"이런 망할 놈."

대니는 뒷걸음칠 치며 글러브로 침을 닦고 다시 반바지에 문질렀다.

관중들의 함성. 맥주 병 몇 개가 링 주변바닥에 부딪쳐 깨지는 소리가 들렸다.

그린이 대니의 눈을 마주 보았다. 그린의 눈이 바다를 떠다니는 배처럼 미끄러졌다.

"기권하고 싶으면 해라. 하지만 공개적으로 해. 그래야 내가 돈을 챙길 테니까. 마이크를 잡고 기권하겠다고 선언하란 말이야."

"기권 같은 소리 하네."

"그럼 싸워."

빌키 닐이 두 사람에게 초조하고도 짜증스러운 미소를 지어 보였다.

"이봐, 관중들이 동요하고 있어."

대니가 장갑으로 그린을 가리켰다.

"저 친구 좀 봐요, 닐. 잘 보라고요."

"말짱한데, 뭘."

"이건 말도……"

그린의 잽이 대니의 턱에 걸렸다. 빌키 닐이 재빨리 뒤로 빠지며 팔을 내렸다. 종이 울리고 관중들이 아우성을 질렀다. 그린이 대니의 목에 다시 잽을 날렸다.

관중들은 제 정신이 아니었다.

대니가 파고들다 다시 한 방을 맞고 그린을 끌어안았다. 그린이 대니의 목에 재빨리 대여섯 개의 펀치를 퍼부었다.

"포기하지 그래, 응?"

대니가 말했다.

"좆까. 나한테는 돈이…… 어……"

순간 대니는 따뜻한 액체가 등을 따라 흐르는 느낌에 얼른 클린치를 풀었다.

그린이 고개를 갸우뚱했다. 분홍빛의 거품이 아랫입술에서 삐져나와 턱 아래로 똑똑 떨어지고 있었다. 그는 두 팔을 늘어뜨린 채 5초 동안 그런 식으로 서 있었는데 링에서는 그야말로 영원에 가까운 시간이다. 대니는 그 표정이 막 알에서 깨어난 아기 같다는 생각을 했다.

이윽고 그가 새우눈을 하고 양 어깨를 굽히더니 두 손을 올렸다. 후에 대니가 물었을 때 의사는 극단적 강박 하에서 그런 식의 반사 행동이 나올 수 있다고 대답해 주었다. 사실 대니가 미리 알았다고 하더라도 도리는 없었을 것이다. 어차피 그도 꼼꼼히 따질 만한 여유는 없었다. 복싱 중 링 위에서 가드하는 행위는 의미가 뻔했다. 뒤이어 그린의 왼쪽 주먹이 두 사람 사이의 공간으로 파고들었고, 대니는 어깨를 비틀며 오른쪽 크로스 펀치로 그의 머리 옆을 가격했다.

본능. 오직 본능뿐이다.

카운트를 할 필요도 없었다. 그린은 캔버스에 누운 채 발꿈치를 걷어차더니, 흰 거품과 분홍색 피를 내뿜으며 고개를 좌우로 마구 흔들었다. 입은 물 밖에 나온 물고기처럼 계속 뻐금거렸다.

하루에 세 경기라고? 젠장, 농담해?

조니는 죽지 않았다. 별다른 이상도 없었다. 다시 시합에 참가할 수야 없겠지만 한 달 후에는 또렷하게 말도 했고 두 달 후엔 걸음걸이도 정상으로 돌아왔다. 옆으로 돌아간 입도 자연스럽게 풀렸다.

하지만 대니에겐 여전히 문제였다. 조니에 대한 죄의식 때문은 아니었다. 아, 가끔 미안하기는 했으나, 카운터펀치를 날리기 전에 이미 조니 그린의 발작이 시작되었다고 확신했다. 문제는 마음을 안정시킬 수 없다는 데 있었다. 불과 2년 동안, 대니는 살루테이션 파출소 폭파사건에서, 사랑하는 단 하나의 여인 노라 오셔와의 이별까지 적잖은 풍파를 겪었다. 그의 부모 집에서 가사 일을 돕는 아일랜드 여성인데, 두 사람의 사랑은 처음부터 비극적인 운명을 예고했었다. 관계를 끝낸 건 대니였다. 하지만 그녀가 자신의 삶에서 빠져나가자, 도무지 삶의 이유를 찾아낼 수가 없었다. 그런데 또다시 미캐닉스 홀에서 조니 그린을 죽일 뻔했는데 이 모든 일이 불과 21개월 사이에 벌어졌다. 21개월. 그 정도면 누구든 신의 악의를 의심할 법할 것이다.

"그 친구 여자가 떠났다더라."

두 달 후 스티브가 한 말이다. 9월 초였고 대니와 스티브는 보스턴의 노스엔드를 도는 중이었다. 노스엔드는 주로 이태리 이민자들과 가난한 자들이 사는 곳이다. 도살꾼과 팔뚝만 한 쥐들이 판을 치고 어린애들이 걸음마도 떼기 전에 죽는 곳이기도 하다. 영어는 거의 쓰이지 않고 자동차도 볼 수 없는 곳이지만 대니와 스티브는 그 동네를 너무 사랑한 나머지 그 한가운데 살기까지 했다. 하노버의 01 지구에서 불과 몇 블록 거리에 있는, 살렘 가의 어느 하숙집인데 둘은 서로 다른 층에 살았다.

"누구 여자요?"

"조니 그린. 하지만 네 잘못은 아니야."

"왜 떠났대요?"

"곧 가을이잖아. 강제 퇴거 당했다더군."

"하지만 직업이 있잖아요. 아무리 내근직이라도."

그가 다시 물었다. 스티브가 고개를 끄덕였다.

"두 달 동안의 휴직을 버티지 못한 모양이야."

대니가 걸음을 멈추고 파트너를 보았다.

"월급을 안 준 거예요? 본서가 후원한 경기에서 싸운 건데도?"

"알고 싶냐?"

"예."

"지난 두 달 동안. 누군가 조니 그린의 이름을 거론하면 넌 정조대보다 굳건히 그자 입을 틀어막았더랬다."

"얘기나 해요."

대니가 씩씩대자 스티브가 어깨를 으쓱였다.

"그건 본서가 아니라 경우회(警友會)가 후원한 시합이었다. 기술적으로 본다면 근무와 무관한 부상인 셈이지. 결국 병가수당을 받지 못했더군."

대니는 아무 말도 못하고 그저 주변을 돌아보기만 했다. 노스엔드는 일곱 살 때부터 살던 곳이다. 거리를 닦아놓은 아일랜드 인들과 그 뒤를 이은 유대인들보다도 먼저였다. 지금은 이태리 인들이 득세한 터라 나폴리와 하노버 거리의 사진을 찍어 보내면 어느 사진이 미국에서 찍은 건지 알아내기가 쉽지 않을 정도였다. 대니는 스무 살 때 다시 들어갔지만 아직 떠날 계획 같은 건 없었다.

대니와 스티브의 순찰구역은 굴뚝 연기와 돼지기름 냄새로 찌들어 있었다. 노파들이 뒤뚱거리며 도로 안으로 들어오고 수레와 말이 자갈밭을 따라 갈 길을 재촉하며 열린 창문에선 각혈 소리가 그치지 않았다. 아이들이 어찌나 목을 놓아 울던지 대니도 이젠 그들의 벌건 얼굴을 상상할 수 있었다. 어느 집 안이나 닭들이 활개 치며 돌아다녔다. 그리고 계단통엔 염소 똥이 그득했으며, 씨앗을 늘어놓은 찢어진 신문 위엔 파리 떼들이 분주히 날아다녔다. 여기에 영어를 포함, 비이탈리아적인 모든 것에 대한 뿌리 깊은 불신을 더해 보라. 그러면 어느 아메리카노도 이해 못할 사회를 그려낼 수 있으리라.

그런 이유 때문에라도 노스엔드가 동해안의 대표적인 무정부주의자, 볼셰비키, 급진주의자, 파괴분자들의 주요 스카우트 지역이 된 것은 어쩌면 당연한 노릇이겠다. 대니가 그 동네를 사랑하는 이유도 그런 식의 빙충맞은 이유들 때문이다. 여기 사람들에 대해 욕은 얼마든지 할 수 있지만, 절대로 그들의 열정을 의심할 수는 없을 것이다. 1917년 방첩법을 적용하면 그들 대부분은 반정부주의자로 체포되거나 추방되어야 했다. 물론 다른 도시라면 달랐겠지만, 노스엔드에선 미국의 전복을 옹호했다는 이유로 사람을 체포하는 건, 거리에 자기 말똥을 치우지 않았다는 이유로 체포되는 것과 다를 바 없는 수준이었다. 찾아내서 체포하는 거야 쉽지만 데려가려면 엄청나게 커다란 트럭이 필요할 것이다.

대니와 스티브는 리치먼드 가의 카페에 들어갔다. 사방 벽이 검은색 울 십자가들로 덮여 있었다. 최소 30개 정도였으며 대부분 사람 머리 정도 크기였다. 미국이 참전한 후, 주인의 아내가 지금껏 떠온 것들이다. 대니와 스티브는 에스프레소를 주문했다. 주인은 유리 카운터 위에 갈색 설탕과 커피잔을 내려놓고 둘만 있게 해주었다. 주인의 아내가 뒷방에 들어갔다가 빵 접시들을 들고 돌아와 카운터 아래 선반에 넣었다. 팔꿈치 아래의 유리에 금세 김이 서렸다.

"전쟁이 곧 끝나겠죠?"

여자가 대니한테 물었다.

"그럴 것 같던데요."

"잘 됐어요. 십자가 하나를 더 떴는데 아마도 그 덕분일 거예요."

그녀가 머뭇머뭇 웃어보이고는 꾸벅 인사를 하고 뒷방으로 돌아갔다.

두 사람은 에스프레소를 마셨다. 카페에서 나왔을 때 태양은 눈이 부실 정도로 밝았다. 부두를 따라 늘어선 증기선들의 굴뚝에서 뿜어져 나온 검댕이 요동을 치며 대기를 떠다니다 자갈길에 내려앉았다. 가게의 창살 셔터를 말아 올리는 소리나 식료품 배달용 마차가 삐걱거리며 달리는 소리가 아니라면 동네는 조용한 편이었다. 대니는 늘 이런 식이기를 바랐지만 머지않아 이 거리들도 행상과 가축과 학교를 땡땡이 친 아이들과 볼셰비키 또는 무정부주의 선동가들로 가득 찰 것이다. 그들 중 일부는 늦은 아침을 해결하기 위해 살롱을 드나들 것이고, 음악가들은 선동가들이 없는 모퉁이를 찾을 것이며, 누군가는 아내나 남편 또는 볼셰비키들을 두들겨 팰 것이다.

아내 구타자, 남편 구타자, 볼셰비키 구타자를 처리하고 나면, 그 다음엔 소매치기, 날치기, 야바위꾼, 카페나 이발소 골방의 노름꾼들이 나타나고, 화재와 역병은 물론 흑수단원(흑수단, 복수나 공갈을 목적으로 결성된 이탈리아 사람들의 비밀 조직 — 옮긴이)의 폭력까지도 막아주겠다며 돈을 뜯어내는 또 다른 흑수단원들까지 설칠 것이다.

"오늘 밤에도 모임이 있을 거야. 큰 행사래."

스티브가 말했다.

"보스턴 경우회요? 그게 큰 행사라니, 지금 제 정신이에요?"

대니가 고개를 저었다. 스티브가 곤봉 가죽 끈을 잡고 빙글빙글 돌렸다.

"네가 노동 조합 모임에 나타나면, 지금쯤 형사과로 승진하고 우리 모두 봉급이 인상되고, 조니 그린의 여편네와 애새끼들이 붙어 있었을 거라는 생각은 안 해봤냐?"

대니가 하늘을 보았다. 태양이 이글거렸지만 그래도 못 볼 정도는 아니었다.

"그건 경우회예요."

"아니, 노동 조합이야."

스티브가 반박했다.

"그럼 왜 보스턴 경우회라고 부르죠?"

대니가 하얀 가죽 같은 하늘을 보며 하품했다.

"좋은 질문이다. 사실 그게 핵심이지. 우린 이름을 바꿀 생각이야."

"꼴리는 대로 바꿔봐야 결국 무늬만 노동 조합일 거예요. 우린 경찰이라고요, 스티브, 권리 따위가 있을 리 없잖아요. 보스턴 경우회? 그건 애들 장난이라고요."

"지금 곰퍼스*와 회담을 추진 중이다. 노동총연맹 말이야."

대니가 멈춰 섰다. 아버지나 에디 맥케나한테 이 사실을 알리면 그는 당장 금배지를 받고 내일모레쯤 순찰근무에서 빠질 수도 있을 것이다.

"노동총연맹은 전국노조잖아요, 지금 제 정신이에요? 그 치들이 경찰을 받아들일 것 같아요?"

"뭐가 문젠데? 시장? 주지사? 오미라* 경찰청장?"

"오미라 경찰청장. 문제될 건 그 인간밖에 없겠죠."

경찰청장 스티븐 오미라의 철벽 같은 신념에 따르면, 경찰 지위는 모든 공무직 중 최고 명예직이었다. 당연히 그는 경찰들에게 대내외적인 명예를 요구했다. 그가 보스턴 경찰청을 떠맡을 때만 해도 보스턴 구역들은 봉토(Chester Shipyards)에 불과했다. 선거구장(ward boss: 각 당 선거구의 정치기구를 이끌며 유권자들을 끌어 모으는 창구 역할을 하나, 부패와 착취의 온상이 되기도 한다 — 옮긴이)이나 구의원들이 누구보다 더 빨리 냄새를 맡을 수 있는 개인 창고라는 얘기다. 혼자 잘나고 혼자 잘 입고 주변사람들 고통엔 나 몰라라 하는 자들이다.

오미라는 많은 부조리를 정화했다. 모두는 아니지만, 그래도 삭정이 조직은 태우고 상식을 초월한 선거구장이나 구의원들을 열심히 기소했다. 썩은 시스템을 두드려 보기도 했다. 물론 마음대로 되지는 않았다. 하지만 무너뜨리지는 못했어도 이따금 상당한 타격을 주기도 했고, 기회를 틈타 경찰들을 거리에 내보내 그들이 봉사하는 주민들을 제대로 이해하도록 주문하기도 했다. 바로 그게 버젓한 순경이 오미라의 보스턴 경찰청에서 하는 일이다. 비록 제한된 접촉 내에서나마 사람들에게 봉사하는 것. 선거구장이나 돈 많은 토호들처럼 굴지 말 것. 경찰처럼 차려 입고 경찰처럼 행동하되, 결코 부정부패와 타협하지 말 것. 물론 법의 집행자라는 기본원칙을 굽혀서도 안 된다.

하지만 오미라조차 시와의 봉급 인상 전쟁에서 자신의 의지를 관철시키지 못했다. 지난 6년간 한 번도 봉급인상이 없었을 뿐 아니라, 오미라 자신이 밀어붙인 인상안조차 8년간의 교착상태 후에 작성된 것이었다. 따라서 대니를 비롯한 경찰들은 1905년 수준의 임금을 받는 셈이었다. 게다가 보스턴 경우회와의 마지막 미팅에서, 당분간 그 이상은 기대하지 말라고 시장이 못 박은 바 있었다.

주당 73시간의 근무에 시간당 29센트. 근무 외 수당 전무. 게다가 그것도 특혜 보직에 속하는 대니와 스티브 코일 같은 주간 순찰근무자들을 위한 기준이다. 불쌍한 야간 순찰자들은 일률적으로 시간당 25센트에 주당 83시간을 근무해야 했다. 경찰로서 첫걸음마를 뗀 이후로 체득한 진실이 아니었다면, 대니 역시 분개하고 말았을 것이다. 시스템이 노동자를 엿 먹인다는 사실. 시스템에 저항하다간 굶어죽을 수밖에 없다는 사실. 불공평도 용납하지 않을 만한 용기와 배짱이 있다면 그들이 할 수 있는 선택은 오로지 전쟁뿐이었다.

"오미라, 그래. 나도 그 영감을 좋아해. 물론 좋아하고말고. 하지만 그렇다고 우리한테 약속된 몫을 챙겨주진 못해."

스티브의 말에 대니가 답했다.

"어쩌면 그 치들한테 정말 돈이 없을지도 모르잖아요."

"작년에도 그렇게 말했다. 전쟁이 끝날 때까지 기다리면 충분히 보상받을 거라고 했지. 그래서 기다렸지만 개뿔도 없었어."

스티브가 두 손을 들어보였다.

"전쟁은 아직 안 끝났어요."

스티브가 인상을 찌푸렸다.

"사실상 종전이야."

"그럼, 좋아요. 재협상을 해봐요."

"이미 했다. 지난주에 요구를 또 묵살했지. 게다가 6월 이후로 생계비도 치솟고 있다고. 망할, 이젠 굶어 죽을 판이란 말이다. 네놈도 애새끼가 있으면 알 거다."

"선배도 애는 없잖아요."

"형수가 과부다. 망할, 애가 둘이나 되지. 아무래도 그녀와 결혼을 해야겠어. 날 아예 외상 청산일의 산타클로스쯤으로 안다니까."

형의 시신이 무덤에 들어가고 한두 달 후부터 스티브가 봉급을 모두 미망인 웰치 코일한테 쏟아 붓고 있다는 사실은 알고 있었다. 브리튼 가축시장에서 스티브의 형 로리 코일은 소털 깎는 가위에 대퇴동맥을 잘린 채 노동자들과 무심한 소들 사이에 쓰러져 목숨을 잃었다. 가축시장이 가족들에게 최소한의 사망보험금도 지불하지 않자 노동자들은 로리 코일의 죽음을 노조결성의 단초로 이용했다. 하지만 그들의 파업은 불과 삼일 만에 끝나고 말았다. 브리튼 경찰과 핑커튼(일종의 사설 경호업체 — 옮긴이) 외부 용역깡패들이 밀고 들어와 로리 조지프 코일에게 모든 잘못을 뒤집어씌웠기 때문이다.

거리 맞은편에서 무정부주의자의 트레이드마크인 무테모자에 자전거 핸들 수염을 한 남자가 전봇대 밑에 나무상자를 내려놓더니 겨드랑이에서 공책을 꺼내 살펴보기 시작했다. 이윽고 그가 상자에 올라섰다. 문득 대니는 그가 불쌍해졌다. 그에게도 아이와 아내가 있을까?

"노동총연맹은 전국연합이에요. 경찰 당국이 인정할 리가 없잖아요."

스티브가 그의 팔에 한 손을 얹었다. 어느새 평소의 쾌활한 눈빛은 보이지 않았다.

"모임에 나와, 대니. 페이홀. 화요일과 목요일이다."

"그래서 무슨 소용이죠?"

대니가 말할 때 맞은편 남자도 이태리어로 뭔가 외치기 시작했다.

"그냥 나와."

스티브의 말이었다.

근무가 끝난 후 대니는 코스텔로로 건너가 혼자 저녁을 먹고 다소 과음을 했다. 경찰들이 좋아하는 해변가의 살롱이다. 대니가 술을 마시는 횟수에 비례해 조니 그린에 대한 생각은 희미해져만 갔다. 조니 그린, 그가 치른 하루 세 번의 경기, 거품을 문 입, 내근직, 그리고 퇴거명령서 등에 대한 생각도 따라서 희미해졌다. 집을 나와 노스엔드를 지날 때에도 대니의 손엔 플라스크가 들려 있었다. 내일은 20일 만에 얻은 비번이다. 성미가 뒤틀린 탓이겠지만, 탈진은 오히려 그를 불면증 환자로 만들어놓았다. 거리는 다시 조용해졌고 밤도 깊어만 갔다. 하노버와 살루테이션 모퉁이에서, 그는 가로등에 기대 셔터 닫힌 파출소를 바라보았다. 인도에 접한 낮은 창문 두 개에 모두 그슬린 자국이 있었지만, 그밖에는 그 안에서 어떤 종류의 폭력이 일어났는지 말해주는 건 아무것도 없었다.

하버 경찰서는 애초 몇 블록 떨어진 애틀랜틱 거리로 이사할 생각이었다. 1년 이상 계획한 일이라고 신문에도 발표했지만 사실 곧이곧대로 믿는 사람은 아무도 없었다. 살루테이션 거리의 치안 불안은 어제오늘의 일이 아니었다. 그리고 주민들도 경찰서에 더 이상 치안을 주문하지 않았다.

그 사건은 1916년 크리스마스가 일주일 남았을 때의 일이었다. 스티브가 연쇄상구균에 쓰러지고, 대니는 혼자 일하다가 도둑을 한 명 체포했다. 도둑은 배터리 부두의 얼음 창고와 어물전 앞에 정박한 배를 빠져나오던 참이었다. 때문에 사건은 하버 경찰서의 관할이었고 대니가 할 일이라곤 그곳에 인도하는 것뿐이었다.

사실 체포가 어렵지도 않았다. 도둑은 어깨에 삼베자루를 메고 터덜터덜 트랩을 내려오고 있었다. 근무시간이 끝나가던 대니는 하품을 하다가, 그 자가 하역인부나 트럭운전사와는 손과 신발의 모양새도 다르고, 걸음걸이도 다르다는 사실을 눈치 챘다. 대니는 그에게 멈출 것을 명했다. 도둑은 어깻짓을 하더니 자루를 내려놓았다. 그가 턴 배는 벨기에의 굶주린 어린이를 위한 식료품과 의료품을 싣고 출항을 앞두고 있었다. 지나가던 행인이 계선장에 널브러진 식료품 캔들을 보고 소문을 퍼뜨리는 바람에, 대니가 수갑을 채울 때쯤엔 부두 끝에는 구경꾼들도 어느 정도 운집한 터였다. 그 즈음 벨기에의 굶주린 아이들은 큰 이슈였다. 신문들은 독실한 플랑드르 사람들을 괴롭히는 독일군의 횡포 기사로 가득했다. 대니는 절도범을 앞세우고 군중들을 뚫고 하노버의 살루테이션 거리로 나가면서 곤봉을 꺼내 어깨에 걸쳤다.

부두를 벗어나자 일요일의 거리는 춥고 조용했다. 오전 내내 내린 눈이 먼지처럼 휘날리고 있었다. 먼지만큼이나 작고 건조한 눈송이들. 살루테이션 거리의 파출소 접수데스크에 이르자 절도범은 대니에게 잔뜩 튼 손을 보여주며, 이 추위에 빵깐에서 며칠 밤을 보내다간 다시 피가 터져 나올 거라며 투덜댔다. 그리고 그때 지하실에서 다이너마이트 열일곱 개가 터졌다.

폭발의 정확한 성격에 대해서는 동네 사람들도 몇 주씩 논쟁을 벌인 문제다. 폭음이 있기 전 퍽 하는 탁음이 두세 번 들리지 않았어? 건물이 흔들린 게 문이 모두 뜯겨나간 후였던가? 아니면 그 전이었나? 거리 쪽으로 나 있는 창은 모두 터졌다. 1층에서 5층까지, 블록 이쪽 끝에서 반대편 끝까지. 유리가 터지는 소음도 상당했던 터라 원래의 폭음과 구분하기가 쉽지 않았다. 하지만 파출소 안의 사람들에게 열일곱 개의 다이너마이트가 만들어 낸 폭음은 너무도 똑똑히 들렸다. 그 후 벽이 갈라지고 바닥이 무너지면서 내는 소리들과는 확연히 구분되었다.

대니가 들은 건 천둥소리였다. 평생 동안 들은 소리 중 가장 큰 소리였다고는 못해도 매우 깊은 소리임에는 틀림이 없었다. 거대한 신의 크고도 어두운 하품 같은. 그 순간 소리가 발밑에서 들려왔다는 사실을 간과했다면, 당연히 천둥소리라고 확신했을 것이다. 바리톤의 비통한 울음소리는 벽을 흔들고 바닥을 울리고 지나갔다. 불과 1초도 안 되는 짧은 순간, 절도범은 대니를 보고 대니는 당직 경사를 보고, 당직 경사는 벨기에 전쟁에 대해 토론 중인 모퉁이의 순경 둘을 돌아보았다. 이윽고 우르릉거리는 소리와 건물의 진동이 더 깊어지며, 뒤쪽의 벽이 석고 가루를 뿌리기 시작했다. 전지분유나 가루비누 같은 가루였다. 대니가 손을 들어 경사에게 벽을 가리키려 했으나 그는 벌써 보이지 않았다. 교수대의 사형수처럼 데스크 밑으로 떨어져버린 것이다. 창문이 모두 터졌다. 대니는 창을 통해 하늘을 덮은 잿빛 막을 보았다. 그리고 바닥이 꺼졌다.

천둥 후 붕괴까지 10초 정도? 1~2분 후, 대니는 날카로운 사이렌

소리에 한 눈을 떴다. 왼쪽 귀로는 다른 소리가 들렸다. 소리는 크지는 않았으나 무척이나 고음이었다. 가열된 주전자에서 증기가 새어나오는 듯한. 당직 경사는 반대편에 똑바로 누워 있었다. 책상 상판이 그의 두 무릎을 덮고 있었다. 두 눈은 감고 있었는데 코와 이빨 몇 개가 부러진 모양이었다. 대니의 등에도 날카로운 통증이 있었다. 두 팔과 발은 온통 긁힌 자국이었다. 목덜미에서 피가 흘러나오는 통에 그는 주머니에서 손수건을 꺼내 상처에 갖다 댔다. 방한외투와 제복은 갈가리 찢겨나가고 헬멧도 어디론가 사라진 후였다. 순번을 기다리며 침상에서 잠을 자던 동료들은 속옷 바람으로 잔해 더미에 누워 있었다. 동료 하나가 눈을 뜨더니 왜 자기가 잠을 깼는지 설명해 달라는 듯 대니를 바라보았다.

사이렌 소리. 소방차 타이어가 끌리는 소리. 호각 소리.

속옷 차림의 남자가 백묵처럼 하얀 손으로 얼굴의 피를 닦아냈다.

"망할, 아나키스트 새끼들."

그가 투덜댔다.

대니가 처음 생각한 것도 그랬다. 벨기에, 프랑스, 독일 문제에서 완전히 손 떼겠다는 공약을 내걸고 윌슨이 대통령에 재선된 게 얼마 전이었다. 하지만 권력의 뒤안길 어딘가에서 뭔가 일그러졌는지, 미국의 참전은 갑자기 지극히 당연한 것으로 되고 말았다. 록펠러가 그렇게 말했다. J. P. 모건도 그렇게 말했다. 최근 신문들도 그렇게 말했다. 벨기에의 아이들이 학대받고 굶주리고 있다고. 훈족들은 어느새 잔혹행위를 즐기는 종족이 되어, 프랑스 병원을 폭격하고 벨기에 어린이들을 조금씩 굶겨 죽였다. 대니가 보기엔 언제나 아이들 핑계였다. 나라 여기저기에서 썩은 냄새가 진동을 했지만 법석을 떨기 시작한 건 급진파들뿐이었다. 2주 전, 몇 블록 떨어진 곳에서 시위가 있었다. 무정부주의자와 사회주의자와 세계 산업노동자 연맹. 시내와 부두를 담당하던 경찰이 모두 동원되어 시위대를 해산시켰다. 몇 명은 체포하고 몇 명은 대가리를 까부수고…… 무정부주의자들이 신문에 투서를 해 보복을 맹세한 것도 그때였다.

"지랄 같은 빨갱이 새끼들. 빌어먹을 이태리 테러분자놈들."

속옷 차림의 경찰이 계속 욕을 해댔다.

대니는 왼쪽과 오른쪽 다리를 차례로 살폈다. 큰 이상이 없다는 확신이 들었을 때 그들이 부축했고 그도 두 발로 일어섰다. 천장에 커다란 구멍이 나 있었다.

왼쪽에서 누군가의 신음이 들렸다. 모르타르와 나무, 그리고 복도 아래쪽 유치장에서 날아온 문 조각 사이로 절도범의 붉은 머리카락이 삐죽 나와 있었다. 대니는 그 자의 등을 짓누른 검게 탄 널빤지를 빼내고, 목에 걸린 벽돌을 뽑아주었다. 대니가 옆에 무릎을 꿇고 앉자 도둑이 어쭙잖은 감사의 미소를 지어 보였다.

"이름이 뭐야?"

대니가 물었다. 갑자기 중요한 일 같다는 생각이 들어서였는데, 순간 도둑의 생명력이 마치 벼랑에서 떨어지듯 급격히 그의 두 눈에서 미끄러져 내리고 있었다. 생명이라는 게 뜨는 물건인 줄 알았건만. 그래서 하늘로 올라간다고 생각했건만, 사실은 그 자체로 함몰하고 있었다. 그건 말 그대로 아무 흔적이 남지 않도록 동굴로 사라지는 동물과도 같았다. 그 친구가 누워 있던 곳에도 이제 아련하게 식어가는 물체만이 남았다. 그는 손수건으로 목을 더 세게 누르며, 엄지로 그의 눈썹을 감겨주었다. 문득 그의 이름을 듣지 못했다는 사실이 너무도 안타까웠다.

대니는 매사추세츠 종합병원에 실려 갔다. 의사는 족집게로 대니의 목에 박힌 금속 조각들을 뽑아냈다. 침대 프레임 조각인데 벽으로 날아가다 대신 대니의 목을 물어뜯은 것이다. 의사 말로는 쇳조각이 경동맥을 살짝 빗나갔단다. 까딱했으면 동맥이 반으로 잘려나갔을 거라는 얘기도 했다. 그는 1, 2분 동안 더 들여다보더니, 1000분의 1밀리미터 정도만 비껴 맞았어도 죽은 목숨이라는 판결을 내리고, 날아가는 소한테 머리를 받히는 것에 버금가는 기적이라고 말했다. 물론 다시는 무정부주의자들이 테러할 듯싶은 건물엔 들어가지 말라는 충고도 잊지 않았다.

병원에서 나온 지 몇 달 후, 대니는 노라 오셔와 처절한 연애를 시작했다. 밀회가 있던 어느 날, 그녀는 그의 목 상처에 입을 맞추며 그가 축복받은 거라는 말을 했다.

"그게 축복이라면 그 도둑은 왜 그 축복을 못 받은 거지?"

그가 그녀에게 물었다.

"자기가 아니잖아요."

타이드워터 호텔 방이었다. 헐의 난타스켓 비치 해변통로가 내려다보이는. 두 사람은 시내에서 증기선을 타고와 하루 종일 파라곤 공원에서 놀았다. 회전목마와 찻잔을 탔고, 해수로 만든 태피버터볼과 대합구이를 먹었다. 조개가 어찌나 뜨거운지 바닷바람을 향해 두 손을 열심히 저어댔던 기억이 났다.

사격장에서는 노라가 그를 이겼다. 행운이긴 해도 한 발은 과녁의 정중앙을 뚫기도 했다. 대니는 능글거리는 주인한테서 봉제 곰 인형을 받았다. 틈새 사이로 벌써 갈색 솜과 톱밥이 삐져나오는 싸구려였는데 후에 베개 싸움을 할 때 그녀가 방패로 삼는 바람에 인형은 종말을 맞고 말았다. 둘은 무릎으로 기어 다니며 열심히 톱밥과 솜을 쓸어 담았다. 대니는 놋쇠 침대 아래서 죽은 곰의 단추 눈 하나를 찾아 주머니에 집어넣었다. 그날 어딘가에 가서 버릴 생각이었지만, 1년이 지난 지금은 그 단추 눈 없이 한 발짝도 밖으로 나서지 못할 정도로 소중한 부적이 되어버렸다.

대니와 노라의 연애는 1917년 4월에 시작되었다. 미국이 독일과의 전쟁에 돌입한 그 해였다. 걸맞지 않게 더운 계절 탓에 나무들도 예정보다 일찍 꽃망울을 터뜨려, 그 달 말경엔 꽃향기가 높이 창틀 너머까지 흘러들어왔다. 두 사람이 꽃향기와 아직 내리지 않은 비 냄새를 맡으며 누워 있을 때쯤, 배들은 유럽을 향해 떠나고 애국자들은 거리에 몰려들었다. 그리고 대니도 둘의 관계가 저주 받았음을 깨달았다. 그건 처음에 사랑이 연분홍 꽃을 피울 때, 그러니까 그녀의 황폐한 비밀들을 알기 전부터 예정된 비극이었다. 살루테이션 거리의 지하실 바닥에서 깨어난 이후 그는 끊임없이 무력감에 시달려야 했다. 그곳은 살루테이션이 아니라(남은 평생 동안 그의 사고에 커다란 역할을 하기는 했지만), 이 세상 자체였다. 하루하루가 지날수록 세상은 더욱 더 빨리 돌아갔고, 빨리 돌아갈수록 중심을 잡을 방향타도, 위치를 결정해 줄 별자리도 없는 것처럼 보였다. 세상은 그와 무관하게 아무렇게나 표류할 뿐이었다.

대니는 판자를 두른 살루테이션 잔해를 빠져나와 플라스크를 들고 시내를 가로질렀다. 동이 트기 바로 전, 그는 도버 스트리트의 다리에 서서 수평선을 바라보았다. 도시는 낮은 비구름에 덮인 채 밤과 낮 사이에 걸려 있었다. 석회와 벽돌과 유리로 만든 도시. 전쟁으로 조도까지 낮춘 도시. 은행과 술집과 식당과 서점과 보석상과 창고와 백화점과 하숙집들로 이루어진 도시. 문득 도시 전체가 어젯밤과 내일 아침 사이의 균열 속에 아무렇게나 처박혀 있다는 생각이 들었다. 마치 그 어느 쪽도 유혹하지 못한 창녀처럼. 새벽이 되자, 도시는 장신구도 화장도 향수도 모두 벗어버렸다. 그건 바닥의 톱밥과 엎어진 술잔과 끈이 끊어진 구두 한 짝에 불과했다.

"취했어. 아주 지랄같이 취했어."

그가 바다에 대고 투덜댔다. 잿빛 바다에 담긴 몽롱한 얼굴 하나가 멍하니 그를 올려다보았다. 다리 아래 하나밖에 남지 않은 등불이 비춰준 얼굴이다. 그가 자신의 영상을 향해 침을 뱉었으나 빗나가고 말았다.

오른쪽에서 사람들의 목소리가 들렸다. 돌아보니 사우스 보스턴의 이민자들이 웅성거리며 다리 위로 올라오고 있었다. 일자리를 찾아

도시로 들어가는 여자들과 아이들이었다.

다리를 벗어나자 파산한 과일창고 입구가 보였다. 그는 그곳에 서서 그들을 지켜보았다. 처음에 삼삼오오 짝을 지어 나오던 사람들이 지금은 물밀듯이 밀려들고 있었다. 언제나 여자들과 아이들이 먼저였다. 남자들보다 한두 시간 빠른 출근. 그래야 한두 시간 먼저 집에 돌아가 저녁준비를 할 수 있기 때문이다.

크고 경쾌한 목소리로 수다를 떠는 사람들. 아직 잠에 취해 축 늘어진 사람들. 나이 든 여인들은 등이나 엉덩이같이, 신경통이 심한 부위에 두 손을 대고 걸었다. 대부분이 공장 노동자의 거친 복장이었지만, 풀을 단단히 먹인 흑백 유니폼 차림도 간간이 눈에 띄었다. 호텔 하녀와 청소부들이다.

그는 어두운 문간에 서서 플라스크를 홀짝였다. 반쯤은 그들 사이에 그녀가 있기를 바랐고, 반쯤은 아니기를 바랐다.

아이들 몇이 도버 다리 위로 무리지어 올라갔다. 노파 둘이 이끄는 아이들인 모양인데, 그들은 아이들에게 운다고, 발을 끈다고, 또 행인들의 앞길을 방해한다며 끝없이 야단쳤다. 가족 중에 제일 나이가 많은 애들일까? 그래서 가족을 부양하기 위해 저렇듯 어린 나이에 밖으로 내몰린 걸까? 아니면 학교 등록금을 마련하지 못한 막내들?

그때 노라를 보았다. 눈두덩의 검은 그림자로 보아 잠도 제대로 자지 못하는 모양이었다. 손수건으로 뒷머리를 묶고는 있었지만, 워낙에 거친 곱슬머리라 항상 짧게 자르고 다닌다는 정도는 알고 있었다. 그가 아는 건 그밖에도 많았다. 척추 아래쪽에 종 모양의 커다란 점이 있는데 백옥 같은 피부 때문에 선명한 진홍색으로 보인다는 것도, 그녀가 자신의 도니골(아일랜드의 최북단에 있는 마을 — 옮긴이) 억양을 싫어한다는 것도 알고 있다. 그래서 5년 전 크리스마스 이브, 대니의 아버지가 노던 애버뉴 선창가에서 반쯤 굶주린 채 꽁꽁 얼어 있는 그녀를 찾아내, 커글린 집안으로 데려온 후 지금껏 억양을 고치려 애를 쓰고 있었다.

그녀와 또 다른 여인은, 걸음이 느린 아이들을 피해 잠시 보도를 벗어났다. 친구가 담배를 건네자 노라는 엄지와 검지로 끄트머리를 잡고 재빨리 뻐금거렸다.

그녀를 부를 생각도 해보았지만 그녀의 눈에 비칠 그의 모습을 상상해 보았다. 술과 불안감으로 크게 흔들리는 두 눈. 다른 사람이라면 그 안에서 용맹을 보겠지만 그녀는 겁쟁이를 볼 것이다.

어쩌면 그게 옳겠다.

다른 사람들이 크고 강한 남자로 알아도 그녀는 그 안에서 나약한 어린아이를 볼 것이다.

그래, 그녀가 옳을 것이다.

그래서 그는 문가에 숨어 있었다. 그곳에 서서, 도버 스트리트의 무리 속에 그녀가 파묻힐 때까지 바지주머니 속의 단추 눈을 만지작거렸다. 그는 자신을 저주했다. 그녀도 저주했다. 서로를 폐허로 만들어버린 두 사람.

2

9월, 루터는 무기 공장에서 쫓겨났다. 어느 수요일, 출근해 보니 작업대에 노란 종이쪽지가 테이프로 붙어 있었다. 주중에는 언제나 습관처럼 연장가방을 작업대 아래 놓아두었다. 연장은 기름천으로 단단히 감싸 나란히 정리해 두었다. 그건 회사가 아니라 루터의 물건이며, 코르넬리우스 삼촌이 일찍이 눈이 멀면서 물려준 것이다. 루터가 어렸을 때, 삼촌은 현관에 앉아 작업복에서(기온이 40도를 오르내리든 장작더미에 서리가 내리든 삼촌은 늘 그 옷만 입었다.) 작은 기름병을 꺼내 연장세트를 하나하나 닦곤 했다. 삼촌은 감촉만으로도 연장을 구분할 수 있었다. 잘 알아둬라, 얘야, 이건 몽키 스패너가 아니라 몽키 렌치란다. 감촉만으로 모르는 사람들은 어차피 써봐야 하겠지. 하지만 원숭이도 그 정도는 한단다. 그는 자신이 아는 방식으로 루터에게 연장에 대해 설명했다. 그는 루터의 눈을 가렸다. 루터는 키득거렸다. 삼촌은 그에게 볼트를 건네며 소켓의 박스 포인트에 맞춰보게 했다. 루터는 눈가리개가 무서워지고 땀이 눈을 찌를 때까지 반복해서 연습해야 했다. 하지만 세월이 흐르면서, 루터의 두 손은 사물을 보거나 냄새를 맡는 것 외에도 맛까지 보기 시작했다. 이따금 눈보다 먼저 손가락이 색깔을 알아볼 정도였다. 평생 한 번도 야구공을 놓치지 않은 이유도 그 때문일 것이다.

일하다가 다친 적도 없다. 드릴링머신을 작동하다 엄지를 뭉갠 적도 없고, 회전 톱날에 살갗을 벤 적도 없다. 그리고 일하는 내내 그는 다른 곳을 보았다. 양철 벽을 보고 그 너머 세계의 냄새를 맡았다. 언젠가 저 밖으로 탈출할 것이다. 세상은 넓고 할 일은 많다지 않은가.

노란 쪽지엔 '빌이 부른다.'라고만 적혀 있었다. 그게 전부였다. 하지만 루터는 그 글에서 뭔가를 느꼈다. 작업장을 지나 감독관 사무실로 가면서 작업대 아래에서 낡은 가죽 연장가방을 집어든 것도 그 때문이었다. 빌 해크먼의 책상 앞에 섰을 때도 가방을 들고 있었다. 빌은 내내 슬픈 눈을 하고 한숨을 내쉬었다. 백인치고는 그다지 나쁜 사람은 아니었다.

"루터, 널 내보낼 수밖에 없게 됐다."

루터는 그 자리에서 사라지고만 싶었다. 이제는 너무나 작아져 마치 실체 없는 점 하나로만 남은 기분이었다. 그리고 그 작디작은 점은 머릿속 깊숙이로 물러나 빌의 책상 앞에 선 자신의 몸을 지켜보았다. 이제 그 점이 바늘이 되어 그의 온몸을 찔러댈 것이다.

백인들이 빤히 얼굴을 바라보며 얘기할 때면 늘 그런 기분이다. 그들이 우리를 부르는 이유는 언제나 뭔가를 빼앗을 때이거나, 아니면 지금처럼 나쁜 소식을 전할 때뿐이기 때문이다.

"알았습니다."

루터가 대답했다.

"내가 원한 게 아냐. 애들이 곧 전쟁터에서 돌아오는데 그 애들한테도 일자리가 필요해서 그래."

빌이 설명하자 루터가 말했다.

"아직 전쟁 중이잖아요."

빌이 다시 슬픈 미소를 지었다. 맘에 들기는 하되, '앉아.', '굴러.' 따위의 명령을 들은 척도 않는 애완견에게 보내는 미소가 저럴 것이다.

"전쟁은 끝난 거나 다름없어. 사실이다. 우리도 그 정도는 알아."

'우리'란 회사를 의미하는 것이다. 누군가 알고 있다면 그건 회사일 수밖에 없다. 미국이 전쟁에 끼어들기 한참 전인, 1915년부터 무기를 만든 것도 회사이고, 또 그 대가로 꾸준히 봉급을 준 것도 회사이기 때문이다.

"알겠습니다."

"그리고, 에, 네가 일을 잘해 줘서 우리도 다른 일자리를 알아보았지만, 애들이 워낙에 한꺼번에 들어와서 말이다. 목숨을 걸고 싸운 애들이잖아. 샘 아저씨(미국 정부를 의인화한 호칭 — 옮긴이)가 보답을 하고 싶어 할 거야."

"알았습니다."

"이봐, 이해하지? 저 애국자 애들을 거리로 내쫓는 건 너도 원하지 않을 거야. 그러니까, 루터, 그건 좀 그렇잖아. 솔직히 옳은 일도 아니고. 반대로 생각해 봐라. 네 주머니에 봉급이 두둑한데 저 애들이 일자리를 못 찾고 거리를 방황하고 있다면, 넌들 마음이 편하겠냐?"

빌은 계속해서 난감한 표정이었다. 루터가 싸움을 걸기라도 했다는 투다.

루터는 아무 말도 하지 않았다. 나라를 위해 목숨을 건 애국자 애들 중엔 흑인들도 많지만, 일자리를 보전해 주려는 대상이 그들은 아니지 않느냐고 따지지도 않았다. 빌어먹을, 1년 후에 공장에 돌아와서 본다면, 남아 있는 흑인이라곤 청소하고 사무실 쓰레기통을 비우고, 작업장의 쇳조각들을 쓸어 담는 인간들뿐일 것이다. 도대체 이곳 흑인들 모두를 대체할 백인 놈들 중에 실제로 해외에서 근무한 자가 얼마나 되겠는가. 솔직히 말해서 조지아나 캔자스 부근의 주둔지에서 타이프 리본이나 갈던 놈이 더 많을 것이다.

루터는 끝까지 입을 다물고, 빌이 혼자서 떠들다 지쳐서, 어디든 가서 돈을 벌라고 말할 때까지 꿈쩍도 하지 않고 서 있었다.

그래서 루터는 사방에 귀를 기울이기 시작했다. 누군가, 어쩌면, 정말로 어쩌면 영스타운에 일자리가 있을지도 모를 일이다. 웨스트버지니아의 강 맞은편, 레이븐즈 근교의 탄광에서 사람을 구한다는 소문도 있기는 했다. 하지만 경제는 다시 곤두박질치고 있었다. 다들 그렇게 말했다. 죽을 맛이라고.

그리고 릴라가 그린우드에 있는 이모 얘기를 하기 시작했다.

"처음 듣는 곳인데?"

루터가 되물었다.

"오하이오는 아니야. 웨스트버지니아나 켄터키도 아니고."

"그래? 그럼 어디야?"

"털사."

"오클라호마?"

"음흠."

그녀가 대답했다. 꽤나 오랫동안 궁리를 한 모양이었다. 그가 마음을 굳힐 수 있도록 신중에 신중을 기하는 모습이 역력했다.

"이봐, 오클라호마까지 가고 싶진 않아."

루터가 그녀의 두 팔을 애무했다.

"그럼, 어디 가게? 옆집?"

"옆집에 뭐가 있는데?"

그는 정말로 그쪽을 돌아보았다.

"적어도 일자린 없어. 옆집에 대해 내가 아는 건 그것뿐이야."

루터는 잠시 그 생각을 해보았다. 말을 빙빙 돌리고 있지만 분명 그녀는 그보다 몇 발짝 앞서 있었다.

"자기야, 오하이오에 있어봐야 더 가난해질 수밖에 없어."

그녀가 말했다.

"더 가난해지진 않아."

"그렇다고, 부자가 되는 것도 아니잖아."

두 사람은 현관 끄트머리에 설치한 그네에 앉아 있었다. 옛날엔 코르넬리우스 삼촌이 연장 다루는 법을 가르쳤던 곳이나, 현관의 3분의 2는 1913년의 대홍수에 휩쓸려나가고 말았다. 수리를 생각하지 않은 건 아니지만, 지난 몇 년간 시합도 너무 많았고 일도 밀린 탓에 도저히 짬을 내지 못했었다. 그때 문득 어떤 생각에 박동이 빨라지기 시작했다. 수중에 비축해 놓은 돈이 조금 있었다. 영원히 쓸 수는 없겠지만 그래도 어떤 식으로든 여비 정도는 되었다.

맙소사, 그는 릴라를 좋아한다. 이제 겨우 스물세 살. 아직 목사에게 주례를 부탁할 마음의 준비도 안 되었고 청춘을 포기하고 싶지도 않았지만, 그래도 그녀의 냄새를 맡고 그녀와 얘기하는 것도 좋고, 현관 그네에 나란히 앉아 포근히 안길 때의 나긋나긋한 감촉도 좋았다.

"그린우드에 뭐가 있는데?"

"일자리. 거긴 어디에나 일이 있어. 크고 분주한 곳이니까. 모두 흑인들뿐인데 다들 잘 살고 있대. 의사와 변호사도 있고. 그리고 남자들은 멋진 차를 끌고 다니고 여자애들은 일요일마다 예쁜 옷을 입는다고 했어. 자기 집은 기본이고."

그는 그녀의 이마에 키스했다. 그녀의 말을 믿어서가 아니라, 스스로 절반도 가능하지 않다고 확신하는 일을 그렇게나 간절히 바라는 모습이 맘에 들어서였다.

"그래? 그럼, 거긴 백인들이 밭일과 집안일을 하겠네?"

그가 키득거렸다.

그녀가 상체를 젖혀 그의 이마를 때리고 팔목을 깨물었다.

"이런, 미쳤어? 그 손은 공 던지는 손이란 말이야. 조심하라고."

그녀는 그의 팔목을 들어 키스한 다음 그녀의 가슴 사이에 댔다.

"자기야, 내 배를 만져 봐."

"팔이 안 닿아."

그녀가 그의 몸을 조금 타고 오르자 그의 손이 그녀의 배에 닿았다. 그가 손을 아래쪽으로 내리려 했으나, 그녀가 팔목을 붙들었다.

"만져 봐."

"만졌어."

"그린우드에서 자기를 기다리는 건 또 있어."

"자기 배?"

그녀가 그의 턱에 입을 맞추었다.

"아냐, 바보야. 자기 아기."

10월 1일, 두 사람은 콜럼버스에서 기차를 타고 1300킬로미터를 달렸다. 여름 들판은 어느새 황금빛을 잃고 차고 딱딱한 밭고랑으로 바뀌어 있었다. 밤새 내린 서리가 아침 햇살에 녹아 과자 당밀처럼 흙 위로 떨어져 내렸다. 하늘은 드릴링머신에서 막 빠져나온 철판만큼이나 서슬이 퍼렇고, 암갈색의 들판에는 건초더미들이 몇 블록이나 늘어져 있었다. 미주리에서는 한참을 질주하는 말떼를 만났다. 거친 숨만큼이나 잿빛의 몸을 지닌 말들. 기차는 그 모든 것을 뚫고 달리며, 대지를 흔들고 미친 듯이 비명을 질렀다. 루터는 차창에 입김을 불어넣고 손가락 그림을 그리기 시작했다. 야구공, 방망이, 심지어 가분수 머리의 아기까지 그렸다.

릴라가 그림을 보고 웃었다.

"우리 아기가 그렇게 생겼다고? 아빠처럼 큰 머리에 삐쩍 말랐네?"

"아냐, 자기 닮았을 거야."

루터가 말했다.

그가 아이 가슴을 서커스 풍선만 하게 그리자, 릴라가 키득거리다가 그의 손을 밀어내고 아기 그림을 지워버렸다.

여행은 이틀이 걸렸다. 첫날 밤 루터는 기차 잡역부들과의 카드게임에서 약간의 돈을 잃었다. 당연히 릴라는 다음 날 아침 늦게까지 삐쳐 있었다. 하지만 그밖에는 루터도 평생 꿈꾸었던 이 순간을 이해하느라 바빴다. 여기저기 공터를 찾아다니며 야구를 했고, 열일곱 살엔 사촌 스위트 조지와 함께 멤피스의 빌 스트리트에 놀러가 평생 잊지 못할 경험을 하기도 했다. 하지만 릴라와 함께, 그것도 홀몸이 아닌 그녀와 함께 기차에 타다니……. 말 그대로 바깥세상으로 떠나겠다는 꿈을 이룬 것이다. 대륙 횡단의 속도에 취해 있으니, 그는 어릴 적부터 가슴을 억누르던 응어리 하나가 떨어져나가고 있음을 느꼈다. 언제부터인지 늘 그곳에 있었던 답답한 응어리. 그는 그 응어리를 잊기 위해 평생 미친 듯이 일했고 야구를 했고 술을 마셨고 오입질을 했고 또 잠을 잤다. 하지만 지금 그는 기차 바닥에 발을 대고 앉아 있다. 시간과 거리가 무슨 대수라는 듯 덜컥거리며, 시간과 거리를 뚫고 달리는 바퀴의 진동이 강철바닥을 통해 온전히 전해졌다. 자신의 인생을 사랑한다. 릴라도 사랑하고 두 사람의 아이도 사랑한다. 언제나 그랬듯 스피드도 사랑한다. 속도가 붙은 사물은 절대 구속할 수 없기 때문이다. 돈으로 매수할 수도 없다.

털사의 산타페 역 야적장에 내린 건 아침 9시였다. 역에는 릴라의 이모 마르타와 이모부가 마중 나와 있었다. 이모는 체구가 작은 데 반해 이모부 제임스는 지나치게 덩치가 컸다. 둘 다 칠흑처럼 새까맸는데, 피부가 어찌나 팽팽했는지 도대체 어떻게 숨을 쉬는지 의아할 정도였다. 제임스는 말에 올라타야 닿을 정도로 키가 컸지만, 칼자루를 쥔 건 말할 것도 없이 마르타였다.

네 사람, 아니 다섯이 인사를 나눈 후 마르타가 말했다.

"제임스, 저 가방들 좀 들어요. 이 불쌍한 애가 가방 때문에 쓰러지고 말겠네요."

"괜찮아요, 이모. 난……"

마르타 이모가 "제임스"를 부르며 손으로 남편의 엉덩이를 찌르자 그가 펄쩍 뛰었다. 그녀가 다시 미소를 지었다. 작고 예쁜 미소.

"얘야, 넌 옛날보다 더 예뻐졌구나. 하느님의 축복이야."

"이모, 여긴 루터 로렌스예요. 편지에 적은 그 남자요."

릴라가 이모부한테 가방을 넘겨주며 소개했다.

사실 그도 그 정도야 짐작했겠지만 그의 이름이 종이에 적히고 그 종이가 무려 네 개의 주 경계를 지나 마르타 이모의 손에 상륙했다는 사실에는 놀라지 않을 도리가 없었다.

마르타 이모가 그에게 웃어보였으나 아무래도 조카한테보다는 뜨악한 표정이었다. 그녀가 두 손으로 그의 두 손을 잡고 눈을 들여다보았다.

"만나서 반가워요, 루터 로렌스. 우린 이곳 그린우드의 교회에 다닌다오. 그래, 교회는 다니죠?"

"예, 이모님, 물론입니다."

그녀가 그의 손을 가볍게 쥐며 천천히 흔들었다.

"예, 그럼 우린 잘 지낼 수 있을 거유."

"예, 이모님."

기차역에서 나와 마을 밖에 있다는 마르타와 제임스의 집까지 한

참을 걷게 될 줄 알았는데, 제임스가 두 사람을 올즈 레오 자동차에 태웠다. 물통에서 막 끄집어낸 사과처럼 반짝이는 빨간색 자동차였다. 나무 살로 된 바퀴에 검은색 지붕. 제임스가 지붕을 감아 내려 뒤쪽의 걸쇠에 고정했다. 가방은 마르타와 릴라가 앉은 뒷좌석에 올려놓았다. 두 사람은 벌써 수다 삼매경에 빠진 듯했다. 이윽고 루터가 제임스의 옆자리에 올라타자 차가 주차장을 빠져나가기 시작했다. 콜럼버스에서 흑인이 이런 차를 몰다간 '나 도둑이니 쏴 죽이쇼.' 라고 선언하는 것과 진배없다. 털사 역에서는 백인들조차 개의치 않는 듯 보였다.

제임스는 올즈가 60마력짜리 사이드벨브형 V8 엔진을 장착했다고 설명하곤 기어를 3단으로 올리며 호탕하게 웃었다.

"하는 일이 뭡니까?"

루터가 물었다.

"정비소를 두 개 갖고 있지. 내 밑에 일하는 사람이 모두 넷이야. 자네를 고용하고 싶지만, 지금 당장은 일손이 다 찬 상태라네. 뭐, 그렇다고 걱정할 필요는 없네. 털사엔 기찻길 양쪽으로 어디나 일자리 투성이니까. 기름이 나오는 곳이라, 일자리는 어디에나 있다네. 그놈의 검은 액체 때문에 마을 전체가 하루아침에 일어섰지. 세상에, 25년 전만 해도 상상도 못한 일이라네. 그땐 교역소가 전부였거든. 대단하지?"

루터는 창밖으로 마을을 내다보았다. 멤피스에서 본 어떤 건물보다도 큰 건물들. 시카고와 뉴욕의 사진에서나 볼 수 있을 그런 곳이었다. 거리는 자동차들과 사람들로 북적거렸다. 짓는 데 100년은 걸릴 이런 곳을 어떻게 상상이나 했을까 하는 생각도 들었으나, 어차피 이 나라는 더 이상 기다릴 시간이 없었다. 인내에 대한 관심도 없고 또 그럴 이유도 없었다.

차는 그린우드로 진입했다. 제임스가 집을 짓고 있는 사내들한테 손을 흔들자 그들도 손을 흔들어 화답했고 그는 다시 뚜뚜 경적을 눌러주었다. 마르타는 이 북적거리는 동네가 그린우드 애버뉴이며 보통 블랙 월스트리트로 통한다고 설명해 주었다. 자, 보게나……

그리고 루터는 흑인 은행과 십대 흑인아이들로 가득 찬 아이스크림 가게를 보았다. 이발소와 당구장과 커다란 야채가게와 더 커다란 슈퍼마켓과 법률사무소와 신문사 등…… 그 모든 곳을 흑인들이 점령하고 있었다. 잠시 후 자동차는 극장 옆을 지나갔다. 커다란 극장 차양을 둘러싼 커다란 전구들. 루터는 그 차양 위로 극장의 이름을 보았다. 드림랜드. 그래, 우리는 드림랜드에 온 거야. 이 모든 것이 꿈이 아니고 뭐겠어?

제임스와 마르타 홀러웨이의 집이 있는 디트로이트 애버뉴에 도착할 때쯤 루터는 속이 부글거리기 시작했다. 디트로이트 애버뉴의 집들은 백인의 집만큼이나 컸다. 그것도 그럭저럭 먹고 사는 백인이 아니라 꽤 잘 사는 백인 말이다. 푸른 잔디는 짧게 깎여 있고 몇몇 집은 사방을 에두른 현관에 차일까지 갖추고 있었다.

자동차는 튜더 양식의 건물 진입로에 멈췄다. 천만다행이었다. 차멀미 때문에 미칠 것 같았던 것이다.

"오, 루터, 자기 괜찮아?"

릴라가 걱정스럽게 물었다.

'아니, 전혀 괜찮지 못해.'

루터가 속으로 중얼거렸다.

다음 날 아침, 루터는 아침을 먹기도 전에 결혼부터 하게 되었다. 그 후 몇 년 동안은, 어떻게 유부남이 되었는지 누군가 물으면 그는 늘 이렇게 대답했다.

"젠장, 내가 그걸 어떻게 알아?"

그는 그날 아침 지하실에서 일어났다. 전날 저녁, 자기 집에선 절대 미혼 남녀를 같은 층에 재울 수 없다는 마르타의 선언 때문이었다. 릴라는 2층의 예쁜 방 예쁜 침대를 차지했고 루터는 지하실의 고장 난 카우치 위에 시트 한 장 덮고 자는 신세가 되었다. 카우치에선 시거와 개 냄새가 났다. 오래 전에 키우던 개가 죽었다는 얘기는 들었는데, 시거에 대해서는 제임스가 범인이었다. 마르타가 실내 흡연을 허락하지 않기 때문에 매일 밤 지하실로 내려가 식후 끽연을 즐겼던 것이다.

마르타 이모의 금지 항목은 끝도 없었다. 욕설, 술, 하느님의 이름을 헛되이 입에 올리는 행위, 카드, 교양 없는 손님, 고양이…… 그런데도 루터는 아직 본격적으로 시작되지도 않았다는 생각이 들었다.

어쨌든 그는 지하실에서 잠을 잤고 다음 날 아침 뻣뻣해진 목으로 자리에서 일어났다. 오래 전에 죽은 개 냄새와 아주 최근에 피운 시거 냄새가 코를 진동했다. 그리고 그 순간, 2층에서 찢어질 듯한 목소리가 들려왔다. 여자 목소리들. 루터는 엄마와 큰 이모와 함께 자랐는데, 둘 다 1914년에 열병으로 세상을 떠났다. 두 사람을 생각할 때면 루터도 숨을 못 쉴 만큼 가슴이 아팠다. 둘 다 강하고 웃음소리가 큰 데다 또 그를 미친 듯이 사랑했기 때문이다.

하지만 지금 목소리의 주인공인 두 여자는 정말로 격렬하게 싸우고 있었다. 루터의 판단에, 두 사람이 발톱을 세우고 있는 방에 들어가는 건 분명 자살행위였다.

그래도 그는 몰래 2층으로 오르기 시작했다. 두 사람의 대화를 좀 더 잘 듣기 위해서였는데, 정작 듣고 난 다음엔 차라리 제임스의 죽은 개와 자리를 맞바꾸고 싶다는 생각뿐이었다.

"그냥 몸이 좋지 않을 뿐이에요, 이모."

"나한테 거짓말 하지 마라. 절대로. 내가 입덧도 구분 못할 줄 아니? 얼마나 된 거냐?"

"임신한 게 아니라니까 그러네."

"릴라, 넌 내 여동생 딸이다. 대녀이기도 하고. 하지만 말이다. 또다시 거짓말을 한다면, 검은 살갗이 모조리 벗겨질 때까지 채찍질을 해주겠다. 알아듣겠니?"

릴라가 다시 흐느끼기 시작했다. 그녀의 울음소리엔 루터도 마음이 아팠다.

"제임스! 그 아이를 데려와요."

마르타가 고함을 쳤다. 잠시 후 부엌을 향해 다가오는 거인의 발자국 소리가 들렸다. 루터는 그가 샷건까지 챙겼을 거라는 생각을 했다.

루터는 제임스가 나오기 전에 얼른 방문을 열었다. 그가 문지방을 넘는 순간 마르타의 눈빛이 그의 전신에 날아와 박혔다.

"그래, 마침 잘 왔네. 이보게, 내 분명히 교회신자라고 말했을 텐데? 어디, 아니라고 할 텐가?"

이럴 때는 아무 말 하지 않는 게 상책이다.

"우린 기독교신자야. 때문에 이 지붕 아래서는 그 어떤 죄도 용납할 수 없네. 안 그래요, 제임스?"

"아멘."

제임스가 말했다. 그러고 보니 그의 손에 든 건 성경책이었다. 차라리 상상했던 대로 샷건이라면 덜 무서웠으리라는 생각이 들었다.

"자넨 저 불쌍하고 순진한 애를 임신시켰네. 그런데, 지금 뭘 기대하는 거지? 이건 질문이네, 총각. 도대체 어쩔 생각인가?"

루터는 머뭇머뭇 작은 여인을 내려다보았다. 이글거리는 눈빛이 당장이라도 그를 잡아먹을 것처럼 보였다.

"에, 우린 아직……"

마르타가 왼쪽 발로 부엌 바닥을 쿵쿵 두드렸다.

"아니, 우리가 아니라 자네야. 행여, 그린우드 사람들이 자네한테 집을 세줄 거라고 생각한다면 큰 오산이네. 내 집에서도 이젠 단 1초도 더 있을 수 없어. 절대 안 돼. 내 하나밖에 없는 조카를 임신시켜 놓고 자네 멋대로 건들거리며 돌아다니겠다고? 똑똑히 들어두라고. 그런 일은 절대 허용 못하니까."

문득 릴라가 눈물을 펑펑 쏟는 와중에도 그의 눈치를 살피고 있다는 사실을 깨달았다.

그녀가 말했다.

"이제 어떻게 하지, 루터?"

더군다나, 제임스는 사업가이자 정비기술자일 뿐 아니라 서임 받은 정식 목사에 치안판사이기까지 했다. 그가 성경을 들어보였다.

"두 사람의 곤경을 해결해 줄 방법이 있긴 하지."

3

레드삭스가 시카고 컵스를 상대로 제1차 월드시리즈 홈경기를 벌이던 날, 01지구 당직 경사 조지 스트리바키스가 대니와 스티브를 사무실로 불러 뱃멀미를 하는지 물었다.

"뱃멀미요?"

"뱃멀미. 부두 경찰 둘과 함께 선박을 하나 조사해 줬으면 해서."

대니와 스티브는 서로를 바라보며 어깨를 으쓱했다.

"까놓고 말하지. 거기 타고 있는 병사 몇이 아프대. 치안감이 메도스 서장님께 지시한 건데, 가능한 한 신속하게 처리하라는 오미라 청장님의 지시가 있었다더군."

"어떻게 아픈 거죠?"

스티브가 묻자 스트리바키스가 어깻짓을 했다.

스티브가 코를 씨근거리며 다시 물었다.

"어떻게 아픈 겁니까, 경사님?"

다시 어깻짓. 그놈의 어깻짓 때문에 대니는 더욱 더 초조했다. 조지 스트리바키스는 상황에 대한 사소한 언질조차 거부하고 있었다.

"왜 하필 우립니까?"

대니가 물었다.

"이미 열 명이 거절했으니까. 자네들이 열한 번째와 열두 번째야."

"오."

스티브였다. 스트리바키스가 상체를 내밀었다.

"우리한테 필요한 건, 위대한 도시 보스턴의 경찰을 자랑스럽게 대변할 똑똑한 경찰 두 명이야. 자네 둘은 배에 올라가 상황을 파악하고 서를 대표해 최선의 결정을 내리면 돼. 임무를 성공적으로 끝내면 하루 반의 휴가와 본사의 심심한 감사인사를 포상으로 받게 될 걸세."

"이왕이면 조금 더 쓰시죠." 대니가 데스크 너머로 당직 경사를 건너다보며 말했다. "물론, 사랑하는 경찰서에게는 조금 송구한 요구겠습니다만."

결국 거래는 성사되었다. 군인들의 병이 전염될 경우 유급 병가 제공, 다음 2주간 토요일 휴가, 3회에 걸친 제복 세탁비 지원.

"용병 같은 놈들."

스트리바키스는 투덜대면서도 악수로 계약 성사를 축하해 주었다.

USS 맥킨리 호는 이제 막 프랑스에서 돌아왔다. 생미옐, 퐁타무송, 베르됭 같은 이름의 격전지에서 병사들을 후송 중인데, 마르세이유와 보스턴 어딘가에서 병사 몇이 병에 걸린 것이다. 게다가 그 중 셋은 상태가 위중했다. 선의(船醫)들은 캠프 데븐스에 연락해 그들을 군병원으로 보내지 않으면 해가 지기 전에 죽게 될 거라고 경고했다. 그래서 어느 맑은 9월의 오후, 월드시리즈 관련 잡무를 처리하고 있어야 할 시간에, 대니와 스티브는 커머셜 부두의 부두 경찰 두 명과 만나야 했다. 갈매기들이 안개를 좇아 바다로 날아가고 짙은 색의 벽돌건물에선 더운 김이 모락모락 일어났다.

에단 그레이라는 영국인 부두 경찰이 대니와 스티브에게 수술용 마스크와 하얀 목장갑을 건네주었다.

"그 사람들 말이 이게 도움이 된다더군요."

따가운 햇살을 맞으며 그가 미소를 지었다.

"그 사람들이란 게 누구죠?"

대니는 마스크를 머리 위로 집어넣고 목에 걸릴 때까지 잡아 당겼다. 에단 그레이가 어깻짓을 했다.

"전지전능하신 분들이죠."

"오, 그분들. 개인적으론 밥맛이에요."

대니는 장갑을 뒷주머니에 쑤셔 넣었다. 스티브도 따라 했다.

또 한 명의 부두 경찰은 부두에서 만난 이후 한 마디도 하지 않았다. 작고 마르고 창백하며, 축축한 머리카락이 여드름투성이의 이마에까지 흘러내린 친구였다. 소매 끝으로 화상 흉터도 보였는데, 후에 자세히 보니 왼쪽 귀 아래쪽 반이 날아가 있었다.

그렇군. 살루테이션 테러의 생존자.

백색 섬광과 황색 불꽃, 붕괴한 마룻바닥과 석회비의 생존자인 셈이다. 폭발 당시 그를 본 기억은 없지만, 어차피 폭탄이 터진 후의 일은 기억나는 게 거의 없었다.

그 친구는 검은색 철제 말뚝에 기대 앉아 긴 다리를 뻗고 있었다. 의도적으로 대니의 시선을 피했는데, 그건 살루테이션의 생존자들이 공유하는 특성 중 하나였다. 서로 알아보고 싶어 하지 않는 것.

론치(함선에 싣는 대형 보트 — 옮긴이)가 부두에 접근하자 에단 그레이가 대니에게 담배를 하나 내밀었다. 그는 고개인사와 함께 담배를 받아들었다. 스티브한테도 담뱃갑을 내밀었으나 스티브는 고개를 저었다.

"그래, 당직 경사가 뭐라고 하던가요?"

"아주 간단한 일이라더군요. 다른 지시가 없는 한 병사들이 하선하지 못하게 하라."

대니가 고개를 숙이자 그레이가 담뱃불을 붙여주었다.

그레이는 담배연기를 빨아들이며 고개를 끄덕였다.

"우리도 같은 얘기를 들었습니다."

"전시 연방정부 운운하면서 지시에 거부하거든 '여기가 그들의 나라일 수도 있지만, 동시에 당신들 관할 부두에 우리 도시라는 점'을 명확히 해두라는 지시도 있었죠."

대니가 덧붙였다.

그레이가 입에서 담뱃재를 집어내 바닷바람 안으로 던졌다.

"토머스 커글린 서장이 아버지죠?"

대니가 끄덕였다.

"어떻게 알았습니까?"

"에, 우선, 당신 나이에 그렇게 자신만만한 순경은 거의 보지 못했소. 물론 이름표도 도움이 되긴 했죠."

그가 대니의 가슴을 가리키며 말했다.

대니는 론치의 엔진이 꺼지는 소리를 들으며 담뱃재를 털었다. 론치가 한 바퀴 돌며 이물과 선미의 위치를 바꾸더니 잠시 후 우현이 퉁 하고 벽을 맞고 튀었다. 위병 하사가 나타나 그레이의 파트너에게 로프를 던졌다. 그가 줄을 묶는 동안 대니와 그레이는 담배를 마저 피우고 하사에게 접근했다.

"자네도 마스크를 쓰는 게 좋겠어."

스티브 코일이 하사에게 말했다.

하사는 몇 번 고개를 끄덕이고 뒷주머니에서 마스크를 꺼냈다. 그리고 그는 모두에게 차례로 경례를 하려 했으나, 에단 그레이, 스티브 코일, 대니는 모두 첫 번째 경례에만 답했다.

"저 안엔 몇 명이 있습니까?"

그레이가 묻자 하사는 반쯤 경례를 붙이려다가 손을 내렸다.

"저하고 선의, 그리고 도선사뿐입니다."

대니는 목까지 내렸던 마스크를 끌어올려 입을 막았다. 차라리 담배를 피우지 말 걸. 담배 연기가 마스크에 갇혀 콧구멍을 채우고 입술과 턱을 간질였다.

론치가 부두를 벗어나 맥킨리 호로 향하자 그들은 주선실에서 의사를 만났다. 의사는 머리가 반쯤 벗어지고 짙은 백발수염이 울타리처럼 얼굴을 감싼 노인이었다. 그는 마스크를 쓰지도 않았고 그들한테도 벗으라고 주문했다.

"벗어도 되네. 우린 안 걸렸으니까."

"그걸 어떻게 아십니까?"

대니의 질문에 노인이 어깨를 으쓱였다.

"신념?"

아무튼 론치가 격랑 속에서 요동치면 뱃멀미를 하게 될지도 모르는 상황이었다. 이 상황에서 제복 차림에 마스크까지 착용하고 그렇게 서 있는 것도 어리석은 짓 같기는 했다. 그래, 그건 정말 바보짓이야. 대니와 스티브는 마스크를 벗었다. 그레이도 따라 했지만 그의 파트너는 마스크를 고수한 채 별 정신 나간 놈들 다 보겠다는 듯 세 사람을 쳐다보았다.

"피터."

그레이가 부르자 피터는 바닥을 향해 고개를 저을 뿐 마스크를 벗지는 않았다.

대니, 스티브, 그레이는 작은 테이블의 의사 맞은편 자리에 앉았다.

"어떤 명령인가?"

의사가 묻자 대니가 설명해 주었다.

의사는 안경 자국이 있는 콧잔등을 꼬집었다.

"짐작했던 대로군. 그럼, 당신네 상관들은 육군 수송차량으로 환자를 옮기는 것도 반대하던가?"

"어디로 옮기시게요?"

대니가 물었다.

"캠프 데븐스."

대니가 그레이를 보았다.

그레이가 미소 지으며 대답했다.

"부두를 떠나면 제 권한 밖입니다."

"일단 위에서는 정확히 어떤 상황인지부터 알고 싶어 합니다."

스티브 코일이 의사에게 말했다.

"우리도 잘 모르네. 유럽에서 본 신종독감*과 비슷하지만 다른 가능성도 있으니까."

"만일 독감이라면, 유럽에선 꽤 심했습니까?"

대니가 물었다.

"아주. 우리 생각으로는 8개월 전 캔자스 라일리 요새에서 최초 발병한 변종과 관계있는 것 같네."

"그 변종이 얼마나 심각했습니까, 박사님."

"불과 2주 안에, 감염된 병사 80퍼센트가 사망했지."

스티브가 휘파람을 불었다.

"장난이 아니군요."

"그 후에는요?"

대니가 물었다.

"그 후라니?"

"병균이 군인들을 죽였다고 했죠? 그 다음엔 어떻게 됐습니까?"

의사가 힘없이 웃더니 손을 한 번 가볍게 휘저었다.

"병균이 사라졌지."

"그런데, 돌아왔군요."

스티브 코일이었다. 의사가 다시 코를 주물렀다.

"어쩌면. 저 배엔 전염병에 걸린 사람들이 타고 있네. 그것도 저런 식으로 한 데 뭉쳐서. 전염을 막기엔 최악의 환경이지. 후송이 불가능하면 오늘 밤에만 다섯 명은 죽을 거야."

"다섯이요? 저희가 들은 건 셋입니다."

에단 그레이가 되물었다. 의사가 고개를 저으며 손가락 다섯을 펴 보였다.

맥킨리 호 꼬리 부근에서 다른 의사들과 소령 몇을 만났다. 잔뜩 흐린 날씨. 잿빛의 구름이 마치 수족을 조각해 놓은 듯 울퉁불퉁했다. 구름은 천천히 물 위를 훑고 도시와 붉은 벽돌과 유리벽을 향해 이동했다.

"왜 순경들이 온 거지? 이 친구들한테 보건 문제를 결정할 권한이 있다는 거야?"

기드온 소령이 따졌다.

대니와 스티브는 아무 말도 하지 않았다.

기드온이 다시 되뇌었다.

"왜 고작 순경들이 온 건데?"

"서장님들이 아무도 자원하지 않았거든요."

대니가 이죽거렸다.

"지금 농담이 나와? 내 부하들이 병에 걸렸다. 네놈들이 거들떠보지도 않은 전쟁에서 간신히 살아남았건만, 이제 와서 죽어간단 말이야."

대니가 스티브 코일, 에단 그레이, 화상 흉터의 피터를 가리켰다.

"농담하는 게 아닙니다. 이건 자원업무입니다, 소령님. 우리 말고는 아무도 여기에 오려 하지 않았습니다. 그리고 어쨌든 우리한테도 권한은 있습니다. 현 상황에서 허용되는 것과 그렇지 못한 것에 대해 분명한 지시를 받았으니까요."

"그래, 허용되는 게 뭐요?"

한 의사가 되물었다.

"항구에 관해서라면, 론치를 이용해 사람들을 옮길 수 있습니다. 단, 커먼웰스 부두로 가야 합니다. 그 후엔 보스턴 경찰 관할이죠."

그들이 대니와 스티브를 보았다.

대답은 대니가 했다.

"지금 주지사, 시장, 그리고 경찰 모두의 최우선 관심은, 사람들이 공황에 빠지지 않도록 하는 것이고, 따라서 야음을 이용하게 될 겁니다. 커먼웰스 부두에 육군 수송트럭들이 대기 하고 있습니다. 그곳에서 환자들을 곧바로 데븐스로 데려가게 됩니다. 수송 중에 멈추는 건 금지되고 경찰차 한 대가 사이렌을 끈 채 여러분들을 에스코트

할 겁니다. 그럼 되는 거죠?"

대니가 기드온 소령의 이글거리는 눈을 마주보았다.

기드온도 결국 고개를 끄덕였다.

"주경비대에는 연락이 들어갔습니다. 캠프 데븐스에 기지를 구축하고 헌병들과 공조 하에 누구도 기지를 떠나지 못하게 지킬 겁니다. 상황이 종료될 때까지는요. 주지사의 명령이죠."

이번엔 에단 그레이가 의사들에게 질문했다.

"진정될 때까지 얼마나 걸릴까요?"

"우리도 모르오. 죽일 사람을 죽여야 소멸해 버리는 놈들이니까. 한 주에 끝날 수도 있고 아홉 달이 걸릴 수도 있겠지."

담황갈색 머리에 키가 큰 의사였다.

"민간인 감염만 막을 수 있다면 위에서도 그 정도는 감내할 겁니다."

대니가 말했다.

담황갈색 머리가 키득거렸다.

"전쟁은 끝나가고 그래서 지난 몇 주간 군인들의 대규모 귀국이 진행되었소. 이건 전염병이요, 여러분. 그것도 아주 민감한 놈이라오. 보균자가 이미 이 도시에 들어왔을 거라는 생각은 안 해봤소? (사람들을 둘러보며) 그래서 이미 늦었다면? 돌이킬 수 없는 상황이라면?"

대니는 내륙으로 이동하는 먹구름을 올려다보았다. 나머지 하늘은 개어, 높고 선명한 태양이 다시 보이기 시작했다. 멋진 날이다. 긴 겨울 내내 꿈꾸었을 법한 그런 날씨.

해가 저물 때까지 시간이 많이 남았지만 그들은 다섯 명의 중환자를 론치에 태워 부두로 보냈다. 두 명의 의사가 입회해 그들을 항구에 눕히는 동안, 대니, 스티브, 에단 그레이, 피터는 다른 의사 둘과 함께 주선실에서 대기했다. 대니는 로프와 도르래를 이용해 환자들을 론치에 내려놓는 과정을 지켜보았다. 쭈그러든 두개골, 홀쭉해진 두 볼, 땀에 흠뻑 젖은 머리털, 토사물이 말라붙은 입술…… 그들은 이미 죽은 것처럼 보였다. 다섯 중의 셋은 살갗에 푸른빛이 돌고 입술은 껍질이 다 벗겨졌으며, 크게 뜬 두 눈은 시체처럼 번들거렸다. 호흡도 거칠고 불규칙했다.

4인의 경관은 선실로 내려갔다. 지금까지의 경험으로 본다면 위험 상황은 얼마든지 대비할 수 있었다. 총에 맞거나 칼에 찔리고 싶지 않으면 총과 칼을 갖고 노는 사람 곁에 가지 않으면 된다. 강도한테 당하기 싫으면, 술 취한 채 으슥한 곳을 헤매지 않아야 하고, 돈을 잃고 싶지 않으면 도박을 하지 않으면 되는 등.

하지만 이건 완전히 다른 경우다. 이건 누구에게나 일어날 수 있는 일이다. 우리 모두에게.

대니와 스티브는 파출소로 돌아와 스트리바키스 경사에게 보고하고 헤어졌다. 스티브는 형수를 만나러 가고 대니는 술집을 찾았다. 1년 후에도 스티브는 여전히 형수를 찾아가겠지만 대니는 술집을 방문하기 힘들어질 것이다. 이스트코스트와 웨스트코스트가 불경기와 전쟁, 전화와 야구, 무정부주의자들과 폭발물을 걱정하는 동안, 남부와 중서부에서는 진보주의자들과 그들의 뿌리 깊은 동맹종파들이 부흥하기 시작했다.(당시 살롱에 기반을 둔 정치 세력을 견제하기 위해 대부분의 진보주의자들은 금주법을 주도했다 — 옮긴이)대니가 아는 한, '금주법'*을 심각하게 생각하는 사람은 한 명도 없었다. 그 법안이 파출소 안에까지 치고 들어왔을 때도 마찬가지였다. 이 나라에 상식과 임시변통이라는 게 존재하는 한, 그런 식의 답답하고 독선적인 '금지 명령'이 가능할 것 같지는 않았다. 그런데 어느 날 아침 깨어보니, 그 멍청한 법안은 가능성을 넘어 이미 교두보까지 확보하고 있었다. 다른 일에 신경 쓰다 기습을 당한 꼴이었다. 이제 음주를 즐길 성인의 권리는 단 한 곳의 결정에 매달려 있는 형국이었다. 네브래스카 주. 그곳마저 볼스테드의 금주법에 찬성표를 던진다면 술을 사랑하는 이 나라는 모조리 금주 지역이 되는 것이다.

네브래스카 주. 대니가 그 이름을 들었을 때 연상된 것은, 오직 옥수수와 사일로, 암청색의 하늘이었다. 그리고 소맥단도. 그곳에서도 술을 마시나? 살롱은 있을까? 사일로밖에 없는 곳 아니야?

분명 교회는 있을 것이다. 그 정도는 알겠다. 성직자들이야 허공을 향해 두 주먹을 휘두르며, 이른바 술에 취한 북동부를 비난하겠지. 백인 중독자들, 유색 이민자들, 이교의 우상 숭배자들까지.

네브래스카 주? 오, 맙소사.

대니는 아이리시 두 잔과 차가운 맥주 한 잔을 마셨다. 지금은 셔츠를 벗고 속옷 차림으로 바 안쪽으로 깊숙이 상체를 기울이고 있었다. 바텐더가 마실 것을 가져왔다. 알폰세라는 이름의 바텐더는 시내 동쪽의 아일랜드 깡패들이나 건달과 어울린다는 소문이 있으나, 그에 대해 특별한 혐의를 주장하는 경찰은 한 명도 보지 못했다. 하기야 인심이 후하기로 소문난 바텐더인데 누가 들쑤시려 하겠는가.

"복싱을 그만 둔 게 사실인가?"

"모르겠어요."

대니가 대답했다.

"지난 번 시합, 그것 때문에 잃었잖아. 둘 다 3회까지는 갈 줄 알았는데."

"그 친구가 발작을 일으켰어요."

대니가 두 손을 들어보였다.

"자네 때문에? 나도 그 친구가 팔을 드는 건 봤어."

대니가 위스키 한 잔을 비웠다.

"그래요? 그럼, 다행이죠."

"아쉽지 않아?"

"아직은요."

"안됐군. 미련이 없는 남자는 사랑할 줄 모르는 남자야."

"이런 상담료도 내야 하는 거요?"

대니가 투덜댔다.

알폰세는 하이볼 잔에 침을 뱉고, 바 아래쪽에 내려놓았다. 사실, 틀린 말은 아니지만 지금 당장은 뭐든 때리는 일에 지쳐 있다. 그는 조용한 곳을 원하고 부듯가 냄새를 원하고 또 술을 원했다. 몇 잔 더 들어가면 다른 것들도 사랑할 수 있을지도. 매춘부나, 하다못해 알폰세가 바 반대편에 감춰둔 족발 같은 것도. 늦은 여름바람, 매일 저녁 골목에서 이태리 인들이 연주하는 구슬픈 음악, 이 블록 저 블록을 돌아다니며 듣는 플루트와 바이올린과 클라리넷과 만돌린 음악들도 모두. 취할 수만 있다면야 그 모든 것을 사랑할 수 있으리라. 이 세상 모두를 사랑할 수도 있으리라.

솥뚜껑만 한 손이 찰싹 그의 등을 때렸다. 고개를 돌려보니 스티브가 그를 내려다보며 눈썹을 쫑긋거렸다.

"아직 친구가 필요하냐?"

"예."

"첫 잔은 네가 살 거지?"

"첫 잔만요. 형수는 어디 갔어요?"

대니가 알폰세의 시선을 잡고는 카운터 위를 가리켰다. 스티브가 코트를 벗고 의자에 앉았다.

"기도 중이야. 촛불 몇 개 켜놓고."

"왜요?"

"이유가 있냐? 사랑 같은 거겠지, 뭐."

"말했군요."

"말했어."

알폰세가 스티브에게 호밀주 한 잔과 맥주 한 피처를 가져다주고 자리를 피해주었다.

"정확히 뭘 얘기한 건대요? 후송선 환자들?"

"약간."

대니가 두 번째 잔을 털어 넣었다.

"약간이라. 주 정부와 연방정부, 해군 당국에 비밀을 지키겠다고 선언했잖아요. 그런데 과부 형수한테 까발려요?"

"그런 게 아냐."

"그럼 뭔데요?"

이번엔 스티브가 자기 잔을 털어 넣었다.

"좋아, 그런 거야. 그랬더니 애들을 붙들고 성당으로 달려가더군. 고자질해 봐야 예수라는 남자밖에 더 있겠어?"

"신부도 있죠. 그것도 둘씩이나. 거기에 수녀와 아이들까지."

"어차피 드러나게 될 거야."

스티브의 말에 대니가 맥주잔을 들었다.

"좋아요, 아무튼 선배는 형사가 될 팔자는 아니니까."

"건배."

스티브가 자기 피처를 맥주잔에 부딪쳤다. 두 사람이 맥주를 마시는 동안 알폰세가 위스키를 채워주고 다시 자리를 피했다.

대니는 자기 두 손을 보았다. 론치의 선의는 증상이 목이나 머리가 아니라 이따금 손에 나타나는 경우도 있다고 했다. 손가락 살갗이 노랗게 변색되고 손끝이 까매지고 관절이 시큰거린단다.

"목은 어때?"

스티브가 물었다.

대니는 바에서 두 손을 치웠다.

"괜찮아요. 선배는?"

"최고야. 그건 그렇고, 언제까지 이 짓을 할 생각이냐?"

"뭐요? 술 마시는 거?"

대니가 되물었다.

"전차운전사보다 적은 봉급에 목숨을 내맡기는 일 말이야."

"전차운전사는 중요한 직업이에요. 시에서 관심도 지대하고."

대니가 잔을 들었다.

"하역인부들은?"

"그들도 마찬가지죠."

"커글린, 커글린. 우린 네놈이 필요해. 망할, 네 목소리에 매력까지 모두."

"내 매력?"

"그래, 니미럴. 무슨 말인지 알잖아. 이런 상황에서 겸손은 거위 방귀만큼도 도움이 안 된다. 이건 하느님의 진리야."

"무슨 도움이요?"

스티브가 한숨을 내쉬었다.

"우린 그자들하고 싸울 거다. 기회만 있으면 우릴 죽이려는 놈들이야."

"또 그 레퍼토리예요? 그 얘기라면 딴 데 가서 알아봐요."

"놈들은 아무 대책 없이 우릴 그 배에 보낸 거야."

대니가 인상을 찌푸렸다.

"덕분에 2주 동안 토요 휴무예요. 게다가……"

"사람을 죽이는 병이다. 게다가 우리가 왜 거길 간 거지?"

"임무?"

"임무라."

스티브가 고개를 돌려버렸다. 대니가 키득거렸다. 술 마실 분위기도 날 샌 모양이다.

"누가 우리를 위험에 처박는다는 거죠, 스티브? 성모 마리아가요? 누구죠? 선배 전과가요? 우리 아버지? 아니면, 에디? 누가 우릴 위험하게 한다는 겁니까?"

"모두 다."

"왜요?"

"우리를 죽이는 게 불가능하다고 생각해 본 적이 없으니까."

대니는 또다시 건조한 웃음을 터뜨렸다. 갑자기 모든 게 부질없다는 생각이 들었다. 마치 빠른 급류에 떠내려가는 동전들을 손으로 떠내려 하는 기분이었다.

"그런 생각 해봤냐? 그자들이 우릴 필요로 할 땐 늘 임무 얘기를 하지. 하지만 우리가 그들을 필요로 할 땐 언제나 예산 얘기를 하는 거 말이야. 대니, 오늘 일 때문에 우리가 죽으면 가족들은 어쩌지? 그들은 동전 한 닢도 받지 못해."

그가 조용히 대니의 잔을 부딪쳐 왔다.

대니는 텅 빈 웃음을 텅 빈 바에 흘려냈다.

"그럼, 어떻게 하면 됩니까?"

"싸워야지."

스티브의 대답이다.

대니가 고개를 저었다.

"지금 전 세계가 싸우고 있어요. 프랑스, 망할 벨기에, 얼마나 많이 죽었죠? 아무도 알려주지 않아요. 그게 진보라는 건가요?"

스티브가 고개를 저었다.

문득 뭔가를 부수고 싶었다. 완전히 박살낼 수 있는 큰 것으로.

"그럼요? 스티브, 세상이 원래 그런 거예요. 원래 좆같은 데라고요."

스티브 코일이 다시 고개를 저었다.

"그게 누구 세상인데?"

대니는 요 근래 그를 괴롭히던 느낌을 떨쳐내고 싶었다. 어쩐지 어느 거대한 사건 또는 거대한 범죄에 휘말리고 있는 것만 같았다.

"술이나 마시죠, 우리."

"그자들 세상이야, 그자들."

스티브가 말했다.

4

어느 일요일 오후, 대니는 사우스 보스턴의 아버지 집으로 갔다. 노친네 군단과의 만남을 위해서다. 커글린 가문에서의 일요 만찬은 일종의 정치 행사인데, 그들은 만찬 이후의 대화에 끼워주는 식으로 그를 인정해 주었다. 대니는 형사 배지가 행사의 일부라는 희망을 버리지 않았다. 지난 몇 년 동안 아버지와 에디가 툭하면 우려먹던 미끼가 아니던가. 27세가 되면 그는 보스턴 경찰 역사상 최연소 형사가 될 것이다.

그 전날 밤 아버지가 전화를 했었다.

"소문에 듣자 하니 조지 스트리바키스 경사가 망령이 났다더구나."

"그런 거 모르겠던걸요."

대니가 대답했다.

"너한테 이상한 일을 맡겼다는 얘긴 다 뭐냐?"

"임무를 설명했어요. 제가 받아들였고."

"죽을병에 걸린 군인들 배에 파견 보냈다고?"

"죽을병 아니에요."

"그럼, 그게 뭐라고 생각하느냐?"

"조금 심한 폐렴 같은 거겠죠. 죽을병은 과장된 겁니다."

아버지가 한숨을 내쉬었다.

"도대체 네 머릿속에 뭐가 들었는지 모르겠구나."

"그렇다고 스티브 혼자 보낼 순 없었어요."

"어쩔 수 없는 일은 어쩔 수 없는 거야."

"그 선배 목숨도 나만큼은 중요합니다."

"그 앤 코일이야. 커글린이 아니라. 내 자식 보호하는데 이것저것 따질 생각 없다."

"누군가는 해야 하는 일이에요, 아버지."

"커글린은 아니다. 절대. 자살 특공대에 보내려고 널 키운 게 아니야."

"그것도 '보호와 봉사'입니다."

들릴락 말락 한 한숨소리.

"내일 저녁에 보자. 정각 4시. 아니면, 집에 오기엔 너무 건강한 거냐?"

대니가 미소 지었다.

"갈 수 있을 거예요."

그가 대답했지만 이미 전화가 끊긴 후였다.

그래서 다음날 오후엔 K 스트리트를 오르고 있었다. 갈색과 붉은 벽돌담을 때리던 햇볕도 부드러워지고 열린 창문 밖으로 양배추, 감자, 뼈 붙은 햄 요리 냄새가 솔솔 풍겨 나왔다. 막내 동생 조는 거리 인도에서 아이들과 놀다가, 그를 보고 환한 얼굴로 달려 왔다.

일요일답게 잔뜩 빼입은 모양새였다. 초콜릿 색의 니커보커 정장에 단추 장식으로 바짓단을 마무리한 칠푼 바지. 흰색셔츠에 청색 타이. 그리고 비스듬히 쓴 초콜릿 색의 골프모자. 이 옷을 살 때 대니도 함께 있었는데, 조가 내내 불안해하는 통에, 어머니와 노라는 계속해서 정말로 남자답게 보일 거라는 둥, 아버지가 그 나이 때 진짜 오리건 캐시미르로 지은 정장을 얼마나 갖고 싶어 했는지 모른다는 둥, 하는 식으로 달래야 했다. 하지만 조는 제발 살려달라는 눈빛으로 대니만 올려다보았었다.

대니는 달려온 조를 들어 꼭 끌어안고 두 볼을 비볐다. 어린 동생이 목을 어찌나 단단히 붙들던지, 대니는 이 아이가 얼마나 형을 사랑하는지 자신이 종종 잊는다는 사실에 죄의식을 느껴야 했다.

조는 열한 살이지만 나이에 비해 덩치가 작았다. 물론 거친 동네 아이들 중에서도 단연 거친 부류라 덩치의 단점을 보완하기는 했다. 동생은 두 다리로 대니의 엉덩이를 휘감고는 고개를 젖히며 미소 지었다.

"형, 복싱 그만 두었다며?"

"그냥, 소문이야."

조가 형의 제복 칼라를 매만졌다.

"어떻게 할 거야?"

"너를 훈련시킬 생각이지. 처음엔 춤추는 법부터 가르쳐야겠군."

"춤 배우는 사람이 어디 있어?"

"어, 얼마든지 있어. 위대한 복서들은 모두 무용학원에 다녔거든."

그는 조를 안고 몇 발짝 달리다가 허공에서 한 바퀴 돌려주었다. 조가 어깨를 두드리며 외쳤다.

"그만 해. 그만."

대니가 다시 돌았다.

"왜, 창피해서?"

"그만 하라니까."

조가 까르르 웃으며 다시 두 어깨를 때렸다.

"친구들 때문에 그러는 거야?"

조가 형의 두 귀를 잡아당겼다.

"시끄러."

아이들이 거리에서 대니를 보고 있었다. 무서워해야 할지 반가워해야 할지를 몰라 헷갈린 표정들이다.

"너희들도 해줄까?"

대니가 물었다.

그는 조를 내려주고는 몸을 간질이며 집까지 내려갔다. 노라가 계단 위의 문을 열어주었다. 그녀에게 달려가고 싶었다.

"조, 엄마가 들어오래. 샤워부터 하라셔."

노라가 말했다.

"나, 안 더러워."

노라가 눈썹을 찡긋했다.

"내가 시키는 게 아니야, 조."

조는 마지못해 친구들한테 작별인사를 하고 터벅터벅 계단을 올라갔다. 노라가 조의 머리카락을 헤집자 아이는 그녀의 손을 찰싹 때리고 안으로 들어갔다. 노라는 문설주에 기대며 대니를 보았다. 그녀와 늙은 흑인 에이버리 윌리스는 커글린 가문의 집안일을 도와주는 식솔이나, 노라의 실제 지위는 에이버리보다 애매했다. 그녀가 집에 온 건 5년 전 크리스마스이브였다. 우연이 아니면 정말로 하느님의 섭리일 것이다. 당시 그녀는 아일랜드의 북쪽 해안을 탈출한, 말 많고 겁 많은 회색 피부의 피난민이었다. 그 전에 어디 있었는지는 모르지만, 어쨌든 동상에 걸리고 오물을 뒤집어 쓴 그녀를, 대니의 부친이 방한 코트로 감싼 채 집으로 데려온 이후, 명실 공히 커글린 가문의 일부가 되어버렸다. 가족까지는 아니지만…… 대니 역시 가족으로 인정해 본 적은 없지만, 그럼에도 불구하고 너무도 자연스러운 가족의 일부로 보였다.

"웬일이에요?"

그녀가 물었다.

"노친네 클럽."

그가 대답했다.

"음모와 술수가 판친다는 클럽 말인가요? 에이든이 음모에 소질이 있는 줄은 몰랐네요."

그가 상체를 조금 들이밀었다.

"아버지 말고 나를 '에이든'이라고 부르는 사람은 어머니뿐이야."

그녀가 상체를 뒤로 젖혔다.

"지금 나를 엄마라고 부르겠다는 얘긴가요?"

"천만에. 뭐, 노라는 좋은 엄마가 될 것 같긴 하지만."

"오호, 입에 침부터 바르시지 그래요?"

"거짓말 아니랍니다."

그 말에 노라가 잠시 놀라는 눈을 했다. 허브처럼 푸르고 투명한 눈.

"그 거짓말 때문에라도 고해실에 다녀와야 할 거예요."

"고해 같은 건 안 해. 노라나 다녀오지그래."

"내가 왜 고해를 하죠?"

그가 어깻짓을 했다.

그녀는 문밖으로 상체를 내밀고 오후의 바람 냄새를 맡았다. 언제나처럼 애잔하면서도 담담한 눈빛이다. 문득 두 팔이 떨어져 나갈 때까지 그녀를 안아주고 싶었다.

"조한테 무슨 말 했어?"

그녀가 문에서 떨어져 나와 팔짱을 끼었다.

"무슨 말이라뇨?"

"복싱에 대해서."

그녀가 씁쓸한 미소를 지었다.

"형이 다시는 복싱하지 않을 거라고 했어요. 그뿐이에요."

"내가?"

"당신 얼굴에 다 쓰여 있는 걸요. 더 이상 복싱을 사랑하지 않는다고."

하마터면 고개를 끄덕일 뻔했다. 그녀의 말이 옳기는 했지만 그래도 그녀에게 내심을 간파당하는 건 내키지 않았다. 그녀는 늘 그랬다. 확신컨대, 앞으로도 그럴 것이다. 끔찍한 일이야. 이따금 평생 그의 편린들을 여기저기 흩뿌리고 다녔을지도 모른다는 생각을 했다. 어린 시절의 대니, 대통령이 소원이었던 대니, 대학에 가려고 했던 대니, 노라와 사랑에 빠졌다는 사실을 너무 늦게 깨닫고 만 대니 등. 소중한 조각들은 사방에 흩어져 있건만 여전히 그녀는 가장 중요한 부분을 장악하고 있었다. 그러면서도 그녀는 그 소중한 기억을 가방 제일 밑바닥에 잔돈푼이나 분갑과 함께 처박고 모른 척하고 있었다.

"들어올 거죠?"

그녀가 물었다.

"그래."

그녀가 문에서 물러섰다.

"자, 그럼 먼저 들어가요."

저녁시간이 되자 노친네들이 서재에서 나왔다. 그들은 발그레해진 얼굴로 아무한테나 윙크를 날리고, 어머니와 노라한테도 구세대다운 정중함으로 대했으나, 대니한테는 아무래도 껄끄러운 존재들이었다.

제일 먼저 자리를 잡은 사람은 클로드 메스플레드와 패트릭 도네건이었다. 각각 제6지구의 구의원과 선거구장인 두 사람은 브리지 게임을 하는 노부부만큼이나 호흡이 잘 맞고 빈틈이 없었다.

그들 맞은편에는 실라스 펜더가스트가 앉았다. 퍽 카운티의 지방검사이자 동생 코너의 상사였다. 실라스는 겉으로 보면 위엄도 있고 도덕적으로 번듯해 보였으나, 실제로는 평생을 지역 정치기구에서 몸담은 사람이다. 그 돈으로 법대를 나온 덕에 아부 근성이 발달한 데다 매일 가벼운 술기운에 젖어 사는 인물이기도 하다.

가장자리에 아버지가 앉고, 그 옆에 오미라 경찰청장의 측근이자 치안감인 빌 매디건이었다.

매디건 옆의 남자가 찰스 스티드먼, 하얀 정장에 하얀 타이, 투톤 칼라의 스패츠 차림에 키가 크고 조용한 분위기였는데 대니도 처음 보는 인물이다. 그는 50센트짜리 머리가 가득한 방에 3달러짜리 이발을 한 유일한 사내이기도 했다. 대니의 어머니가 직업을 묻자 그가 이런저런 대답을 했는데, 그 중 대표적인 타이틀이 뉴잉글랜드 호텔 및 레스토랑 연합 부회장이자 서퍽 카운티 수탁 보증 조합장 정도였다.

동그란 눈과 어색한 미소로 보아, 스티드먼의 말을 이해 못하는 눈치였으나 그래도 어머니는 고개를 끄덕여 주었다.

"세계 산업노조 같은 겁니까?"

대니가 물었다.

"그 새끼들은 범죄자들이야. 반정부 집단이라고."

아버지였다.

찰스 스티드먼이 한 손을 들고 대니에게 미소를 지어보였다. 유리만큼이나 맑은 눈이었다.

"조금 성격이 다르네, 대니. 나는 은행가야."

"오, 은행가. 대단하세요."

어머니가 그제야 직업을 이해하고 감탄사를 터뜨렸다.

대니의 두 동생, 코너와 조 사이에 앉은 마지막 남자가 에디 맥케나 삼촌이다. 혈연관계는 아니지만, 십대 시절 신세계의 거리에 함께 뛰어든 이후로 지금껏 아버지의 절친이며 가족 이상의 존재로 군림하는 사람이다. 그는 대니의 아버지와 함께 보스턴 경찰청 내에서도 난공불락의 콤비였다. 토머스 커글린이 깔끔함의 대명사라면(깔끔한 머리, 깔끔한 외모, 깔끔한 말투) 에디 맥케나는 식욕과 덩치가 거대했고 또 허풍도 대단했다. 그는 특공대의 맡고 있었다. 온갖 종류의 퍼레이드, 고위직 사찰, 노동자 파업, 폭동 등 사회 불안요소들을 담당하는 팀이다. 에디의 지휘 하에 특공대의 성격은 모호해지고 권력은 더 커졌으며, 이른바 조직 내의 암행 조직으로서, '문제가 발생하기 전에 문제에 접근하는 식'으로 범죄율을 낮추는데 큰 역할을 담당했다. 에디의 끊임없이 진화하는 카우보이 팀은 오미라 청장의 사회 정화를 주도한 바로 그 전위부대로서, 길거리 잡범들이 강도로 발전하기 전에 때려잡았고, 또 막 찰스타운 교도소를 빠져나온 전과자들을 닥치는 대로 체포했다. 더욱이 그가 거느리고 있는 밀고자, 부랑자, 염탐꾼들의 네트워크 또한 너무도 광범위했다. 만일 맥케나가 그 명단과 지금까지의 거래 내용을 자기 머릿속에만 담고 있지 않았다면 도시의 경찰들 모두에게 크게 도움이 되었을 것이다.

그가 테이블 맞은편의 대니를 포크로 가리켰다.

"어제 부두에서 병자들을 처리하는 동안 무슨 일이 있었는지 들었냐?"

대니가 조심스럽게 고개를 저었다. 전날 스티브 코일과 두 팔을 맞대고 함께 술을 마셔댄 후유증으로 아침 내내 잠에 빠져 있었다. 노라가 마지막 요리를 가져왔다. 마늘과 완두콩 요리 같았는데, 그녀가 테이블에 올려놓을 때까지도 김이 모락모락 일었다.

"그놈들이 파업을 일으켰어."

에디 맥케나의 말이었다.

"누가요?"

그놈들이 누구인지 대니가 어찌 알겠는가.

"보스턴 레드삭스와 시카고 컵스 선수들. 나하고 조도 거기 있었어."

코너가 대신 대답했다.

"그 새끼들 전부 독일 놈들하고 싸우게 전쟁에 내보내야 해. 병역 기피자에 빨갱이 새끼들이잖아."

에디 맥케나였다. 코너가 키득거렸다.

"그게 믿겨져, 형? 요즘 사람들이 제 정신이 아니라니까."

대니가 경기장에서 벌어졌을 광경을 상상하며 미소 지었다.

"거짓말하는 거 아니지?"

"형, 정말이야. 필드에 안 나왔다니까. 구단주한테 항의하는 거랬어. 그래서 사람들이 물건을 던지고 고함을 치고 난리가 났는걸."

조가 대답했다.

"주최 측에서 전 시장 허니 피츠를 내보내 관중들을 진정시키게 했어. 나중엔 현 시장하고 주지사까지 오더라고."

코너였다.

아버지가 고개를 저었다. 주지사가 거론될 때마다 늘 그런 식이다.

"캘빈 쿨리지* 주지사. 매사추세츠 공화당을 주무르는 버몬트 출신의 공화당원이라니, 세상에."

"아무튼 그런 거물들이 등장했는데, 피터스* 시장은 사람들이 아예 거들떠보지도 않더라고. 컬리나 허니 피츠 같은 전직들이 훨씬 인기가 높으니까 말 다했지. 결국 허니가 마이크를 잡아 간신히 폭동을 가라앉혔지. 관중들이 물건을 던지고 외야석을 부수는 등 난리도 아니었다고. 나중엔 선수들이 할 수 없이 경기하러 나왔는데, 맙소사, 아무도 환호를 보내지 않더라니까."

코너가 말했다.

에디 맥케나가 커다란 복부를 두드리며 콧김을 내뿜었다.

"그래, 이제 그 빨갱이 새끼들한테서 월드시리즈 챔피언 메달도 빼앗아야 해. 시합 좀 했다고 '훈장'을 수여한다는 게 솔직히 배알이 꼴리는 판에. 어차피 야구는 죽었잖아? 나라를 위해 싸울 배짱도 없는 기피자들 주제에 말이다. 그 중에 그 베이브라는 놈이 최악이었어. 대니, 그놈이 타자만 하고 싶어 한다는 얘기 들었냐? 오늘 조간에 나왔더라. 이제 던지는 건 싫대. 마운드에 더 이상 세우지 않고 거기에 돈까지 얹어주지 않으면 그냥 퍼질러 앉겠다는 거야. 도둑놈 심보가 따로 없다니까. 그게 말이나 되냐?"

"아, 세상이 어떻게 되려고 이러는지, 원."

아버지가 보르도 와인을 한 모금 마셨다.

"불만이 뭐랍니까?"

대니가 테이블을 돌아보며 물었다.

"응?"

"불만이요. 이유 없이 파업을 한 건 아니잖습니까?"

"구단주들이 합의를 어겼다던데? 약속보다 돈을 적게 줬대. 지난 시리즈에서는 적어도 두 팀 중 한 곳은 꽤 수입이 좋았다거든. 그래서 파업을 하는 거랬어."

조가 대답했다. 자세한 내용을 기억해 내려 잔뜩 인상을 찌푸린 표정인데, 스포츠광이라 야구에 관한 한 그들 중 누구보다 믿을 만한 정보통이었다. 조 스스로도 이제 비로소 모든 것이 이해된다는 듯 어깨를 으쓱이고는 곧바로 칠면조 고기를 씹기 시작했다.

"에디 말에 동감이다. 야구는 죽었다. 다시는 일어나지 못할 거야."

아버지였다.

"아뇨, 일어날 거예요. 분명히 다시 할 거라고요."

조가 절박한 목소리로 항변했다.

"이 나라에선, 일자리를 주면 모두 좋아라 하지만, 일이 조금만 어려워도 그냥 주저앉아 버린다니까."

아버지가 미소를 지었다. 그는 수많은 종류의 미소를 구사할 수 있는데 이번엔 말 그대로 씁쓸한 쪽이었다.

대니와 코너는 커피와 담배를 들고 뒤쪽 현관으로 나갔다. 조도 따라 나왔으나 곧바로 뒷마당의 나무 위로 올라갔다. 형들의 이야기를 엿들어서도 안 되고 또 허락도 해주지 않을 것임을 그도 잘 알고 있었다.

코너와 대니는 형제라는 사실이 믿기지 않을 정도로 닮은 구석이 없었다. 대니가 키가 크고, 검은 머리에 어깨가 넓은 반면, 코너는 아버지를 닮아 금발이며 날씬하고 단단한 외모였다. 하지만 그 대신 대니는 아버지의 푸른 눈과 교활한 유머감각을, 코너는 어머니한테서 갈색 눈과 상냥한 표정, 그리고 그 속에 감춰진 내면의 완고함을 물려받았다.

"아버지 말이, 어제 군함에 갔었다며?"

대니가 끄덕였다.

"그래."

"병에 걸린 군인들?"

대니가 한숨을 쉬었다.

"이 집은 어떻게 펑크 난 타이어처럼 얘기가 새어나온대?"

"이런, 형, 난 지방검사 사무실에서 일해."

대니가 키득거렸다.

"오호, 힘 좀 쓰나보네."

코너가 인상을 찌푸렸다.

"얼마나 심해? 군인들 말이야."

대니는 담배를 내려다보다가 엄지와 검지 사이에 끼우고 한 바퀴 돌렸다.

"아주 심했어."

"병명이 뭔데?"

"솔직히 말해? 나도 몰라. 독감이나 폐렴일 수도 있고, 지금껏 아무도 들어보지 못한 종류일 수도 있겠지. 지금은 군인들로 끝나기만 바라는 상태야."

대니가 어깨를 으쓱여보였다.

코너가 난간에 기댔다.

"전쟁은 곧 끝날 거래."

"전쟁? 그래, 그렇다더군."

대니가 고개를 끄덕였다.

코너는 한동안 불편해 보였다. 검사사무실의 떠오른 스타인 그는 또한 미국 참전의 옹호자이기도 했다. 하지만 군대에 자원하는 데에는 실패했는데, 그 원인이 누구 때문인지는 두 형제 모두 잘 알고 있었다.

"여기 봐라."

조가 외쳤다. 두 사람이 올려다보니 그는 벌써 제일 꼭대기 두 번째 가지까지 올라가 있었다.

"그러다 머리 깨진다. 엄마가 알면 널 쏴버릴 거다."

코너가 위협했다.

"머리 안 깨뜨려. 그리고 엄마한텐 총 없잖아."

조가 반박했다.

"아빠 총을 쓰면 돼."

조는 조금 고민된다는 듯 더 이상 올라가지 않았다.

"노라는 어때?"

대니가 지나가는 얘기처럼 물었다. 코너가 어두운 허공을 향해 담배를 휘저었다.

"직접 물어봐. 어차피 괴짜잖아. 엄마, 아빠 앞에선 온갖 얌전을 다 떨면서 형한테만은 늘 볼셰비키 아냐?"

"볼셰비키? 오, 설마."

대니가 미소 지었다.

"형도 직접 들어봐야 해. 노동자들과 여성들의 참정권이 어쩌고 공장의 불쌍한 이민자 어린이들이 어쩌고 하는 얘기들 말이야. 노친네가 알면 뒤집어질 노릇이지만, 어쨌든 그 여자도 변할 테니 상관은 없어."

"그래? 그게 가능해?"

대니는 노라가 변한다는 게 상상이 가지 않았다. 물을 마시라고 명령하면 차라리 목말라 죽을 정도로 왕고집이 아니던가.

코너가 고개를 돌렸는데, 눈에 웃음이 가득했다.

"못 들었어?"

"일주일에 여든 시간을 일해. 소문 빼먹은 게 어디 한두 개인 줄 알아?"

"나, 노라하고 결혼할 거야."

대니는 기가 막혔다. 그가 목청을 가다듬었다.

"청혼한 거냐?"

"아직은. 하지만 아버지한테는 얘기했어."

"아버지한테는 얘기했는데 당사자한테는 아니라고?"

코너는 어깻짓을 하고 다시 활짝 웃어보였다.

"새삼스럽긴. 노라는 아름다워. 우린 같이 쇼에도 가고 영화관에도 갔어. 아무튼 잘 지내고 있다고. 노라도 엄마한테 요리를 배우니까 좋은 아내가 될 거야."

"코너……"

대니가 말을 하려 했으나 동생이 한 손을 들어보였다.

"대니, 대니, 나도 알아…… 두 사람 얘기. 내가 장님인 줄 알아? 온 가족이 아는데?"

그건 대니도 모르는 사실이었다. 머리 위에서 조가 다람쥐처럼 나무를 기어올랐다. 바람은 시원했고 저녁 어스름은 이웃집 지붕 위로 부드럽게 내려앉았다.

"내가 이 얘기 하는 것도 그 때문이야. 형이 괜찮은지 알고 싶어서."

대니가 난간에 기댔다.

"나하고 노라 사이에 무슨 얘기가 있었다는 거지?"

"어, 그야 모르지."

대니가 끄덕였다. 노라가 코너와 결혼한다고?

"노라가 거절하면?"

"그럴 이유가 없잖아?"

코너는 그런 멍청한 질문이 어디 있냐는 듯 두 손을 들어보였다.

"볼셰비키들이 어디로 튈지 어떻게 아냐?"

코너가 웃었다.

"아까 말했잖아. 변할 거라고. 왜 노라가 거절하겠어? 우린 함께 즐거운 시간을 보냈어. 게다가……"

"영화관? 함께 쇼를 본 거? 그건 달라."

"다르다니? 뭐가?"

"사랑."

코너가 새우 눈을 하고 대니를 향해 고개를 저었다.

"그게 사랑이야. 형, 왜 복잡하게 생각해? 남자가 여자를 만나. 둘은 관심사도 같고 뿌리도 같지. 그럼 이제 결혼해서 가정을 이루고 서로 이해하려고 노력하면 되는 거야. 그게 문명이고 그게 사랑이란 거야."

대니는 어깨를 으쓱였다. 코너의 노기는 당혹감 때문인데, 특히 그가 술에 취할 때면 이런 식의 위험한 조합으로 이어졌다. 복싱을 한 아들은 대니였을지 몰라도 집안의 진짜 말썽쟁이는 언제나 코너였다.

코너는 대니와 10개월 차이밖에 나지 않았다. 그 덕분에 사람들은 '아일랜드 쌍둥이'라고 불렀으나, 혈연을 제외하고는 거의 공통점이 없었다. 두 사람은 같은 날 고등학교를 졸업했다. 대니는 간신히 낙제를 면했고, 코너는 장학생으로 조기졸업을 했다. 대니가 곧바로 경찰에 들어간 데 반해, 코너는 전액장학생으로 사우스엔드의 보스턴 가톨릭대학에 들어가 닥치는 대로 추가학점을 이수하더니 2년 만에 최고우등생으로 졸업하고 곧바로 서퍽 법대에 들어갔다. 사법시험을 통과한 후에 일하게 될 곳도 이미 정해져 있었다. 10대 후반에 검사 사무실에서 사환으로 일한 대가로 보장된 자리였다. 그리고 근무를 시작한 지 4년, 코너는 이제 대형사건, 대형재판에 투입되고 있었다.

"일은 어때?"

대니가 묻자 코너가 새 담배를 피워 물었다.

"세상엔 나쁜 놈들이 많아."

"얘기해 봐."

"동네 건달들이나 흔해빠진 정치깡패 얘기가 아냐. 급진주의자에 폭파범들 얘기라고."

대니는 고개를 젖히고 목의 예리한 상처를 가리켰다. 코너가 키득거렸다.

"좋아, 좋아. 내가 번데기 앞에서 주름 잡았군. 평생 그 개자식들이 얼마나…… 얼마나 추악한지 모르고 살 줄 알았어. 지금 한 놈을 잡았는데 재판에서 이기면 곧바로 국외로 추방해 버릴 거야. 정말로 상원을 날려버리겠다고 협박하더라고."

"그냥 협박뿐이야?"

대니의 물음에 코너가 특유의 초조한 표정으로 고개를 저었다.

"그 정도가 아니야. 일주일 전에 교수형을 참관한 적도 있었는걸."

"교수형?"

코너가 고개를 끄덕였다.

"그것도 일이니까. 실라스는 우리가 재판의 마지막까지 함께 간다는 사실을 매사추세츠 사람들이 알아주기 바라거든."

"네 고급 정장하고는 안 어울릴 것 같은데? 그걸 무슨 색이라고 하지? 미색?"

코너가 자기 머리를 때렸다.

"보통 크림색이라고 하지."

"오, 크림색."

"사실, 별로 재미없는 일이었어. 교수형 말이야. 물론 사무실에서야 익숙해져야 한다고 말하지만."

코너가 마당을 내다보다가 다시 대니를 향해 씁쓸한 미소를 지었다.

두 사람은 한동안 아무 말도 하지 않았다. 대니는 바깥세상의 장막이 한 꺼풀 벗겨져, 교수형과 전염병, 폭발물과 기근과 함께 이 작은 세상을 덮고 있다는 생각이 들었다.

"그래서 노라하고 결혼한다고?"

그가 마침내 입을 열었다.

"그럴 생각이야."

코너가 눈썹을 치켜떴다. 대니는 동생의 어깨를 끌어안았다.

"행복을 빈다, 코너."

코너가 미소 지었다.

"고마워. 아 참, 새로운 집으로 이사했다며?"

"집이 아니라 층을 바꾼 거야. 전망 좋은 곳으로."

"최근에?"

"한 달 전쯤. 소문이라는 게 늘 빠른 건 아닌 모양이군."

"엄마를 초대하지 않으니까 그렇지."

대니는 가슴에 손을 얹고 그녀의 사투리를 흉내 냈다.

"이런 몹쓸 아들놈이 어데 있나. 늙은 어미를 매일매일 초대해도 성이 안 찰 판이구먼."

코너가 키득거렸다.

"그럼, 여전히 노스엔드네."

"고향이잖아."

"거긴 시궁창이야."

코너였다. 조가 끼어들었다.

"형도 거기서 자랐잖아."

조는 어느새 제일 아래쪽 가지에 거꾸로 매달려 있었다.

"그래. 그래서 아버지가 여유가 생기자마자 이사를 한 거다."

"그래봐야, 슬럼에서 또 다른 슬럼으로 옮긴 거야."

대니가 말했다.

"그래도, 여긴 아일랜드 슬럼이잖아. 언제든 이태리 슬럼을 담당하고 싶어."

조가 땅바닥으로 뛰어내렸다.

"여긴 슬럼 아냐."

"저 위에 K 스트리트는 아니겠지."

대니가 말했다.

"다른 데도 아냐. 나도 슬럼은 안다, 뭐."

조에게는 확신이 있었다. 그는 현관으로 올라가더니 문을 열고 안으로 들어가 버렸다.

아버지의 서재. 다들 담배를 피우고 있었다. 대니한테도 한 대 권했으나 그는 대신 자기 담배를 말아 책상 부근의 매디건 치안감 옆에 앉았다. 메스플레드와 도네건은 카운터로 건너가, 아버지의 술을 마음껏 따라 마셨고 찰스 스티드먼은 아버지 책상 뒤의 커다란 창문 옆에 서서 담뱃불을 붙였다. 아버지와 에디 맥케나는 구석에서 실라스 펜더가스트와 얘기 중이었다. 검사는 문 옆에 등지고 선 채로 연신 고개를 끄덕였으나 말은 거의 하지 않았다. 말을 하는 쪽은 토머스 커글린과 에디 맥케나 경위였다. 손으로 턱을 받치고 고개를 숙인 실라스의 모습이 자못 진지해 보였다. 마침내 그가 고개를 끄덕이더니 모자걸이에서 모자를 집고 사람들한테 작별을 고했다.

"좋은 분입니다. 공익을 이해하고 있죠."

아버지가 책상을 돌아 안으로 들어갔다. 그는 담배 상자에서 시거를 꺼내 끝을 잘라낸 다음, 냄새를 맡으며 사람들에게 눈썹을 쫑긋해 보였다. 손님들이 모두 미소로 답해 주었다. 아버지의 유머는 이해 여부와 관계없이 늘 그런 식의 반응을 불러왔다.

"토머스, 저 친구한테 명령체계를 설명했나?"

치안감이었다. 자신보다 몇 계급 아래의 아버지지만, 거북살스러운 하대는 아니었다.

아버지는 시거에 불을 붙이고 열심히 빨아 불이 안착되도록 했다.

"수레 뒤를 미는 사람은 말의 얼굴을 볼 수 없다고 해줬죠. 무슨 뜻인지 이해했을 겁니다."

클로드 메스플레드가 의자 뒤로 돌아와 대니의 어깨를 두드렸다.

"자네 아버지, 여전히 대단한 웅변가야."

아버지가 클로드에게 눈을 깜빡여주었다. 찰스 스티드먼은 아버지 뒤쪽의 창가에 앉았고 에디 맥케나는 대니 옆에 자리를 잡았다. 정치가 둘, 은행가 하나, 경찰 셋이라. 재미있군.

"시카고에 왜 그렇게 문제가 많은 줄 압니까? 금주법이 통과된 후에 범죄율이 왜 그렇게 천정부지로 치솟겠습니까?"

아버지가 물었다.

사람들은 기다렸다. 아버지는 시거를 빨고는, 팔꿈치 옆에 놓인 브랜디 잔을 내려다보았다. 하지만 집어 들지는 않았다.

"신흥도시이기 때문이죠. 화재가 도시의 역사와 가치를 모두 태워 버린 겁니다. 그리고 뉴욕은 너무 번잡합니다. 스프롤 현상도 심한 데다, 외국인들로 인해 인구까지 과밀이죠. 그래서는 질서를 유지할 수 없습니다. 지금 상태로는 절대 불가능해요. 하지만 보스턴은 다릅니다." 그가 브랜디를 들어 한 모금 마실 때 조명이 술잔에 반짝였다. "보스턴은 작은 데다 새로운 조류에 오염되지도 않았습니다. 보스턴은 공익을 이해하고 상황을 이해합니다. 자, 우리의 건강한 도시를 위해 건배하죠. 늙고 위대한 창녀 보스턴을 위해."

그들은 건배를 했다. 대니는 문득 아버지가 그에게 미소 짓고 있음을 깨달았다. 입은 아니지만 적어도 눈은 그랬다. 토머스 커글린은 행동양식이 무척이나 다양한 데다 시시각각 변하는 위인이다. 하지만 그건 자신이 옳은 행동을 하고 있다고 확신하는 인물의 다양성에 불과했다. 문제는 대니가 종종 아버지의 표정연기에 속고 만다는 사실이었다. 토머스 커글린은 정의의 노예이자 나팔수이자 전위부대다. 정의의 무릎을 깨문 맹견들의 포획자이자 정의로 쓰러진 친구들의 운구인이며, 또한 동요하는 동료들의 설득자이기도 했다.

대니가 커오는 동안 늘 그랬듯 그가 말하는 '정의'가 정확히 뭐냐는 문제는 여전히 남아 있었다. 그건 충성과 관계있으며 한 인간의 명예의식을 우선했다. 또한 의무로 묶여 있으며, 의무와 관련된 은밀한 상황 전반에 대한 암묵적인 이해를 당연시한다. 그의 정의는 순전히 필요 지향적으로, 내적으로 철저히 반개신교의 기치를 고수하면서 외적으로는 엘리트 계층에 순종적이다. 그건 동시에 인종차별적이기도 하다. 왜냐하면 지금껏 겪은 갈등과 앞으로의 투쟁에도 불구하고, 아일랜드는 북유럽에 속하며 그들 역시 한밤의 보름달만큼이나 하얀 백인종이기 때문이다. 당연히, 그의 정의는 모든 인종을 같은 테이블에 앉혀본 적이 없다. 정의의 문이 닫히기 전 행여 들어올지 모를 아일랜드 인을 위해 미리 의자를 확보해 놓기 위해서다. 더욱이 대니가 이해하는 한, 그의 정의란, 공공의 선을 실천한 사람이라면 사적으로 어떻게 행동하든 간에 일정의 면죄부가 허용된다는 가정 위에 세워져 있었다.

"록스베리 레트 노동자연합에 대해 들어봤냐?"

아버지가 물었다.

문득 대니는 창가의 찰스 스티드먼이 그를 지켜보고 있다는 사실을 깨달았다.

"레트요? 사회주의 노동자 단체 말인가요? 주로 러시아와 라트비아 이민자들로 이루어졌다던데."

"인민노동당은 아나?"

에디 맥케나였다. 대니가 끄덕였다.

"매타판에 있죠. 공산주의자들이고."

"사회정의 동맹은?"

"지금 뭐 하는 거죠? 시험인가요?"

대니가 항의했다.

사람들은 아무 대답 없이 그를 바라보기만 했다. 진지하면서도 의도된 시선들.

그가 한숨을 내쉬었다.

"사회정의 동맹은, 대부분 동구 출신에 카페를 기지로 삼고 활동하는 지식인들입니다. 반전주의자들이고."

"반전이 아냐. 미국의 모든 것에 반대하는 거지. 모두 볼셰비키 전위부대들이다. 레닌의 돈을 받고 이 사회의 동요를 획책하고 있지."

에디 맥케나.

"우린 동요를 원치 않아."

다시 대니의 아버지.

"갈레아니스트. 그건 들어봤나?"

매디건 치안감.

다시 대니는 그를 지켜보고 있는 사람들의 시선을 느꼈다.

"갈레아니스트. 루이지 갈레아니(20세기 초 유명한 이탈리아 출신의 혁명적 무정부주의자. 미국에서 벌어진 여러 차례의 폭탄 테러의 주모자로 악명이 높다 — 옮긴이)의 추종자들이며, 정부뿐 아니라 사유재산 자체를 부정하는 무정부주의자들로 알고 있습니다."

그는 목소리의 초조함을 억누르려 애써야 했다.

"그 자들을 어떻게 생각하나?"

클로드 메스플레드가 물었다.

"갈레아니스트와 폭파범들 말입니까? 그자들은 테러리스트입니다."

대니가 대답했다.

"갈레아니스트뿐만이 아냐. 급진주의자 모두에 대한 얘기다."

에디 맥케나가 덧붙였다.

대니가 어깻짓을 했다.

“급진주의자들한테 피해본 적은 없습니다. 대부분 무해한 사람들이에요. 활동 전단지를 인쇄하고 밤에 술을 마시고, 트로츠키와 마더 러시아 노래를 너무 크게 부르는 통에 이웃사람들의 편한 잠을 방해하는 정도죠.”

“최근엔 상황이 바뀐 모양이다. 소문을 들은 게 있어.”

에디였다.

“소문이라뇨?”

“대규모 폭동.”

“언제죠? 어떤 폭동입니까?”

아버지가 고개를 젓고는 말했다.

“그 정보에는 불필요한 명칭이 포함되어 있다. 아직 네가 알 필요 없는 얘기야.”

에디 맥케나가 활짝 웃어 보이며 말했다.

“나중에 알려주마, 대니. 때가 되면.”

“‘테러리즘의 목적은 테러에 영감을 불어넣는 것이다.’ 누가 한 말인지 아냐?”

아버지의 물음에 대니가 고개를 끄덕였다.

“레닌.”

“신문은 읽는 모양이군.”

아버지가 가벼운 윙크를 했다.

맥케나가 대니를 향해 상체를 숙였다.

"대니, 우린 급진주의자들의 음모에 맞설 작전을 계획 중이다. 그래서 네가 어느 편인지 정확히 알려는 거야."

"음흠."

대니는 아직 상황을 정확히 파악하지 못한 터였다.

토머스 커글린이 빛을 등진 채 상체를 내밀었다. 시거는 손가락 사이에서 꺼진 터였다.

"경우회에서 어떤 일이 진행 중인지 말해줬으면 한다."

"경우회라뇨?"

토머스 커글린이 인상을 찌푸렸다.

"보스턴 경우회요? 우리 노동 조합?"

대니가 맥케나를 보았다.

"노동 조합이 아니다. 희망사항일 뿐이지."

"그리고 불가능한 희망이기도 하다. 우린 경찰이야, 에이든, 일반 노동자가 아니라. 원칙은 원칙이야."

"그 원칙이라는 게 어떤 거죠? 노동자들을 박살내라?" 대니는 방을 둘러보았다. 어느 조용한 일요일 오후 이 집에 모인 사람들…… 마침내 그의 눈이 스티드먼을 골랐다. "도대체 무슨 꿍꿍인 겁니까?"

스티드먼이 어색하게 웃었다.

"꿍꿍이?"

대니가 끄덕였다.

"지금 뭘 하시는 건지 몰라서 여쭙는 겁니다."

스티드먼이 그 말에 얼굴이 벌게지며 자기 시거를 내려다보았다. 입은 꾹 다문 채였다.

"에이든, 그게 무슨 말버릇이냐? 네놈은……"

아버지였다.

스티드먼이 고개를 들었다.

"괜찮네. 그래, 대니, 이 나라의 노동자들은 분수를 잊고 있다. 봉급을 주고 가족을 보살펴주는 분들의 자비에 감사하는 법을 잊었다는 얘기다. 대니, 열흘간의 파업이 어떤 결과를 낳는 줄 아나? 단 열흘간의 파업이."

대니가 어깻짓을 했다.

"중소기업의 채무불이행을 초래할 수 있지. 대출금을 갚지 못하면 주식은 곤두박질치고 투자자들은 돈을 잃는 거야. 아주 큰돈이지. 그럼 결국 사업을 축소하고 은행이 개입하는데, 그건 해결책이 차압밖에 남지 않았다는 뜻이기도 하네. 은행이 돈을 잃고 투자자가 돈을 잃고 투자자의 회사도 돈을 잃는 거야. 최초의 회사는 당연히 파산하겠지. 그럼 노동자들도 어쨌거나 직장을 빼앗길 수밖에 없다. 노동 조합이라는 개념은 표면적으로야 그럴 듯하게 들리지만, 실제로는 교양과 이성 있는 사람들의 모임에서 논할 가치도 없는 거라네. 어때, 자네 질문에 대답이 되었나?"

그가 브랜디를 홀짝거리며 되물었다.

"솔직히 부회장님의 논리가 공공부문에 어떻게 적용되는지 모르겠습니다."

"세 배는 더 위험하네."

대니는 그에게 어색한 미소를 지어보이고 맥케나를 돌아보았다.

"특공대가 노동 조합의 뒤를 캐는 겁니까, 에디?"

에디가 대니의 어깨를 감쌌다.

"우리가 쫓는 건 파괴분자들이야. 이 나라의 독버섯들 말이다. 너도 이제 능력을 개발할 때가 된 것 같다. 그래, 작은 일부터 시작하는 것도 좋겠지."

"우리 조합 말이군요."

"그렇게 부르고 싶다면야."

"도대체 그게 '폭동' 행위와 무슨 관계가 있다는 말씀입니까?"

"일상적인 일이다. 그곳의 실제 지도자가 누구인지, 지휘부에 어떤 놈들이 있는지 따위를 알아내기만 하면 된다. 그 다음엔 너를 믿고 더 큰 물고기를 맡길 수 있겠지."

에디 맥케나였다.

대니가 고개를 끄덕였다.

"제 몫은 뭐죠?"

그 말에 아버지는 고개를 갸우뚱하고 실눈을 떴다.

매디건 치안감이 먼저 입을 열었다.

"글쎄, 이 문제가 그런 식으로……"

"네 몫? 네가 경우회 일에 성공하고 볼셰비키 일을 해결한다면 말이냐?"

아버지였다.

"예."

아버지가 미소 지었다.

"금배지? 듣고 싶은 얘기가 그거냐, 응? 그걸 원하는 거지?"

대니는 이를 부드득 갈고 싶었다.

"이미 다 아는 사실 아닌가요?"

토머스 커글린은 먼저 매디건 치안감을 보고 다시 대니를 보았다.

"경찰 노조의 구조에 대해 원하는 정보를 알아낸다면? 우리가 지정한 급진 조직에 침투해 쓸 만한 정보를 갖고 돌아온다면 말이냐? 그럼, 너를 최우선 후보자로 올려주마."

"최우선 후보를 원하는 게 아닙니다. 내가 원하는 건 금배지예요. 이미 오랫동안 미끼로 쓰셨잖아요."

사람들이 시선을 교환했다. 이런 반응은 생각지도 못했다는 투다.

한참 후, 아버지가 먼저 입을 열었다.

"이런, 최소한 자기가 원하는 게 뭔지는 아는 놈 아닙니까?"

"그러게 말입니다"

클로드 메스플레드가 맞장구를 쳤다.

"아주 딱 부러지는데요."

패트릭 도네건이었다.

문틈을 통해, 부엌에서 어머니가 떠드는 목소리가 들렸다. 무슨 말인지 들리지 않았으나 노라의 웃음소리도 들렸다. 그 바람에 그는 노라의 목을 상상해야 했다. 성대 위쪽의 부드러운 살결.

아버지가 시거에 불을 붙였다.

"급진주의자들을 일소하고, 덤으로 보스턴 경우회의 꿍꿍이까지 캐내주는 사내에게 금배지가 아까울 리가 없지."

대니는 아버지의 눈을 똑바로 노려보았다. 그리고 뮤라드 담뱃갑에서 한 개비를 꺼내 단화 끝에 두드린 다음 불을 붙였다.

"서면으로."

에디 맥케나가 키득거렸다. 클로드 메스플레드, 패트릭 도네건 그리고 매디건 치안감은 구두와 깔개만 내려다보았고, 찰스 스티드먼은 하품을 했다.

대니의 아버지가 눈썹을 치켜세웠다. 느린 동작이지만 그건 대니의 의사를 존중하겠다는 시도였다. 하지만 토머스 커글린이 헷갈릴 정도로 많은 성격을 구사하기는 해도, 그 중에 존중은 없다는 사실 정도는 대니도 알고 있었다.

마침내 아버지가 상체를 기울였다. 표정만으로는 누구나 그가 기뻐하고 있다고 오해할 것이다.

"네 인생을 정의하려는 실험인 게냐? 아니면 또 다른 미래를 위해 또 다른 음모를 감춰두고 있는 게냐?"

대니는 아무 말도 하지 않았다. 아버지는 다시 방 안을 둘러보더니, 어깻짓을 하고 아들의 눈을 보았다.

"좋다. 거래 끝."

대니가 서재를 떠날 때쯤 어머니와 조는 잠자리에 들었고 집은 깜깜했다. 그는 현관 계단참으로 나갔다. 집이 양 어깨를 짓누르고 머리를 쿡쿡 쑤시는 기분이었다. 그는 계단에 앉아 다음 수를 궁리해 보았다. K 스트리트의 집들은 모두 어둡고 조용해 몇 블록 건너 바다의 부드러운 파도소리까지 들릴 정도였다.

"그래서, 이번엔 또 어떤 더러운 일을 맡기던가요?"

노라는 문에 등을 기대고 서 있었다. 그가 고개를 돌렸다. 보는 것만으로 가슴이 아팠으나, 그렇다고 시선을 거둘 수도 없었다.

"별로."

"그다지 깨끗한 일은 아니란 얘기네요?"

"요점이 뭐야?"

그녀가 한숨을 쉬었다.

"요점? 요즘 별로 행복해 보이지 않아서 그래요."

"행복이 뭔데?"

그가 물었다.

그녀는 날씨가 차가운지 제 몸을 끌어안았다.

"대니의 반대말이죠."

어느 크리스마스 이브, 대니의 아버지가 노라 오셔를 장작처럼 끌어안고 집안에 들인 후로 5년이 흘렀다. 당시, 아버지의 얼굴은 추위 때문에 핑크색으로 변해 있었다. 그녀의 피부는 아예 창백한 잿빛이었고, 덜덜 떠는 이빨도 영양실조로 모두 들뜬 터였다. 토머스 커글린은 노던 애버뉴에서 그녀를 발견했다고 했다. 그와 에디 삼촌이 초짜 순경처럼 야경봉을 들고 돌아다니는데, 불량배들이 그녀를 에워싸고 있었다. 뼈밖에 남지 않은 가난하고, 굶주린 부랑자를 보라! 물론 에디 삼촌이 그에게 크리스마스임을 상기시켰고, 가엾은 소녀는 간신히 갈라진 목소리로 "감사합니다, 선생님. 감사합니다."라고 인사했다. 그리고 그때 그녀의 목소리는 토머스 커글린에게 돌아가신 어머니를 떠올리게 했다. 오, 이런, 그야말로 예수님께서 당신 탄생일 이브에 보여주시는 계시가 아니고 무엇이겠는가.

당시 아버지의 과장된 매력에 빠져 있던 여섯 살의 조마저도 그 얘기를 믿지 않았지만, 어쨌든 노라가 집에 오게 된 상황은 가족 모두를 크리스마스의 분위기에 푹 빠지게 만들었다. 그래서 대니의 어머니가 저 크고 움푹한 눈의 흰둥이 아가씨한테 차 한 잔을 끓여주는 동안 코너는 욕조에 물을 채웠다. 그녀는 더러운 어깨를 드러낸 채 젖은 돌멩이처럼 방한외투 안에 숨어, 찻잔 너머로 커글린 가족들을 훔쳐보았다.

그러다가 그녀가 대니의 눈을 보았다. 그리고 그녀의 눈이 그의 얼굴을 스치기 전에, 그는 그 속에서 작은 빛을 보았다. 불편할 정도로 낯이 익은 눈빛. 그 후 오랜 세월 동안, 마음속으로 그 눈빛을 수도 없이 되새겨보았고 이제는 확신할 수 있었다. 그가 굶주린 소녀의 두 눈에서 본 건, 바로 자기 자신의 감춰진 마음이었다는 사실을.

빌어먹을. 빌어먹을.

이제 그는 그 두 눈이 얼마나 빠르게 변하는지 지켜보게 될 것이다. 자신의 심장을 되비쳐주던 저 빛이 어느 순간 멍해지고 낯설어지고 또 가식적으로 되는지를 보게 될 것이다. 하지만 아직은 그 빛이 남아 있음을 알았기에, 또한 그 빛을 다시 보고 싶었기에, 대니는 원할 때면 언제든 그 빛을 보고 싶다는 얼토당토않은 바람을 버리지 못했다.

그녀가 입을 다문 채 조심스럽게 그를 바라보았다.

"코너는 어디 있지?"

그가 물었다.

"술 마시러. 당신이 찾으면 헨리네 집에 있겠다고 전하랬어요."

모래색의 곱슬머리가 그녀의 두개골을 감싸고 귀 바로 밑에까지 이어져 있었다. 그녀는 큰 키는 아니지만 작지도 않았다. 살갗이 끊임없이 꿈틀거렸는데, 피부가 어찌나 투명한지 자세히 들여다보면 혈관까지 보일 것만 같았다.

"둘이 교제한다고 들었어."

"그만 둬요."

"들은 얘기를 하는 거야."

"코너는 어려요."

"스물여섯이면, 너보다 나이가 많아."

그녀가 어깻짓을 했다.

"그래도 어린애예요."

"둘이 교제하는 거야?"

대니가 거리를 향해 담뱃재를 털고 그녀를 보았다.

"대니, 도대체 뭘 하자는 거죠?" 그녀는 지친 목소리였다. 하루 일과 때문이 아니라 대니 때문이었다. 문득 자신이 유치하다는 생각이 들었다. 까다롭고 쉽게 상처받는 자신이 말이다. "당신 가족한테 충성 맹세라도 하라는 건가요? 당신 아버지한테 영원히 갚을 수 없는 은혜를 입었다고요? 아니면, 절대로 당신 동생하고 결혼하지 않겠다고 맹세해요?"

"그래, 내가 듣고 싶은 게 바로 그거야."

"아니, 싫어, 안 해요."

"빚 갚는 셈치고 결혼하겠다는 건가?"

그녀가 한숨을 쉬며 눈을 감았다.

"내가 어떻게 해야 할지 나도 모르겠어요."

대니는 목이 메었다. 목에 가시라도 걸린 기분이었다.

"너한테 남편이 있다는 사실을 코너가 아는 날엔……"

"그는 죽었어요."

그녀가 씩씩댔다.

"네 마음속에나 그렇겠지. 하지만 진짜 죽은 건 아니잖아."

이제 그녀의 눈에서 불똥이 튀었다.

"요점이 뭐죠?"

"그 사실을 알면 코너가 어떻게 받아들일 거라고 생각해?"

"글쎄요. 당신보다 공정하게 받아들이기를 바라야겠죠."

그녀의 목소리는 다시 지쳐 있었다.

대니는 한동안 아무 말 없이, 둘 사이의 좁은 공간을 노려보았다. 그는 자신의 두 눈이 그녀만큼 가혹하기를 빌었다.

"아니, 그 앤 그렇게 못해."

그는 이렇게 내뱉은 다음, 계단을 내려가 어두운 정적 속으로 달아나버렸다.

5

루터와 릴라는 결혼 일주일 만에 엘우드의 아처 스트리트 근처에서 실내 배관이 있는 작은 원룸을 구했다. 루터는 그린우드의 황금거위 당구장을 드나들며 몇 사람과 얘기했고, 그들은 털사 호텔에 가면 일자리가 있을 거라고 말해주었다. 털사 호텔은 화이트 털사의 산타페 역 맞은편에 있었다. '헤이 촌놈, 거긴 돈이 낙엽처럼 쏟아지는 데야.' 루터는 당분간 '촌놈'이라는 호칭을 두고 보기로 했다. 언젠가 놈들도 촌놈 맛을 톡톡히 보게 될 것이리라. 그는 호텔에 가서 그들이 추천한 사람과 얘기했다. 올드 바이런 잭슨이라는 노인이었다. 다른 사람들, 심지어 그의 상사들까지 그를 올드 바이런이라고 불렀는데, 호텔에서는 벨보이 노조 위원장이기도 했다. 그는 루터에게 일단 엘리베이터부터 시작해 다음 자리를 생각해 보자고 했다.

그래서 루터는 엘리베이터에서 일을 시작했다. 그런데 그마저도 금광이었다. 그가 크랭크를 돌리거나 승강기를 열 때마다 사람들이 50센트씩 주는 것이 아닌가. 오, 털사는 정말로 오일달러 안에서 헤엄을 치는 그런 곳이었다! 사람들은 초대형 차를 몰고 가장 큰 모자를 쓰고 최고급 옷을 입고 다녔다. 남자들은 당구 큐만큼 두꺼운 시거를 물고 다녔으며 여자들한테서는 향수와 분 냄새가 진동했다. 털사의 사람들은 빨리 걷고 빨리 먹고 또 빨리 마셨다. 남자들은 툭하면 상대의 등을 두드리고, 서로 속닥이다가 커다란 웃음을 터뜨리곤 했다.

벨보이와 엘리베이터 운전자들과 문지기들은 퇴근한 후에도 여전히 아드레날린에 취한 채 그린우드로 돌아왔다. 그들은 1번가와 애드머럴 거리의 당구장과 살롱을 전전하며, 술을 마시고 춤을 추고 주먹질을 했으며, 촉토 족의(아메리카 인디언의 한 종족—옮긴이) 전통주와 호밀주에 곤드레만드레가 되거나, 아편 및 (최근에는) 헤로인에 취해 독수리보다 더 높이 떠다녔다.

루터는 2주간 그 친구들하고만 돌아다녔는데 그때 누군가 부업으로 뭔가 해보지 않겠느냐는 제안을 해왔다. 워낙에 행동이 빠른 사내라, 루터가 그러겠다고 대답을 하는 순간 그는 이미 스키너 브로시어스 목사의 넘버스러너(술집, 당구장 등을 돌아다니며 사람들한테서 경마, 로또 복권 등의 번호를 모으던 일종의 모집책. 범죄조직의 일원이며 '러너'라고도 함—옮긴이)가 되어 있었다. 목사라는 직함은 브로시어스가 양떼를 잘 돌보지만 그 중 하나가 길을 잃을 경우 전지자의 분노를 퍼붓기 때문에 붙은 별명이다. 소문에 따르면, 브로시어스 목사는 한때 루이지애나의 도박꾼으로, 하루 사이에 도박에서 대박을 터뜨리고 사람도 죽이게 되었다. 두 개의 사건이 반드시 연관이 있는 것도 아니었는데, 아무튼 그는 주머니를 두툼하게 채우고 빚 대신 챙긴 여자 몇을 데리고 그린우드로 도망쳐 왔다. 하지만 여자들이 동업자처럼 굴려고 들자, 약간의 몫을 챙겨 보내버리고, 대신 동업자가 뭔지도 모르는 더 어리고 싱싱한 여자들로 그 자리를 채웠다. 그 후 브로시어스 목사는 살롱 사업과 복권 사업, 그리고 촉토와 헤로인과 아편 사업에 손을 댔고, 마침내 그린우드의 온갖 망나니와 주정꾼과 도박꾼은 물론, 개심한 사람들까지 모두 목사와 그의 수하들을 알게 되었다.

브로시어스 목사는 180킬로그램이 넘는 거구에 변덕도 심했다. 드물기는 하지만, 애드머럴 가와 1번가 주변으로 밤 산책에 나설 때면, 바퀴가 달린 크고 낡은 안락의자를 타고 다녔다. 브로시어스는 댄디와 스모크라는, 비쩍 마르고 뼈대 좋은 황갈색 흑인 졸개 둘을 데리고 다녔다. 그들이 브로시어스가 탄 의자를 밀고 밤새도록 마을을 돌아다녔는데, 그동안 목사는 노래를 불렀다. 그의 목소리는 아름다웠으며, 높고 부드럽고 강했다. 주로 영가와 체인갱 송(남부 흑인 전용교도소에서 사슬에 채운 흑인죄수들이 부르던 노동요 — 옮긴이), 그리고 「9시 마을의 12시 건달」을 불렀는데, 레코드로 듣던 바이런 할란의 흰둥이 버전보다 훨씬 맛깔스러웠다. 그렇다. 그는 1번가를 의자를 타고 다니면서 노래를 불렀다. 그것도 천사들이 질투할까봐 하느님이 그의 목소리가 하늘에 닿지 못하게 막았다는 소문이 돌 정도로 아름다운 목소리로 말이다. 그럴 때면 브로시어스는 손뼉을 쳤고 얼굴엔 땀방울이 맺히고 미소는 숭어만큼이나 크고 빛이 났다. 그럼 사람들은 잠시나마 그의 정체를 잊기도 했다. 아, 누군가는 그의 섬뜩한 정체를 기억해 냈다. 그에게 뭔가를 빚진 사람들이었다. 그들이 목사의 땀과 미소와 노랫가락 속에서 본 것은, 아직 낳지도 않은 자식들까지 움츠리도록 하기에 충분한 공포였다.

제시 텔이 루터한테 들려준 얘기는 이랬다. 최근 어떤 놈이 브로시어스 목사를 크게 엿 먹인 적이 있었다. ("요컨대, 시건방졌다는 게 이유였어.") 목사는 그놈을 깔고 앉아 엉덩이를 자근자근 돌려주었다. 마침내 비명소리가 들리지 않아 내려다보니, 검둥이는 똥오줌을 지린 채, 한손을 내밀고는 넋이 빠져나간 표정으로 어딘가 멍하니 바라보기만 했다. 180킬로그램의 고문인 셈이다.

"아 빌어먹을, 그럼 내가 일을 맡기 전에 말했어야지."

루터가 투덜댔다.

"야, 촌놈, 넌 넘버스러너야. 그럼, 양반 나리들께서 이런 일을 맡을 줄 알았냐?"

"한 번만 더 촌놈이라고 부르면 죽는다."

두 사람은 황금거위에 있었다. 하루 종일 기찻길 반대편의 백인들에게 굽실거린 끝에 얻은 꿀맛 같은 휴식이었다. 루터도 어느 정도 술기운이 돈 터라, 주변은 느리게 돌아가고 시야도 날카롭게 벼려지고 있었다. 세상에 무서울 게 없다는 얘기다.

루터도 머지않아 자신이 어떻게 목사의 러너로 일하게 되었는지 곱씹어볼 여유가 생기고, 결국 돈이 절실했던 게 아니라는 사실을 깨닫게 될 것이다. 망할, 털사 호텔에서 얻는 팁만 해도 무기 공장 급료의 두 배인 데다, 건달패로 살아가고 싶은 생각은 추호도 없었다. 콜럼버스에서도 수도 없이 보았지만, 그 세계의 사다리를 오르는 놈들이야 결국 비명을 지르며 떨어지지 않았던가. 그럼 이유가 뭐지? 어쩌면 엘우드의 집 때문이리라. 처마로 어깨를 짓누르듯 점점 옥죄어 오는 집. 그리고 릴라도 있다. 물론 그녀를 사랑한다. 이따금 그녀를 미치도록 사랑한다는 사실을 깨닫곤 소스라쳐 놀랄 때도 있다. 베개에 옆얼굴을 파묻은 채 눈을 깜빡이며 깨어나는 모습만으로도 온몸에 전율을 불러일으키는 여자다. 하지만 그 사랑이 머릿속을 한 순배 돌기도 전에, 아니, 어쩌면 미처 음미해 보기도 전에, 그녀는 아이부터 만들었다. 이제 겨우 스무 살에, 루터 자신도 스물셋밖에 안 됐건만…… 자식. 평생의 굴레. 네 젊음을 빨아먹으며 커가는 존재. 네가 피곤해도 아랑곳 않고, 생각에 잠긴 것도 개의치 않고, 섹스를 원할 때조차 방해만 되는 존재. 자식이라는 놈은 곧바로 삶의 중심으로 파고 들어와 머리가 터지도록 비명을 질러댄다. 정작 자신은 아버지가 누군지도 모르고 컸지만, 원하든 원치 않든, 루터 자신은 자식에 대한 책임감에 맞춰 살아가야 한다는 사실을 분명하게 깨닫고 있었다. 하지만 동시에 이곳에서의 삶을 만끽하고 싶기도 했다. 아주 먼 훗날 흔들의자에 앉아 손주들한테 들려줄 만한 얘기를 만들고 싶었다. 약간의 위험이 조미료처럼 가미된 그런 모험담들 말이다. 아이들이 눈을 반짝이며 할아버지의 미소를 바라보고 한편으로는 제시와 함께 털사의 밤과 법의 이면을 아슬아슬하게 짓밟으며 춤을 추던 한 젊은 흑인을 회상하고도 싶었다.

제시는 그린우드에서 처음 만난 친구이자 가장 친한 친구이지만, 그와의 친분도 조만간 문제가 될 것이다. 클라렌스라는 이름이 있으나, 중간 이름이 제섭이라 다들 제시 또는 제시 텔이라고 불렀다. 털사 호텔의 벨보이이자 임시 엘리베이터 운전자로 일하는 제시는 여자들은 물론 사내들까지 끌어 모으는 힘이 있었다. 사람들의 기분을 한 단계 끌어올리는 재주 때문에라도 함께 있으면 하루가 어떻게 흘러가는지도 몰랐다. 제시한테도 별명이 두 개 있지만, 제시 역시 만나는 사람마다 별명을 지어주기 때문에 손해 볼 건 없었다. 황금거위에서 루터를 '촌놈'이라고 처음 부른 것도 제시가 아니던가. 그가 붙인 별명들이 어찌나 빠르고 적절하던지, 대개의 경우 상대는 그동안 어떤 이름으로 불리었던 간에 제시가 선물한 별명으로 새 출발을 할 수밖에 없게 된다. 그는 카트를 밀거나 가방을 들고 호텔 로비를 지나면서, "어때, 빼빼?" "헤이, 뺑군, 그 거짓말 정말이라며?" 하고 떠들곤 금세 헤헤거린다. 그러면 저녁시간이 되기 전에, 사람들은 바비 빼빼와 제럴드 뺑군을 부르기 시작하고 대부분 그 거래에 만족스러워한다.

루터와 제시 텔은 심심할 때면 이따금 엘리베이터 경주를 했다. 벨보이 데스크에 대기 중일 땐 그 날 옮기게 될 가방 숫자에 내기를 걸기도 했다. 대낮처럼 밝은 청동 명찰을 달고 있음에도 불구하고, 무조건 조지라고 불러대는 백인들에게 미소와 아양으로 응대하며 뛰어다녔고, 그린우드의 프리스코 역으로 물러나서는 애드머럴 가의 살롱이나 갤러리를 쏘다니며 미친 듯이 떠들어댔다. 둘 다 말과 발이 빠른 탓에, 루터는 자신들이 어릴 적에 잃어버린 형제일지도 모른다는 생각도 했다. 그러니까 스티키 조 빔과 아에네우스 제임스 등, 예전에 함께 어울려 야구하고 술 마시고, (릴라를 만나기 전엔) 여자 꽁무니를 쫓아다녔던 그 콜럼버스에 두고 온 형제들처럼 말이다. 물론 이곳에서도 삶은 있다. 당구공과 3현 기타와 색소폰과 술도 있고, 하루 종일 흰둥이들한테 "조지," "이봐," "야, 인마." 등으로 불리다가 비로소 노는 방법을 아는 흑인들과 어울려 노는 그린우드의 밤 생활도 있다. 이곳에서는 사람들과 질펀하게 놀아도 용서받는다. 아니, 그렇게 놀아야 하는 곳이라는 표현이 맞겠다. 하루종일 "예, 나리." "물론입죠." "그럴 리가 있습니까요."를 죽어라 읊어대야 했던 친구들이 아닌가.

제시와 루터는 같은 구역을 돌았다. 제시 텔은 빠르기도 했고 또 덩치도 컸다. 브로시어스 목사만큼은 아니라도, 웬만한 통뼈 정도는 된다는 얘기다. 그는 또 헤로인을 좋아했다. 자기 불알을 좋아했고 호밀주와 엉덩이가 커다란 여자들을 좋아했고 수다와 촉토와 노래를 좋아했지만, 망할, 그가 무엇보다도 좋아한 건 역시 헤로인이었다.

"니미, 나 같은 깜둥이들은 기운 빼는 약이라도 먹여야 해. 아니면 세상을 정복하든지, 흰둥이 새끼들한테 총 맞아 죽고 말 거라고. 야, 촌놈, 내 말이 맞지? 응? 네놈도 알고 있는 얘기잖아, 안 그래?"

제시가 투덜댔다.

문제는, 제시의 습관은 돈이 든다는 것이다. 특히 덩치가 큰 탓에 양도 그만큼 많았다. 털사 호텔에서 팁을 긁어내는 건 별 의미가 없다. 왜냐하면 팁은 한 곳에 모아두었다가 근무가 끝날 때 모두에게 공평하게 나눠주기 때문이다. 목사의 넘버스러너가 수지맞는 부업임에는 틀림이 없다. 고객들이 1달러를 잃을 때마다 2센트씩을 챙기는 데다 그린우드 고객들은 노는 대로 잃기 때문이다. 그들은 또 미친 듯이 도박을 했다. 그럼에도 불구하고 제시가 정직하게 일하는 건 처음부터 불가능했다.

그래서 그는 삥땅을 치기 시작했다.

브로시어스 목사의 마을에서 러너들이 일하는 방식은 아주 간단했다. 신용거래 따위는 완전 개소리다. 예를 들어 숫자에 10센트를 걸고 싶으면, 러너가 들렀을 때 수수료를 포함해 11센트를 지불해야 한다. 그러니까 50센트면 총 55센트를 내라는 얘기다.

브로시어스 목사는 돈을 갖고 튄 검둥이를 찾아다니지 않았다. 소용이 없기 때문이다. 그에게는 진짜 빚을 거두는 진짜 수금원들이 따로 있다. 동전 몇 푼 때문에 검둥이들의 수족을 짓이겨봐야 무슨 소용이겠는가. 하지만 러너들한테는, 그 푼돈으로 우편행랑 몇 개 정도는 채울 수 있다. 그리고 사람들이 도박에 목을 매는 특별한 날이라면 헛간이라도 채울 수 있다.

러너들이 현찰을 들고 다니기 때문에 브로시어스 목사도 당연히 믿을 만한 아이를 선발하려 했다. 그가 사람을 잘 믿어서 목사가 된 건 절대로 아니기 때문이다. 루터도 누군가 그를 감시하고 있다고 확신했다. 일을 나설 때마다는 아니더라도, 최소 세 번 중 한 번은 될 것이다. 실제로 감시자를 본 적은 없다 해도, 최소한 그런 마음가짐으로 주의해서 일한다면 문제 될 일은 없을 것이다.

"야, 목사가 무슨 신이냐? 그걸 다 보게? 제길, 그 인간이 천리안을 가졌다 치자. 일단 집 안에 들어가면 아버지 혼자 돈을 거는지, 아니면 엄마, 할아버지, 삼촌이 다 거는지 누가 아냐? 물론 다 삥땅치라는 게 아냐. 그 중에 딱 하나만 빼는 거야. 그걸 누가 알아? 하느님? 그 친구라면 몰라도 목사가 하느님은 아니잖아?"

물론 브로시어스 목사가 신은 아니다. 하지만 그 이상의 존재라면?

제시는 6번 공을 실패하고 가벼운 어깻짓을 해보였다. 번들거리는 눈을 보니 또다시 주사를 찔러 넣은 모양이다. 조금 전 루터가 뒷골목 화장실에 들어가 있을 때였으리라.

루터는 12번을 때려 넣었다.

제시가 큐에 의지해 몸을 일으키더니 등 뒤를 더듬어 의자를 찾아서는 엉덩이 가운데로 가져와 털썩 주저앉으며 자기 입술을 핥았다. 아무래도 입 안이 바짝 타는 모양이다.

"인마, 넌 그 주사 때문에 골로 가고 말 거야."

루터가 참다못해 한 소리 했다.

제시가 미소를 지으며 손가락 하나를 흔들었다.

"골로 가기는 니미, 기분만 죽인다. 입 닥치고 공이나 때려, 자식아."

그게 제시의 문제였다. 말은 많이 하지만 다른 사람의 말은 죽어라 듣지 않는 것. 그에겐 이성의 개입을 막는 무언가가 있었다. 상식을 모욕으로 여기게 만드는 무언가. 언젠가 그가 루터에게 이런 말을 한 적이 있었다.

"일만 죽어라 한다고 좋은 건 아니잖아, 응?"

"나쁠 건 또 뭔데."

제시가 미소 지었다. 여자들과 공술을 끌어들이는 바로 그 웃음이다.

"아니, 나쁜 거다, 촌놈. 정말로 나쁜 거야."

여자들은 제시를 좋아했다. 개새끼들도 그를 보면 오줌을 지리며 드러눕고, 그린우드를 걸을 때면, 소맷단에서 황금 꼭두각시라도 꺼낼 것처럼 아이들이 졸졸 뒤를 쫓아 다녔다.

그건 제시한테 아직 망가지지 않은 게 있기 때문이었다. 사람들이 그를 쫓아다니는 이유는, 어쩌면 그것마저 부러지는 걸 보기 위해서였으리라.

루터는 6번과 5번 공을 연이어 당구대 포켓에 집어넣었다. 그가 고개를 끄덕였을 때 제시는 입 꼬리에 침을 매단 채 꾸벅꾸벅 졸고 있었다. 두 팔과 두 발은 마치 사랑하는 여편네를 끌어안듯 당구 큐를 단단히 감싸고 있었다.

이곳 사람들이 그를 돌봐줄 것이다. 당구장이 붐비면 골방으로 데려가겠지만 그렇지 않으면 그냥 그대로 내버려둬도 상관은 없다. 루터는 큐를 랙에 세워놓고 벽에 걸어둔 모자를 꺼내 쓴 다음 그린우드의 어스름 길로 나섰다. 당장은 도박을 하고 싶었다. 그냥 몇 분 정도 앉아 시간을 죽이면 된다. 지금쯤 포의 주유소 2층 골방에서 판이 벌어졌을 텐데, 그 생각만으로도 온몸에 좀이 쑤셨다. 문제는 그린우드에서는 짧은 시간 동안 돈을 너무 많이 잃는다는 데 있었다. 호텔에서의 팁과 러너로 받는 돈을 다 쓰기엔 무리가 있었다. 아니면, 그가 돈을 잃고 돌아다닌다는 사실을 릴라도 알게 될 것이다.

릴라. 그녀한테는 오늘 밤 해지기 전에 귀가하겠다고 약속했다. 이미 날 샌 약속이었다. 하늘은 짙은 암청색이고 아칸서스 강은 은색과 검은색으로 변해 있었다. 죽기만큼이나 싫은 일이긴 하지만, 이미 노랫소리와 시끄럽고 경쾌한 휘파람소리가 밤을 채우기 시작한 터였다 루터는 심호흡을 하고, 남편 노릇을 하기 위해 집으로 향했다.

릴라는 제시에 대해 기대하지 않았다. 당연한 일이다. 그녀는 루터의 친구도, 시내에서의 밤 생활도, 브로시어스 목사의 심야부업도 모두 못마땅해 했다. 때문에 엘우드의 좁은 집은 매일매일 그녀를 옥죌 수밖에 없었다.

일주일 전 루터가 "그럼, 생활비가 다 어디에서 나오는데?"라고 따졌을 때, 릴라는 자기도 일을 하겠다고 우겼다. 루터는 비웃었다. 임신한 흑인 여자가 주전자를 닦고 바닥 청소하는 모습을 좋아할 백인은 어디에도 없다. 백인 여자들은 그 아이가 어떻게 그 뱃속에 들어갔는지 생각하는 것조차 끔찍해했고 백인 남자들도 별반 다르지 않았다. 자기 아이들한테 검은색 황새(부모들은 황새가 아기를 가져다준다고 아이들한테 얘기한다 — 옮긴이)도 있을 거라는 얘기를 어떻게 할 수 있겠는가.

오늘 밤에도 식사가 끝나자마자 릴라가 바가지를 긁기 시작했다.

"루터, 자긴 남자고 남편이야. 책임감이 있어야지."

"그래서 책임지고 있잖아. 안 그래?"

루터가 대답했다.

"좋아, 그건 알아."

"그럼 됐어."

"아니, 그래도 밤에는 집에 들어와야 해. 약속한 물건들도 만들어야 하고."

"무슨 물건?"

그녀는 식탁을 닦고 있었다. 루터는 자리에서 일어나 옷걸이에 걸어둔 코트로 가서 담배를 찾았다.

"이것저것. 구유도 만들어준다고 했고 망가진 계단도 고쳐야 하고 또……"

"또, 또, 또. 이런, 빌어먹을, 하루 종일 미치도록 일하고 온 사람이야."

"알고 있어."

"호, 그러셔?"

그 말은 생각보다 거칠게 튀어나왔다.

"왜 그렇게 매일 삐딱해?"

루터는 이런 식의 대화가 싫었지만 두 사람 사이에 남은 게 그뿐이었다. 그는 담뱃불을 붙였다.

"그런 적 없어."

물론 자신이 삐딱하게 군다는 정도는 알고 있었다.

"아니, 그래."

그녀가 자기 배를 문질렀다. 이제 조금씩 배가 나오고 있었다.

"망할, 못할 건 또 뭔데?" 면전에서 욕을 할 생각은 없었지만 술기운이 오르고 있었다. 제시와 있을 때는 술을 마신다는 사실도 거의 의식하지 못했었다. 그가 헤로인을 하는 덕분에 약간의 위스키는 레모네이드 정도로 여겨졌기 때문이다. "두 달 전만 해도, 애새끼가 생긴다는 건 상상도 못했어."

"그래서?"

"뭐가 그래서야?"

"그게 무슨 뜻이냐고?"

릴라는 접시를 모아 싱크대에 넣고 좁은 거실로 돌아왔다.

"말 그대로잖아. 게다가 한 달 전엔……"

"계속해 봐."

그녀가 그를 노려보았다.

"한 달 전만 해도, 난 털사에 없었고 강제 결혼도 하지 않았고, 이 엿 같은 동네의 이 엿 같은 감옥에 살고 있지도 않았어. 그런데, 릴라, 지금 이게 뭐냐고?"

"여긴 엿 같은 동네 아냐. 그리고, 뭐, 강제 결혼?"

릴라의 목소리도 높아졌다.

"아니긴 뭐가 아니냐?"

그녀가 일어나 다가오더니 잔뜩 불 지핀 눈으로 그를 노려보았다. 주먹도 굳게 쥐고 있었다.

"나를 원하지 않는 거야? 아기도 원치 않고?"

"내가 원하는 건, 망할 놈의 '선택의 자유'라고."

"그래서, 선택권이 없어서 그렇게 멋대로 밤거리를 돌아다니는 거야? 언제 다른 남자들처럼 집에 들어온 적이나 있어? 들어온다 해도 매일 술이나 마약에 절어 있잖아."

"안 그러면?"

루터가 따졌다.

"왜 그래야 하는데?"

그녀의 입술이 떨리기 시작했다.

"안 그러면, 견딜 수가 없는걸……"

그는 얼른 입을 닫았지만, 이미 엎질러진 물이었다.

"견뎌? 루터, 뭘 견뎌? 나 말이야?"

"이모한테 건너 가. 내가 얼마나 비기독교적인 놈인지 떠들어대라고. 어떻게 하면 나한테 천벌을 내릴 것인지 궁리하란 말이야."

"못 견디겠는 게 나야?"

그녀가 재차 물었다. 그녀의 목소리는 작고 지쳐 있었다.

루터는 그러다 터져 버릴까봐 얼른 집을 빠져나왔다.

릴라와 루터는 매주 일요일 제임스와 마르타의 저택에서 지냈다. 저택이 있는 디트로이트 애버뉴는 루터가 제2의 그린우드로 여기는 곳이다.

그렇게 생각하는 건 루터뿐이었지만, 어쨌든 그에겐 두 개의 털사가 있듯 두 개의 그린우드가 있었다. 자신이 어느 쪽에 속하는지는 그곳이 프리스코 정거장의 북쪽이냐 남쪽이냐에 달려 있었다. 백인들의 털사를 자세히 들여다본다면 몇 가지 이질적인 모습을 볼 수야 있겠지만, 루터는 그 어느 것에도 관심이 없었다. 그 동네와의 관계는 "몇 층으로 모실까요, 사모님." 이상을 넘어서지 못했다.

그린우드의 차이는 훨씬 더 극명했다. 우선 '나쁜' 그린우드를 보자. 이른바 그린우드 애버뉴 인근의 뒷골목들이다. 주로 아처 교차로 북쪽, 1번가와 애드머럴 스트리트 주변의 몇 블록이 그에 속하는데, 이곳에서는 금요일 밤마다 총소리가 들리고, 일요일 아침, 거리를 지나면 언제든 아편 연기를 맡을 수 있다.

하지만 공동체의 99퍼센트를 차지하는 곳은, 신자들이 주를 이루는 '좋은' 그린우드였다. 스탠드파이프 언덕과 디트로이트 애버뉴, 그린우드 애버뉴의 중심 상가지역. 제일침례교회와 벨 앤 리틀 레스토랑,《털사 스타》신문사, 그리고 찰리 채플린과 은막의 여왕들이 15센트짜리 티켓을 받고 스크린을 누비는 드림랜드 극장도 좋은 그린우드에 속한다. 번쩍거리는 배지를 달고 거리를 순찰하는 흑인 보안관, 루이 T. 웰든 박사, 변호사 라이어넬 A. 개리티, 윌리엄스 제과점과 윌리엄스 원스톱 정비소와 드림랜드 극장을 소유하고 있는 존과 룰라 윌리엄스가 그곳에 속했다. 채소가게와 잡화상에 덤으로 걸리 호텔 주인까지 겸하고 있는 O. W. 걸리도 마찬가지다. 일요일 아침의 예배가 그랬고, 고급 도자기와 순백의 리넨과 빅트롤라 축음기의 고전적이고 섬세한 음악소리로 치러지는 일요일 오후 디너파티가 그랬다.

이 그린우드가 루터의 신경을 건드리는 건 바로 그 때문이었다. 음악소리. 몇 소절만 들어도 백인의 것임을 알 수 있는 음악들. 쇼팽, 베토벤, 브람스. 어느 잘 닦인 대형연회실 피아노 앞에서 백인들이 건반을 두드려 대는 동안, 밖에선 하인들이 까치발로 대기하던 바로 그 음악들. 그 음악들은 어린 마부를 채찍질하고 하녀를 강간하고 주말이면 들판에 나가 먹지도 않을 어린 동물을 사냥하는 백인들을 위해 백인들이 만든 음악들이다. 그들은 사냥개의 울부짖음과 집요한 질주를 만끽하다 무료한 집에 돌아와 무료한 마음으로 이런 음악을 만들고, 그들만큼이나 무기력하고 공허한 조상들의 그림을 들여다보았으며, 아이들에게 옳고 그름이 무엇인지를 설교했다.

코르넬리우스 삼촌은 이런 자들을 위해 평생을 일하다 장님이 되었다. 루터도 얼마 전 그런 자들을 만난 적이 있었다. 그리고 일부러 그들을 피해 저들 멋대로 놀도록 내버려두었다. 하지만 이곳 디트로이트 애버뉴의 제임스&마르타 홀러웨이의 식당에서는 사정이 달랐다. 검은 피부의 인간들이 모여, 백인처럼 마시고 먹고 돈을 처발라대는 꼬락서니라니.

차라리 1번가와 애드머럴 가에 내려가, 벨보이와 문지기, 아니면 구두통이나 연장통을 짊어진 깜둥이들과 노닥거리는 게 나을 것이다. 노는 것도 일처럼 하는 사람들, 흔히 말하듯, 약간의 위스키, 약간의 주사위, 약간의 섹스만으로 만사태평이 될 수 있는 진짜 동포들 말이다.

디트로이트 애버뉴의 사람들은 그런 세상 자체를 몰랐다. 망할, 알기는 개뿔을. 이들은, "하느님께서 허락지 않으신다.", "하느님께서 굽어보신다.", "하느님께서 기뻐하신다."의 세상 언저리를 떠나는 법이 없다. 하느님을 마치 툭하면 채찍을 휘두르는 성질 더러운 백인 주인놈처럼 만들어놓는 것이다.

그는 릴라와 대형 테이블에 앉아 그들이 어느 백인에 대해 지껄이는 얘기를 들어야 했다. 마치 그 백인이 일요일마다 놀러오기라도 한다는 투다.

"언젠가 폴 스튜어트 씨가 직접 정비공장을 찾아와서 이러더군. '이봐요, 제임스, 기찻길 이쪽으로는 당신네 차만큼 믿음직한 게 하나도 없답니다.' 라고 말일세."

제임스였다.

뒤이어 변호사 라이어넬 개리티가 염병을 떨었다.

"우리 애들이 전쟁에서 얼마나 열심히 싸웠는지 알아주는 것도 시간문제요. 그땐 그들도 이렇게 말할 거외다. 이제 서로를 존중할 때가 되었다고. 우린 모두 같은 인간이요. 똑같이 축복 받고, 똑같이 생각하는 인간."

그 말에 릴라가 미소 지으며 고개를 끄덕였다. 문득 빅트롤라 축음기에서 레코드를 꺼내 무릎으로 박살내고 싶다는 생각이 들었다.

루터가 증오하는 건 바로 이 모든 것 뒤에 있었다. 이 모든 세련미, 새롭게 연마한 교양미, 윙칼라와 설교와 고급 가구와 잘 깎인 잔디와 최신형 차 뒤에 숨어 있는 것…… 그건 바로 두려움이었다. 공포.

예전에 야구를 할 때 그들이 이렇게 물었었다. '나도 끼워주겠소?'

루터는 여름에 만난 베이비 베이브(베이브 루스의 별칭 ― 옮긴이)를 생각했다. 보스턴과 시카고의 선수들을 생각했다. 그는 싫다고 말하고 싶었다. '아니, 끼워주지 않겠소.' 하지만 원하는 게 있다면, 그게 무엇이든 그자들은 빼앗아 가고 말 것이다. 그게 바로 그들이 우리를 가르치는 방식이다.

그는 제임스, 마르타, 웰든 박사, 라이어넬 A. 개리티 변호사가 자신을 돌아보는 상상을 해 보았다. 그들이 항변하듯 두 손을 내밀고 있었다.

우리한테 뭘 가르친다고?

분수.

6

대니가 테사 아브루치를 만난 건, 사람들이 아프기 시작한 바로 그 주였다. 처음엔 신문들도 캠프 데븐스의 병사들로 끝났다고 했지만, 같은 날 퀸시의 민간인 둘이 죽으면서 시민들은 집 안에 틀어박혀 꿈쩍도 하지 않으려 했다.

대니는 보따리를 한 아름 끌어안고 좁은 계단을 올라갔다. 프린스 거리의 세탁부가 깨끗하게 빨아 갈색종이에 담아 노끈까지 매준 옷가지들이다. 과부는 자기 집 부엌의 세탁조에서 하루 열두 집의 빨래를 도맡아 한다고 했다. 대니는 보따리를 안은 채 열쇠를 끼워 넣으려 했으나, 두어 번 실패하고는 결국 뒤로 물러나 짐을 바닥에 내려놓아야 했다. 그리고 그때 젊은 여자가 복도 끝의 자기 방에서 나오며 고함을 질렀다.

"시뇨레, 시뇨레."

머뭇거리는 목소리. 아마도 소란을 피우는 게 부담스러운 모양이다. 여자는 한 손으로 벽에 기대섰는데, 선홍빛 액체가 두 다리를 흘러내리다 복사뼈에서 똑똑 떨어지고 있었다.

어찌 된 일인지 처음 보는 여자였다. 혹시 신종독감에라도 걸린 걸까? 대니는 그런 생각을 하다 문득 그녀가 임산부임을 눈치 챘다. 마침 자물쇠가 풀리고 문이 열려 그는 우선 보따리부터 안으로 차 넣었다. 노스엔드의 복도에 물건을 두었다간 어느 틈엔가 사라져버리기 때문이다. 그는 얼른 문을 닫고 여자에게 달려갔다. 그녀의 옷 아래쪽은 완전히 피에 젖어 있었다.

벽에 손을 기대고 고개를 숙이고 있어, 검은 머리가 입 위로 흘러내렸는데, 앙다문 입이 대니가 본 어느 끔찍한 시체보다 더 끔찍해 보였다.

"디오, 아이우타미. 디오 아이우타미.[1]"

"남편은 어디 있죠? 산파는요?"

대니가 물었다.

그가 손을 내밀자 그녀가 어찌나 힘껏 움켜잡던지 통증이 팔꿈치까지 휩쓸고 지나갔다. 그녀는 눈을 까뒤집으며 이태리어로 뭔가를 중얼거렸다. 하지만 너무나 빠른 터라 그가 알아들을 수 있는 말은 하나도 없었다. 영어를 한 마디도 못 하는 여자가 분명했다.

"디마시 부인. 디마시 부인!"

대니가 계단 아래를 향해 큰 소리로 외쳤다.

여자가 그의 손을 더욱 움켜잡더니 이를 앙다문 채 비명을 질렀다.

"도베 에 일 보스트로 마리토?[2]"

대니의 질문에 여자는 여러 차례 고개를 저었는데, 남편이 없다는 뜻인지 어디 나갔다는 뜻인지는 알 도리가 없었다.

대니는 머릿속에서 '산파'를 뜻하는 이태리 단어를 떠올리려 애쓰며 그녀의 손등을 어루만져 주었다. 크고 거친 눈이었다.

"쉿, 괜찮아요. 이봐요…… 그러니까…… 에…… 라 오스테트리카! 그래? 어디 있죠……? 도베 에? 도베 에 라 오스테트리카?"

하지만 여자는 주먹으로 벽을 때리고 대니의 손바닥을 할퀴며 계속 비명만 질러댔다.

대니가 다시 고함을 질렀다.

"디마시 부인!"

불현듯 첫 근무일 이후 한 번도 느껴보지 못했던 두려움이 전신을 휘감았다. 하지만 그건 누군가의 문제를 위해 세상이 내놓을 수 있는 최고의 해답이 자신이라고 자부하던 시절의 얘기다.

여자가 그의 목에 얼굴을 파묻으며 외쳤다.

"파치아 쿠알코사, 우오모 인센사토! 미 아이우티![3]"

다 알아 듣지는 못했지만, 그래도 '멍청아'와 '살려줘'라는 정도는 이해했다. 그래서 그는 그녀를 계단 쪽으로 끌고 갔다.

계단을 내려가 거리로 나설 때까지, 그는 그녀의 손을 놓지 않았다. 그녀도 그의 배를 꼭 끌어안고 온 몸을 바짝 붙였다. 걸어서 가기엔 매사추세츠 종합병원은 너무 멀고 거리엔 택시는커녕 트럭 한 대 보이지 않았다. 때마침 장날이라 오직 인파뿐이었다. 아니, 장날이니까 망할 놈의 트럭이라도 있는 게 당연하건만, 이놈의 거리엔 사람들과 과일과 채소, 자갈길을 따라 코를 킁킁대는 배부르고 초조한 돼지들만 가득했다.

"헤이마켓 구호소. 거기가 제일 가까워요. 알아들어요?"

그녀가 재빨리 고개를 끄덕였다. 물론 그녀가 알아들은 건 그의 말투에 불과했을 것이다. 두 사람이 앞으로 밀고 나가자 사람들이 길을 열어주기 시작했다. 대니는 몇 번이나 "체르코 우노스테트리카! 우노스테트리카! 체 쿠알쿠노 케 코노쉐 우노스테트리카?[4]"라고 외쳤으나 사람들은 그저 안됐다는 듯 고개를 젓는 게 고작이었다.

사람들을 뚫고 나왔을 때 여자가 허리를 젖히며 신음을 내뱉었다. 작고도 날카로운 비명. 대니는 그녀가 길바닥에 아이를 낳을 모양이라고 생각했다. 헤이마켓 구호소까지는 두 블록. 그녀가 다시 그에게 몸을 기댔다. 그는 두 팔로 그녀를 끌어안고 다시 비틀거리며 걷기 시작했다. 여자가 특별히 무겁지는 않았으나, 계속해서 꿈틀거리고 허우적거리고 가슴을 때리는 통에 여간 고역이 아니었다.

몇 블록을 지난 후에야 대니는 그녀가 엄청난 미인임을 알아보았다. 고통에도 불구하고인지, 고통 때문인지는 모르겠으나, 어쨌든 그녀는 아름다웠다. 마지막 블록. 그녀가 두 팔로 그의 목을 단단히 끌어안고는 계속해서 "디오, 아이우타미. 디오, 아이우타미![5]"라고 속삭였다.

구호소에 다다라 첫 번째 문을 열고 들어서자, 짙은 색의 오크 바닥과 어두운 황색 조명과 벤치로 이루어진 갈색 복도가 나왔다. 의사 하나가 다리를 꼰 자세로 담배를 피우다 두 사람을 돌아보았다.

"여기서 뭐하는 거요?"

대니가 여인을 안은 채로 투덜댔다.

"보면 몰라요?"

의사는 재떨이에 꽁초를 비벼 끄고 일어나 그녀를 자세히 들여다보았다.

"다른 쪽 복도로 갔어야죠. 아무튼 진통이 시작된 지 얼마나 됐죠?"

"10분 전에 양수가 터졌어요. 내가 아는 건 그뿐입니다."

의사는 여자의 배와 머리에 각각 손을 대보더니 다시 대니를 보았다. 차분하면서도 깊이를 알 수 없는 눈이다.

"진통이 시작됐군요."

"그건 압니다."

"하마터면 당신 품에 아기를 낳을 뻔했어요."

대니는 그 말에 여자를 놓칠 뻔했다.

"잠깐 기다려요."

의사가 복도 중간의 미닫이문을 양쪽으로 밀고 들어갔다. 그리고 잠시 후 등 뒤에서 쾅 하고 부딪치는 소리가 들리더니, 의사가 철제 거니로 문을 밀고 나왔다. 바퀴 하나가 녹이 슬어 삐걱거렸다.

대니는 여인을 거니에 눕혔다. 지금은 두 눈을 감은 채, 훅— 훅— 하며 빠르고 짧은 호흡을 연속으로 토해내고 있었다. 대니는 겨우 자기 두 팔을 내려다보았다. 지금껏 축축한 느낌에 물이라고 생각했건만 지금 보니 피였다. 그가 의사에게 팔을 보여주었다.

의사가 고개를 끄덕이며 물었다.

"이 여자 이름이 뭐죠?"

"모릅니다."

대니가 대답했다.

그 대답에 의사가 인상을 찌푸렸지만 거니를 밀고 다시 미닫이문을 뚫고 들어갔다. 그가 간호사를 부르는 소리가 들렸다.

화장실은 복도 끝에 있었다. 그는 갈색 비누로 두 손과 팔을 씻어 내며 붉은 피가 수채 구멍으로 소용돌이치며 빨려 들어가는 것을 보았다. 여자의 얼굴이 머릿속을 떠나지 않았다. 마루에서 융기를 이루며 살짝 굽은 코, 아래쪽보다 두터운 윗입술. 짙은 피부색 때문에 거의 보이지 않았으나 턱 아래쪽에 작은 사마귀가 하나 있었다. 가슴속에선 여전히 그녀의 목소리도 들리고, 손바닥엔 허벅지와 허리춤의 감촉이 남아 있었다. 거니 매트리스에 고개를 눕힐 때 본 목의 굴곡까지 두 눈에 선명했다.

대기실은 복도 끝에 있었다. 그는 접수데스크 뒤로 들어가 붕대 감은 사람들과 콧물을 훌쩍이는 사람들 사이에 앉았다. 한 남자가 중산모를 벗어 그 안에 토악질을 해댔다. 그는 손수건으로 입을 씻은 후, 모자 안을 보고 다시 대기실 사람들을 보았다. 무척이나 당혹스런 표정이었다. 그러고는 조심스럽게 나무 벤치 아래 중산모를 내려놓더니 다시 손수건으로 입을 씻고 아예 눈을 감아 버렸다. 몇 사람은 병원 마스크를 쓰고 있었는데 기침 소리가 심상치 않았다. 접수간호사도 마스크를 쓴 채였다. 영어를 하는 사람은 오직 한 명, 마차

바퀴에 발을 찧었다는 마부뿐이었다. 그는 대니한테 구호소 바로 앞에서 사고를 당했다고 말해주었다. 그렇지 않았다면 어떻게든 미국인한테 걸맞은, 진짜 병원에 갔을 것이라는 얘기다. 그는 대니의 혁대와 사타구니를 적신 피를 여러 번 힐끔거렸으나, 어떻게 피가 묻었는지는 묻지 않았다.

한 여자가 십대 딸을 데리고 들어왔다. 여자는 허리가 두껍고 새까맸지만 딸은 날씬하고 피부색도 황색에 가까웠다. 아이는 쉴 새 없이 기침을 해댔는데 소리가 마치 물속에서 돌아가는 금속 기어처럼 들렸다. 마부가 제일 먼저 간호사에게 마스크를 요청했다. 그리고 디마시 부인이 대기실에 찾아왔을 땐 대니 역시 마스크를 쓰고 있었다. 왠지 어리석고 창피하긴 했으나, 지금도 여자아이의 맷돌 같은 기침소리는 계속 이어지고 있었다. 모녀는 다른 복도의 다른 방으로 떠난 터였다.

"왜 그걸 쓰고 있어요, 대니 경관?"

디마시 부인이 그의 옆에 앉았다.

대니가 마스크를 벗었다.

"조금 전까지 증세가 심한 여자가 여기 있었거든요."

"오늘은 아픈 사람이 많더군요. 지붕에 올라가 신선한 공기라도 마시라고 말해주면, 나보고 미쳤냐고 하면서 방 안에서 나올 줄을 몰라요."

"듣고 온 겁니까?"

"테사? 예, 들었어요."

"테사?"

디마시 부인이 끄덕였다.

"테사 아브루치. 당신이 데려온 거죠?"

대니가 끄덕였다.

디마시 부인이 키득거렸다.

"동네 사람들이 그러더군요. 당신이 보기보다 힘이 세지 않더라고."

대니가 미소 지었다.

"그래요?"

"예, 그래요. 테사 몸이 가벼운데도 당신 무릎이 후들거렸대요."

그녀가 말했다.

"남편한테는 알렸나요?"

디마시 부인이 허공을 향해 손사래 쳤다.

"하, 남편? 그 여잔 남편이 없어요. 아버지가 있는데 좋은 사람이죠. 하지만 딸은?"

그녀가 다시 손을 저었다.

"그녀를 좋게 보지 않는군요."

"내가 침을 뱉고 싶어도 여긴 바닥이 너무 깨끗해서 못 한다우."

"그럼 여긴 왜 온 겁니까?"

"우리 집에 묵고 있잖아요."

그녀가 간단하게 내뱉었다.

대니가 자그마한 노파의 등에 손을 대자 그녀는 앉은 채로 상체를 흔들었다. 그녀의 두 발이 허공에서 대롱거렸다.

의사가 대기실로 나왔을 때 대니는 다시 마스크를 쓰고 있었고 디마시 부인도 마찬가지였다. 조금 전 야적장 인부처럼 차려 입은 이십대 중반의 남자 때문이었다. 남자는 접수데스크 앞에 무릎을 꿇더니 아무 일 없다는 듯 손을 들어보였는데, 기침을 하지는 않았으나 입술과 턱 아래가 완전히 보라색이었다. 그는 그 자세로 꿈쩍도 않고 거칠게 숨을 몰아쉬었다. 마침내 간호사가 돌아 나와 그를 부축해 일으켜 세웠을 때 보니, 두 눈이 붉게 충혈되고 또 촉촉이 젖어 있었다. 비틀거리는 모양으로 보아 아무것도 보이지 않는 모양이었다.

그래서 대니는 다시 마스크를 쓰고, 접수데스크 뒤로 돌아가 디마시 부인과 다른 대기자들을 위해 마스크 몇 개를 꺼내와 하나씩 나눠주었다. 마스크 덕분에 숨을 내쉴 때마다 입술과 코에 전해지는 감촉이 께름칙했다.

“신문에는 군인들만 걸렸다던데.”

디마시 부인이 말했다.

“군인들도 우리하고 같은 공기를 마시는걸요.”

대니가 대답했다.

“당신은?”

대니가 그녀의 손을 두드렸다.

“아직은 아니에요.”

그가 손을 빼내려 했으나 그녀가 그 위에 자기 손을 얹었다.

"하긴, 당신을 누가 건드리겠나."

"물론이죠."

"그래서 내가 이렇게 붙어 있잖수."

디마시 부인은 둘의 다리가 닿을 때까지 바짝 다가왔다.

의사는 대기실로 들어오다 사람들이 모두 마스크를 쓰고 있는 걸 보고 놀란 표정을 지었다. 하지만 정작 자신도 마스크를 착용하고 있었다.

"사내아이입니다. 건강해요."

그가 이렇게 말하며 두 사람 앞에 웅크리고 앉았다.

"테사는 어때요?"

디마시 부인이 물었다.

"산모 이름인가요?"

디마시 부인이 고개를 끄덕였다.

"합병증이 있습니다. 걱정할 수준의 출혈도 있고. 어머니 되십니까?"

디마시 부인이 고개를 저었다.

"집주인입니다."

대니가 대신 대답했다.

"아. 산모 가족은 어떻게 되죠?"

의사가 다시 물었다.

"아버지가 있다는군요. 지금 찾는 중입니다."

대니가 말했다.

"직계가족이 아니면 들어갈 수 없습니다. 이해하시리라 믿습니다만."

"심각한 수준입니까, 박사님?"

대니가 짐짓 가벼운 목소리로 물었다.

의사는 피로한 기색이 역력해 보였다.

"최선을 다하고 있습니다." 대니가 끄덕였다. "하지만 당신이 그녀를 데려오지 않았다면, 세상은 50킬로그램쯤 가벼워졌을 겁니다. 그런 식으로 상황을 이해하기로 하죠."

의사가 말했다.

"알겠습니다."

의사는 디마시 부인한테 정중히 고개 인사를 하고 자리에서 일어났다.

"선생님 성함이……?"

대니가 물었다.

"로젠."

"로젠 박사님, 언제까지 마스크를 써야 합니까?"

로젠 박사가 대기실을 한 바퀴 돌아보았다.

"전염병이 끝날 때까지죠."

"아직 안 끝난 건가요?"

"시작도 안 한 걸요."

의사는 이렇게 대답하곤 자리를 떴다.

테사의 부친 페데리코 아브루치는 그날 밤 지붕 위로 대니를 찾아왔다. 병원에서 돌아온 후, 디마시 부인은 방마다 돌아다니며 해가 지기 전에 매트리스를 모두 지붕으로 옮기라고 난리를 쳤다. 그래서 그들은 4개 층의 매트리스를 전부 옥상으로 옮겼다. 지금 노스엔드의 하늘에는 별들과 포틀랜드 육가공 공장의 짙은 연기, 그리고 공업용 알코올 회사의 당밀 탱크에서 불어오는 끈적거리는 바람이 차지하고 있었다.

디마시 부인은 프린스 거리에 사는 친구 드니즈 루디 쿠지니를 불렀다. 드니즈는 조카 아라벨라와 아라벨라의 남편 애덤을 데려왔다. 애덤은 최근에 팔레르모에서 밀입국한 벽돌공이라고 했다. 그 밖에도 클라우디오 소피아 모스카가 세 자녀와 함께 올라왔는데, 가장 큰 애가 겨우 다섯 살이건만 벌써 넷째를 임신 중이었다. 잠시 후, 루와 파트리치아 임브리아노가 비상계단을 통해 매트리스를 끌고 올라왔고, 조지프와 콘체타 리모네, 그리고 마지막으로 스티브 코일이 뒤를 이었다.

대니, 클라우디오, 애덤, 스티브 코일은 검은색 타르를 깔고 난간에 등을 기대고 앉아 크랩스(주사위 2개로 하는 노름의 일종 — 옮긴이)를 하고 놀며, 클라우디오가 집에서 만든 와인을 홀짝거렸다. 술은 주사위를 던질 때마다 더 쉽게 목구멍을 넘어갔다. 거리와 이웃집들마다 기침소리와 비명소리가 요란했지만, 그밖에도 아이들 부르는 소리, 집집마다 내건 빨랫줄이 삐걱거리는 소리, 남자의 날카롭고 갑작스런 웃음소리 따위로 시끄러웠다. 어느 골목에선가 풍각쟁이의 연주도 들렸는데, 다소 조율이 어긋난 음악이 따뜻한 밤공기를 가볍게 흔들어놓았다.

지붕 위에는 아직 아픈 사람이 없었다. 기침을 하거나 열이 오르거나 구토증이 나는 사람도 없었다. 대부분이 매일 열두 시간 이상의 중노동에 시달리는 터라 그 차이를 느낄 것 같지는 않지만, 어쨌거나 초기 감염증세로 알려진 두통이나 다리 통증 같은 것도 없는 모양이었다. 제과점 보조제빵사인 조지프 리모네는 매일 열다섯 시간을 일하면서 열두 시간 근무자를 게으르다고 비웃었다. 그리고 콘체타 리모네 역시 남편 못지않게, 새벽 5시에 패트리오트 울 공장에 출근해 저녁 6시 30분에 퇴근한다고 했다. 지붕에서의 첫 번째 밤은 마치 사도 대축일 기간의 밤과도 같았다. 하노버 거리가 빛과 꽃의 월계관을 쓰고, 사도들의 퍼레이드가 거리를 누비며, 대기에서 향과 칠리소스 냄새가 나는 그런 밤 말이다. 클라우디오 아들 베르나르도는 아빠가 만들어 준 연을 들고 다른 아이들과 함께 지붕 한가운데 모였다. 암청색의 하늘로 치솟은 노란색 연이 마치 물고기 지느러미처럼 보였다.

페데리코가 지붕으로 나오는 순간 대니는 알아볼 수 있었다. 언젠가 상자들을 잔뜩 끌어안고 가다 계단에서 마주친 적이 있었던 것이다. 노인은 황갈색 리넨 차림에 흰 콧수염을 짧게 다듬은 상태였다. 지팡이를 들고는 있었으나 지방 토호들처럼 걸음이 불편해서가 아니라 일종의 상징으로 사용하는 듯 보였다. 그는 페도라 중절모를 벗고 디마시 부인에게 말을 건네고는 사람들과 함께 난간에 기대앉은 대니를 건너다보았다. 페데리코 아브루치가 다가오자 그도 자리에서 일어섰다.

"커글린 씨?"

그가 가벼운 인사와 완벽한 영어로 물었다.

"아브루치 씨죠? 따님은 좀 어떻습니까?"

대니가 안부를 물으며 악수를 청했다.

페데리코는 두 손으로 대니의 손을 잡고 짧게 고개를 까닥여 인사를 했다.

"괜찮아요. 물어봐 주셔서 고맙습니다."

"손자도 건강합니까?"

"예, 아주 튼튼합니다. 잠시 얘기 좀 할 수 있겠습니까?"

대니는 주사위와 잔돈푼을 지나쳐, 페데리코와 함께 지붕 동쪽 끝으로 자리를 옮겼다. 페데리코가 주머니에서 하얀 손수건을 꺼내 흉벽 위에 올려놓았다.

"이리 앉으시죠."

대니는 그 위에 부두를 등지고 앉았다. 술기운에 피가 뜨거웠다.

"멋진 밤이죠? 기침소리가 너무 자주 들리긴 하지만."

"예."

"별도 많군요."

대니가 밝은 별무리를 올려다보고 다시 페데리코 아브루치를 보았다. 그에게선 부족장 같은 기운이 느껴졌다. 어쩌면 옛날엔 작은 마을의 읍장으로, 여름밤마다 마을광장에서 지혜를 설파했을지도 모르겠다.

"이 동네에서 아주 유명한 분이시더군요."

페데리코가 말했다.

"그래요?"

대니가 되묻자 페데리코가 고개를 끄덕였다.

"이태리 사람들에 대해 아무 편견이 없는 아일랜드 경찰이라고들 합디다. 여기에서 자랐고, 또 모든 이를 형제처럼 대한다고요. 이곳 거리에서 악질적인 이태리 인들을 얼마든지 본 데다 폭탄 테러까지 당했는데도 말입니다. 게다가 이젠 내 딸과 손자 목숨까지 구해줬군요. 정말 감사드립니다."

"이런 별 말씀을 다."

대니가 사양했다.

페데리코는 담배를 물고 손톱에 딱성냥을 그어 불을 붙인 다음 불꽃 너머로 대니를 바라보았다. 환한 빛에 드러난 노인이 갑자기 더 젊어보였다. 얼굴 피부도 더 부드러워졌다. 오십대 후반쯤? 조금 전 멀리서 보았을 때보다 10년은 더 젊어 보인 듯했다.

그는 밤하늘에 대고 성냥을 흔들어 껐다.

"어떻게든 빚은 갚는 사람입니다."

"제게 빚진 것 없습니다."

대니가 대답했다.

"아니, 있습니다. 있어요. 하지만 이민을 오다보니 별로 남은 게 없구려. 비록 염치는 없지만, 부디 딸년과 내가 며칠 밤 요리라도 접대하게 해주겠소? 물론 그 애가 건강해진 다음에 말이요."

그가 대니의 어깨에 손을 얹었다.

대니는 남자의 미소를 보고 테사의 남편 생각을 했다. 죽은 걸까? 남편이 있기는 했나? 대니가 아는 이태리 관습에 비추어본다면, 페데리코 정도의 지위와 교양이라면, 미혼모 딸을 집에 두는 건 고사하고 상종도 하지 않았을 것이다. 그런데 이 남자는 아예 대니와 테사의 연애를 획책하고 있지 않은가.

기이한 일이로군.

"그게 편하시다면, 그렇게 하겠습니다."

"고맙소. 정말 고맙구려. 테사 년이 회복되는 대로 일러두리다."

페데리코가 다행이라는 듯 허리를 곧추 세웠다.

"기대하겠습니다."

페데리코와 대니는 다시 비상구로 돌아왔다.

"이 전염병이 금방 지나갈 거 같습니까?"

페데리코가 손으로 지붕 너머를 가리켰다.

"그렇기를 바라야죠."

"그야 당연하죠. 희망도 가능성도 많은 나라 아닙니까? 유럽처럼 고통을 배우는 건 비극이 될 겁니다." 그가 비상계단에서 돌아서며 두 손으로 대니의 어깨를 잡았다. "다시 한 번 감사드리오. 그럼, 안녕히."

"안녕히 가세요."

대니도 인사했다.

페데리코는 검은 계단을 내려가기 시작했다. 지팡이는 겨드랑이에

꼈지만 몸놀림은 유연하고 또 단호했다. 산과 험한 언덕을 수도 없이 오르내리며 단련된 사람이라는 생각이 들었다. 대니는 그가 떠난 후에도 여전히 빈 계단을 내려다보고 있었다. 이 기이한 느낌을 어떻게 해석해야 할지 난감했다. 다른 때였다면 금세 증발하거나 술기운에 녹아버릴 일에 불과하건만. 어쩌면 그가 '빛'과 '고통'을 말하는 방식 때문인지도 모르겠다. 그 단어들이 이태리어로는 또 다른 의미가 있는 것처럼 들렸던 것이다. 대니는 생각을 이어보려 했으나 술기운 때문에 사고의 흐름도 어느덧 산들바람에 끊기고 말았다. 결국 그도 포기하고 다시 크랩스 게임으로 돌아갔다.

잠시 후 베르나르도 토머스가 고집을 부려 연날리기를 도왔지만 그 꼬마가 그만 연줄을 놓치고 말았다. 클라우디오는 아이가 울음을 터뜨릴까봐 얼른 달래고 나섰다. 연을 날리는 목적은 원래 자유롭게 놓아주는 데 있다고 얘기했지만, 아이는 그저 턱을 파르르 떨며 날아가는 연을 바라보기만 했다. 그래서 어른들이 지붕 가장자리에 모여 주먹을 흔들며 고함을 지르기 시작했다. 잠시 후 베르나르도도 웃으며 박수를 쳤고 다른 아이들도 끼어들었다. 결국 모임은, 깊고 어두운 하늘 위로 한없이 날아오르는 노란색 연을 축복하고 기원하면서 끝나고 말았다.

그 주가 다 가기 전, 장의업자들이 관을 지킬 경비들을 고용했다. 경비들은 계층도 다양했다. 사설 경호업체에서 온 자들은 그나마 목욕하고 면도하는 법을 아는 자들이었지만 다른 친구들은 퇴물 축구

선수나 복서처럼 보였다. 게다가 노스엔드에서 온 자들 중에는 흑수단 졸개들까지 끼어 있었다. 어쨌든 모두 샷건이나 라이플을 소지했다. 목수들 중에도 환자가 있었는데, 모두 건강하다 해도 밀려드는 관 제작 요구에 맞출 수 있을 것 같지는 않았다. 캠프 데븐스에서 하루 동안 독감으로 죽은 병사가 모두 63명이나 되었다. 질병은 노스엔드와 사우스 보스턴의 셋집, 그리고 스콜레이 광장의 하숙집들을 파고들었고 퀸시와 웨이머스의 조선소를 쑥밭으로 만들어놓은 후 다시 선로를 따라 이동했다. 급기야 신문들이 하트포드와 뉴욕시의 발병을 보도하기 시작했다.

전염병은 맑은 날씨를 타고 주말쯤엔 필라델피아에 도달했다. 때마침 주말에는 퍼레이드로 인해 사람들이 거리를 가득 메웠다. 군대, 자유공채 판매(1차 세계대전 당시 동맹국들을 지원하기 위해 발행한 특별전시공채 — 옮긴이), 미국이여 깨어나라 캠페인, 그리고 보이스카우트로 상징되는 '도덕의 정화'와 '용기의 강화'를 지지하는 행렬이었다. 하지만 한 주가 지나자 죽음의 수레들이 전날 밤 현관에 내다놓은 시체들을 실어 나르고, 펜실베이니아 동부와 뉴저지 서부엔 시체공시 텐트들이 사방에 설치되었다. 시카고에 다다른 전염병은 먼저 남부를 때린 다음 동부로 이동했다가 기차를 타고 대평원을 휩쓸었다.

소문이야 늘 있었다. 임박한 백신에 대한 소문. 8월에 보스턴 항 5킬로미터 지점에서 독일 잠수함이 목격되었는데, 혹자는 그 잠수함이 물 밖으로 나와 해변을 향해 깃털 모양의 오렌지색 연기를 내뿜었다는 주장까지 했다. 성직자들은 묵시록과 에스겔을 인용해 가며, 밀레니엄의 방탕과 이민자들의 추악한 관습에 대한 징계로 하느님께서 공수병을 선택했다고 주장했다. '종말이 가까웠도다……' 그들은 그렇게 떠들어댔다.

하층민들 사이에서는 마늘이 유일한 치료제라는 소문이 돌았다. 아니면 각설탕에 테레빈유를 발라먹어야 하는데, 테레빈유가 없으면 등유도 괜찮다는 얘기도 있었다. 그 덕분에 집집마다 악취가 진동을 했다. 땀, 고름, 죽거나 죽어가는 자, 마늘과 테레빈유 냄새들.

대니도 악취에 목이 메고 코가 시큰거리고 편도선이 따끔거려, 한 번은 드디어 병에 걸린 모양이라는 생각까지 했다. 다행히 그렇지는 않았다. 전염병은 의사, 간호사, 검시관은 물론이고 앰뷸런스 운전사들까지 쓰러뜨렸다. 01지구의 경관 둘을 포함해 여기저기서 모두 여덟 명의 경찰이 당했다. 그러나 비록 전염병이 그가 사랑하는 동네에 커다란 구멍을 만들어 놓더라도 대니 자신만은 건들지 못할 것임을 알고 있었다.

살루테이션 거리에서도 죽음은 그를 피해갔다. 이제 전염병도 그에게 윙크만 보내곤 살짝 우회해 다른 사람들을 공격했다. 그래서 그는 다른 경찰들이 꺼리는 셋집들과 하숙집들을 돌아다니며, 식은땀으로 매트리스를 흠뻑 적신 잿빛의 병자들을 정성껏 보살펴주었다.

경찰의 비번 따위가 있을 리 없었다. 사람들의 허파는 돌풍 맞은 양철지붕처럼 달그락거리고 토사물은 암녹색을 띠었다. 그리고 노스엔드에서는 감염자 집 문마다 X자 표시를 그렸고 점점 더 많은 사람들이 옥상에서 잠을 잤다. 아침이면 대니를 포함해 01지구의 경관들이 시체들을 야적장의 토관처럼 쌓아두고 오후 내내 인도에 서서 고기차가 오기를 기다렸다. 마스크를 쓰기는 했지만, 그건 다만 의무이기 때문이었다. 마스크는 별것도 아니었다. 신종독감은 마스크를 벗어본 적이 없는 사람들까지 무차별적으로 공격해 특유의 고열로 머리를 태워버렸다.

그와 스티브 코일과 여섯 명의 경찰은 포틀랜드 거리에서 살인사건 신고를 받고 출동했다. 스티브가 문을 노크했을 때 복도에 서 있는 경관들 눈에서는 흥분했는지 아드레날린이 번들거렸다. 이윽고 한 남자가 문을 열었다. 마스크를 쓰고 있었지만 두 눈은 빨갛게 충혈되었고 입에서는 술 냄새가 났다. 스티브와 대니는 남자의 가슴 한가운데 박힌 칼을 보았으나 그걸 알아보기 위해선 20초 정도의 시간이 필요했다.

"씨발, 왜 와서 괴롭히는 거야?"

사내가 말했다.

스티브가 리볼버에 손을 갖다 댔지만 뽑지는 않았다. 그는 손바닥을 내밀어 사내가 물러날 것을 명했다.

"누가 찌른 겁니까?"

그 말에 복도의 경찰들이 움직여 대니와 스티브 뒤에 포진했다.

"내가."

사내가 대답했다.

"직접 자기 몸을 찔렀다는 겁니까?"

사내가 끄덕였다. 대니는 남자 뒤의 카우치에 한 여자가 앉아 있는 것을 알아챘다. 그녀도 마스크를 쓰고 있었는데, 그녀 역시 피부가 시퍼렇고 또 목도 잘려 있었다.

사내가 문에 기대자 셔츠 자락이 새로 터진 피로 시꺼멓게 물들었다.

"두 손을 보여주시죠."

스티브가 요구했다.

남자가 두 손을 들자 그 힘에 다시 허파가 울컥거렸다.

"누가 이것 좀 뽑아 줄 수 있나?"

"이봐요, 문에서 물러서요."

스티브가 외쳤다.

사내가 길을 내주고는 털썩 주저앉아 자기 허벅지를 내려다보았다. 경찰들이 방으로 들어갔다. 사내에게 손을 대려는 사람은 없었다. 그저 스티브가 리볼버를 겨냥한 게 고작이었다.

사내가 두 손으로 칼 손잡이를 잡고 당겨보았으나 꿈쩍도 하지 않았다.

"두 손 내려요."

스티브가 명령했다.

사내가 스티브에게 맥없이 웃어 보였다. 그가 두 손을 내리며 한숨을 내쉬었다.

여자는 죽어 있었다.

"부인을 죽인 게 당신이요?"

대니가 물었다. 그가 힘없이 고개를 저었다.

"죽인 게 아니라 고친 거야. 다른 건 할 게 없었지. 빌어먹을."

레오 웨스트가 뒷방에서 빠져나왔다.

"여기 아이들이 있습니다."

"살아 있나?"

스티브가 물었다. 바닥의 사내가 고개를 저었다.

"애들도 내가 치료해 줬어."

"모두 셋이로군요, 세상에."

그가 방에서 물러서며 칼라의 단추를 풀었다. 안색이 창백했다.

"앰뷸런스부터 불러야겠군."

대니가 중얼거렸다. 러시티 에이번이 특유의 비웃음을 흘렸다.

"그래야지, 대니, 그런데 요즘엔 앰뷸런스가 도착하는 데 얼마나 걸린대? 다섯 시간? 여섯 시간?"

스티브가 목청을 가다듬었다.

"이 친구도 지금 막 앰뷸런스의 나라를 떠났다."

그는 남자의 시체의 어깨에 발을 대고 천천히 바닥으로 밀어버렸다.

이틀 후, 대니는 테사의 집에서 아기를 타월에 감싸 안고 나왔다. 페데리코는 보이지 않았다. 디마시 부인은 테사 옆에 앉아 있었고 테사는 젖은 수건을 이마에 얹은 채 멍하니 천장만 바라보고 있었다. 그녀의 피부도 병으로 황달기를 보였으나 아직 의식은 있었다. 대니가 아이를 들자, 테사는 먼저 디마시 부인을 보고 다시 대니의 가슴에 안긴 아기를 보았다. 아이의 피부색과 감촉은 돌과 다를 바 없었다. 테사가 다시 천장으로 고개를 돌리는 걸 본 후에야 대니는 아이를 데리고 계단을 내려왔다. 바로 전날 클라우디오의 시체를 옮겼던 바로 그 길이다.

대니는 거의 매일 밤 부모님한테 전화를 걸었으며, 대전염병에도 불구하고 직접 찾아가기도 했다. 그는 가족과 노라와 함께 거실에 앉아 차를 마셨다. 자기 침실이 아니면 어디에서나 마스크를 써야 한다는 엘렌 커글린의 주장에 따라, 차를 마실 때도 마스크를 살짝 들추고 홀짝여야 했다. 차를 내온 것도 노라였다. 평소라면 에이버리 윌리스가 그 일을 했겠지만 그가 나오지 못한 것도 벌써 3일째였다. 병이 심하다면 전화로라도 대니의 아버지한테 보고했을 것이다. 대니는 아주 어렸을 때부터 에이버리를 보았었다. 그런데도 문득 한 번도 그의 집에 찾아가 본 적이 없다는 생각이 들었다. 그가 검둥이이기 때문에? 그렇다.

검둥이이기 때문에.

그는 고개를 들고 가족들을 둘러보았다. 문득 그들 모두의 모습이…… 그러니까 살짝 마스크를 걷고 벙어리처럼 조용하고 뻣뻣하게 차를 홀짝이는 모습이, 정말로 우스꽝스럽다는 생각이 들었다. 그건 코너도 마찬가지였다. 둘이 천국의 문 성당 복사(服事)로 있을 때, 가장 엄숙해야 할 순간 서로를 보고 웃음이 터져 나오려 했던 것과도 같았다. 아버지한테서 아무리 엉덩이를 두들겨 맞아도 어쩔 수 없는 건 어쩔 수 없었다. 그런 일이 반복되자 아버지는 결국 둘을 떼어놓기로 했고, 6학년 이후로는 함께 복사를 해본 적이 없었다.

지금도 같은 느낌이 두 사람을 휩싸고 말았다. 대니가 먼저 픽 하고 웃음을 터뜨렸고 코너는 반 박자 다음이었다. 그 다음부터 둘 다 웃음보가 터져, 아예 찻잔을 바닥에 내려놓고 자지러지고 말았다.

"뭐냐? 뭐가 그렇게 우스운 거야?"

아버지가 물었다.

"아무것도 아니에요."

코너가 간신히 대답했다. 하지만 그 목소리가 마스크에 막히는 바람에 대니는 더 크게 웃고 말았다.

"왜? 도대체 왜들 그래?"

어머니가 짜증에 당혹감까지 섞인 목소리로 따졌다.

"맙소사, 대니 형, 저 애 좀 봐."

코너가 말했다.

코너는 조를 가리키고 있었다. 그는 보지 않으려 했으나 결국 고개를 돌리고 말았다. 어린 동생은 구두가 쿠션에 닿지도 않을 정도로 커다란 의자에 앉아 있었다. 조는 커다란 눈에 멍청해 보이는 마스크를 쓰고, 격자무늬의 니커보커 바지 허벅지에 찻잔을 내려놓고 있었는데, 마치 이 모든 것의 해답을 바라는 듯한 표정으로 두 형을 지켜보고 있었다. 하지만, 조, 해답은 어디에도 없단다. 세상사라는 게 이렇게 어리석고 우습지 않니? 그리고 대니는 동생의 아가일 무늬 양말과 촉촉한 두 눈을 보고, 훨씬 더 큰 소리로 웃음을 터뜨리고 말았다.

결국 조도 합류하기로 했고 노라가 그 뒤를 따랐다. 처음엔 얼떨떨해 하던 두 사람의 웃음소리도 점점 더 커가기만 했다. 대니의 웃음은 언제나 그렇게 전염성이 강했지만, 코너가 이렇게 대놓고 대책 없이 웃는 모습을 본 것도 하시절이었기 때문이다. 마침내 코너의 재채기를 신호로 다들 웃음을 그쳤다.

그의 마스크 안쪽에 붉은 점들이 박히더니 점점 바깥으로 번지기 시작한 것이다.

"오, 성모마리아여."

어머니가 탄성을 지르고 성호를 그었다.

"왜요? 그냥 재채기한 건데?"

코너가 의아하다는 표정을 지었다.

"코너, 오 하느님, 제발."

노라였다.

"왜 그래?"

"코너, 마스크를 벗어봐라."

대니가 자리에서 일어났다.

"오 안 돼 안 돼 안 돼."

어머니가 넋을 잃고 중얼거렸다.

코너가 마스크를 벗었다. 그리고 한참 동안 바라보더니 살짝 고개를 끄덕이며 숨을 삼켰다.

"나하고 화장실에 좀 다녀오자."

대니가 말했다.

처음에는 아무도 움직이지 않았다. 대니는 코너를 화장실로 데려가 문을 잠갔다. 가족들이 일어나 복도 쪽으로 몰려드는 소리가 들렸다.

"고개 젖혀."

대니의 지시에 코너가 고개를 젖혔다.

"형."

"닥쳐. 먼저 살펴볼 테니까."

밖에서 문고리를 돌리는 소리와 아버지의 목소리가 번갈아 들렸다.

"문 열어라."

"잠깐만 기다려요, 예?"

"형."

코너가 다시 불렀다. 목소리가 살짝 떨리긴 했으나 아직 웃음기는 완전히 가시지 않은 채였다.

"그냥 고개 젖히고 가만히 있어. 장난 아니니까."

"좋아, 지금 코 안을 보는 거지?"

"그래. 그러니까, 입 닥쳐."

"코딱지 보여?"

"조금."

대니도 자꾸만 웃음이 나오려 했다. 그래, 그러는 것도 무리는 아니겠다. 평소에는 무덤처럼 심각한 애가, 정작 심각한 상황에 닥치자 도저히 심각해질 수가 없는 모양이다.

누군가 다시 문을 흔들고 노크를 했다.

"그걸 파냈어."

코너가 말했다.

"뭐?"

"엄마가 차 가져 오기 전에. 내가 그러고 있었다니까. 거기 날카로운 놈 하나를 잡으려고 손가락을 반이나 집어넣었거든. 그거 보이지?"

대니가 동생의 코에서 시선을 들었다.

"뭘 했다고?"

"코딱지 팠다니까. 아무래도 손톱 깎을 때가 된 모양이야."

코너가 대답했다.

대니가 그를 바라보자 코너가 웃었다. 대니가 그의 옆머리를 찰싹 때리자 코너도 형의 뒤통수를 가격했다. 두 사람이 문을 열었을 때 가족들은 모두 창백하고 고통스러운 표정으로 복도에 서 있었다. 둘은 다시 버릇없는 복사처럼 웃기 시작했다.

"괜찮대요."

"괜찮아요. 그냥, 코피였어요. 엄마, 봐요. 벌써 멈췄잖아요."

"부엌에서 새 마스크를 꺼내 써라."

아버지는 찡그린 표정으로 손을 내젓다가 다시 거실로 되돌아갔다.

조는 놀란 토끼 눈으로 두 형을 바라보았다.

"코피."

대니가 조에게 또박또박 일러주었다.

"지금 그걸 장난이라고 한 거냐?"

어머니가 투덜댔다. 목소리가 무척이나 날카로웠다.

"알아요, 엄마. 미안하다니까요."

코너가 말했다.

대니는 노라의 표정을 살폈다. 거의 어머니와 다를 바 없는 표정이었다. '하느님, 제발'이라고 탄식했었지? 벌써 코너를 사랑하게 된 건가?

"아니, 너희는 모른다. 아무것도 몰라. 너희 둘은 늘 그랬으니까."

그리고 어머니는 침실로 들어가 문을 닫았다.

스티브 코일은 다섯 시간 전부터 몸이 이상하다고 했다. 그날 아침 일어나는데 허벅지가 석고처럼 굳고 발목이 퉁퉁 붓고 종아리에 경련이 일고 머리가 지끈거렸다. 별 일 아니라고 딴청을 부릴 여유 따위는 없었다. 어젯밤 형수와 함께 지냈던 침실을 빠져나와 옷을 집어 들고 곧바로 빠져나왔다. 다리가 말을 안 들었다. 마치 상체가 앞으로 나가려는데 두 다리가 땅바닥에 뿌리를 박은 기분이었다. 그는 전신을 질질 끌다시피 몇 블록을 걸어갔다. 다리가 마치 남의 것인 양 제 멋대로 비틀리고 걸을 때마다 비명을 질러댔다. 처음에는 전차 정류장으로 가려 했지만 문득 차 전체를 오염시킬 수도 있겠다는 생각이 들었다. 걷기로 한 건 그 때문이었다. 미션 언덕 꼭대기에 위치한, 미망인 코일 부인의 금주 아파트에서 피터 벤트 브리검 병원까지 모두 열한 블록. 간신히 다다랐을 때는 그는 부러진 성냥처럼 구부러진 채 기어 다녔다. 맙소사, 경련이 배와 가슴과 목을 헤집고 다녔다. 게다가 이 깨질 듯한 머리라니! 누군가 그의 두 눈에 파이프를 박아 넣고 있는 듯했다.

그는 이 모든 얘기를 대니한테 들려주었다. 지금은 피터 벤트 병원의 전염병동 집중치료실의 모슬린 커튼 안에 누워 있었다. 그날 오후 대니가 문병 왔을 때 그 병동엔 거의 아무도 없었다. 통로 건너편의 침대 시트 안에 무언가 있는 것 같기는 했지만 다른 침대는 모두 텅 빈 채 커튼만 쳐 있었다. 여하튼 섬뜩한 것만은 분명했다.

병원에서 마스크와 장갑을 주었지만, 대니는 장갑은 코트주머니에 그리고 마스크는 목에 걸기만 했다. 그래도 모슬린 커튼을 넘어 서지는 않았는데, 그것도 병이 옮을까봐 겁이 나서는 아니다. 지난 몇 주? 창조자와 타협하지만 않았던들 자신이 창조되었다는 사실조차 믿지 못했을 시간이다. 하지만 질병이 스티브를 완전히 소진시키는 과정을 지켜보는 건 또 다른 문제다. 스티브만 허락한다면 기꺼이 운명의 잔을 넘겨주고 싶었다. 그리하여 죽어가는 자가 아니라, 지켜보는 자로 만들 수만 있다면.

스티브는 가글링하는 듯한 목소리로 말했다. 단어는 가래를 통과해야 했고 문장의 말미는 종종 익사해 버렸다.

"이젠 형수가 아냐. 웃기지?"

대니는 아무 말도 하지 않았다. 미망인 코일을 본 건 단 한 번뿐이었다. 그때 받은 인상은 까다롭고 이기적인 여자라는 쪽이었다.

"네가 안 보여."

스티브가 목청을 가다듬었다.

"난 보여요, 선배."

"커튼 좀 치워줄래?"

대니는 움직이지 않았다.

"겁나냐? 그래, 당연하겠지. 내 말은 잊어버려."

대니는 여러 번 상체를 기울여 바지를 무릎까지 걷어 올리고, 다시 허리를 굽혀 커튼을 치웠다.

스티브가 자리에 일어나 앉았다. 베개는 땀으로 검게 젖고 얼굴은 퉁퉁 분 해골처럼 보였다. 한 달 내내 그와 대니가 보았던 감염자들은, 생사를 막론하고 다들 그런 몰골이었다. 두 눈이 빠져나올 듯 툭 불거지고 눈 꼬리엔 우윳빛 막이 고여 있었는데, 그래도 아직 보라색이나 검은색으로 변하지는 않았다. 자지러질 듯 기침을 하지도 않았고 그 자리에서 똥오줌을 지리지도 않았다. 요컨대, 걱정했던 것보다 위중하지는 않다는 얘기다. 적어도 아직은.

그가 대니한테 눈썹을 찡긋해 보였다. 지친 웃음.

"올여름 내가 작업 건 여자들 생각나?"

대니가 끄덕였다.

"그 중 일부는 그냥 작업 거는 정도를 넘었었죠."

그가 입을 손으로 막고 기침을 했다. 작은 기침.

"노래까지 만들었어. 머릿속으로. 제목은 '여름 아가씨'."

문득 그에게서 발산하는 열기를 느낄 수 있었다. 30센티미터 거리인데도 열파가 그의 얼굴을 뒤덮었다.

"'여름 아가씨'?"

"'여름 아가씨.' 언제 한 번 불러줄게."

스티브는 눈을 감고 그렇게 말했다.

침대 옆 테이블에 물 양동이가 하나 있었다. 그는 그 안에서 수건을 꺼내 꼭 짠 다음 스티브의 이마에 올려놓았다. 스티브가 번쩍 눈을 떴다. 그가 번들거리는 눈으로 고마움을 표했다. 대니는 수건을 끌어내려 그의 두 뺨을 닦아주고 미지근해지는 천을 차가운 물에 넣고 다시 물을 짜냈다. 이번에는 파트너의 귀와 목, 그리고 턱을 닦아주었다.

"대니."

"예."

스티브가 인상을 찌푸렸다.

"망아지 한 마리가 가슴을 타고 앉은 것 같다."

대니는 울지 않았다. 그는 수건을 양동이에 던져 넣으면서도 스티브의 얼굴에서 눈을 떼지 않았다.

"많이 아파요?"

"그래, 아파."

"숨은 쉴 수 있죠?"

"쉽지는 않아."

"그럼, 의사를 불러올게요."

스티브가 그 말에 눈을 끔벅였다.

대니가 그의 손을 두드려주고 의사를 불렀다.

"가지 마."

스티브가 애원했다. 입술이 새하얗다.

대니는 미소를 지으며 고개를 끄덕여주고는 작은 스툴의자를 한 바퀴 돌려 다시 의사를 불렀다.

17년 동안 커글린 집안의 잡일꾼으로 일했던 에이버리 윌리스는 결국 신종독감에 패배해 세다그로브 공동묘지에 묻혔다. 10년 전 토머스 커글린이 하인의 몫으로 사둔 묏자리였는데, 짧은 장례식에는 토머스, 대니, 그리고 노라만이 참석했다. 다른 사람은 아무도 없었다.

"영감 와이프는 20년 전에 죽었어. 아이들은 흩어졌고. 대개는 시카고에 가고 하나는 캐나다에 있다는데, 그간 편지를 보낸 놈이 하나도 없더군. 소식이 끊긴 게지. 좋은 영감이었는데. 속은 잘 드러내지 않았지만 그래도 좋은 사람이었다."

토머스의 말이었다.

아버지의 목소리에 담긴 슬픔에 대니는 깜짝 놀라고 말았다.

에이버리 윌리스의 관이 무덤 속으로 들어가자 아버지는 흙 한 줌을 집어 관 위에 던져 넣었다.

"하느님의 가호가 있기를."

노라는 계속 고개를 숙인 채였지만 턱 밑으로 눈물이 떨어지곤 했다. 대니는 당혹스러웠다. 거의 평생을 알고 지낸 사람이건만, 어떻게 정말로 그를 본 적이 한 번도 없었던 것 같지?

그도 관 위로 흙 한 줌을 던졌다.

검둥이였기 때문이야. 그게 이유라고.

스티브는 걸어 들어온 지 열흘 만에 피터 벤트 병원에서 걸어 나갔다. 독감은 끊임없이 전국을 누비고 다녔지만, 이 도시의 다른 감염자 수천 명과 마찬가지로 살아남은 것이다. 하지만 그가 대니의 부축을 받아 택시를 타러 가던 그 주말에도 전염병은 캘리포니아와 뉴멕시코를 공략 중이었다.

스티브는 지팡이를 짚었다. 의사들 말로는 평생을 그렇게 살아야 한단다. 인플루엔자는 그의 심장을 약화시키고 뇌를 망가뜨렸다. 이제 두통은 평생의 멍에가 되고 단순한 대화도 쉽지 않을 것이며, 어떤 종류의 과격한 움직임에도 목숨을 잃을 수 있다. 일주일 전만 해도 죽음을 주제로 농담을 했건만 오늘 그는 조용하기만 했다.

택시 정류장까지는 짧은 거리였으나 시간이 한참 걸렸다.

"데스크 일도 하면 안 된대."

제일 앞에 서 있는 택시에 다가가며 스티브가 한 말이다.

"알아요. 안타깝네요."

대니가 대답했다.

"'지나친 격무가 될 것'이라더군."

스티브가 먼저 택시에 올랐다. 대니는 그에게 지팡이를 건네고 반대쪽으로 돌아가 차에 탔다.

"어디로 갈까요?"

운전사가 물었다. 스티브가 대니를 보았다. 대니도 그를 보며 대답을 기다렸다.

“귀머거리들이요? 어디로 가냐고요?”

“뭐가 그렇게 급하다고 그래?”

스티브는 살렘 가의 하숙집 주소를 일러주었다. 운전사가 갓길을 벗어나자 스티브가 대니를 돌아보았다.

“짐 싸는 거 도와줄 거지?”

“떠날 필요 없어요.”

“집세 낼 능력이 없어. 실업자잖아.”

“형수는요?”

대니가 묻자 스티브가 어깻짓을 했다.

“병에 걸린 후로 본 적이 없다.”

“어디로 갈 생각이죠?”

다시 어깻짓.

“실의에 빠진 병신을 고용해 줄 데가 있나 찾아봐야겠지.”

대니는 잠시 아무 말도 하지 못했다. 차는 헌팅턴을 따라 달리고 있었다.

“어떻게든 방법이……”

스티브가 그의 팔을 잡았다.

“커글린, 널 사랑한다. 하지만 ‘어떻게든’이 늘 통하는 건 아니야. 대부분이 실패하잖아? 연줄 없으면 아무것도 아냐. 그냥 한 방에 가는 거라고.”

“어디로요?”

스티브는 잠시 아무 말 없이 창밖을 내다보았다. 그가 입술을 삐죽 내밀었다.

"연줄 없는 천민들의 무덤."

7

루터가 황금거위에서 혼자 당구를 치고 있는데 제시가 찾아와 목사가 찾는다고 했다. 황금거위는 텅 비어 있었다. 그린우드도 비고 털사도 비어 있었다. 먼지폭풍처럼 밀어닥친 신종독감에 어느 집 할 것 없이 최소 한 명은 감염되고, 그 중 절반이 죽었기 때문이다. 지금은 마스크를 착용하지 않고 외출하는 것도 불법이다. 그린우드 빈민가의 가게도 대부분 문을 닫았다. 하지만 황금거위의 주인 캘빈 영감은 무슨 일이 있어도 문을 닫지 않겠다고 했다. 신이 자신의 처진 엉덩이를 원한다면, 직접 내려와서 맛봐야 할 거라며 큰소리도 쳤다. 덕분에 당구 연습을 할 수 있었다. 가게가 조용해 쿠션 볼도 기가 막히게 먹혔다.

털사 호텔도 병이 잦아들 때까지 문을 닫았다. 더군다나 번호를 찍는 사람도 없기에 요즘엔 수입도 전혀 없었다. 루터는 릴라의 외출을 금지시켰다. 그녀와 아기한테 위험하기 때문이었지만, 그건 곧 그도 집에서 그녀와 함께 있어야 한다는 뜻도 되었다. 그는 그렇게 했다. 사실, 생각했던 것보다 훨씬 좋기도 했다. 집수리도 조금 하고 방마다 칠도 다시 했으며 마르타 이모가 결혼선물로 사준 커튼도 달았다. 거의 매일 오후마다 사랑을 나누었는데 평소보다 여유롭고 또 감미롭기까지 했다. 그 덕분에 여름날의 굶주린 불평과 신음을 부드러운 미소와 웃음으로 달랠 수도 있었다. 이 여인을 사랑하고, 그녀의 사랑을 받음으로써 너무도 가슴 벅차했던 시절도 새삼 떠올릴 수 있었다. 두 사람은 가족의 미래와 아이의 미래를 얘기했다. 처음으로 그린우드에서의 삶을 그려보고, 향후 10년 이후의 계획까지 대충 짜보기도 했다. 그래, 열심히 일해서 부지런히 저축하면, 자기 사업장도 꾸릴 수 있지 않겠는가. 목공소? 아니면 수리점을 차려 이 빌어먹을 나라의 중심부에서 날마다 쏟아져 나오는 기계들을 고칠 수 있을 것이다. 기계는 고장 나기 마련이지만, 고치는 건 아무나 할 수 있는 일이 아니다. 하지만 루터의 재능이라면 날이 저물기 전에 완전히 새것으로 만들어놓을 수도 있다.

그래, 2주 동안은 그랬다. 하지만 집은 다시 그를 옥죄기 시작했다. 앞으로 디트로이트 애버뉴의 어느 집으로 이사해 들어가, 술과 당구도 끊고, 마르타 이모 같은 인간들과 어울려 매주 교회에 다니다가, 어느 날 갑자기 머리는 반백이 되고 몸은 굼떠지고 잃어버린 과거만 하릴없이 더듬게 될 거라는 생각을 하니, 그 꿈이라는 것도 부질없기가 짝이 없었다.

때문에 황금거위에 와서 머릿속의 근지러움이 두 눈 밖으로 삐져나오지 않도록 달래던 참이었다. 마침내 제시가 들어왔을 땐, 간지럼증은 곧바로 따뜻한 미소로 녹아내렸다. 결국 둘이 함께 했던 날들이 그리웠던 것이다. 화이트타운의 기찻길에 오줌을 누며 신나하던 그 때가…… 불과 2주 전이건만 벌써 2년은 된 것만 같으니.

"네 집에 갔더랬다."

제시가 마스크를 벗으며 말했다.

"젠장, 그건 왜 벗어?"

루터가 따졌다. 제시가 캘빈을 보고 다시 루터를 보았다.

"둘 다 쓰고 있으니 나는 그럴 필요 없잖아?"

루터는 멍하니 그를 바라보았다. 제시가 뭔가 그럴 듯한 말을 하면, 그 생각을 먼저 하지 못한 자신한테 너무 화가 났다.

"여기 있을 거라 그러더라. 촌놈, 네 와이프가 나 싫어하는 거 아냐?"

"마스크는 썼지?"

"뭐?"

"와이프 만났을 때. 너 마스크 쓰고 얘기한 거지?"

"이런, 니미. 그야 당근이지."

"그럼 됐다."

제시가 뒤춤에서 플라스크를 꺼내 한 모금 마셨다.

"목사가 보잔다."

"우리?"

제시가 고갯짓을 했다.

"언제?"

"30분 전에."

"젠장. 그런데, 이제야 기어 오냐, 새꺄?"

"네 집에 갔다 왔댔잖아, 인마."

루터가 큐를 랙에 집어넣었다.

"너, 사고 쳤냐?"

"아냐, 아냐. 그런 게. 그냥 보자는 거라고."

"뭣 때문에?"

"말했잖아, 씨발. 나도 모른다니까."

제시의 대답이었다.

"그럼 나쁜 일인지 아닌지도 모르잖아."

루터가 술집을 나서며 다시 물었다.

제시가 머리 뒤로 마스크를 묶으며 그를 보았다.

"계집애처럼 쫄기는. 겁나냐?"

"네 새끼나 쫄지 마, 병신아."

"젠장, 이빨 까다 세월 다 가겠다."

제시는 이렇게 말하고는 커다란 엉덩이를 흔들며 텅 빈 거리를 달려가기 시작했다.

"너희들도 이제 내 옆에 앉을 때가 됐다. 이봐, 이리로 와. 어서."

두 사람이 얼마이티 클럽에 들어갔을 때 브로시어스 목사는 이렇게 말했다.

그는 활짝 웃고 있었다. 흰색 셔츠에 흰색 정장. 그리고 벨벳 모자만큼이나 붉은 넥타이. 스모크가 그들을 들여보낸 후 다시 자물쇠를 잠그는 동안, 목사는 클럽 안쪽 스테이지 근처의 어두운 원탁에 앉아 둘에게 손을 흔들어주었다. 루터는 침을 꿀꺽 삼켰다. 문을 걸어 잠근 클럽에 와 본 건 처음이다. 한낮의 황갈색 가죽 부스와 붉은 벽돌, 그리고 체리목 의자들은 덜 추악해 보였지만, 더 위협적이었다.

목사는 루터가 왼쪽, 제시가 오른쪽에 앉고 나서야 손짓을 멈추었다. 그는 전쟁 전에 나온 캐나다산 보세 위스키를 따라 두 사람에게 밀어주었다.

"그래, 잘 왔다. 요즘 어떻게들 지내?"

"잘 지냅니다."

제시가 먼저 대답했다.

"잘 지냅니다. 감사합니다."

루터도 겨우 대답했다.

스모크, 댄디와 달리, 목사는 마스크를 쓰지 않았다. 그가 흰 이를 드러내며 웃더니 테이블 위로 상체를 내밀어 두 사람의 어깨를 두드렸다.

"그래, 나 듣기 좋으라고 하는 얘기겠지. 돈은 좀 벌고 있나? 하 하 하. 돈 좋아하잖아? 달러 말이야."

"노력 중입니다."

제시가 대답했다.

"노력 같은 소리. 내가 원하는 건 뛰는 거야. 너흰 내 최고의 러너들이잖아, 응?"

"감사합니다. 요즘엔 전염병 때문에 사정이 어렵습니다. 다들 아픈 바람에 숫자에 별 관심이 없거든요."

목사는 손사래를 쳤다.

"사람들이 아프면 아픈 거야. 그렇다고 뭘 어쩌겠나, 응? 사람들이 병에 걸리고 사랑하는 가족이 죽어가나이다. 오, 천지신명이시여, 이렇게 많은 고통에 내 마음이 아프나이다? 사람들이 모두 마스크를 쓰고 다니고, 장의사는 관이 모자라다며? 젠장, 이런 때 어디 사업이라고 되겠어? 그냥 잊어버리고 염병이 끝나기를 기도나 하자고. 도대체 언제 끝날까? 아무튼 끝나면 곧바로 시작하면 돼. 물론 그래야지. 하지만 그때까지는 아니야. 이봐, 우리 말 나온 김에 '아멘'이나 해볼까?"

"아멘."

제시가 시키는 대로 한 다음 마스크를 올리고 위스키 잔을 홀짝 털어 넣었다.

"아멘."

루터는 조금만 마셨다.

"이런, 이봐. 술이 무슨 여편네 젖꼭지인 줄 아냐?"

목사가 루터에게 투덜댔다. 제시가 키득거리며 다리를 꼬았다. 느긋해지는 모양이다.

"예, 알겠습니다."

루터가 잔을 털어 넣자 목사가 다시 채워주었다. 문득 댄디와 스모크가 등 뒤에 와 있다는 사실을 깨달았다. 불과 한 발짝 뒤였건만 언제 그곳에 와 있었는지조차 모르고 있었다.

목사가 천천히 자기 잔을 비우고 입술을 핥았다. 그러고는 두 손을 깍지 끼어 테이블 위에 얹고 상체를 기울였다.

"제시."

"예."

"클라렌스 제섭 텔."

브로시어스 목사는 그의 이름을 노래하듯 굴렸다.

"그게 접니다요."

목사가 다시 미소를 지었다. 전보다 더 큰 미소다.

"제시, 하나만 물어보자. 네 평생 가장 기억나는 순간이 언제야?"

"예?"

목사가 두 눈썹을 치켜떴다.

"그런 거 없어?"

"무슨 말씀이신지 잘 몰라서요."

"네 인생에서 가장 기억에 남는 때를 물은 거다."

목사가 다시 설명해 주었다.

루터의 허벅지에서 땀이 배어나왔다.

"왜, 다들 그런 거 하나씩은 있잖아? 행복할 때나 슬플 때일 수도 있고, 여자하고 뒹굴 때일 수도 있겠지, 안 그래? 내 말이 틀리나?" 그가 갑자기 웃기 시작했는데, 그 바람에 코에 온통 주름이 잡혔다. "그래, 그래, 남자하고 뒹굴 수도 있겠다. 너 호모냐, 제시? 이 세계에선 취향이 조금 다르다고 욕하지는 않거든."

"아닙니다."

"아니라니, 뭐가?"

"아니, 전 호모가 아닙니다. 절대로."

제시의 대답에 목사가 미안하다는 듯 손바닥을 들어보였다.

"그럼, 여자? 영계 말이지? 어렸을 때 하면 둘 다 죽어도 못 잊는 법이거든. 초콜릿 하나에 엉덩이만 있으면 밤새도록 찧어대고도 힘이 남아돌잖아, 안 그래?"

"아닙니다."

"아냐? 영계 엉덩이가 싫다는 거야?"

"아니오, 제 말은 기억에 남는 때가 아니라는 겁니다."

제시는 헛기침을 하고 다시 위스키를 털어 넣었다.

"이런, 그럼 도대체 언제냐?"

제시가 시선을 돌렸다. 마음을 진정시키려는 것이다.

"가장 기억에 남는 때 말씀입니까?"

목사가 테이블을 때렸다.

"그래, 가장 기억나는 순간, 엉?"

그가 큰 소리로 대답하고 루터에게 윙크를 해보였다. 제시가 무슨 대답을 하든 간에, 루터 역시 공동운명이라고 말하는 것만 같았다.

제시는 마스크를 들어 올리고 다시 한 잔을 마셨다.

"그게…… 아버지가 죽던 밤입니다."

그 말에 목사가 공감했다는 듯 인상을 찌푸렸다. 그는 냅킨으로 얼굴을 찍고 크게 숨을 들이마시더니 두 눈을 크게 떴다.

"이런, 미안하다, 제시. 그래, 부친께서 어떻게 죽었다고?"

제시가 테이블을 내려다보다가 다시 목사의 얼굴을 보았다.

"미주리의 백인 놈들이 그랬죠. 거기서 자랐거든요."

"그래, 그래."

"놈들이 집에 쳐들어와서는, 아버지가 농장에 몰래 들어와 노새를 죽였다고 했죠. 잘라가서 먹으려다가 자기들한테 들켜서 달아났다는 겁니다. 놈들이 찾아 온 건 그 다음날이었는데, 집 밖으로 아버지를 끌고나가더니 죽도록 두들겨 패더군요. 엄마와 저와 제 여동생 둘이 보는 앞에서 말입니다. 오, 망할."

제시는 남은 잔을 털어 넣고 숨을 크게 들이마셨다.

"아버지는 그 자리에서 즉사하고?"

"아닙니다. 놈들이 떠나고 이틀 후에 죽었습니다. 두개골 파열이었죠. 제가 열 살 때 일입니다."

제시가 고개를 숙였다.

브로시어스 목사가 테이블 너머 손을 뻗어 제시의 손을 다독여주었다.

"이런 불쌍해라. 불쌍하고 불쌍하고 불쌍한 제시."

그는 술병을 들어 제시의 잔을 채워준 다음 루터에게 슬픈 미소를 지어보였다.

"내 경험으로 볼 때, 사람들 기억에 남는 건 거의 다 슬픈 일들뿐이야. 기쁨은 그냥 기쁨일 뿐이거든. 아무것도 가르쳐주는 게 없지. 뭘 가르치느냐고? 자기 거시기 잡고 흔들어대는 원숭이도 그건 안다. 이보라고, 배움의 본질은 바로 고통이야. 잘 생각해 봐라. 예를 들어 어릴 땐 우리가 얼마나 행복한 건지도 모르잖아. 그런 건 어린 시절을 빼앗긴 다음에야 깨닫는 거니까. 마찬가지로, 사랑이 끝나기 전엔 진정한 사랑이 뭔지 몰라. 우린 나중에 이렇게 말하는 거야. 니미, 바로 그거였는데…… 그게 진짜배기였는데 하고 말이야. 하지만 그 순간엔?" 그는 거대한 어깨를 들썩이고 손수건으로 이마를 찍어댔다. "우리를 만드는 건 바로 상처다. 아주 비싼 대가지. 하지만, 그걸 알아야 해. 상처에서 배우는 게 진짜배기라는 사실 말이야."

그가 두 손을 들어 보이며 환한 미소를 지었다.

문득 제시의 신음소리에 돌아보니, 댄디와 스모크가 그의 팔목을 테이블 위에 짓누르고 있었다. 움직이는 것도 눈치 못 챘건만…… 스모크가 제시의 머리를 단단히 붙들었다.

"이봐, 잠깐만……"

루터가 막으려 했으나, 목사의 손바닥이 먼저 그의 광대뼈를 갈겼다. 이빨과 코와 두 눈에 깨진 파이프 조각이 박히는 것 같은 충격이었다. 목사는 거기에서 멈추지 않고 루터의 머리채를 낚아채 꼼짝도 못하게 했다. 그때 댄디가 칼을 꺼내더니 제시의 턱에서 귀 아래까지 그대로 그어버렸다.

제시는 칼이 얼굴을 떠난 후에도 오랫동안 비명을 질렀다. 피가 평생을 기다렸다는 듯 상처를 타고 흘러내렸다. 제시는 마스크를 쓴 채로 울부짖었다. 댄디와 스모크는 그의 머리를 붙잡고 테이블 위에 피가 흘러내리게 했다. 브로시어스 목사는 루터의 머리채를 움켜잡은 채 이렇게 중얼거렸다.

"눈만 감아봐라, 촌놈. 그럼 그 눈깔 두 개를 손에 들고 집으로 가져갈 테니까."

루터는 땀 때문에 눈을 깜빡거리기는 했지만 감지는 않았고 덕분에 제시의 상처를 비집고 나온 피가 살갗을 타고 테이블에 쏟아지는 장면을 모두 지켜보았다. 제시의 눈을 힐끔 보는 것만으로도, 그가 턱의 상처에 겁을 집어먹는 차원을 넘어 지금이야말로, 이 지상에서 맞는 기나긴 종말의 시작에 불과함을 깨닫고 있다는 사실을 알 수 있었다.

"수건 줘라."

목사가 루터의 머리를 밀쳐냈다.

댄디가 제시 앞에 수건을 던져주고는 스모크와 함께 뒤로 물러섰다. 제시가 타월을 집어 턱에 갖다 댔다. 그는 이를 앙다문 채 황급히 숨을 삼키다가 온몸을 흔들며 흐느꼈다. 마스크 왼쪽은 완전히 붉게 물들어 있었다. 한참 동안, 아무도 입을 열지 않았다. 목사는 따분한 표정이었다. 마침내 수건이 목사의 모자보다 더 빨개졌을 때 스모크가 제시한테 새 수건을 주고 피 묻은 수건은 뒤쪽 바닥으로 내던졌다.

"네 아비도 훔치다가 죽었다며? 깜둥이, 이게 네 인생에서 두 번째로 기억에 남는 추억이다."

제시는 두 눈을 꼭 감고 손가락이 새하얗게 될 정도로 턱의 수건을 눌렀다.

"이봐, 우리 아멘 한 번 더 할까?"

제시가 눈을 뜨고 그를 보았다.

목사가 질문을 반복했다.

"아멘."

제시가 속삭였다.

"아멘." 목사도 기도를 하고 박수를 쳤다. "계산해 보니까 10년 동안 매주 10달러씩 꿍쳤더라고. 그게 모두 얼마였냐, 스모크?"

"1040달러입니다, 대장."

"1040이래. 그리고 너, 촌놈, 네놈은 알고 있으면서도 보고 안 했다. 그것도 다 빚이야, 인마."

루터가 별 수 없이 고개를 끄덕였다.

목사가 위스키를 한 모금 마셨다.

"개자식, 고개를 끄덕이면 인정한다는 거냐? 너한테 인정받겠다는 게 아냐, 새끼야. 내가 말하면 그게 진리란 말이다. 자, 제시 텔, 내 돈을 갚을 거냐? 아니면, 네 놈 팔에 찌른 주사바늘로 탕진하고 끝인 거냐?"

제시가 씩씩거렸다.

"갚을 수 있습니다. 갚을게요."

"뭘 갚아?"

"1040달러. 꼭 갚겠습니다."

목사가 스모크와 댄디에게 눈을 크게 떠보이자, 셋이 동시에 키득거렸다. 웃음소리는 순식간에 그쳤다.

"이 새끼, 똥인지 된장인지 정신을 못 차리는구먼. 네놈이 살아 있는 이유는, 이 몸이 자비롭게도 돈을 빌려주기로 마음을 정했기 때문이다. 넌 나한테 1040달러를 빌린 거야. 훔친 게 아니라. 훔쳤다고 생각했으면 네놈 목엔 칼이 꽂히고, 아가리엔 네놈 좆이 물려 있을 거다. 자, 이제 말해 봐."

"무슨 말씀인지."

"돈 빌렸다고 말하란 말이야."

"예, 돈은 빌린 겁니다."

"그래. 그럼, 대출조건에 대해 알려주지. 야, 스모크, 주당 이자가 얼마지?"

루터는 머리가 어지러웠지만 간신히 구역질을 참아냈다.

"5퍼센트입니다."

스모크가 말했다.

"5퍼센트. 매주 복리로."

목사가 제시한테 되풀이해 주었다.

잔뜩 인상을 쓰고 있던 제시가 번쩍 눈을 떴다.

"1040달러에 대한 주당 이자가 그럼 얼마냐?"

목사가 다시 물었다.

"지금은 52달러일 겁니다, 대장."

"52달러? 별로 많지 않네?"

"예, 대장님, 애들 껌 값이죠."

목사가 자기 턱을 두드렸다.

"잠깐, 야, 그럼 한 달엔 얼마야?"

"208달러죠."

댄디가 끼어들었다.

목사가 특유의 미소를 지었다. 작은 미소. 현재의 상황을 즐기고 있는 것이다.

"1년엔?"

"2496달러."

이번엔 스모크가 대답했다.

"그럼, 그 곱절은 얼마지?"

"아, 그러니까, 그게…… 음……"

댄디는 스모크와의 경쟁에서 이기기 위해 안간힘을 쓰는 중이었다.

"4992달러입니다."

대답은 루터의 입에서 나왔다. 하지만 그 말을 한 후에도 자신이 말을 한 건지, 왜 말했는지조차 깨닫지 못한 터였다.

댄디가 그의 뒤통수를 때렸다.

"새끼야, 내가 다 계산했는데."

목사가 루터를 가만히 노려보았다. 그리고 루터는 그 속에서 자신의 무덤을 보았다. 어디선가 삽으로 땅을 파는 소리도 들렸다.

"촌놈, 그래, 넌 바보가 아니야. 처음 봤을 때 알아봤다. 하지만, 테이블에 피나 줄줄 흘려대는 이런 찌질이랑 놀면 똑같이 찌질이가 되는 거야. 처음부터 이 찌질이 놈하고 놀아나게 놔둔 게 내 불찰이었지. 나도 평생 후회할 일이겠지만, 어쩌겠냐, 이미 엎질러진 물인데." 그가 한숨을 내쉬더니 상체를 똑바로 세웠다. "좋아, 그럼 그 4992달러에 원금을 더하면……"

그는 한 손을 들어 다른 사람의 대답부터 막은 후 다시 루터를 지목했다.

"6032달러입니다."

목사가 테이블을 때렸다.

"맞아. 니미, 내가 잔인하다고 생각하겠지만 네 놈들도 이건 알아야 해. 까놓고 말해, 이것도 내가 진짜 맘이 좋아서 이 정도란 말이다. 댄디와 스모크 말마따나, 이렇게 원금에 이자까지 더해줘야, 나한테 어떤 빚이 있는지 생각이라도 해볼 거 아냐, 응? 무슨 말인지 알겠지?"

아무도 대답하지 않았다.

"무슨 말인지 알겠냐고?"

"예, 압니다."

루터가 대답했다.

"예."

제시가 대답했다. 목사가 고개를 끄덕였다.

"좋아, 그럼 내 6032달러를 어떻게 갚을 생각이지?"

"어떻게든……"

제시가 말했다.

"무슨 재주로? 은행이라도 털 거야?"

목사가 웃었다. 제시가 입을 다물었다.

"화이트타운에 가서, 매일 밤낮으로 눈에 밟히는 놈마다 털어봐

라. 그게 되나."

제시는 아무 말 하지 않았다. 루터도 아무 말 하지 않았다.

"불가능해. 안 되는 건 안 되는 거다. 아무리 개지랄을 떨어봐라. 그게 가능한 일인가. 아냐, 네놈들이 내…… 오, 망할, 벌써 한 주가 시작되었으니 이제 6084달러잖아. 깜빡 잊을 뻔했다. 그래, 네들이 내 6084달러를 갚을 방법은 어디에도 없는 거야."

제시의 눈이 까물어지다가 가까스로 정신을 차렸다.

"저, 아무래도 병원에 가봐야……"

"이 문제를 해결 못하면, 장의사를 불러주마. 그러니 아가리 닥쳐, 새끼야."

"어떻게 하면 되는지 말씀해 주십시오. 그럼, 목숨 걸고 하겠습니다."

루터가 말했다.

이번엔 스모크가 그의 뒤통수를 갈겼다. 목사가 손을 들어 말렸다.

"좋아, 촌놈. 까놓고 하자 이거지? 씨발, 나도 화끈한 게 좋다. 그 점은 높이 사 주마."

그가 흰 재킷 소매를 펴더니 테이블에 기댔다.

"나한테 큰돈을 빚진 놈들이 몇 명 있어. 몇 명은 카운티에 있고 몇은 여기 다운타운에 있지. 스모크, 리스트 줘봐."

스모크가 테이블을 돌아와 목사에게 종이 한 장을 건넸다. 목사가 잠시 목록을 들여다보더니 루터와 제시가 볼 수 있게 테이블에 내려놓았다.

"거기, 다섯 명이 적혀 있다. 최소 주당 500달러는 갚아야 하는 놈들이지. 너희들이 오늘 가서 받아 와. 좋아, 촌놈, 그 닭대가리로 무슨 생각 하는지는 안다. '이봐요, 우린 싸움꾼이 아니에요. 그런 건 스모크와 댄디가 하는 일 아닙니까?' 지금 그런 생각 했지, 응?"

루터가 끄덕였다.

"그래, 평소라면 스모크와 댄디가 하든가, 아니면 겁 대가리 상실한 골통들이 처리하겠지. 하지만 지금은 평소하고는 다르다. 그 새끼들 집에 환자들이 득시글거린다 이 말이야. 솔직히 스모크나 댄디 같은 괜찮은 깜둥이들을 그 지랄병에 빼앗기고 싶지 않거든."

"하지만 우리처럼 찌질한 검둥이들이 어떻게……"

루터가 머뭇거렸다.

목사가 고개를 뒤로 젖히고 키득거리다가 위스키를 홀짝였다.

"이 새끼들, 목소리까지 커지네. 나도 보는 눈이 있다, 촌놈. 너한테는 재능이 있어. 장담한다. 그러니 개소리 하지 말고, 나가서 수금이나 해와. 돈을 받아내지 못하면, 네놈들이 어떻게든 마련하면 되는 거다. 지랄병이 끝날 때까지 너희들이 수금을 맡는 거야. 그럼, 빚은 원금까지 모두 없애주겠다. 어때, 이 정도면 땡 잡은 거 아냐?"

그가 그렇게 말하고 활짝 웃어보였다.

"저, 그 독감에 걸리면 하루 만에 죽는다던데요?"

제시가 말했다.

"그래, 맞아. 너희들이 걸리면 내일 이 시간엔 확실하게 골로 가겠지. 하지만 내 돈을 못 받아오면? 깜둥이, 그럼 넌 오늘 밤에 죽어,

응?"

목사는 2번가의 사격장 골방에 있는 의사의 이름을 가르쳐주었다. 둘은 목사의 클럽 뒷골목에 구토를 한 다음 의사한테 갔다. 의사는 머리를 적갈색으로 염색한 하이옐로(피부색이 백인에 가까운 흑인 — 옮긴이)에 알코올중독자였다. 그가 턱을 꿰매는 동안 제시가 숨을 헐떡이며 조용히 눈물을 흘렸다.

"통증을 멈출 게 필요해."

거리에 나오자 제시가 말했다.

"아직도 주사바늘 타령이면, 이번엔 내가 죽여 버린다."

"니미럴, 너무 아파서 아무 생각도 못 하겠는 걸 어떻게 하라고?"

제시가 징징거렸다.

둘은 2번가의 약국 골방으로 들어가 코카인 한 봉지를 구했다. 루터는 배짱을 키울 셈으로 두 줄을 흡입하고 네 줄은 제시한테 주었다. 제시는 자기 몫을 한 줄씩 빨아들이고 위스키 한 잔을 마셨다.

"총이 필요해."

루터가 말했다.

"나한테 몇 자루 있어."

둘은 그의 집으로 갔다. 제시는 총구가 긴 38구경을 루터한테 주고 45구경 콜트는 자기 허리춤에 찼다.

"총 쏠 줄은 아냐?"

제시가 묻자 루터가 고개를 저었다.

"젠장, 검둥이 새끼가 지랄하면 면상에 처박아 주면 되잖아."

"그게 안 먹히면?"

"아무튼 오늘 죽을 생각은 없다."

"그럼, 대답해."

"뭘 대답해?"

"그게 안 먹히면 어떻게 할 거냐고."

루터는 38구경을 코트 주머니에 넣었다.

"그럼 그 새끼를 그냥 쏴버릴 거야."

"그럼, 좋다, 깜둥이. 일하러 가자고."

제시가 이를 악다문 채 말했다. 하지만 그건 아마도 통증보다는 코카인 때문일 것이다.

둘 다 몰골이 험악했다. 아더 스몰리의 집 계단을 오르며 창문에 비친 모습엔 루터 자신도 움찔하고 말았다. 마스크로 코와 입을 가린 두 명의 흑인 부상자. 그 중 하나는 턱을 꿰맨 실이 가시철조망처럼 이어져 있었다. 예전의 순박한 그린우드 주민이라면 둘을 보기만 해도 겁에 질려 뭐든 내놓았을 것이다. 하지만 요즘엔 그러지도 못했다. 대부분의 사람들이 험악해 보였기 때문이다. 작은 집 위쪽 창문에 하얀 페인트로 X자가 그려 있었다. 어쨌거나 루터와 제시는 낡은 현관으로 올라가 초인종을 누를 수밖에 없었다.

대충 둘러보니, 아더 스몰리도 농사를 지었던 모양이다. 루터의 왼쪽으로 칠이 벗겨진 헛간과 들판이 보였고, 그 위에 비쩍 마른 말 한

필과 뼈만 남은 암소 두 마리가 어슬렁거렸다. 하지만 밭을 갈거나 수확을 한 지가 하세월인지 가을인데도 불구하고 잡초만 무성했다.

제시가 다시 초인종을 누르자 문이 열렸다. 안전문 안으로 한 남자가 나타났는데, 덩치는 루터 정도였지만 나이는 두 배는 많아 보였다. 땀에 찌들어 누렇게 뜬 내의 위에 멜빵을 걸치고 있었는데 얼굴을 덮은 마스크 역시 누런색이었다. 탈진, 슬픔, 독감 어느 쪽인지는 몰라도 눈이 시뻘겋게 충혈되어 있었다.

"뭐야?"

그가 물었다. 말이 어찌나 거칠던지 둘이 어떤 대답을 해도 끄떡도 하지 않을 게 분명했다.

"아더 스몰리 씬가요?"

루터가 물었다.

사내가 엄지로 멜빵을 쓸어내렸다.

"그런 것 같나?"

"알아맞혀야 합니까? 그럼, '예'라고 해드리죠."

"그래, 잘 맞혔다. 원하는 게 뭐야?"

그가 안전문에 기대며 물었다.

"목사가 보내서 왔습니다."

제시가 대답했다.

"그래?"

집 안에서 누군가의 신음소리가 들렸다. 문득 집 안에서 이상한 냄새가 풍겼다. 상한 치즈 냄새. 계란, 우유, 쇠고기 따위를 몇 달째

방치하기라도 한 것 같았다.

아더 스몰리는 루터가 그 냄새에 흔들리고 있음을 간파하고 안전문을 활짝 열어젖혔다.

"잠시 들어왔다 가겠나?"

"아뇨, 그냥 목사한테 줄 돈만 받아 가면 됩니다."

제시가 말했다.

"돈? 그래, 돈이 있긴 하지. 오늘 아침에 돈 나무에서 새로 땄거든. 아직 완전히 마르지는 않았지만, 원한다면……"

"농담할 시간 없습니다."

제시가 모자를 조금 뒤로 젖혔다.

아더 스몰리가 문간에 기댔다. 루터와 제시는 뒤로 물러섰다.

"요즘에 내가 일한 것처럼 보이나?"

"아니, 아닌 것 같군요."

"그래, 안 했어. 그럼 내가 뭘 했는지는 알겠냐?"

그가 다시 물었다. 그는 그 말을 속삭이다시피 했다. 그 속삭임 때문에라도 루터는 다시 반 발짝 물러나야 했다. 뭔가 섬뜩한 말투였다.

"지지난 밤에 마당에 막내딸을 묻었다. 느릅나무 밑에. 그 애가 좋아했거든. 열세 살밖에 안 됐는데. 그런데 큰 년도 저러고 누워 있네 그려. 여편네는 또 어떤지 아나? 이틀 동안 깨어나지도 못하고 머리는 펄펄 끓는 주전자 같네. 아무래도 죽으려나 봐. 오늘 밤? 늦어도 내일은 가겠지, 뭐. 정말이야? 잠시 들어오지 않을 텐가?"

아더 스몰리가 목을 내밀고 어깻짓을 했다. 목소리는 여전히 속삭이듯 했다. 루터와 제시가 고개를 저었다.

“땀과 오물에 찌든 시트를 세탁도 못하고 덮어줬어. 도와줄 사람이 없거든.”

“돈이나 줘요, 스몰리 씨.”

루터는 이 현관과 전염병으로부터 멀리 달아나고 싶었다. 게다가 더러운 내의를 빨래도 않고 입고 있는 아더 스몰리가 증오스러웠다.

“나한테는……”

“돈이나 내놔, 씨발. 개소린 그만 하고.”

언제부턴가 제시의 다리 옆에서 45구경이 흔들렸다.

다시 집 안의 신음 소리. 이번엔 낮고 길고 격한 소리였다. 그리고 아더 스몰리가 둘을 노려보았다. 그 간격이 얼마나 긴지 루터는 그가 일종의 몽환지경에 빠진 줄 알았다.

“네놈들은 양심도 없냐?”

그가 이렇게 내뱉곤 제시와 루터를 차례로 노려보았다.

루터가 사실대로 대답했다.

“없소.”

아더 스몰리가 눈을 크게 떴다.

“아내와 아이가 지금……”

“목사는 당신 집안일 따위에 관심 없어.”

제시가 내뱉었다.

“하지만 너희들은? 너희들 관심은 뭔데?”

루터는 제시를 보지 않았지만 물론 제시도 그를 보지 않고 있을 것이다. 루터가 벨트에서 38구경을 꺼내 아더 스몰리의 이마를 겨누었다.

"우리 관심은 돈뿐이오."

그가 대답했다.

아더 스몰리는 총구를 들여다보다가 루터의 눈을 보았다.

"이봐, 너희 같은 괴물을 키웠다는 걸 알면 네들 엄마가 어떻게 고개를 들고 살겠냐?"

"돈이나 내놔, 씨발."

제시가 말했다.

"아니면?" 아더가 되물었다. 지금껏 루터가 염려했던 바로 그 말이었다. "날 쏠 거냐? 망할, 그건 상관없다. 아니면, 내 가족을 쏠 건가? 제발, 그렇게 해주지 그래. 그래 봐야 너희들은……"

"그 애를 파내게 만들어주지."

제시가 말했다.

"뭐? 뭘 어떻게 해?"

"들었잖아."

아더 스몰리가 맥없이 문틀에 기댔다.

"내가 잘못 들었나 해서……."

"제대로 들은 거다, 영감. 무덤에서 네 딸을 파내게 해주겠다. 아니면, 당신을 묶어놓고 내가 직접 하겠어. 그 다음엔 딸을 다시 무덤에 넣고 흙까지 채우게 해주마. 그럼 당신은 딸을 두 번씩 묻는 게 되겠지."

'젠장, 우린 지옥에 갈 거야. 그것도 제일 앞에서.'

루터가 속으로 중얼거렸다.

"어때, 마음에 들지, 영감?"

제시가 45구경으로 다시 그의 등을 찔렀다.

아더 스몰리의 두 눈에 눈물이 가득 고였다. 루터는 제발 눈물이 흘러내리지 않기만을 빌었다. 제발, 오, 제발 안 돼.

루터는 칼자루가 아더에게 있음을 알고 있었다.

그가 말했다.

"난 돈 없어. 그러니까, 꼴리는 대로 해라."

루터가 헛간 뒤에서 아더 스몰리의 허드슨을 꺼내 집 앞으로 끌고 나오자, 제시가 모델 T를 몰고 뒤를 쫓았다. 남자는 현관에 서서 지켜보기만 했다. 루터는 마당 끝에 있는 작은 울타리를 지나며 기어를 2단으로 넣고 가속페달을 밟았다. 그는 느릅나무 밑에 새로 파헤친 흙을 보았지만 그는 애써 부인했다. 암갈색의 흙무덤 위에 똑바로 세워둔 흙도 보지 못했고, 소나무를 얇게 깎아 만든 흰색의 십자가도 없었다.

리스트의 사람들을 모두 끝냈을 때 그들은 보석 몇 점, 현찰 1400달러, 아더 스몰리의 차와 그 뒤에 묶어놓은 마호가니 혼수함을 챙겼다.

두 사람은 땅거미처럼 시퍼렇게 질린 아이를 보았고, 릴라 또래의 여자가 입을 딱 벌리고 눈을 부릅뜬 채 현관 침상에 누워 있는 것도 보았다. 헛간에 기댄 자세로 죽은 사내는 어찌나 새까만지 마치 두개골에 벼락을 맞은 것처럼 보였다. 피부는 온통 가죽쪼가리를 덧대 붙인 듯 울퉁불퉁하기만 했다.

'종말이야.' 루터는 확신했다. 그들 모두 죽을 것이다. 그리고 그와 제시는 하늘에 올라 하느님 앞에 서서 오늘 일에 대해 설명해야 하리라. 물론 변명의 여지가 있을 리 없다. 절대로.

"다 돌려주자."

그가 세 번째 집을 돈 후에 말했었다.

"뭐?"

"돌려주고 달아나면 되잖아."

"그래서 평생 동안 뒤만 돌아보다가 비명횡사하자고? 모르지, 댄디나 스모크 놈이 아니라, 우리처럼 총만 있고 잃을 건 없는 개망나니 깜둥이 놈들이 쫓아올지도. 게다가 어디 숨을 건데? 두 명의 도망자 깜둥이가?"

그의 말이 옳다. 하지만 그게 아니라도 이 일은 제시는 물론 자신까지 갉아먹고 말 것이다.

"그건 나중에 걱정하고. 지금은……"

제시가 웃었다. 그의 웃음소리가 그렇게 추악하게 들린 건 처음이다.

"이 일을 하든가, 아니면 죽는 거다, 촌놈. 그건 너도 알고 있는 사실이야. 그 고래새끼를 죽이지 않는 한, 그건 너와 네 와이프의 사망증명서를 끊는 거나 진배없어."

루터가 차에 올라탔다.

마지막 오웬 타이스는 현찰로 지불하면서, 어쨌든 그 돈을 쓸 일도 없어졌다고 허탈해 했다. 아내 베스가 죽으면, 그도 샷건을 들고 그녀와 함께 요단강을 건너겠다는 말도 했다. 정오 이후로 목이 시큰거리고 부어오르기 시작했지만 아내 없이는 그마저 아무 의미가 없다는 얘기도 했다. 그는 하물며 두 사람의 안부까지 빌어주었다.

'아, 충분히 이해해. 이해하고말고. 어쨌든 먹고 살아야 하잖아? 쪽팔려 할 필요 없네.'

'가족 모두가 죽었어. 믿겨지나? 일주일 전만 해도 다들 팔팔했지. 아들, 며느리, 딸, 사위, 손주 셋, 그리고 여편네까지. 다들 식탁에 모여 식사를 했는데…… 그리고 나더니, 세상에, 말 그대로 하느님이 직접 지붕을 뚫고 들어와 가족 모두를 쥐어짜버린 것 같더라니까.'

'이건 완전히 파리 목숨이야.'

그는 그렇게 말했다. 파리 목숨이라고.

자정. 두 사람은 텅 빈 그린우드 애버뉴를 달렸다. 루터는 X자 표시가 된 창문을 24개나 보았다. 차를 세운 곳은 얼마이티 클럽 뒷골목이었는데, 골목집은 물론 머리 위에 매달린 비상구에서도 불빛 하나 새어나오지 않았다. 루터는 세상에 아무것도 남지 않았다는 생각을 했다. 아니면 신종독감에 걸려 모두 시꺼멓게 타버렸거나.

제시는 모델 T의 발판에 발을 올려놓고 담뱃불을 붙이고는 얼마이티 클럽 뒷문을 향해 연기를 내뿜었다. 이따금 머리를 끄덕였는데 루터도 모르는 무슨 얘기라도 듣는 사람 같았다. 마침내 그가 입을 열었다.

"난 떠난다."

"떠난다고?"

"그래, 떠난다. 아주아주 먼 길이 될 거야. 물론 신은 내 곁에 없다. 루터, 너한테도 없어."

서로 알고 지낸 후로, 제시는 한 번도, 한 번도 루터의 이름을 부른 적이 없었다.

"젠장, 물건이나 내려, 제시. 어서 일이나 끝내자."

그는 아더 스몰리의 차 뒷좌석에 놓인 터그와 어비나 어빈의 혼수함을 향해 손을 내밀었다.

"나한텐 없어. 너한테도 없고, 이 골목에도 없다. 내 생각엔 이 세상을 떠난 것 같다. 어딘가 괴롭힐 세상을 또 하나 찾아냈겠지." 그가 키득거리더니 담배를 깊이 빨아들였다. "그 시퍼렇게 뜬 아기가 몇 살 같았냐?"

"두 살."

루터가 대답했다.

"내가 보기에도 그런 것 같더라. 그런데, 그 애 엄마 보석을 빼앗아 온 거야, 응? 내 주머니에 그 여자 결혼반지도 들어 있고. 하 하."

그가 가슴을 두드리며 웃었다.

"야, 개소리 그만 하고 어서……"

제시는 재킷을 여미고 소매를 빼낸 다음 클럽 뒷문을 가리켰다.

"그거 아냐? 만일 말이다, 저 문이 잠겨 있으면 내 말은 다 잊어버려. 하지만 저 문이 열리면? 그럼 이 골목에 정말로 하느님이 있기만을 빌어라. 그래, 정말이야."

그리고 그는 문으로 걸어가 손잡이를 돌렸다. 문이 열렸다.

"엿 같은 소리 집어치워, 제시. 그냥 누군가 잠그는 걸 잊은 거야."

"그래? 정말 그럴까? 하나만 더 물어보자. 그 남자한테 정말로 딸 무덤을 파헤치게 했을 것 같아?"

제시가 물었다.

"당근, 아니지, 젠장. 그냥 열 받았을 뿐이야. 열 받고 겁나서 제정신이 아니었던 거라고."

"그거 내려놔. 아직은 아무것도 옮기지 않는다."

루터가 차에서 물러났다.

"제시."

제시가 손을 내밀었다. 루터도 깜짝 놀라 고개를 돌렸지만 그는 가볍게 루터의 귀를 건드렸을 뿐이다.

"촌놈, 넌 좋은 애다."

그리고 제시가 얼마이티 클럽으로 들어갔다. 루터도 뒤를 쫓았다. 오줌 냄새 진동하는 뒷문 복도를 뚫고 검은 벨벳 커튼을 지나자 곧바로 스테이지 근처였다. 브로시어스 목사는 스테이지 끝의 테이블에 앉아 있었다. 아까 그 자리 그대로다. 그는 하얀 우유차를 마시며 두 사람에게 웃어보였다. 차에 우유 이상의 것이 들어 있다는 의미의 미소였다.

"12시가 지났다. 자정 종소리와 함께 나타난 거야. 내가 마스크를 써야 하냐?"

목사가 주변의 어둠을 가리키며 말했다.

"아니, 그럴 필요 없습니다."

제시가 말했다.

목사가 옆자리를 더듬었는데, 아무래도 마스크를 찾는 모양이었다. 동작은 굼뜨고 난삽했다. 그러다가 그는 아무렴 어떠냐는 듯 손을 내젓고 두 사람에게 다시 웃어 보였다. 홀만큼이나 두꺼운 얼굴엔 땀방울이 맺혀 있었다.

"와우. 너희들 죽도록 피곤해 보인다."

"조금 피곤합니다."

제시가 말했다.

"그래, 이리 와 앉아. 어디 너희들 여행 얘기부터 들어보자."

댄디가 목사의 왼쪽 어둠 속에서 불쑥 튀어나왔다. 쟁반에 찻주전자를 들고 왔는데 그의 마스크가 머리 위의 선풍기 바람에 펄럭였다. 그가 둘을 힐끗 보며 이렇게 물었다.

"왜 뒷문으로 들어온 거냐?"

"그냥, 발 가는 대로 따라 온 겁니다, 댄디 씨."

그리고 제시는 벨트에서 45구경을 꺼내 댄디의 마스크를 쏘았다. 댄디의 얼굴이 퍽 하고 붉은 피를 터뜨리며 사라졌다.

루터가 웅크리고 앉으며 외쳤다.

"안 돼!"

목사가 두 손을 들며 "잠깐……"이라고 소리쳤으나, 제시는 방아쇠를 당겼고 목사의 왼쪽 손가락 몇 개가 등 뒤의 벽으로 날아갔다. 목사가 무슨 소리인가를 외쳤는데 알아들을 수는 없었다. 그가 다시 "잠깐, 기다려!"라고 외쳤고 제시가 총을 쏘았다. 목사는 한동안 아무 반응도 보이지 않았다. 그래서 루터는 총알이 빗나갔다고 생각했는데, 이내 목사의 붉은 타이가 팽창하기 시작했다. 피가 하얀 셔츠 위로 번져나가고 있었다. 목사는 잠깐 고개를 숙여 피를 보다가, 축축한 한숨을 내쉬었다.

제시가 루터를 돌아보며 특유의 커다란 미소를 지어 보였다.

"니미, 야, 웃기지 않냐?"

그 순간 얼핏 뭔가 움직였다. 스테이지! 루터는 '제시!'하고 부르려 했으나, 그 전에 드럼과 베이스스탠드 사이에서 스모크가 튀어 나왔다. 그는 한 손을 들고 있었다. 그리고 제시가 절반도 돌아서기 전에 공기가 퍽 하고 하얀 불꽃을 터뜨리며 황색과 적색의 꼬리를 남겼다. 스모크가 제시의 머리에 두 발, 그리고 목에 한 발을 쏘았다. 제시가 온몸을 떨었다.

제시는 루터의 어깨 쪽으로 넘어졌다. 루터는 그를 잡는 대신 그의 총을 집어 들었다. 스모크는 계속 총을 쏘아댔다. 루터는 손으로 총알을 막기라도 하듯 손을 얼굴 위로 들어 올려 제시의 45구경을 발사했다. 총이 손 안에서 펄떡거리며 튀었다. 문득 오늘 하루 종일 보았던 시체와 시퍼렇고 시꺼멓게 타버린 환자들이 떠올랐다. 그는 자신도 모르게, "제발 그만 둬. 그만 하란 말이야!"라고 외쳤다. 총알이 눈을 꿰뚫어버린 것만 같았다. 그때 비명소리가 들렸다. 잔뜩 겁에 질린 고음의 목소리. 그는 사격을 멈추고 팔을 얼굴에서 떼어냈다.

곁눈으로 보니, 스모크는 무대 위에 웅크리고 있었다. 입을 크게 벌리고 두 팔로 배를 감싼 자세였는데, 왼쪽 팔이 뒤틀리고 입에서는 꼴딱거리는 소리도 들렸다.

루터는 네 구의 시체 중앙에 서서 자신의 상처를 살펴보았다. 어깨 위로 온통 피투성이였지만 셔츠를 벗어보니 상처는 없었다. 제시의 피였다. 눈 밑의 상처도 가벼웠다. 뺨을 스치고 지나간 게 뭔지는 모르겠지만 적어도 총알은 아닌 모양이다. 하지만 몸은 예전 같지가 않았다. 마치 다른 사람의 몸에 들어가 있는 듯했는데, 그게 누구든 간에 얼마이티 클럽 뒷문으로 들어오지 말았어야 했다.

그는 제시를 내려다보았다. 마음 한구석에선 그저 목 놓아 울고 싶었건만 한편으로는 전혀 아무것도 느낄 수가 없었다. 제시의 뒤통수는 야수한테 뜯어 먹힌 것 같았다. 목에서도 피가 쿨럭쿨럭 넘쳐흘렀다. 루터는 아직 피가 미치지 못한 바닥에 무릎을 꿇고 앉아 친구의 눈을 들여다보았다. 마치 바이런한테서 오늘 밤 팁 총액이 기대보다 훨씬 많다는 얘기를 듣기라도 한 듯, 동그랗게 뜬 눈이었다.

루터는 "오, 제시"를 연신 중얼거리며 엄지로 친구의 두 눈을 감겨주었다. 목을 만져보니 벌써 몸이 식기 시작한 모양이다. 루터는 신을 향해 오늘 저지른 친구의 죄를 용서해 달라고 부탁했다. 절박해서 그런 거라고, 협박을 받았기 때문이라고…… 하지만, 오, 신이여, 자기 자신 외에 누구도 괴롭힌 적이 없는 정말 착한 친구였답니다.

"네가…… 바로 잡을 수…… 있어."

루터가 목소리가 난 쪽을 향해 고개를 돌렸다.

"넌…… 똑똑한 놈이니까…… 똑똑한……"

목사가 헉 하고 숨을 삼켰다.

그는 총을 들고 일어나 테이블을 돌아가 목사의 오른쪽에 섰다. 그 바람에 얼간이 뚱보는 그를 보기 위해 커다란 머리를 돌려야 했다.

"가서 의사 데려와…… 오…… 오늘 오후에 만난…… 어서."

목사가 숨을 삼키자 가슴에서 휘파람소리가 들렸다.

"그럼, 다 잊고 용서해 줄 겁니까?"

루터가 물었다.

"하…… 하느님께 맹세코……"

루터는 마스크를 벗고 목사의 얼굴에 세 번 기침을 했다.

"오늘 내가 지랄병에 걸렸는지 확인될 때까지 당신한테 기침을 해도 말입니까?" 목사가 성한 손을 들어 루터의 팔을 잡았으나 루터가 뿌리쳤다. "내 몸에 손대지 마."

"제발……"

"제발이라니?"

목사가 숨을 삼키자 가슴에서 다시 휘파람이 들렸다. 그가 입술을 핥았다.

"바로…… 잡아줘."

"좋아."

루터는 이렇게 대답하고는 총을 목사의 턱 밑 주름에 쑤셔 넣고 방아쇠를 당겼다. 목사는 죽어서도 그의 눈을 들여다보았다.

"이제 됐냐?"

루터가 소리쳤다. 뚱보는 왼쪽으로 넘어졌다가 다시 부스 뒤로 미끄러져 내렸다.

"네 새끼가 내 친구를 죽여?"

루터가 외치며 다시 방아쇠를 당겼다. 하지만 목사는 이미 죽은 터였다.

"씨발!"

루터가 천장을 향해 비명을 질렀다. 그리고 총을 움켜쥔 손으로 머리를 잡고 다시 소리쳤다. 그때 스모크가 자신이 흘린 피 웅덩이 안에서 꿈틀거리는 게 보였다. 루터는 의자를 걷어차고 스테이지로 건너갔다. 스모크는 그 자리에 누운 채 고개를 돌렸다. 제시만큼이나 죽은 눈이었다.

둘은 서로를 노려보았다. 얼마나 지났을까? 루터에게는 마치 한 시간은 흐른 기분이었다.

루터는 다른 사람이 된 기분이었다. 하지만 그런 모습이 맘에 들지 않았다.

"네가 살아나면, 날 죽이러 와라. 언제든지."

스모크가 눈을 한 번 깜빡였다. 아주 느리게. 그렇게 하겠다는 뜻이다.

루터는 총을 내려다보았다. 총은 스모크를 겨누고 있었다. 그는 콜럼버스에서 만들었던 총알 모두를 보았다. 코르넬리우스의 검은 가방을 보았고, 어느 날 오후 현관에 앉아 감상했던, 죽음처럼 부드럽고 따뜻한 비를 보았다. 그때 그는 4년 전 아주 멀리 떠난 아버지가 돌아오기를 바라고 있었다. 한 번도 돌아오지 않았던 아버지…… 그가 총을 내렸다.

스모크가 놀란 표정을 지었다. 그리고 눈을 한 번 굴리더니, 울컥하고 핏덩이를 내뱉었다. 피는 턱을 지나 셔츠로 떨어졌다. 마침내 그가 스테이지에 드러눕자 배에서도 피가 흘러내렸다.

루터가 다시 총을 들었다. 놈이 보고 있지 않는 이상 훨씬 더 쉬울 것이다. 어쩌면 이 순간 요단강을 건너 이승의 어두운 해변으로 기어오르는 중일지도 모른다. 그 모든 게 방아쇠 한 번이면 확실해지는 것이다. 목사를 죽일 때는 하등의 망설임도 없었건만. 지금은 왜 이러지?

총을 쥔 손이 흔들렸다. 그가 다시 손을 내렸다.

목사 패거리들이 이 모든 걸 추리해 내는 데에는 오래 걸리지 않을 것이다. 스모크가 살든 죽든, 루터와 릴라의 털사 인생은 종 친 셈이다.

하지만……

그는 한 손으로 팔목을 잡아 진정시킨 다음 다시 스모크를 겨냥했다. 그렇게 한참을 서 있었다. 그리고 마침내 한 시간을 그러고 서 있어봐야 결국 방아쇠를 당기지 못할 거라는 사실을 깨달았다.

"넌 못해."

그가 중얼거렸다.

사내한테서는 여전히 피가 흘렀다. 그는 마지막으로 제시를 돌아보았다. 그리고 한숨을 한 번 내쉬고 댄디의 시체를 넘어갔다.

"개자식들. 이게 다 자업자득인 줄 알아."

그가 문을 향해 가며 투덜댔다.

8

독감이 지난 후 대니는 낮에는 순찰근무에 복귀했고, 밤에는 급진주의자로의 변신을 위해 연구를 했다. 위장임무와 관련해 에디 맥케나는 일주일에 한 번 정도 문 앞에 보따리를 놓아두었다. 보따리 안에는 최근의 사회주의 및 공산주의 잡지들이 다발로 들어 있고, 『자본론』과 『공산당선언』 같은 서적류나, 잭 리드*, 에마 골드먼, 빅 빌 헤이우드, 짐 라킨, 조 힐, 판초 빌라들의 연설문들도 있었다. 복잡한 선동문건들도 읽었다. 민중을 상대하는 글임에도 불구하고 어찌나 수사가 화려한지 실제로 구조공학 매뉴얼을 읽는 기분이었다. 독재, 제국주의, 자본가, 억압, 동포, 봉기 같은 단어들이 어찌나 많이 나오던지, 세계 노동자들을 이해시키려면 자동반사적 어휘사전이라도 한 권씩 돌려야겠다는 생각까지 들었다. 어쨌거나 그런 단어들은 변별력을 잃으면서 호소력은 물론 의미까지 바래져만 갔다. 의미가 없는데, 어떻게 저 돌대가리들이(볼셰비키와 무정부주의자들 중에 돌대가리가 아닌 사람들은 한 명도 보지 못했다.) 하나의 통일된 몸짓으로 거리 행진을 할 수 있지? 하물며 나라를 전복하겠다고?

연설문을 읽지 않을 땐 장황한 공문서들을 뒤졌다. 보통 '노동자 혁명전선'으로 통하는 단체의 발송 문건들이다. 가족과 함께 불 태워진 파업 광부들. 린치를 당한 세계 산업노동자 연맹 소속 노동자들. 작은 마을의 어두운 골목에서 암살당한 노조간부들. 해체된 노조들, 감옥에 갇히거나 추방당한 노동자들. 위대한 미국의 적으로 규정된 건 늘 그들이었다.

놀랍게도 대니는 이따금 감정이입이 되기도 했다. 물론 모두에게는 아니다. 반정부주의자들이 이 세상에 준 거라고는 피에 얼룩진 증오감뿐이라는 게 그의 지론이고 공부하는 동안에도 변한 건 거의 없었다. 공산주의자들이란 대책 없이 고지식한 부류라, 인간의 가장 기본적인 동물적 속성, 즉 탐욕을 고려하지 않은 채 유토피아만을 추구했다. 볼셰비키들은 탐욕이 질병과도 같아 치료가 가능하다고 주장했으나, 대니에게 그건 심장과도 같은 장기였다. 당연히 장기를 제거하면 숙주도 죽을 수밖에 없다. 그들 중 제일 똑똑한 무리는 사회주의자들이었다. 적어도 탐욕을 인정하고 있으니 말이다. 문제는 그들의 메시지가 본질적으로 공산주의자들과 얽혀 있는 탓에, 목소리가 종종 빨갱이들의 구호에 묻혀버린다는 데 있었다. 이 나라에 뿌리를 내리기는 불가능하다는 얘기다.

하지만 대니는 생전 처음으로, 이들 대부분의 소위 불법 조직들이 왜 그런 학대를 받아야 하는지 이해할 수 없었다. 소위 반역적 선동가라고 해봐야 군중 앞에 서서 인간 대접을 요구하는 한 남자에 불과하지 않은가.

어느 날 밤 사우스엔드에서 커피를 마시며 이런 얘기를 하자 맥케나는 그에게 손가락을 흔들어보였다.

"네가 관심을 가져야 할 대상은 그자들이 아니다. 한 번 생각 해봐라. 그 자들한테 돈을 대주는 게 누구지? 그리고 목적이 뭐겠냐?"

대니는 하품을 했다. 너무도 피곤했다. 푹 자본 지가 언제인지 기억도 나지 않았다.

"글쎄요…… 볼셰비키?"

"그래, 바로 그거다. 조국 러시아가 배후야. 넌 지금 장난처럼 즐기고 있지, 응? 하지만 레닌이 직접 이렇게 말했지. 세계 인민들 모두가 그들의 혁명에 동참할 때까지 러시아 인민들은 편히 쉬지 못할 거라고. 이봐라, 그건 단순한 수사가 아니라, 이 나라에 대한 공공연한 협박이야. 내 조국에 대한 선전포고란 말이다."

그가 검지로 테이블을 똑똑 두드리며 말했다.

대니는 다시 손등으로 하품을 가렸다.

"제 위장 작업은 어디까지 진행되었죠?"

"거의 끝나가. 경찰노조라는 데는 나가는 거냐?"

맥케나가 물었다.

"화요일 모임에 나갈 거예요."

"뭐가 그렇게 오래 걸려?"

"대니 커글린, 커글린 서장의 아들. 이기적이고 정치적인 처세술의 대가. 갑자기 보스턴 경우회에 가입하겠다고 나서면 사람들이 얼씨구나 하겠습니까?"

"그래, 그건 맞는 말이군."

"내 파트너, 스티브 코일 알죠?"

"신종독감에 걸렸다는 친구? 그래, 안된 일이야."

"조합 옹호자였어요. 시간이 어느 정도 흐르고 나면, 병에 걸린 그를 지켜보다가 마침내 심경의 변화를 일으킨 것으로 해석할 거예요. 그래서 그동안 나가지 않은 겁니다. 내 마음이 약하다고 생각하게요."

맥케나가 시거에 불을 붙였다.

"넌 언제나 마음이 약했어. 다른 사람들보다 잘 감춰서 그렇지."

대니가 어깻짓을 했다.

"그럼 이제부터는 내 자신한테도 감춰야겠군요."

"위험한 짓이야. 그러다가 어느 날, 그렇게나 열심히 추구했던 인생이 어떤 것이었는지, 그 인생을 지키기 위해 왜 그렇게 발악을 했는지조차 다 잊게 되는 거야."

맥케나가 고개를 끄덕이며 말했다. 마치 그 딜레마를 뼈저리게 겪기라도 한 사람 같았다.

어느 날 밤, 대니는 테사와 그녀의 아버지와 함께 저녁을 먹었다. 서늘한 바람에 낙엽 태우는 냄새가 실려 왔다. 두 사람의 집은 그의 집보다 컸다. 대니의 집은 아이스박스 위에 전열기가 고작이었지만 아브루치 가족의 집엔 작은 부엌에 레이븐 스토브까지 딸려 있었다. 테사가 요리를 했다. 길고 검은 머리를 뒤로 묶고 있었는데 열기 때문인지 땀을 많이 흘렸다. 페데리코가 대니가 들고 온 와인을 따서 창틀에 올려놓고 숨을 쉬게 하는 동안, 둘은 거실의 작은 식탁에 앉아 아니스 술을 마셨다.

"요즘엔 잘 보이지 않더군그래."

페데리코의 물음에 대니가 대답했다.

"일이 많습니다."

"독감 유행도 끝났는데?"

대니가 끄덕였다. 순찰 경관의 애환 중 하나였다. 보스턴 경찰은 20일 간격으로 하루 비번이 돌아온다. 하지만 비상시에 대비해 비번일 때조차 그들은 시 경계를 벗어날 수 없다. 때문에 대분부의 독신남들은 경찰서 부근의 하숙집에서 지냈다. 어차피 몇 시간 후면 업무에 복귀해야 할 팔자라 정착 따위가 아무 의미가 없기 때문이었다. 게다가, 일주일에 3일은 서에서 숙직을 해야 한다. 그럴 때면 옥상 층의 악취 나는 침대를 이용해야 하는데, 이와 벌레가 버글버글한 데다, 이제 막 교대순찰을 떠난 불쌍한 동료가 누웠던 흔적까지 그대로 남아 있었다.

"일이 너무 많은 거 아닌가?"

"서장님한테 따지셔야죠. 아무튼 그동안 어떻게 지내셨습니까?"

페데리코가 미소 지었다. 아무리 혹한의 밤이라도 포근하게 만들 정도로 따뜻한 미소였다. 문득 그의 미소가 그렇게 인상적인 이유가,

그 속에 너무나 아픈 기억이 담겼기 때문인지도 모른다는 생각이 들었다. 어쩌면 그건 그날 밤 옥상에서 그가 손대보고 싶었던 바로 그 상처일 수도 있겠다. 페데리코의 미소는 과거의 엄청난 고통을 감추려 들지 않았다. 그는 그 상처를 보듬었고 그 포용력으로 모든 걸 이겨냈다. 그가 테사의 죽은 아기를 집에서 꺼내 준 '불행한 일'에 대해 감사했을 때에도, 그 미소는 다소 슬픈 모습으로 그대로 남아 있었다. 그는 대니가 조금만 덜 바빴다면, 테사가 독감에서 회복되자마자 저녁 식사에 초대했을 거라고 말해주었다.

대니가 테사를 건너다보았을 때 그녀도 그를 보던 참이었다. 그녀가 고개를 숙이자 머리타래가 귀에서 흘러내려 두 눈을 가렸다. 테사는 미국 여자가 아니다. 미국 여성들도 이방인의 섹스를 꺼려하기는 하지만 그렇다고 불가능한 일은 아니었다. 하지만 이태리 여자? 구세대다. 그러니까 딴마음 품지 말라는 얘기겠다.

그가 그녀의 아버지를 돌아보았다.

"선생님은 하시는 일이?"

"페데리코라고 부르게. 자네와 난 아니스 술을 마셨고 빵을 나눠 먹었네. 그러니 당연히 페데리코라고 불러야지."

대니는 잔을 부딪치는 것으로 인사를 대신했다.

"예, 페데리코, 하시는 일이 어떻게 되십니까?"

"사람들한테 천사의 숨결을 선물하고 있지."

노인은 무대감독처럼 자기 등 뒤를 가리켰다. 창문 사이의 벽에 축음기 캐비닛이 놓여 있었다. 집 안에 들어오는 순간 어딘가 부적절하다고 느꼈던 소품이었다. 고급 마호가니에 유럽 왕가를 연상시키는 화려한 조각들이 새겨진 물건인데, 열어놓은 커버 안의 보라색 벨벳 위로 턴테이블이 보였다. 그리고 그 아래 손으로 조각한 듯한 양쪽 문 안에는 아홉 개의 선반이 설치되어 수십 장의 레코드판을 소장하도록 되어 있었다.

금속의 크랭크는 금박을 입혔는데, 레코드가 연주되는 동안 모터 소리가 거의 들리지 않았다. 소리도 어찌나 풍부한지 대니가 평생 들었던 어떤 음악과도 차원이 달랐다. 지금 흘러나오는 곡은 마스카니의 「카발레리아 베이브티카나」였는데, 대니가 눈을 감고 들어왔다면 지금 이 거실에 실제로 소프라노가 서 있다고 생각했을 것이다. 대니는 캐비닛을 다시 한 번 돌아보고, 최소한 저 스토브보다 서너 배는 비싸겠다는 생각을 했다.

"실버스톤 B-12. 내가 파는 물건일세. B-11도 취급은 하네만, 난 B-12의 외모가 더 맘에 든다네. 루이 16세가 루이 15세보다는 디자인 감각이 뛰어났거든. 자네도 그건 동의하겠지?"

페데리코가 말했다. 언제나 시를 읊듯 부드러운 목소리였지만 지금은 더 그랬다.

"예, 그렇죠."

그가 대답했다. 그동안 루이 3세나 이반 8세로 알고 있었다 해도 이제부터 신념을 바꿔야 할 것이다.

"시장에 나온 축음기들과는 차원이 다르지. 다른 기기로는 이 레코드들을 연주할 수도 없다네. 에디슨, 파테, 빅터, 콜롬비아, 물론 실버스톤도 마찬가지야. 전혀 아니지. 제대로 된 연주가 가능한 건 이 놈뿐이니까. 물론 8달러짜리 테이블식을 구할 수도 있겠지. 가볍고 편리하고, 공간도 절약되고…… 하, 그렇다고 이런 소리가 가능할까? 천사의 목소리를 들을 수 있겠어? 천만의 말씀. 그것들은 싸구려 바늘로 판을 긁어대다가, 머잖아 판이 튀고 지글거리는 소리를 내게 될 게야. 그래, 자네라면 어떤 선택을 할 텐가? 8달러 내고 가난뱅이처럼 굴겠나?" 그가 다시 손으로 축음기 캐비닛을 가리켰다. 정말로 첫 아들을 낳은 아버지처럼 뿌듯한 표정이었다. "품질엔 비용이 들지만, 그게 유일한 해답일 때도 있다네."

대니는 이 작은 노인의 자본주의적 열정에 괜히 웃음이 나오려고 했다.

"파파. 너무…… 에…… 웅변하는 거 아니에요?"

스토브에 있던 테사가 두 손까지 저으며 열심히 적절한 어휘를 더듬어 찾았다.

"흥분."

대니가 고쳐주자 그녀가 그를 보며 인상을 찡그렸다.

"헝뷴……?"

"흥…… 흥분."

"헝븐."

"비슷해요."

"영어는 정말!"

그녀가 나무주걱으로 천장을 가리키며 투덜댔다.

대니는 저 벌꿀 색의 목이 어떤 맛일지 궁금했다. 그가 여자에 관심을 갖고 여자들이 그에게 눈길을 주기 시작할 때부터, 목은 늘 그의 약점이었다. 테사의 목을 보는 순간 그는 그 목의 포로가 되고 말았다. 이 끔찍하고도 달콤한 소유욕이라니. 하룻밤 동안 그녀의 눈과 땀과 심장박동을 소유하고 싶어 미칠 것만 같았다. 맙소사, 그것도, 바로 그녀의 아버지 앞에서!

그는 노인을 돌아보았다. 그는 음악을 감상하느라 눈을 반쯤 감은 채였다.

망각. 가혹한 신세계에 대한 감미로운 망각.

"난 음악이 좋네. 어렸을 때는 봄부터 여름까지 음유시인과 방랑시인들이 우리 마을을 찾곤 했었지. 그럼, 어머니께서 강제로 신발을 신길(가끔 짝짝이기도 했네.) 때까지 마을 광장에 앉아 그들의 노랫소리를 들었네. 그 소리라니. 아, 그 소리! 언어란 참으로 초라한 매체가 아닌가, 응?"

대니가 고개를 저었다.

"글쎄요."

페데리코가 의자를 바짝 당기며 테이블 위로 상체를 기울였다.

"인간의 혀는 태어날 때부터 두 갈래야. 언제나 그랬지. 새는 거짓말을 못 하네. 사자는 무서운 사냥꾼이기는 하나 그래도 본성에 충실하지. 나무와 바위도 솔직해. 더도 덜도 아닌 나무와 바위니까. 하지만 인간은 언어를 만들어낸 유일한 피조물로서, 진리를 외면하고 자신을 부정하고 자연과 신을 부인하는데 그 위대한 재능을 쓰고 있단 말일세. 인간은 나무를 가리키며 나무가 아니라고 말하고, 시체를 밟고 서서 자기가 죽이지 않았다고 말하는 거라네. 자네도 알다시피, 말은 뇌의 명령에 순종하지만 두뇌야말로 멍청한 기계에 불과하지 않나. 하지만 음악은 영혼을 대변하네. 말이라는 게 너무도 미천하기 때문이지."

그가 특유의 찬란한 미소를 지으며 검지 하나를 들어보였다.

"그런 생각은 해본 적이 없습니다."

페데리코가 그의 전리품을 가리켰다.

"저건 재질이 나무라네. 하지만 나무가 아니야. 나무는 나무지만, 나무에서 비롯된 음악이 그 나무와 무슨 상관이 있겠나? 그런 나무를 가리킬 단어가 우리한테 있던가? 그런 나무를 도대체 뭐라고 부를 텐가?"

대니가 가볍게 어깻짓을 해보였다. 노인은 조금 취기가 도는 모양이다.

페데리코는 다시 두 눈을 감고 양쪽 귀 언저리에서 두 손을 가볍게 흔들었다. 직접 음악을 지휘해 방 안으로 데려오기라도 하려는 사람 같았다.

테사가 다시 그를 바라보았지만 이번에는 시선을 피하지 않았다. 그는 그녀에게 최고의 미소를 지어 보였다. 다소 당혹스럽고 난감한 미소. 어린 소년의 미소. 그녀의 턱 밑에 홍조가 일었다. 그래도 눈을 돌리지는 않았다.

그는 다시 그녀의 아버지를 보았다. 그는 아직 두 눈을 감고 지휘를 하고 있었다. 하지만 레코드는 끝이 났고 바늘은 레코드 안쪽에서 자꾸만 도돌이표를 그리고 있었다.

대니가 보스턴 경우회의 회합장소인 페이홀에 들어서자 스티브 코일이 활짝 웃었다. 그는 접이식의자들 사이를 뚫고 나왔는데 한쪽 다리를 눈에 띄게 절었다. 둘이 악수를 나누었다.

"와줘서 고맙다."

그건 대니도 예상치 못한 일이었다. 위장신분으로 경우회에 들어왔건만, 몸을 망친 데다 직장까지 잃은 옛 동료는, 더 이상 자신이 속하지도 않은 싸움을 위해 그곳에 와 있었다. 괜히 두 배로 죄를 지은 기분이었다.

대니가 가까스로 미소를 지었다.

"여기에서 선배를 볼 줄을 몰랐네요."

스티브가 어깨 너머 스테이지에 앉은 사람들을 돌아보았다.

"도움을 요청하더군. 나야말로 조직이 협상력을 갖추지 못하면 이런 꼴이 된다는 산증인이 아니겠나? 그래, 요즘 어때?"

그가 대니의 어깨를 토닥였다.

지난 5년 동안 그는 파트너의 일거수일투족을 꿰고 있었다. 그런데도 지난 2주 동안 한 번도 스티브의 안부를 궁금해 하지 않았다고 생각하니 기분이 묘했다.

"좋아요. 선배는요?"

스티브가 어깻짓을 했다.

"투덜대봐야 누가 들어주겠냐?"

그가 웃으며 다시 대니의 어깨를 토닥였다. 턱에는 하얗게 짧은 수염이 자라고 망가진 몸도 살이 빠진 듯 보였다. 아무래도 엉망이 된 삶 때문에 불안한 눈치였다.

"좋아 보여요."

대니의 말에 그가 다시 어색한 미소를 지었으나 미소는 정말로 어색하게 굳고 말았다. 차분한 열정의 표정.

"뻥 치기는. 아무튼 와줘서 기쁘다."

"천만에요."

"이제 노조원으로 만들 일만 남았군."

"쉽지 않을 겁니다."

스티브는 세 번째로 대니의 등을 토닥인 다음 주변 사람들한테 소개해 주었다. 그들 중 반은 지난 몇 년간 다양한 호출로 마주쳤던 터라 적어도 안면은 있었다. 그들 모두 스티브를 불편해하는 것처럼 보였다. 그러니까 그가 그의 불행을 이곳이 아닌 다른 도시의 다른 경찰 노조한테 가져갔으면 하는 것이다. 불행 역시 독감만큼이나 전염성이 강하다는 뜻이겠다. 대니는 스티브와 악수를 나누는 동료들의 눈에서 그 뜻을 읽을 수 있었다. 그들은 차라리 스티브가 죽기를 바랐을 것이다. 죽음에는 최소한 영웅의 환상이라도 덧씌울 수 있지만, 망가진 패자는 그 환상을 불쾌한 악취로 변질시켜버렸다.

경우회 회장 마크 덴튼 순경이 무대를 향해 터벅터벅 다가왔다. 대니만큼이나 키가 크고 비쩍 마른 친구였다. 그는 두 손으로 연단 가장자리를 잡고 좌중을 향해 피곤한 미소를 던졌다.

"피터스 시장이 주말에 예정된 회합을 일방적으로 취소했습니다."

신음소리가 실내를 덮쳤다. 야유와 휘파람.

덴튼이 한 손을 들어 조용히 시켰다.

"전차 노조가 파업한다는 소문이 있는데, 시장은 그게 더 긴급하다고 생각하는 모양입니다. 또 밀리는 거죠."

"우리도 파업합시다."

누군가 외쳤다. 덴튼의 검은 눈이 번뜩 뜨였다.

"파업 얘기는 하지 않기로 했습니다. 저들이 원하는 게 그거예요. 언론플레이가 어떻게 돌아가는지 알잖습니까. 저들한테 빌미를 주고 싶은 거요, 티미?"

"아니, 마크, 그런 건 아니요. 하지만 우리 대안은 뭐죠? 그냥, 이러고 앉아서 굶어죽기만 기다리는 겁니까?"

덴튼이 이해한다는 듯 크게 고개를 끄덕였다.

"알고 있습니다. 하지만 지금은 파업이라는 단어를 읊조리는 것만으로도 이적행위예요. 그건 당신도 알고 나도 압니다. 지금 단계에서 최선의 방법은 최대한의 인내를 보여주고, 노동총연맹의 새뮤얼 곰퍼스와 회담하는 겁니다."

"그게 정말로 가능해요?"

대니의 등 뒤에서 누군가 묻자 덴튼이 끄덕였다.

"사실, 안건을 낼 생각이었습니다. 오늘 밤 늦게. 그리고 찬반을 논의할 예정이었습니다만 솔직히 더 이상 기다릴 이유도 없겠죠. 보스던 경우회와 전미 노동총연맹과의 지부설립 회담에 찬성하시는 분들은 '찬성'이라고 외치시면 됩니다."

그때 대니도 느낄 수 있었다. 장내를 들끓는 열기와 통일된 목적의식을. 그리고 그 역시 그들과 함께 피가 끓고 있음을 인정해야 했다. 전국에서 가장 강력한 노조의 지부라니.

"찬성이요!"

장내가 떠나갈 듯한 함성.

"반대하는 사람은?"

아무도 대답하지 않았다.

"그럼, 안건을 통과시킵니다."

그게 정말로 가능할까? 전국 어느 경찰서도 성공해 본 적이 없는 일이다. 아니 시도조차 없었다. 그런데 이들이 최초가 될 수 있을까? 정말, 말 그대로, 역사를 바꿀 수 있을까?

대니는 자신이 이들과 별개의 존재가 아님을 떠올렸다.

우스웠다. 열심히 대화하면 세상을 자신들 입맛에 맞게 바꿀 수 있다고 믿는 순진하고, 낭만적인 경찰 무리라니. 대니는 그들에게 이렇게 말해주고 싶었다. '이봐, 세상 일이 그렇게 만만한 게 아냐. 늘 어딘가부터 꼬이고 만다니까.'

덴튼의 말이 끝나자, 독감에 당한 경찰들이 무대 위를 점령했다. 그들은 스스로를 행운아로 묘사했다. 도시의 열여덟 개에 달하는 파출소에서 죽은 경찰은 모두 아홉 명이었다. 무대에 오른 스무 명 중 열둘이 업무에 복귀했고 나머지 여덟은 영원히 불가능했다. 스티브가 연단에 오르자 대니는 고개를 떨어뜨리고 말았다. 2개월 전만 해도 남성 4중창단에서 노래를 불렀건만, 이제는 말까지 더듬거리고 있었다. 그는 어눌한 말투로 사람들한테 그를 잊지 말라고, 독감을 잊지 말라고 당부했다. 보호와 봉사를 맹세한 모두의 형제애와 전우애를 꼭 기억하라고 애원했다.

그를 포함한 스무 명의 생존자들이 무대를 떠날 때 우레와 같은 박수가 터졌다.

사람들은 커피포트 주변에 모이거나, 아니면 따로 무리지어 플라스크를 돌렸다. 대니는 구성원들의 기본 성향들을 재빨리 훑어보았다. 우선 열변가들이 있다. 07지구의 로퍼 같이 시끄러운 부류들인데, 그들은 주로 통계수치 따위를 줄줄 읊어대며 상대의 말꼬리를 잡았다. 그리고 볼셰비키와 사회주의자들이 있다. 03지구의 쿠건과 본부에서 영장관련 일을 하는 쇼가 대표적이며, 최근에 연구한 급진주의자들과 의사 급진파들의 행동양식과 다를 게 없었다. 요컨대 호소력 있는 수사를 바탕으로 무해한 슬로건을 읊어대는 비폭력 그룹이다. 01지구의 해니티 같은 감상주의자들도 있었다. 그들은 쉽게 술에 취하고 '동지' 또는 '정의' 같은 구호에 툭하면 눈물을 글썽였다. 그리고 나머지 대부분은 대니의 고등학교 영어선생인 트오히 신부 말마따나, 소리만 요란한 '빈 수레'들이었다.

하지만 그 중에는 강도과의 던 슬래털리, 06지구의 케빈 맥레이, 03지구의 25년 경력의 노병 에멧 스트랙 같은 사람들도 있었다. 이들은 거의 입을 열지 않지만 모든 것을 보았다. 이따금 군중 사이를 훑러 다니며 말조심을 시키거나 달콤한 희망을 흘리기도 하지만, 대개의 경우 그들은 그저 상황을 지켜보고 평가했다. 경비견들이 주인 없는 공간을 지키듯 철저히 불침번을 서는 것이다. 윗대가리들이 파업을 막고 싶다면 정작 주의해야 할 사람들은 이 부류가 될 것이다.

대니가 커피포트 주변에 있는데 갑자기 마크 덴튼이 나타나 악수를 청했다.

"토머스 커글린의 아들이라고?"

"대니라고 합니다."

그가 덴튼의 손을 잡았다.

"살루테이션 폭파 때 살아남았다는 얘긴 들었네."

대니가 끄덕였다.

"하지만 그건 부두 지구에서 벌어진 일 아닌가?"

덴튼이 자기 커피에 설탕을 넣고 저었다.

"우연한 사고였죠. 산책 중에 도둑을 잡아 살루테이션에 넘기다가 하필 그때…… 그렇게 된 겁니다."

"거짓말 할 생각은 없네, 커글린. 자넨 이 바닥에선 유명인사야. 토머스 선장이 통제할 수 없는 유일한 존재가 자기 아들이라고들 하더군. 그래서 더 인기가 많은 거겠지. 우린 자네 같은 사람들이 필요하네."

"감사합니다. 생각해 보죠."

덴튼이, 장내를 재빨리 훑어보고는 상체를 기울였다.

"되도록 빨리 생각해 보게."

아버지가 실버스톤 B-12를 팔러 떠나면, 테사는 포근한 밤을 골라 종종 계단에 나와 앉았다. 그녀는 생김새만큼이나 냄새가 독한 작고 검은 담배를 피웠다. 대니도 이따금 그녀와 함께 있었는데, 그녀한테는 뭔가 사람을 초조하게 만드는 게 있었다. 그녀와 함께 있으면 손발을 어떻게 해야 할지도 난감했다. 어떻게 두어도 불편하기만 하니 말이다. 두 사람은 날씨와 식사와 담배 얘기를 했지만, 한 번도 신종독감이나 그녀의 아이를 언급한 적은 없었다. 물론 대니가 그녀를 헤이마켓 구호소에 데려간 그날 얘기도 하지 않았다.

그들은 계단을 벗어나 옥상으로 올라갔다. 옥상엔 아무도 없었다.

테사는 스무 살이고 알토퐁테의 시칠리 마을에서 자랐다. 열여섯 살 때 프리모 알리에베리라는 권력자가 측근과 함께 카페에 앉아 있다가 자전거를 타고 지나는 그녀를 보고 수소문 끝에 그녀의 부친을 만났다. 페데리코는 마을의 음악선생에 3개 국어에 능통한 사람이었지만 동시에 '정신병자'라는 소문도 돌았다. 결혼도 늦게 했는데, 테사의 어머니는 그녀가 열 살 때 죽어 그 뒤로는 아버지 혼자 키워온 터였다. 게다가 그녀를 보호해 줄 오빠나 돈도 없던 터라 거래는 쉽게 이뤄졌다.

테사와 아버지는 티레니아 해안의 마도니에 산기슭에 위치한 콜레사노로 떠나 테사의 열일곱 번째 생일 이튿날에 도착했다. 페데리코는 경호원들을 고용해 테사의 지참금을 지키게 했다. 지참금은 대개 어머니 쪽에서 전해 내려온 보석과 동전으로 꾸렸다. 그리고 프리모 알리에베리의 저택 손님 숙소에서의 첫날 밤, 헛간에서 잠자던 경호원들의 목이 끊기고 지참금은 사라졌다. 프리모 알리에베리는 화가 머리끝까지 나서, 마을을 샅샅이 뒤져서라도 도둑놈들을 찾아내라고 지시했다. 저녁 무렵 메인홀에서의 화려한 식사 도중, 그는 손님들한테 이제 곧 범인을 잡아 지참금을 되돌려 받을 수 있을 것이며, 결혼식도 계획대로 주말에 치를 수 있을 것이라고 말했다.

페데리코는 얼굴에 꿈결 같은 미소를 머금은 채로 테이블에서 의식을 잃었다. 프리모의 부하들이 그를 숙소로 데려다주었고, 프리모는 테이블과 난로 옆 돌바닥에서 테사를 강간했다. 그리고 그녀를 숙소로 돌려보냈다. 테사는 페데리코를 깨우려 했으나 그는 죽은 사람처럼 깨어날 줄을 몰랐다. 그녀는 허벅지의 끈적끈적한 피를 씻지도 못하고 침대 옆 바닥에 누워 있다가 잠이 들고 말았다.

아침에 두 사람은 정원의 소란에 잠을 깨었다. 프리모가 두 사람의 이름을 부르고 있었다. 둘이 밖으로 나갔을 때 프리모는 부하 둘을 데리고 서 있었다. 둘 다 등에 샷건을 메고 있었다. 테사와 페데리코의 말과 마차가 모두 정원에 모여 있었다. 프리모가 두 사람을 노려보았다.

"네 마을에 있는 친구한테서 편지가 왔는데 네 딸이 처녀가 아니라더군. 네 딸은 창녀야. 나 같은 지위에 걸맞은 신붓감이 아니란 말이다. 그러니 당장 눈앞에서 꺼져버려."

그 순간에도 페데리코는 잠이 덜 깨 연신 눈을 비벼댔지만 당혹스럽기가 이를 데 없었다.

그때 그는 딸의 하얀 드레스를 적신 피를 보았다. 잠자는 동안 흘러내린 피였다. 그가 어떻게 채찍을 손에 넣었는지 모르지만, 아마도 말이나 정원의 고리에서 벗겨낸 것이었으리라. 어쨌든 그가 휘두른 채찍에 프리모 알리에베리의 부하가 눈 하나를 잃고 말들이 놀라 달아나기 시작했다. 테사가 잡고 있던 말고삐를 손에서 놓치는 바람에 말은 결국 정원을 벗어나 달아나고 말았다. 테사는 말을 쫓아갈 생각도 해봤으나 아버지 때문에 정신이 하나도 없었다. 부드럽고 친절하며 살짝 제정신이 아닌 아버지. 아버지는 프리모 알리에베리를 때려눕힌 후에도, 살점이 정원에 흩뿌려질 때까지 채찍질을 했다. 그리고 경비 한 명과 함께 지참금을 회수했다. 궤짝은 중앙 침실 한가운데 떡 하니 놓여 있었다. 그리고 그와 테사는 달아난 암말을 찾아 어두워지기 전에 마을을 떠났다.

이틀 후, 지참금의 반을 뇌물로 써서 두 사람은 체팔루에서 배를 타고 미국으로 떠났다.

테사는 더듬거리는 영어로 이 이야기를 들려주었다. 영어가 많이 서툴러서가 아니라, 정확하게 설명해 주고 싶기 때문이었다.

대니가 키득거렸다.

"그러니까 당신을 데려간 그날, 내가 당황해 엉터리 이태리어를 주섬주섬하고 있을 때에도 내 말을 알아들었다는 거요?"

테사가 눈썹을 찡긋거리며 여린 미소를 지었다.

"그날 밤 이해한 건 고통뿐이에요. 그런데 영어를 알아들었냐고요? 그…… 지랄 같은 당신네 언어를요? 한 단어면 충분한데 당신들은 네 단어나 쓰잖아요. 언제나 그러죠. 그날 영어를 알아들을 수 있었냐고요? 철부지 같으니."

그녀가 한 손을 내저었다.

"철부지? 이봐요, 내가 당신보다 몇 살은 더 많아요."

대니가 따졌다.

그녀가 싸구려 담배에 다시 불을 붙였다.

"예, 예, 그래도 철부지는 철부지예요. 여긴 철부지 소년, 소녀의 나라잖아요. 당신네들은 아무도 어른이 못 돼요. 그러기엔 즐거운 일이 너무 많으니까."

"즐거운 일?"

그녀가 하늘을 향해 손을 저어 보였다.

"여기. 여긴 어리석은 대국이에요. 당신네 미국인들…… 여긴 역사가 없어요. 오직 지금만 있지. 지금, 지금, 지금. 지금 당장 이걸 해. 당장 저걸 해."

대니는 문득 짜증이 났다.

"그래서 다들 자기네 나라를 떠나 죽어라 여기로 오는 거요?"

"아, 그래요. 황금으로 포장한 나라니까요. 누구나 돈을 벌 수 있는 위대한 미국. 하지만 그렇지 못하는 사람들은요? 노동자들은 어쩌죠, 대니 경관님? 예? 그 사람들도 병이 날 때까지 죽어라 일만 해요. 그러다 병들면 회사에서는 그러죠, '하, 네 나라로 돌아가. 다시는 오지 마라.' 그리고 일하다가 다치면? 그래도 마찬가지예요. 당신네 미국인들은 자유에 대해 말하지만, 내가 보기엔 다들 노예일 뿐이에요. 회사는 어린아이와 가족들을 돼지처럼 부리고 또……"

대니가 손사래를 쳤다.

"그런데, 여기 있잖소."

그녀는 크고 검은 눈으로 그를 바라보았다. 이제는 그도 익숙하게 된 신중한 표정이다. 테사는 절대 부주의한 일을 하지 않았다. 그녀는 마치 의견을 내기 전에 연구라도 한 듯 매일 매일을 신중하게 접근했다.

"당신 말이 맞아요. 당신네는 이탈리아보다 훨씬…… 풍요로운 나라예요. 도시들도 엄청나게 크고. 이 동네에 있는 자동차만 해도 팔레르모를 모두 합친 것보다 많죠. 하지만 당신네는 아주아주 철부지 나라예요, 대니 경관. 아버지나 삼촌보다 더 똑똑하다고 믿는 그런 철부지 말이에요."

그녀가 흉벽에 담뱃재를 털었다.

대니가 어깻짓을 했다. 테사는 다시 그를 바라보았다. 역시 차분하고 신중한 눈빛이다. 그가 무릎으로 그녀의 무릎을 건드리며 밤하늘을 내다보았다.

어느 날 밤 페이홀에 있을 때였다. 아직 경우회 회합이 시작하기 전이라 그냥 뒷자리에 앉아 있었다. 그리고 문득 아버지, 에디 맥케나, 그리고 노친네 클럽이 원하는 정보 모두를 이미 확보했다는 사실을 깨달았다. 경우회장 마크 덴튼이야말로 그들이 두려워해야 할 인물이라는 것도 알았다. 그는 총명하고 차분하고 대담하고 신중했다. 그의 오른팔들, 그러니까 에멋 스트랙, 케빈 맥레이, 던 슬래털리, 스티븐 컨스들도 결코 그에 못지않다는 사실도 알아냈다. 삭정이와 쭉정이가 누구인지도 알았고, 약간의 콩고물에도 쉽게 전향할 법한 자들의 명단도 확보했다.

마크 덴튼이 개회를 위해 연단으로 올라서는 것을 보며, 실제로는 첫 번째 참석에서 이미 모든 것을 확보했다는 사실도 깨달았다. 그런데 벌써 여덟 번째 모임이었다.

이제 남은 거라고는, 맥케나와 아버지에게 그동안 느낀 점과 메모와 약간의 설명이 첨부된 보스턴 경우회 지도부 명단을 넘겨주는 일뿐이고, 그러면 황금 배지를 반쯤은 수중에 넣게 되는 셈이다. 아니, 그 이상이다. 그 정도야 이미 떼놓은 당상이 아니던가.

그런데도 왜 아직 여기에 남아 있는 거지?

그야말로 일생일대의 의문이 아닐 수 없었다.

"신사 여러분, 잠시 주목해 주시기 바랍니다."

마크 덴튼의 목소리는 평소보다 부드러웠다. 거의 쉰 목소리 수준이나, 하지만 그 목소리엔 만인의 심금을 건드리는 무언가가 있었다. 처음엔 앞쪽 4~5열까지만 조용하더니 정적은 마침내 맨 끝 열까지 가닿았다. 마크 덴튼이 고개를 끄덕여 감사를 표하고 다시 가벼운 미소를 지었다.

"아시다시피 전 09지구 존 템플의 인도로 여기 들어왔습니다. 그는 종종 이렇게 말했죠. 나를 제대로 된 경찰로 만들 수만 있다면 여자들을 경찰로 뽑을 수 있다고 말입니다."

사람들이 모두 키득거리며 웃었고, 덴튼은 잠시 고개를 숙였다.

"존 템플 경관은 신종독감 합병증으로 오늘 오후에 저 세상으로 갔습니다. 이제 쉰한 살밖에 안 됐는데 말이죠."

모자를 쓴 사람들은 모자를 벗고 모두 고개를 숙였다. 다시 덴튼이 말을 이었다.

"05지구의 마빈 텔레튼 경관께도 묵념을 드리고 싶군요. 그분도 같은 증세로 어젯밤 돌아가셨죠."

"마빈이 죽어? 회복되고 있다고 들었는데?"

누군가 뒤에서 외쳤다. 덴튼이 고개를 저었다.

"어젯밤 11시에 심장이 멎었습니다. 본청의 결정은 두 분의 가족 누구도 사망보조금을 받지 못한다는 내용이었습니다. 시에서 이미 비슷한 요구에 대해 사전정리를 했기 때문이죠."

'우—' 하는 야유와 의자 뒤집는 소리에 그가 잠시 입을 다물었다.

"왜냐하면…… 왜냐하면. 왜냐하면……" 몇 사람이 자리에 앉자 다른 사람들도 조용해졌다. "왜냐하면, 그 분들이 근무 중에 죽은 게 아니라는 이유였습니다."

"젠장맞을, 애초에 독감에 걸린 이유가 뭔데? 집에서 키우던 개한테서 옮은 거야?"

밥 레밍이 외쳤다.

"시 당국에서는 그렇게 말할 겁니다. 개들 때문이라고. 아니. 그 자들이 바로 개죠. 독감에 대해서라면 업무와 무관한 원인 정도야 얼마든지 댈 능력이 시에는 있습니다. 그러니까? 예, 그분들은 근무와 무관하게 돌아가신 겁니다. 우리가 알아야 할 건 그게 전부입니다. 우리가 받아들여야 할 것도 그게 전부겠죠."

그는 연단에서 물러났을 때 의자 하나가 하늘을 날았다. 몇 초 후, 최초의 주먹질이 발생했다. 그리고 다시 몇 초. 세 번째 싸움이 대니의 면전에서 벌어졌고, 그는 홀을 가득 채운 고함소리를 들으며 뒤로 물러섰다. 건물 전체가 분노와 절망으로 들끓고 있었다.

"화가 납니까?"

마크 덴튼이 외쳤다. 케빈 맥레이는 군중 속으로 들어가 두 남자의 머리채를 잡아당기는 식으로 싸움 하나를 뜯어말렸다.

"화가 납니까? 좋습니다. 그럼 계속하세요. 젠장, 서로 미친놈처럼 두들겨 패란 말입니다."

덴튼이 다시 외쳤다.

장내가 조용해지고, 사람들 반이 무대를 향해 돌아섰다.

"저들이 원하는 게 바로 그겁니다. 우리가 죽을 때까지 서로 치고받고 물어뜯는 거죠. 계속해요. 시장? 주지사? 시의회? 다들 여러분을 비웃을 겁니다."

아무도 대답하지 못했다.

"화가 나서 미치겠습니까?"

마크 덴튼이 외쳤다.

"예!"

천여 명의 경찰이 대답했다.

"정말로 화가 납니까?"

"예!"

군중들이 다시 외쳤다.

"우리는 조합입니다. 그건 곧 우리가 하나의 목적으로 뭉친 단일체임을 뜻합니다. 우리는 그 목적을 들고 저들이 사는 곳으로 갈 겁니다. 그리고 인간으로서의 권리를 주장할 겁니다. 여기 빠지고 싶은 사람 있습니까? 그럼 빠져요. 그렇지 않은 분들은 우리가 누구인지 내게 보여주시기 바랍니다."

모두 하나처럼 자리에서 일어났다. 천여 명의 경찰들. 일부는 벌겋게 상기된 얼굴이었고, 일부는 두 눈에 분노의 눈물이 그렁거렸다. 그리고 대니도 일어섰다. 더 이상 유다가 될 수는 없었다.

토머스가 막 사우스 보스턴의 06지구 경찰서를 나서는데 대니가 나타났다.

"그만 두겠습니다."

아버지는 파출소 계단을 내려가다 우뚝 멈춰 섰다.

"그만 두다니?"

"조합 밀정. 급진주의자 조사. 모두요."

아버지가 계단을 내려왔다.

"그 급진주의자들이 마흔이 되기 전에 너를 서장으로 만들어 줄 수도 있다."

"상관없습니다."

"상관없다고? 이 기회를 차버리면 앞으로 5년 동안 금배지를 달 기회 같은 건 없을 게다. 절대로."

아버지가 피곤한 미소를 지으며 말했다.

그 말에 대니의 가슴도 먹먹해졌다. 하지만 그는 두 손을 주머니 안에 더 깊숙이 파묻으며 고개를 저었다.

"동료들을 팔아넘기고 싶지 않아요."

"그 새끼들은 반역자야, 에이든. 우리 내부의 적이라고."

"그들도 경찰이에요, 아버지. 게다가, 나한테 그런 일이나 맡기다니, 도대체 아버지가 맞긴 한 건가요? 왜 아무도 맡을 사람이 없던 겁니까?"

아버지 얼굴이 납빛으로 변했다.

"그건 티켓의 대가다."

"티켓이라뇨?"

그가 손등으로 이마를 문질렀다.

"절대 탈선하지 않는 기차 티켓이지. 네 손자도 손쉽게 편승이 가능한 그런 기차."

대니가 손사래를 쳤다.

"집에 가겠습니다."

"네 집은 여기다, 에이든."

대니는 그리스 열주로 장식된 하얀 석회암 건물을 올려다보고 고개를 저었다.

"여긴 아버지 집이죠."

그날 밤, 그는 테사의 집으로 갔다. 복도 위아래를 살피며 조심스럽게 노크했지만 대답이 없었다. 그래서 그는 돌아서서 자신의 집으로 향했다. 코트 밑에 훔친 식량을 숨겨놓은 아이라도 된 기분이었다. 그가 집에 다다랐을 때 그녀의 집 문에서 걸쇠 벗겨지는 소리가 들렸다.

그가 돌아보았을 때 그녀는 흰색 슈미즈 위에 코트를 걸친 차림에 맨발로 그를 향해 다가오고 있었다. 두려움과 호기심이 한데 섞인 표정이다. 그녀가 다다랐을 때 무슨 말을 해야 할지 난감하기만 했다.

"그냥 얘기를 나누고 싶었소."

그녀가 그를 보았다. 크고 검은 눈.

"옛날 얘기를 더 듣고 싶은 건가요?"

그는 프리모 알리에베리의 대저택 바닥에 서 있는 그녀의 모습을 그려보았다. 벽난로의 불빛이 머리카락을 희롱할 때, 그녀의 피부는 그 집의 대리석만큼이나 창백했을까? 아니, 그건 수치스러운 이미지였다. 욕망밖에 남아 있지 않은.

"아니, 그 이야기는 그만 둡시다."

"그럼, 새로운 이야기를 할까요?"

대니가 자기 집 문을 열었다. 거의 반사적인 행동이었지만 테사의 눈을 보니 그녀는 의도적인 것으로 받아들이고 있었다.

"들어와서 얘기하겠소?"

그가 물었다.

그녀는 코트와 다 헤진 슈미즈 차림으로 서서 한참 동안 그를 바라보았다. 슈미즈를 통해 그녀의 나신을 볼 수 있었다. 가벼운 땀방울이 목덜미 아래쪽의 갈색 피부에 송골송골 맺혀 있었다.

"들어가겠어요."

그녀가 대답했다.

9

릴라가 루터를 처음 본 것은 미네르바 공원 변두리, 빅월넛 강둑을 따라 펼쳐진 녹지에서였다. 뷰캐넌 사람들이 새기노 만으로 휴가를 떠난 덕분에, 콜럼버스 저택의 뷰캐넌 가에서 일하는 사람 모두가 그곳에 모이기로 되어 있었다. 8월의 더운 아침 느지막이 릴라가 도착했을 때쯤엔 적어도 60명의 인파가 강변에서의 한때를 만끽하고 있었다. 세인트 루이스 동부에서 흑인들의 대량학살이 있은 지 꼭 한 달, 뷰캐넌 가의 일꾼들에게도 무료하고 황량한 월동기라, 신문 기사와 다른 소문들과 뷰캐넌 가족의 저녁 테이블에 올랐던 대화들이 여기저기 새어나오고 있었다. 백인 여자들이 부엌칼로 흑인 여자들을 찌르고 백인남자들이 동네를 불태우고 흑인 남자들을 매달고 쏴 죽였다는 이야기는 이곳 사람들의 뇌리에도 어두운 그림자를 드리우고 말았었다. 하지만 그로부터 4주, 사람들은 구름을 걷어내고 단 하루만이라도 즐길 수 있을 때 즐기기로 결심한 듯 보였다.

사람들은 석유 드럼통을 반으로 잘라 그 위에 철망을 얹어 바비큐를 시작했다. 다른 이들은 테이블과 의자를 날라 왔으며 테이블엔 메기 튀김과 감자 샐러드와 암갈색의 북채와 보라색의 통통한 포도와 온갖 야채들이 모였다. 아이들은 뛰어놀고 어른들은 춤을 추고 몇몇은 시들어가는 잔디 위에서 야구를 했다. 두 남자가 기타를 들고 와, 마치 헬레나의 거리모퉁이이기라도 한 듯 서로 자웅을 겨루었다. 기타 소리가 하늘만큼이나 날카로웠다.

당시 릴라는 여자 친구들과 앉아 있었다. 기니아와 CC와 달라 블루…… 모두 하녀 일을 하는 친구들이다. 그들은 홍차를 마시며 남자들과 아이들이 노는 모습을 구경했다. 어떤 사내가 독신인지 알아맞히는 건 일도 아니었다. 애들보다도 더 애들처럼 굴기 때문이다. 껑충껑충 뛰어다니고 꾸벅 절하고 목청을 키우는 철부지들을 지켜보며 릴라는 달리기 직전의 조랑말들을 떠올렸다. 땅을 박차고 고개를 흔들어대는 망아지들 말이다.

달라 블루가 먼저 시작했다. 찍는 것 하나는 타의 추종을 불허하는 친구다.

"난 저기 저 애가 맘에 들어."

여자들이 비명을 질러댔다.

"저 뻐드렁니에 산발머리?"

"귀엽잖아."

"불도그치고는."

"아냐, 얘, 그 남자는……"

"축 늘어진 배 안 보여? 거의 무릎까지 처졌잖아. 엉덩이가 50킬로그램짜리 버터볼처럼 생겼다, 얘."

기니아가 깎아내렸다.

"난 조금 통통한 남자가 좋아."

"그래? 그럼 천생연분이네. 보름달하고 똑같이 생겼으니까. 모난 데라고는 하나도 없으니 원. 얘, 그게 살 속에 파묻혀서 보이기나 하겠니?"

여자들이 허벅지를 두드리며 비명을 질러댔다.

"넌 어때, 릴라 워터스 양? 네 흑기사는 안 보이냐?"

릴라가 고개를 저었지만 그 말을 믿는 친구는 아무도 없었다.

하지만 친구들이 아무리 야유를 보내고 수다를 떨어도 그녀는 입을 단단히 봉하고 시선을 흩뜨리지도 않았다. 이미 그를 보았기 때문이다. 그가 멋진 사내임을 알아보고 지금도 곁눈질로 보고 있기 때문이었다. 그는 산들바람처럼 잔디 위를 달려가 잔인할 정도로 가볍게 허공의 공을 낚아챘다. 사내는 고양이 피를 타고난 듯 보였다. 관절이 아니라 용수철을 매단 듯 훨훨 날아다니고 있지 않은가. 반짝반짝 빛을 발하는 용수철. 공을 던질 때에도 팔이 아니라 온몸이 보였다. 신체의 각 부위가 한 덩어리처럼 조화롭게 움직였기 때문이다.

'음악 같아.' 릴라는 그런 생각을 했다. 그렇다. 사내의 몸은 음악 그 자체였다.

누군가 그의 이름을 부르는 소리가 들렸다. '루터.' 그가 타석으로 달려가는데 꼬마아이가 함께 달리다가 잔디가 끝나는 지점에서 그만 발이 걸리고 말았다. 아이가 턱을 찧고 막 울려고 했지만 루터는 걸음도 멈추지 않은 채 아이를 훌쩍 들어 올리며 이렇게 말했다.

"이봐, 친구. 토요일엔 우는 거 아니야."

아이는 여전히 울상이었다. 루터가 그에게 활짝 웃어주었다. 그러자 아이가 빽 하고 소리를 지르더니 까르르 웃기 시작했다. 아이의 웃음은 영원히 그치지 않을 것처럼 이어졌다.

루터는 아이를 허공에서 빙빙 돌리다가 문득 릴라를 바라보았다. 그가 어찌나 재빨리 그녀의 두 눈을 붙잡았던지 그녀는 숨조차 쉴 수가 없었다. 세상에, 무릎까지 후들거렸다.

"부인 아인가요?"

릴라도 눈 하나 깜빡하지 않고 그의 눈을 노려보았다.

"난 아이 없어요."

"아직까지는요."

옆에서 CC가 농담을 던지며 큰 소리로 웃었다.

그녀의 농담에 그는 할 말을 잊은 듯 보였다. 그는 아이의 발을 조용히 땅에 내려놓고는, 그녀에게서 시선을 떼어 턱을 오른쪽으로 기울이며 허공을 향해 슬며시 미소를 지어 보였다. 이윽고 그가 다시 돌아서서 그녀를 똑바로 바라보았다. 너무도 태연한 모습이었다.

"에, 듣던 중 반가운 소식이네요. 그래요, 오늘 행사만큼이나 기쁜 얘깁니다."

그리고 그는 그녀를 향해 자신의 모자를 건드리곤 타석으로 들어갔다.

그날이 끝날 무렵 그녀는 기도를 하고 있었다. 파티장에서 강 위쪽으로 100미터쯤 떨어진 곳이었다. 앞에는 빅월넛이 검은 빛을 발하고 있고 그녀는 루터의 가슴에 안긴 채 누워 있었다. 그녀는 하느님에게 불과 하루 만에 이 남자를 사랑하게 되어 너무도 두렵다고 했다. 잠을 자다가 눈이 먼다고 해도, 이제부터는 목소리, 냄새, 바람의 술렁임만으로 그를 알아볼 수 있을 것이다. 그녀는 그의 심장은 강하고 거치나 영혼은 부드럽다는 사실을 알았다. 그의 엄지가 그녀의 팔 안쪽을 훑을 때는 앞으로 그녀가 어떤 일을 하든지 모두 용서해 달라고 애원했다. 이제부터 이 사내가 자신의 내부에서 불타도록 하기 위해 뭐든 필요한 짓을 할 생각이었다.

그리하여, 신이 그녀를 용서했는지 저주했는지는 그녀 자신도 모른다. 어쨌든 신은 그녀에게 루터 로렌스를 주었다. 그녀도 자신을 주었다. 서로를 알기 시작한 첫 해, 한 달에 두 번 정도. 그리고 나머지 시간에는 뷰캐넌 가에서 일했다. 루터도 무기 공장에서 일하며 예정된 운명 같은 삶을 질주해 나갔다.

그렇다, 그는 거칠었다. 하지만 다른 사람들과 달리 루터에게 야성은 천성이었다. 악의가 있는 것도 아니었다. 누군가 그 점에 대해 설명할 수만 있었다면 그도 즉시 시정했을 것이다. 하지만 그건 물에게 돌을 설명하고, 바람에게 모래를 설명하는 것과 마찬가지다. 루터는 공장에서 일했고 일하지 않을 때면 야구를 했으며, 야구를 하지 않을 때면 무언가 고쳤다. 그리고 무언가 고치지 않을 때면 친구들과 콜럼버스의 밤을 달렸고 그것도 아니면 릴라와 함께 있었다. 그럴 때면 온전히 릴라의 것이었다. 왜냐하면 루터는 무언가에 집중하는 순간 그 밖의 것은 하나도 안중에 없기 때문이다. 그로써 그가 그녀를 유혹하고 웃어주고 혼신을 쏟아 부을 때면 그녀는 그의 빛에 눈이 부셨다. 하느님조차 그렇게 밝지는 못하리라.

언젠가 루터가 제퍼슨 리즈한테 맞아 일주일간 입원한 적이 있었다. 그때부터 루터는 뭔가 달라졌다. 정확히 그게 무엇인지는 몰라도 루터는 분명 뭔가 빠진 사람처럼 보였다. 리즈가 패고 걷어차고 오랜 앙금을 풀어내는 동안 자기 남자가 땅바닥에 쪼그리고 누운 채 하릴없이 맞고만 있는 장면은 상상도 하기 싫었다. 리즈를 멀리 하게 하려고 그렇게 애를 썼건만 루터는 듣지 않았다. 그도 복받치는 게 있었기 때문이었다. 바닥에 처박힌 채 누워 주먹과 발 세례를 받으며 깨달은 것 하나는, 뭔가 복받치는 게 있다고 해도, 불합리한 처사가 불만이라고 해도 절대 대항해선 안 된다는 것이었다. 아니, 그 정도로는 안 된다. 그들은 너를 짓밟고 계속해서 괴롭힐 것이다. 살아서 빠져나갈 방법은 오직 하나뿐이다. 운수. 다른 건 없다. 이 세상의 비열한 존재들로부터 배울 건 단 하나다. 저들은 상상 이상으로 비열하다는 사실.

그녀가 루터를 사랑하는 이유는 그런 식의 비열함이 없기 때문이었다. 그를 거칠게 벼리는 속내가 곧 그를 친절하게 만드는 속내이기 때문에 사랑했다. 그는 세상을 사랑했다. 아까워서 한 입도 깨물지 못하는 사과처럼 세상을 사랑했다. 세상이 그를 사랑하든 않든 무조건 사랑했다.

하지만 그린우드에서, 루터의 사랑과 빛은 꺼져가고 있었다. 처음에는 그녀도 이해하지 못했다. 그렇다. 두 사람의 결혼이 조금 어긋난 것도 사실이고 아처의 집도 좁아터졌다. 게다가 역병이 동네까지 침범해 모든 걸 박살내고 말았다. 불과 8주도 안 되는 기간에. 하지만 그래도, 그래도 두 사람에게는 분명 천국이었다. 그들은 흑인 남자와 흑인 여자가 당당히 거리를 활보할 수 있는, 전 세계 몇 안 되는 곳에 살았다. 백인들은 그들을 괴롭히지 않았고 심지어 존중하기도 했다. 개리티는 그린우드가 타 지역의 모범이 될 것이며 향후 10년에서 20년 후면, 모빌, 콜럼버스, 시카고, 뉴욕, 디트로이트에도 그린우드가 생길 거라고 했는데 그녀는 그 말에 동의했다. 털사의 백인과 흑인들은 공존하는 방법을 배웠다. 그로 인한 평화와 번영이 너무나 달콤하기 때문에 다른 지역이라고 넋 놓고 구경만 할 수는 없을 것이다.

하지만 루터는 달랐다. 그린우드는 그의 친절과 빛을 갉아먹고 있었다. 결국 릴라도 아이가 어서 태어나 아빠를 구해주기를 바라야 했다. 이제 다시 행복해지기 위해선 아이밖에 방법이 없었다. 루터가 자기 아이를 끌어안고 비로소 어른이 될 때임을 깨닫는 것 말이다.

그녀는 배를 쓰다듬으며 아이에게 더 빨리 크라고 주문을 걸었다. 어서 밖으로 나오려무나. 그때 차 문 닫히는 소리가 들렸다. 그녀는 소리만으로 그 차가 멍청이 제시 텔의 차라는 걸 알았다. 루터가 그 역겨운 인간을 집에 데려온 것이다. 필경 둘 다 줄 끊어진 풍선처럼 취해 있으리라. 그녀가 자리에서 일어나 마스크를 귀 뒤로 묶고 있을 때 루터가 문을 열고 들어왔다.

피가 목과 셔츠를 덮었지만 그녀가 처음에 본 건 그게 아니었다. 그의 얼굴이 달라져 있었다. 그 얼굴엔 더 이상 루터가 없었다. 처음 야구장에서 봤을 때의 루터가 아니었다. 오하이오의 추운 날 밤, 그녀의 몸 안을 드나들며, 미소를 지어주고 머리카락을 넘겨주던 루터도, 질주하는 기차 차창에 아이 모습을 그리던 루터도 아니었다. 이제 그 육신 속에 그녀의 남자 루터는 남아 있지 않았다.

그 후에, 그녀는 피를 보고 그에게 다가섰다.

"루터, 병원에 가야겠어. 왜 그래? 도대체 무슨 일이 일어난 거야?"

루터가 그녀를 붙들었다. 그는 그녀의 두 어깨를 붙잡고는, 어디다 처박아둘지 궁리하는 사람처럼 방 안을 두리번거렸다.

"짐 싸."

"뭐?"

"내 피가 아냐. 난 안 다쳤어. 그러니까 어서 짐부터 싸."

"루터, 루터. 나를 봐, 루터."

그가 그녀를 보았다.

"무슨 일이야?"

"제시가 죽었어. 제시도 죽고 댄디도 죽었어."

그가 말했다.

"댄디가 누군데?"

"목사 부하인데 그 새끼도 죽었어. 목사의 뇌가 사방으로 튀었다고."

그녀는 그에게서 물러나 두 손을 자기 목으로 가져갔다. 달리 어디에 둘지를 몰라서였다.

"도대체 무슨 짓을 한 건데?"

"짐을 싸야 해, 릴라. 당장 달아나야 한다니까."

"난 안 달아나."

그녀가 말했다.

"뭐?"

그는 고개를 갸웃하고 그녀를 보았다. 불과 몇 센티미터 거리였건만 그녀는 몇 천 킬로미터 밖의 다른 세상에 있는 것만 같았다.

"난 안 떠날 거야."

"아니, 떠나야 해."

"아니, 싫어."

"릴라, 지금 심각해. 그러니까 망할 짐 좀 싸란 말이야."

그녀가 고개를 저었다.

루터는 두 주먹을 쥐고 눈을 질끈 감았다. 그리고 방을 가로질러 가더니 카우치 위에 매달린 시계를 주먹으로 때렸다.

"떠나야 해!"

카우치 위로 유리가 깨져 내렸다. 그래도 시계 바늘은 계속해서 똑딱거렸다. '다행이야, 저 정도는 고칠 수 있어. 고치면 되는 거야.'

"제시가 죽었다고? 그게 나한테 할 얘기야? 그 남자가 죽고 자기도 죽을 뻔했다고? 그래서? 내가 자기를 사랑한다는 이유만으로 얼른 짐을 싸서 달아나야 하는 거냐고?"

"그래, 바로 그 말이야."

그가 다시 그녀의 양어깨를 잡았다.

"아니, 싫어. 자긴 바보야. 제시와 목사라는 남자하고 다니다가 큰

일 날 거라고 했잖아. 그런데 이제 죄의 대가에, 다른 사람들 피까지 뒤집어쓰고 나타나 뭘 어쩌라는 거지?"

"나하고 함께 떠나."

"루터, 사람을 죽인 거야?"

그의 눈에는 초점이 없었다. 목소리도 잔뜩 갈라진 터였다.

"목사를 죽였어. 머리를 그대로 쏴버렸지."

"왜?"

그녀의 목소리도 거의 들리지 않았다.

"제시가 죽었다고 했잖아!"

"그럼, 제시도 누굴 죽였어?"

"제시는 댄디를 죽였어. 스모크는 제시를 죽였고. 그래서 내가 스모크를 쐈는데, 그자도 죽을 거야."

그녀의 내부에서 분노가 치솟아 두려움과 동정, 그리고 사랑을 씻어버리기 시작했다.

"그러니까 제시가 어떤 남자를 죽였고 그래서 다른 남자가 제시를 쐈다는 거지? 그래서 자기가 그 남자를 쏘고 목사를 쏜 거고? 지금 하려는 얘기가 그거야?"

"그래, 그러니까 이제……"

"그걸 지금 말이라고 해?"

그녀가 고함을 치더니, 그의 두 어깨와 가슴을 치고 급기야 뺨까지 때리기 시작했다. 루터가 손을 잡지 않았다면 죽을 때까지 그랬을 것이다.

"릴라, 내 말 들어……"

"내 집에서 나가. 당장 나가란 말이야! 자긴 사람을 죽였어. 이제 하느님께서 천벌을 내릴 거야."

루터는 그녀에게서 물러났다.

그녀는 그 자리에 서 있었다, 뱃속의 아기가 배를 차기 시작했다. 아니, 찼다고 할 수도 없었다. 발길질은 머뭇머뭇 부드럽기만 했다.

"옷 갈아입고 몇 가지 챙겨 갖고 떠날게."

"그럼 챙겨."

그녀는 곧바로 그를 등졌다.

루터가 제시의 차 짐칸에 물건을 싣는 동안, 그녀는 안에서 그가 움직이는 소리를 들었다. 어차피 그런 식으로 끝날 수밖에 없는 사랑이었다. 지금껏 너무도 강렬하게 불타올랐기 때문이다. 그녀는 하느님께도 용서를 빌었다. 지금껏 가장 불경스러운 죄를 지었음을 비로소 깨달았던 것이다. 둘은 지상에서의 천국을 찾았었다. 그런 식의 추구는 오만의 소치이며 따라서 7대 죄악 중 최악의 죄다. 탐욕보다도 분노보다도 커다란 죄.

루터가 들어왔을 때 그녀는 늘 앉던 자리에 앉아 있었다.

"정말이야?"

그가 낮은 목소리로 물었다.

"그래."

"이렇게 끝나는 거야?"

"그래."

"난……"

그가 한 손을 내밀었다.

"뭐라고?"

"난 자길 사랑해." 그녀가 끄덕였다. "사랑한단 말이야."

그녀가 다시 고개를 끄덕였다.

"알고 있어. 하지만 자긴 나보다 다른 걸 더 사랑하잖아." 그가 고개를 저었다. 손은 여전히 허공을 떠나지 못한 채 그녀가 잡아주기를 기다렸다. "사실이잖아. 루터, 자긴 철부지야. 그 철없는 장난이 이 피 냄새를 집 안으로 들인 거라고. 자기가 그런 거야, 루터. 제시도 아니고 목사도 아니야. 모두 자기 짓이야. 내 뱃속에 든 아이 아빠의 짓이란 말이야."

그가 손을 떨어뜨리고는 한참 동안 문가에 서 있었다. 뭔가 할 말이 남은 것처럼 몇 번이고 입을 열었지만 끝내 아무 말도 할 수가 없었다.

"사랑해."

마침내 그가 쉰 목소리로 말했다.

"나도 사랑해. 아무튼 누군가 잡으러 오기 전에 떠나는 게 좋을 거야."

그녀도 말했다. 사실 그 순간만큼은 그를 향한 그 어떤 사랑도 느낄 수가 없었다.

그는 순식간에 빠져나갔다. 움직이는 것조차 보지 못했건만, 순간

나무판자를 밟는 발자국 소리가 들리더니 어느새 자동차 시동이 걸리는 소리가 들려왔다.

루터가 클러치에서 발을 떼고 기어를 1단에 넣자 철커덩 하는 쇳소리가 들렸다. 그 소리에 그녀는 자리에서 일어났으나 문으로 달려가지는 않았다.

마침내 그녀가 현관으로 나갔을 때 그는 이미 떠난 후였다. 도로를 둘러보니 자동차 미등만 간신히 눈에 들어왔다. 어두운 밤, 타이어가 일으킨 먼지 속을 뚫고 달아나는 작은 불빛.

루터는 아더 스몰리의 자동차 열쇠를 '얼마이티 클럽'이라고 쓴 쪽지와 함께 그의 현관에 두었다. 어빈 가족에게도 혼수함이 어디에 있는지 적은 쪽지를 남겼고, 보석과 현찰 등, 그들이 빼앗은 거의 모든 물건을 원 주인들의 현관에 돌려주었다. 오웬 타이스의 집에 갔을 때, 스크린도어를 통해 그가 보였다. 그는 테이블에 앉아 있었다. 방아쇠를 당길 때 샷건이 반동으로 튀어 올랐는지 지금은 허벅지 사이에 놓여 있었다. 두 손은 여전히 총을 움켜쥔 채였다.

루터는 어두운 밤을 뚫고 엘우드의 집으로 돌아왔다. 그리고 거실에 서서 아내의 잠든 모습을 지켜보았다. 그녀는 떠날 때 본 바로 그 의자에 잠들어 있었다. 그는 침실로 들어가 매트리스를 들어 올리고 오웬 타이스의 돈 대부분을 그 아래 넣었다. 그리고 다시 거실로 돌아와 조금 더 아내를 지켜보았다. 그녀는 새근새근 코를 골다가 한 번 신음을 흘리더니 두 무릎을 배 쪽으로 끌어당겼다.

그녀의 말이 백 번 옳았다.

하지만, 오, 그녀는 너무도 냉혹했다. 지난 몇 달 동안 그가 괴롭힌 만큼 그녀는 그의 가슴을 찢어놓았다. 그를 두렵게 만들고 초조하게 만든 이 집. 지금 그는 집을 통째로 끌어안아 제시의 차로 옮긴 다음 어디로든 가져가고 싶었다.

"그만큼 자기를 사랑하는 거야, 릴라 워터스 로렌스."

그는 자신의 검지 끝에 입을 맞추고 손가락을 그녀의 이마로 가져갔다.

그녀는 꿈쩍도 하지 않았다. 그래서 루터는 상체를 기울여 그녀의 배에 키스한 다음 제시의 차로 돌아와 북쪽으로 방향을 틀었다. 털사의 지평선 위로 새벽기운이 일어나고 새들이 잠에서 깨어났다.

10

2주 동안, 아버지가 없을 때면 테사는 대니의 집을 찾았다. 둘이 그냥 잠만 잔 것은 아니지만 그렇다고 밀회를 즐겼다고 하기에도 멋쩍은 관계였다. 뭐랄까, 다소 설익었달까? 때때로 그녀가 명령을 내리기도 했다. 좀 더 천천히, 더 빨리, 더 강하게, 그래, 거기, 아니 거기 말고, 돌아누워, 일어나 앉아, 똑바로 누워. 서로 할퀴고, 씹고, 뼈가 으스러지도록 끌어안는 게 너무도 절박해 보였으나, 그러면서도 그는 더 많은 것을 원했다. 이따금 순찰을 돌 때면 통증 때문에 눈살을 찌푸리기도 했다. 거친 제복이 지난번에 딱지 앉은 상처를 쓸었던 것이다. 그런 밤이면, 그의 침실은 야수의 동굴이 되고 말았다. 두 사람은 침실로 들어서자마자 서로를 발기발기 찢어놓기 시작했다. 그 동안에는 동네의 소음조차 외계 생명체의 괴음으로 들렸다. 자동차 경적소리. 골목에서 공놀이 하는 아이들 소리, 건물 뒤 헛간의 말 울음소리. 심지어 그와 테사에 이어 옥상에 재미를 붙인 누군가가 비상계단을 오르는 소리도 기이하기만 했다.

그 거친 섹스에도 불구하고, 일이 끝나는 순간 테사는 곧바로 요조숙녀로 돌아갔다. 그녀는 한 마디도 없이 자기 방으로 돌아갔다. 한 번도 그의 침대에서 잠든 적은 없었지만, 그는 개의치 않았다. 사실 그도 이런 방식이 좋았다. 냉혹한 열정? 이런 식의 뜬금없는 분노의 방사 또한 노라를 향한 그의 감정과 관계가 있을지도 모르겠다. 그를 사랑하고 그를 버리고 그러면서도 계속 살아가는 그녀에 대한 징벌인 셈이다.

테사와 사랑에 빠질 위험은 없었다. 그녀 편에서도 마찬가지였다. 뱀처럼 휘감는 욕망을 통해 그가 느끼는 건 무엇보다 경멸감이었다. 단순히 그를 향한 그녀, 그리고 그녀를 향한 그의 감정이 아니라, 두 사람이 공히 이런 식의 황량한 탐닉 행위에 대해 갖는 모멸감 같은 것이었다. 그의 몸에 올라타 두 손으로 가슴을 움켜잡을 때마다 그녀는 이렇게 속삭였다.

"철부지 같으니."

그건 바로 저주의 주문이었다.

페데리코는 돌아오면 대니를 불러 실버스톤의 오페라를 틀어놓고 아니스 주를 권했다. 그동안 테사는 작은 책상에 앉아 페데리코가 뉴잉글랜드와 트라이―스테이트(뉴욕, 뉴저지, 코네티컷 지역을 뜻함 ― 옮긴이)에서 사온 초급교본으로 영어공부를 했다. 처음에는 페데리코가 둘 사이의 관계를 눈치 챌까 걱정했으나, 책상의 테사는 이미 완전한 이방인이었다. 그녀는 두 다리를 페티코트 아래 감추고 크레이프 블라우스도 목까지 단단히 여미었다. 그리고 두 사람의 시선이 부딪칠 때에도, 그 눈엔 언어에 대한 의문 외에 그 어느 것도 들어 있지 않았다.

"탐―닉을 설명―하면……?"

그녀는 그런 식으로 혼자 중얼거릴 뿐이었다.

그런 밤이면, 대니는 배신당한 기분으로 자기 방으로 돌아와야 했다. 그리고 창가에 앉아 밤늦게까지 에디 맥케나의 보따리를 읽어댔다.

경우회 모임에도 계속 나갔으나 상황이나 전망의 변화는 거의 없었다. 시장은 여전히 그들과의 면담을 피했고, 한편으로는 새뮤얼 곰퍼스와 노동총연맹 역시 지부 자격을 내주는데 미적거리기만 했다.

"신념을 갖게. 로마는 하루아침에 이루어진 게 아니라네."

언젠가 마크 덴튼이 한 경관에게 그렇게 말했다.

"그래도 그쪽은 이루어지기라도 했죠."

그 친구의 대답이었다.

어느 날 밤, 이틀을 꼬박 근무한 후 돌아와 보니 디마시 부인이 테사와 페데리코의 깔개를 계단 아래로 끌어내리고 있었다. 대니가 도우려 했으나 그녀는 그를 물리치고 물건을 로비에 놓은 다음 한숨부터 내쉬었다.

"여자는 떠났다오." 노파가 말했다. 그 순간 대니는 그녀가 그와 테사와의 관계를 알고 있다는 사실을 깨달아야 했다. 이제 이곳에 사는 한 그녀는 어떤 식으로든 색안경으로 그를 대할 것이다. "작별인사는커녕 방세까지 떼어먹었지. 당신도 포기해요. 죽어도 못 찾아낼 테니. 그 나라 여자들은 원래 심장이 검기로 유명하다우. 마녀들이라는 사람들도 있을 정도로. 테사도 원래 검은 심장인데, 아기가 죽으면서 더 새까매진 거야. 그래, 어쩌면 당신 때문에 더 검게 된 건지도 모르겠군."

그녀는 마지막 말을 덧붙이면서 자기 방을 향해 움직이기 시작했다.

그리고 방문을 열려다 문득 그를 돌아보았다.

"누가 찾아왔수."

"누구요?"

"들어가 보구려."

그녀는 이렇게 내뱉곤 집 안으로 들어가 버렸다.

그는 계단을 오르며 총지갑의 가죽 방아쇠울을 풀었지만, 여전히 테사 생각을 떨칠 수는 없었다. 흔적을 남겼다면 아직 늦지 않았을 수도 있다. 적어도 설명은 하고 떠나야 했다. 분명 할 말이 있었을 것이다.

계단 위에 다다르자 아버지의 목소리가 들렸다. 그는 방아쇠울을 다시 잠갔다. 하지만 그가 향한 곳은 목소리 방향이 아니라 테사와 페데리코의 집이었다. 문이 조금 열려 있었다. 그가 문을 밀었다. 깔개는 빼냈지만 거실은 거의 달라진 게 없었다. 거실에 들어가자 사진이 모두 없어진 걸 볼 수 있었다. 침실 벽장도 비어 있고 침대 시트도 벗겨져나갔다. 테사가 분과 향수를 두고 썼던 화장대 위에는 아무것도 없었다. 구석의 모자걸이는 뼈대만 앙상하게 드러나 있었다. 하지만 돌아 나오는 순간 식은땀이 귀 뒤를 타고 목덜미로 흘러내렸다. 실버스톤을 두고 간 것이다.

뚜껑이 열려 있었다. 그가 가까이 다가가자 악취가 코를 찔렀다. 누군가 턴테이블에 산을 쏟아 벨벳 바닥을 모두 녹여버렸다. 캐비닛을 열어보니 페데리코의 소중한 레코드가 모두 박살이 나 있었다. 제일 처음 든 생각은 두 부녀가 살해당했다는 쪽이었다. 이 보물이 이런 식으로 능욕당하도록 내버려 둘 노인네가 아니었다.

그리고 그의 눈에 쪽지가 들어왔다. 캐비닛의 오른쪽 문에 붙어 있었는데 필체는 분명 페데리코의 것이었다. 첫 날밤 대니를 초대하기 위해 붙여둔 쪽지의 필체와 같았다. 대니는 갑자기 욕지기를 느꼈다.

경관,

이 나무가 여전히 나무인가?

페데리코

"에이든, 오랜만이구나."

그때 문간에서 아버지 목소리가 들렸다. 대니는 그를 돌아보았다.

"도대체, 이게?"

아버지가 집 안으로 들어왔다.

"주민들 말로는 아주 친절한 노인이라더라. 네 생각도 같겠지?"

대니가 어깻짓을 했다. 갑자기 바보가 된 기분이었다.

"아니, 그자는 친절하지도 않고 노인도 아니야. 아무튼 너한테 남긴 쪽지는 무슨 뜻이냐?"

"사적인 농담이에요."

대니의 대답에 아버지가 눈살을 찌푸렸다.

"이젠 사적인 건 없다, 에이든."

"무슨 영문인지부터 말씀해 주시죠."

아버지가 미소 지었다.

"네 방으로 가자. 그곳에 답이 있으니까."

대니는 그를 따라 복도를 걸어갔다. 집에는 두 사람이 기다리고 있었다. 둘 다 나비넥타이에 세로줄 무늬의 두꺼운 갈색정장차림이었고, 바셀린으로 바짝 붙인 머리는 가운데 가르마를 타고 있었다. 구두는 평범한 갈색이었지만 눈이 부실 정도로 빛이 났다. 법무성. 티가 나도 너무 났다. 이마에 배지를 꽂고 다니지 않는 게 신기할 정도였다.

둘 중 키 큰 쪽이 그를 건너다보았다. 작은 쪽은 대니의 커피 테이블 가장자리에 앉아 있었다.

“커글린 경관?”

키 큰 남자가 물었다.

“당신들은 누구요?”

“내가 먼저 물었소.”

“그게 대순가요? 난 이 집에 삽니다.”

대니의 아버지는 팔짱을 낀 채 창에 기대 서 있었다. 그는 분명 쇼를 즐기고 있었다.

“내 이름은 핀치요. 레이미 핀치. 레이미. 레이먼드가 아니라 그냥 레이미. 당신은 날 핀치 요원이라고 부르는 게 좋겠군.”

운동선수의 외모에 유연한 수족, 튼튼한 통뼈의 소유자였다.

대니는 담뱃불을 붙이고 문지방에 기댔다.

“배지는 있습니까?”

“당신 부친께 이미 보여줬소.”

대니가 어깻짓을 했다.

“내가 본 건 아니오.”

핀치가 뒷주머니를 뒤지는 동안 커피 테이블의 작은 친구도 대니를 살펴보고 있었다. 대니는 그의 표정이 성직자나 쇼걸에게서 느껴지는 특유의 비릿한 혐오감을 닮았다는 생각을 했다. 그는 대니보다도 몇 살 어려 보였다. 대충 스물셋. 핀치 요원보다는 적어도 열 살은 아래이겠으나 올챙이 눈 밑에 매달린 다크서클은 그보다 두 배는 짙고 어두웠다. 그는 다리를 꼰 채로 무릎에서 뭔가를 뜯어내고 있었다.

핀치가 배지와 미국 정부의 인장이 찍힌 연방 신분증을 내보였다. 수사국.

대니가 재빨리 신분증을 훑어보았다.

"수사국?"

"이왕이면 비웃음을 빼고 발음했으면 좋겠군."

대니가 엄지로 다른 친구를 가리켰다.

"그럼 저 친구는 누구죠?"

핀치가 입을 벌렸으나, 상대가 먼저 손을 손수건으로 닦고 대니한테 내밀었다.

"존 후버*입니다, 커글린 형사님. 법무성의 반급진 부서에서 일하죠. 설마 급진주의자들 편은 아니겠죠, 커글린 씨?"

후버가 손을 내밀었다. 대니의 손은 그 한 번의 악수로 땀범벅이 되고 말았다.

"이 건물에 독일인은 없습니다. 법무성 일이 그런 거 아닙니까?" 그가 핀치를 돌아보았다. "그리고 수사국은 파산사기를 다루는 곳이고?"

커피 테이블의 얼간이가 대니의 코끝을 물어버릴 듯한 표정으로 노려보았다.

"우리 권한은 전후에 다소 확대된 바 있습니다, 커글린 경관."

대니가 끄덕였다.

"에, 행운을 빌죠. 아무튼 내 집에서 나가주셨으면 고맙겠습니다만."

대니가 문지방을 넘어섰다.

"징병기피자들도 다루오. 그리고 선동꾼, 폭도 등 미국에서 전쟁을 벌이려는 자들도 취급하지."

핀치 요원이었다.

"그것도 생계 방법 아닌가요?"

"좋은 돈벌이지. 특히 무정부주의자들이 그렇소. 그 개자식들이 우리의 최우선 목표인데, 당신도 폭탄 테러범들 잘 알지 않습니까, 커글린 경관? 당신과 붙어먹은 여자 얘기니까."

"붙어먹어?"

대니가 핀치에게 안면을 들이댔다. 이번에는 핀치 요원이 문설주에 기댔다.

"테사 아브루치와 붙어먹었잖소. 진짜 이름인지는 모르겠지만…… 내 말이 틀렸소?"

"아브루치 양은 압니다. 그게 어때서?"

핀치가 비릿한 미소를 지었다.

"당신은 아무것도 몰라요."

"그녀의 부친은 축음기 외판원이오. 이탈리아에서 약간의 문제가 있었지만……"

핀치가 눈썹을 치켜떴다.

"부친이 아니라 남편이겠지. 잘 들어요. 그자는 페데리코 아브루치가 아니요. 축음기에 대해 쥐꼬리만큼도 모르는 무정부주의자에 갈레아니스트라면 또 몰라도. 그게 무슨 뜻인지는 알겠소? 아니면 설명이라도 해드릴까?”

“알고 있소.”

대니가 대답했다.

“진짜 이름은 페데리코 피카라. 당신이 여편네와 그 짓을 하는 동안 그 자는 폭탄을 만들었소.”

“어디에서?”

대니가 물었다.

“바로 여기.”

레이미 핀치가 엄지로 복도 방향을 가리켰다. 존 후버가 두 손을 포개 혁대 버클로 가져갔다.

“다시 묻겠습니다, 경관. 급진주의자들을 옹호합니까?”

“그 질문엔 이미 답했다고 보는데?”

토머스 커글린이 끼어들었다.

“아니, 못 들었습니다, 서장님.”

대니가 후버를 내려다보았다. 오븐에서 너무 일찍 꺼낸 빵 같은 피부색이었다. 눈동자도 너무 작고 까만 탓에 마치 다른 동물의 머리를 보는 듯했다.

“이렇게 묻는 이유는 외양간이라도 고치기 위해서입니다. 소가 모두 달아났다고 태워버릴 수는 없는 노릇 아닙니까? 전쟁에서 배운 게 뭐죠? 적이 독일에만 있는 게 아니라는 사실 아닌가요? 놈들은 배를 타고 건너와 이 나라의 터무니없는 이민 정책을 틈타 본격적으로 활동을 개시했습니다. 노동자들과 빈자들의 친구로 위장해 광부들과 공돌이들을 가르치는 거죠. 하지만 그건 진짜 모습이 아닙니다. 거짓말쟁이에 선동가에 지독한 전염병이야말로 놈들의 본색이죠. 물론 목적은 우리 민주주의를 파괴하는 것이니, 당연히 처단해야겠죠. 자, 이제 세 번째로 묻습니다. 커글린 경관은 용공분자입니까?"

후버는 말을 하는 도중에도 손수건으로 연신 목을 훔쳐냈다. 옷깃이 땀으로 얼룩졌다.

"이 양반 진담하는 건가요?"

대니가 물었다.

"오, 물론."

핀치의 대답이다.

"이름이 존이라고 했죠?"

대니가 묻자 뚱보가 가볍게 고갯짓을 했다.

"전쟁에서 싸워봤습니까?"

후버가 커다란 머리를 저었다.

"불행하게도 그런 영광을 얻지 못했죠."

"영광이라. 좋아요, 나도 그런 영광은 없었으니까. 하지만 그건 내가 후방에 필요한 인력이기 때문에 그런 겁니다. 당신은 이유가 뭐죠?"

후버의 얼굴이 벌게졌다. 그가 손수건을 주머니에 넣었다.

"조국에 이바지하는 방법은 많습니다, 커글린 씨."

"물론, 그렇겠지. 하지만 존, 난 조국에 봉사하다가 목에 구멍까지 났소. 그러니 다시 한 번만 내 애국심에 의문을 갖는다면, 당신을 저

빌어먹을 창밖으로 내던지고 말겠소."

아버지가 한 손을 가슴에 갖다 대더니 창문에서 비켜섰다.

후버는 다시 대니를 노려보았다. 마치 막대기를 들고 전쟁놀이를 하는 동네 꼬마 같았다. 채 검증되지도 않은 무모한 양심과 도덕적 우월감을 무기처럼 휘둘러대는 아이. 물론 꼬마보다는 컸지만 어른이 되기에는 한참 부족한 자였다.

핀치가 목청을 가다듬었다.

"신사분들, 오늘 주제는 폭발물입니다. 그 문제로 돌아가지 않겠소?"

"테사와의 관계는 어떻게 안 거요? 내 뒤를 밟은 건가?"

대니가 물었다. 핀치가 고개를 저었다.

"그 여자. 그 여자와 남편 페데리코가 마지막으로 목격된 건 10개월 전 오리건에서였소. 테사의 가방을 조사하려던 승무원을 박살내고, 달리는 기차에서 뛰어내렸지. 문제는, 가방을 두고 떠날 수밖에 없었던 거요. 그리고 포틀랜드 경찰이 기차를 세워, 뇌관, 다이너마이트, 피스톨 두 자루를 찾아낸 거죠. 진짜 무정부주의자의 연장통이었다더군. 불쌍한 승무원은 그때 입은 부상으로 죽고 말았소."

"아직 내 질문엔 대답하지 않았소."

대니가 물었다.

"한 달 전쯤 두 사람을 찾아냈는데, 결국 여기가 갈레아니의 사령부였던 겁니다. 하지만 그녀가 임신 중이라는 소문까지도 들었는데 독감이 기승을 부리던 때라, 우리도 운신이 쉽지가 못했던 거요. 마침 무정부주의자 지하조직에 우릴 도와주는 친구가 하나 있는데, 어젯밤에 테사의 주소를 뱉어냈지. 그런데 어떻게 알았는지 모르겠지만 우리가 도착하기 전에 이미 사라졌더군. 당신? 당신은 쉬웠소. 최근에 테사가 이상한 행동을 하지 않았는지 이곳 주민들한테 물어보는 것으로 족했으니까. 남녀를 불문하고 모두 그러더군. '5층 경찰하고 그 지랄하는 것 말고요? 아니 없어요.'"

"테사가 폭탄테러범이라고? 아니, 믿을 수 없어."

대니가 고개를 저었다.

"그래요? 한 시간 전에 그 여자 방바닥 틈에서, 존이 금속톱밥을 찾아냈소. 그리고 강산 효과가 분명한 열 흔적도 확인했다오. 직접 보시겠소? 그자들은 폭탄을 만들고 있던 거요, 커글린 경관. 아니, 정정하리다…… 그자들은 이미 폭탄을 만들었으니까. 갈레아니가 직접 작성한 교본을 이용했겠지."

대니는 창가로 다가가 창문을 열고 차가운 공기를 들이마셨다. 멀리 부두의 불빛이 보였다. 루이지 갈레아니는 미국 무정부주의의 시조로, 연방정부의 전복을 공개적으로 선포한 인물이며, 지난 5년간 발생한 주요 테러사건에 있어서 가장 대표적인 주모자로 거론되는 자였다.

"당신 여자 친구에 대해 말하자면, 테사는 본명 맞소. 하지만 당신이 그 여자에 대해 아는 거라곤 그게 다겠지." 핀치는 대니와 아버지 옆으로 다가와 접은 손수건을 펴보였다. "자 봐요."

손수건 안에는 하얀 가루가 들어 있었다.

"뇌산수은이요. 식용소금처럼 보이지 않소? 그걸 바위에 올려놓고 망치로 때려 봐요. 그럼 바위는 물론 망치까지 폭파할 테니까. 당신 팔도 함께 날아갈 수도 있고. 당신 여친은 나폴리 태생으로 원래 이름은 테사 발파로였소. 슬럼가에서 컸고 콜레라로 부모를 잃었지. 열두 살부터 매음굴을 전전했는데 열세 살에 고객을 살해한 적이 있소. 아주 기발한 면도날 살인이었지. 그 직후에 페데리코를 만나 이곳으로 온 거요."

이번엔 후버가 말을 받았다.

"이곳으로 건너온 다음엔 북쪽 린에서 루이지 갈레아니를 만나게 되죠. 두 사람은 그가 뉴욕과 시카고를 기습하는데 일조하고, 다시 자애로운 자매로 변신하여 케이프코드와 시애틀을 오가며 불쌍하고 힘없는 노동자들을 도와줍니다. 물론 그 빌어먹을 선동지 《크로나카 소베르시바》(20세기 초 유명한 무정부주의 신문 — 옮긴이) 관련 일도 하죠. 들어봤습니까?"

"노스엔드에 살면서 모를 수는 없겠지. 사람들은 그 종이로 생선을 싸니까."

"예, 하지만 불법이죠."

후버가 말했다.

"정확히는 우편으로 배포하는 게 불법이요. 사실 그렇게 된 이유가 바로 나라오. 《크로나카 소베르시바》 사무실을 급습해 갈레아니를 두 번이나 체포했더랬소. 어쨌든 장담하건데 올해가 가기 전에 반드시 그 자를 추방해 버릴 거요."

"왜, 아직 추방하지 못한 거죠?"

"아직 법은 파괴분자들한테 호의적이라오. 물론 이제부터는 달라지겠지만."

후버가 대답했다.

대니가 키득였다.

"유진 뎁스(미국의 유명한 노동운동가이자 대통령 후보 — 옮긴이)는 그 빌어먹을 연설 때문에 감옥에 들어갔는데?"(제1차 세계대전에 반대하였다가 징병제도를 방해한 혐의로 기소됨 — 옮긴이)

"폭력을 조장하는 연설이었습니다. 내 나라를 엿 먹이려 한 거예요."

후버의 목소리가 크고 높아졌다.

대니는 땅딸보를 향해 눈을 한 번 굴려보였다.

"내 요점은 이거요. 연설을 빙자해 과거 대통령 후보까지 감옥으로 보내는 사람들이, 이 나라에서 가장 위험한 테러리스트를 추방하지 못한다는 게 말이 되는 겁니까?"

핀치가 한숨을 내쉬었다.

"미국인 아이들과 미국인 아내. 지난번엔 그걸로 동정표를 얻었소만, 어쨌든 갈 거요. 다음번엔 반드시 보낼 테니."

"모조리 보내버려요. 더러운 놈들 싸그리 몰아서."

후버가 추임새를 넣었다.

대니가 아버지를 돌아보았다.

"한 마디 해보시죠?"

"무슨 말?"

아버지가 가볍게 되물었다.

"여기에서 뭘 하시는 겁니까?"

"말했잖아. 여기 이 신사분들이 와서 그러더구나. 내 아들, 에이든이 테러범들하고 놀고 있다고."

"대니라고 부르세요."

아버지는 주머니에서 블랙잭(추잉 껌 상표 — 옮긴이)을 꺼내 사람들에게 권했다. 존 후버는 하나를 받았으나 대니와 핀치는 거절했다. 아버지와 후버는 포장을 벗겨 껌을 입 안에 넣었다.

"대니, 바로 코앞에서 테러범이 폭탄을 제조하는 동안 내 아들이 그 여편네와 그렇고 그런 행각을 벌였다는 얘기가 신문에 난다고 해 보자. 그럼 경찰 체면이 뭐가 되겠냐?"

아버지가 한숨을 쉬며 말했다.

대니가 핀치에게 돌아섰다.

"그럼, 잡아서 추방해요. 그게 목적 아니요?"

"그러리다. 하지만 문제는 그때까지 놈들도 뭔가 골칫거리를 꾸미고 있다는 게요. 이미 5월 테러가 계획되어 있다는 첩보를 입수했는데, 내가 알기로는 당신 부친께서 이미 그 일로 브리핑까지 했다더군. 놈들이 어디에서 누굴 공격할 생각인지는 우리도 모르오. 짐작 가는 바는 있어도 워낙에 럭비공 같은 놈들이라서. 언제나처럼 판사나 정치가들을 쫓기야 하겠지만 우리가 방어에 애 먹고 있는 곳은 오히려 산업체요. 도대체 어떤 산업을 타깃으로 하고 있지? 석탄, 철광, 납,

설탕, 제철, 고무, 섬유? 공장을 칠까? 아니면 양조장? 그것도 아니면 유정탑? 모르겠소. 아, 그렇다고 완전히 까막눈이라는 얘긴 아니지. 놈들은 바로 여기, 당신네 마을을 공격할 테니까."

"언제?"

"내일일 수도 있고, 지금부터 석 달 후일 수도 있겠죠. 아니면 정말로 5월이 될 수도 있고."

그가 어깻짓을 했다.

"하지만 장담합니다. 공격은 필시 대규모가 될 겁니다."

후버가 말했다.

핀치가 재킷에서 종잇조각을 꺼내 대니한테 건넸다.

"여자 벽장에서 찾아낸 거요. 초안처럼 보이더군."

대니가 종이를 펼쳤다. 신문 글자를 오려붙인 메모였다.

어디 해보시지!

우릴 추방하라고!

너희들을 다이너마이트로 날려줄 테니.

대니가 쪽지를 돌려주었다.

"분명 언론사에 뿌리기 위해 준비된 글이오. 아직 보내지는 않았지만 신문에 실리는 것을 신호로 어딘가 터질 겁니다."

핀치의 말이었다.

"아무튼 나한테 그런 얘기를 하는 이유가 뭐죠?"

대니가 물었다.

"그 자들을 막는데 관심이 있는지 알고 싶어서."

"저 애는 자존심이 강하다오. 이런 일을 외면해 명예를 더럽힐 놈이 못 되지."

아버지가 말했다.

대니는 아버지 말을 무시해 버렸다.

"제정신이라면 누구나 막고 싶은 것 아닌가요?"

"하지만 당신은 누구나가 아닙니다. 갈레아니가 한 번 날려버리려 했으니까요."

존 후버였다.

"뭐라고?"

"살루테이션 테러를 명령한 자가 누구겠소? 우연? 그건 절대 아니요. 사건 한 달 전 반전운동가 셋을 체포한 데 대한 보복이었지. 또 지난 해 시카고에서 날아간 경찰 10인의 배후에 누가 있었을 것 같소? 갈레아니, 바로 그 자요. 바로 그자의 꼭두각시들이 한 짓이지. 놈들은 록펠러를 죽이려 했고, 판사들을 죽이려 했고, 퍼레이드를 박살내려 했소. 망할, 세인트 패트릭 성당도 폭파시켰지. 갈레아니와 갈레아니스트들. 세기말에 이와 똑같은 철학으로 무장한 자들이 맥킨리 대통령을 죽이고, 프랑스 대통령과 스페인 수상, 오스트리아 황태자, 그리고 이탈리아의 왕을 죽였소. 불과 6년 사이에. 이따금 스스로 날아가기도 하지만 그렇다고 웃을 일은 못 되오. 놈들은 살인자요. 당신이 그 중 하나와 놀아나는 동안, 바로 당신 코앞에서 폭탄을 만들고 있었던 겁니다. 아니, 정정하리다. 그 여자가 당신을 갖고 노는 동안이라고 해야겠군. 그래, 커글린 경관, 얼마나 더 연루되어야 사건의 본질에 눈을 뜰 생각이요?"

핀치가 열변을 토했다.

대니는 침대 위의 테사를 떠올렸다. 두 사람이 만들어낸 신음, 밀어붙일 때마다 커지던 그녀의 눈, 살갗을 찢어내던 손톱, 미소, 그리고 누군가 비상계단을 오르내리던 소리.

"당신은 그를 가까이서 본 사람이요. 다시 만난다면, 낡은 사진만 본 사람들보다 당연히 한두 가지 이점이 있을 겁니다."

"그 자들을 찾는 건 불가능해요. 적어도 이 지역에선. 난 미국인이니까."

"여긴 미국입니다."

후버의 말에 대니가 고개를 저으며 마룻바닥을 가리켰다.

"이곳은 이탈리아요."

"하지만, 우리가 도와준다면?"

"어떻게?"

핀치가 사진 한 장을 내밀었다. 몇 번의 복사를 거친 듯 화질이 엉망이었다. 사진 속의 사내는 서른 정도로 보였고 귀족처럼 가는 코에 새우눈을 했다. 깨끗한 면도에 금발, 피부는 창백해 보였으나 사실 화질 때문에라도 모두 어림짐작에 불과했다.

"볼셰비키처럼 보이지는 않네요."

"하지만 진짜요."

대니가 사진을 돌려주었다.

"누굽니까?"

"이름은 네이든 비숍. 완전 영국인 꽃미남 의사에 급진주의자요. 테러리스트들이 사고로 손을 날리면 어디 가는지 압니까? 응급실? 아니, 이 친구를 만나러 가요. 네이든 비숍은 매사추세츠 급진운동의 종합병원 같은 자요. 급진주의자들은 자기 팀 외에 아무도 만나지 않지만 네이든이 바로 연결고리요. 당연히 선수들을 모조리 꿰고 있지."

"그리고 술을 즐기죠. 그것도 엄청나게."

후버였다.

"왜 댁들이 하지 않고 여기로 가져 온 거요?"

대니의 말에 핀치가 고개를 저었다.

"안 되니까."

"왜죠?"

핀치가 난감한 표정을 지었다.

"솔직하게 말해요? 우린 예산이 없소. 그래서 당신 부친을 찾았고 당신이 이미 급진파들에 대한 사전조사 중이라는 얘기를 들었소. 우린 당신이 조직에 침투하기를 원하오. 그래서 차량번호, 지도부 명단 따위를 가져다줘요. 하지만 그 동안에 절대 비숍한테서 눈을 떼면 안 되오. 조만간 마주치게 될 테니. 그 자한테 접근하면 나머지 개자식들은 그냥 따라올 거요. 록스베리 라트비아 노동자연합에 대해 들어봤죠?"

대니가 끄덕였다.

"이 근처에선 그냥 레트라고 부릅니다."

핀치가 처음 듣는 소리라는 듯 고개를 갸웃했다.

"어떤 감상적인 이유가 있는지는 몰라도, 비숍이 제일 좋아하는 그룹 같더군. 그 단체를 움직이는 루이스 프라이나*라는 유대인은 조국 러시아와의 연대를 선언한 자인데, 둘이 친구요. 우린 프라이나가 이 모든 사건의 대표 모사꾼이라는 첩보를 갖고 있지."

"이 모든 사건이라니? 도무지 무슨 얘기인지 하나도 모르겠군."

핀치가 토머스 커글린을 보았다. 대니의 아버지는 두 손바닥을 들어 보이고 어깻짓을 했다.

"봄에 뭔가 큰 건을 터뜨릴 것 같소."

"그게 뭐죠?"

"전국 노동절 봉기."

대니가 웃었다. 다른 사람들은 아무도 웃지 않았다.

"지금 심각한 얘긴 거죠?"

아버지가 고개를 끄덕였다.

"무장봉기에 이은 폭탄 테러. 전국 주요 도시의 급진조직들이 입을 맞추고 있다."

"목적은요? 설마 워싱턴으로 돌진할 생각은 아니겠죠?"

"그건 니콜라이 황제가 상트페테스부르크에 대해 한 말이요(1905년 피의 일요일. 궁전으로 행진하던 비무장 평화시위대들에게 난사한 사건에 대한 언급이다 — 옮긴이)."

핀치가 말했다.

대니는 방한외투와 청색 코트를 벗고 티셔츠 차림으로 총을 풀어 벽장문에 걸었다. 그리고 호밀주 한 잔을 따랐으나 다른 사람들한테 병을 돌리지는 않았다.

"그래서 비숍이라는 자가 레트와 연결되어 있다?"

핀치의 고갯짓.

"레트가 갈레아니스트들과 표면적인 관계는 없어 보이지만 똑같은 급진주의자요. 따라서 비숍은 둘 다 관계가 있다고 볼 수 있지."

"한손엔 볼셰비키 다른 손엔 무정부주의자라."

대니가 중얼거렸다.

"그리고 네이든 비숍이 둘을 이어주죠."

"그러니까 내가 레트에 침투해 그 자들이 메이데이 폭탄을 만드는지, 아니면 갈레아니와 어떤 식으로 연결되어 있는지 따위를 캐내라는 겁니까?"

"갈레아니가 아니라 추종자들이라도 좋습니다."

후버가 말했다.

"그런데 아니면?"

대니가 물었다.

"우편물 발송 명부를 구해요."

핀치가 말했다. 대니는 다시 한 잔을 따랐다.

"뭐요?"

"우편물 발송 명부. 파괴분자 단체를 깨부수는 데는 그게 열쇠입니다. 지난 해 《크로나카》 사무실을 급습할 때 막 최신호 발간을 마쳤더군요. 그래서 그자들이 그 망할 전단지를 보내려 한 모든 명단을 손에 넣었고, 그 명단에 기초해 법무성은 그 중 여섯을 추방했죠."

후버의 말이다.

"음흠. 윌슨(우드로 윌슨, 미국 28대 대통령 — 옮긴이)을 호모 새끼라고 부른 사내를 그쪽에서 추방했다는 얘기는 들었죠."

"그러려고 했죠. 불행하게도 판사는 교도소가 더 어울린다고 생각했지만요."

그 말엔 대니의 아버지조차 황당한 모양이었다.

"호모 새끼라고 했다는 이유로?"

"대통령을 호모 새끼라고 한 겁니다."

핀치가 교정해 주었다.

"그러다가 테사와 페데리코를 만나면?"

문득 그녀의 향기가 코를 찔렀다.

"그냥 쏴버려요. 그런 다음에 '멈춰'라고 외치면 되니까."

핀치가 말했다.

"아무래도 이해가 잘 안 가는군요."

대니가 말했다.

"아니, 이해 못할 것 없다."

아버지였다.

"볼셰비키는 단순한 선동가입니다. 갈레아니스트는 테러리스트들이고. 차원이 다른 것 아닙니까?"

"그렇다고 서로 배척하는 것도 아닙니다."

대니의 말에 후버가 덧붙였다.

"그거야 어찌 됐든, 그 사람들은……"

"이봐요. 당신, '볼셰비키'나 '공산주의자'라는 개념에 다른 사람들이 이해 못할 뉘앙스라도 있는 것처럼 말하는군요. 그자들은 다르지 않소. 빌어먹을 테러리스트들이지. 모두가 다. 이 나라는 지금 파국으로 치닫고 있소, 경관. 그리고 우리 판단엔 노동절이 디데이요. 그럼 사방에 폭탄이나 라이플을 든 혁명론자들이 득세하게 되고, 이 나라는 그대로 폭삭 주저앉는 거요. 한 번 생각해 봐요. 무고한 미국인들의 시체들이 거리마다 넘쳐나는 장면 말이요. 수천의 아이들과 어머니들, 노동자들까지. 이유가 뭔지 아오? 그 개자식들이 우리 삶을 질투하기 때문이요. 우리가 놈들보다 잘 살고 더 착하기 때문이란 말이요. 더 풍요롭고 더 자유롭고, 대부분이 쓸모없는 사막과 바다뿐인 세계에서 유독 우리만 비옥한 땅이 많기 때문이라 이거요. 하지만 이 나라는 어느 하나 독차지하지 않고 모두에게 베풀고 있소. 그래서? 그런다고 그자들이 고마워하나? 받아준 데 대해 감사한 적이나 있소? 아니, 그자들은 우리를 죽이려 해요. 우리가 로마노비치라도 되는 것처럼 정부를 박살내려고 한단 말이요. 아니, 우리는 로마노비치가 아니요. 우리는 세상에서 유일하게 성공적인 민주국가요. 그리고 그것 때문에 미안해 할 일은 더 이상 없을 거요."

핀치의 말투는 격렬했고 두 눈은 또렷또렷했다.

대니는 잠시 기다렸다가 박수를 치기 시작했다.

후버가 대니를 비난하려 했으나 그보다 먼저 핀치가 박수에 답례했다.

대니는 문득 살루테이션 거리를 떠올렸다. 벽이 하얀 먼지로 변하고, 발밑이 허물어졌다. 지금껏 누구한테도 그 얘기를 한 적은 없었다. 심지어 노라한테도 아니었다. 그때의 무기력감을 어떻게 말로 표현할 수 있단 말인가. 그건 불가능하다. 절대로. 폭탄 테러 때문에 1층에서 곧바로 지하실로 떨어지는 동안, 다시는 먹지도, 걷지도 못하고, 뺨에 베개를 댈 수도 없으리라는 사실이 무엇보다 두려웠다.

그때 그는 그런 생각을 했다.

'내가 졌소.' 신에게 지고 우연에게 지고 이놈의 무력감에 졌다.

"하겠소."

대니가 말했다.

"애국심 때문이요, 아니면 자존심이요?"

핀치가 한쪽 눈을 치켜뜨며 물었다.

"상관있습니까?"

대니가 대답했다.

핀치와 후버가 떠난 후, 대니는 아버지와 소형테이블에 앉아 호밀주 병을 돌렸다.

"언제부터 보스턴 경찰 일에 연방을 끌어들인 겁니까?"

아버지는 아득한 미소를 지으며 병을 입에 갖다 댔다.

"전쟁이 나라를 바꿔놓은 후부터. 우리가 패전국이라면 달라질 거야 없겠지만 불행히도 그 반대야. 금주법 때문에라도 이 나라는 더 많이 변하고 움츠러들 게다. 결국 미래는 연방이야. 지방이 아니라."

"아버지 미래요?"

아버지가 키득거렸다.

"내 미래? 난 늙은 데다 구닥다리야. 아니, 내 미래가 아니다."

"그럼 국가의 미랜가요?"

아버지가 끄덕였다.

"그리고 네 미래. 네 나라에서 어깨는 펴고 살아야 할 것 아니냐. 빨갱이들처럼 턱수염을 기르려면 얼마나 걸리겠냐?"

그는 병을 홀짝인 후 아들한테 넘겼다.

대니는 이미 두 뺨을 덮기 시작한 짧은 수염을 만져보았다.

"글쎄요."

아버지가 자리에서 일어났다.

"제복은 잘 다려 두어라. 이제 쓸 일이 없을 테니."

"형사 자리를 주겠다는 얘긴가요?"

"어떻게 생각하느냐?"

"그냥 말씀하세요."

"이 일만 해내면 금배지를 달게 될 게다."

"좋군요."

"얼마 전에도 보스턴 경우회 모임에 나타났다는 얘기 들었다. 나한테 밀고자가 되고 싶지 않다고 하지 않았냐?"

대니가 끄덕였다.

"아니면 조합원이 되기로 한 거냐?"

대니가 고개를 저었다.

"그냥, 거기 커피가 맛이 있어서요."

아버지는 문고리를 잡은 채 한참 동안 아들을 바라보았다.

"침대 시트. 아무래도 한 번 벗겨서 깨끗이 세탁하는 게 좋지 않겠냐?"

그리고 그는 고개를 한 번 크게 끄덕이고 집을 나섰다.

대니는 테이블 옆에 서서 호밀주를 병째로 들이켰다. 계단을 밟는 아버지의 발자국소리가 점점 멀어졌다. 그는 지저분한 침대를 내려다보며 다시 한 번 병을 기울였다.

11

제시의 차는 미주리 주 중부에서 고장이 났다. 웨인즈빌을 지나자마자 한쪽 타이어가 펵 하고 터져버린 것이다. 지금껏 가능한 한 밤에, 그것도 뒷길로만 차를 몰고 다녔다. 타이어가 펑크 난 건 새벽 즈음이었다. 제시한테 스페어 타이어가 있을 리 없었기에 루터로서는 그냥 펑크 난 차를 몰 수밖에 없었다. 그는 기어를 1단에 놓고 길 가장자리로 기어 다녔다. 거의 황소가 쟁기 끄는 수준이었다. 이윽고 계곡에 햇살이 비추자마자 주유소가 보였고 그는 그곳으로 들어갔다.

두 명의 백인이 정비소 차고에서 나왔다. 그 중 하나는 걸레로 손을 닦고 있었고 다른 하나는 사사프라스 병을 빨았다. 좋은 차라고 추켜세우며 어떻게 손에 넣었는지 물은 건 후자였다.

루터는 두 사람이 후드 양쪽으로 갈라서는 것을 보았다. 걸레를 든 자가 다시 이마를 문지르며 땅바닥에 씹는담배를 뱉어냈다.

"돈을 모아서 샀습니다."

루터가 말했다.

"돈을 모아? 무슨 일을 하는데?"

술병을 든 자가 갑자기 구미가 당긴다는 말투로 물었다. 날씨가 추운지 양피코트를 걸치고 있었다. 삐쩍 마른 데다 멀대같이 키만 컸는데, 붉은색 머리는 숱이 많았지만 정수리엔 주먹만 한 공터가 보였다.

"전시에 무기 공장을 다녔습니다."

루터가 대답했다.

"음흠."

사내는 천천히 돌아다니며 차를 살폈다. 이따금 웅크리고 앉아 우그러든 부분들을 확인했는데, 망치로 펼 것인지 아니면 도색을 할 것인지 가늠하는 표정이었다.

"너도 전쟁에 참가했잖아, 버나드?"

버나드는 다시 침을 뱉고 입을 닦은 다음, 짜리몽땅한 손으로 후드 가장자리를 훑어 걸쇠를 찾았다.

"그랬지. 아이티였는데, 어떤 마을에 떨어뜨리더니, 누구든 이상한 표정을 지으면 무조건 죽여버리라고 하더라고."

버나드가 대답했다. 그는 그때 처음으로 루터에게 시선을 주었다.

"그런 놈들이 많았어?"

붉은 머리가 물었다.

"당연히. 하지만 총을 쏜 다음부턴 없어졌어."

버나드가 후드를 퍽 하고 열었다.

"당신, 이름이 뭐지?"

붉은 머리가 루터에게 물었다.

"그냥, 펑크를 때우러 온 겁니다."

"이름 한 번 더럽게 기네. 안 그렇냐, 버나드?"

그가 비아냥거렸다. 버나드가 후드 뒤에서 고개를 삐쭉 내밀었다.

"발음도 어려워."

"내 이름은 컬리야."

사내가 이름을 말하며 손을 내밀었다. 루터가 악수를 했다.

"제시라고 합니다."

"만나서 반갑네, 제시." 컬리가 차 뒤로 돌아가 바지를 추스르고 타이어 옆에 쪼그리고 앉았다. "오, 그래. 이거로군. 제시, 와서 보겠나?"

루터가 차 아래로 다가가 컬리의 손끝을 보았다. 림 바로 옆에 동전 넓이의 예리한 상처가 보였다.

"날카로운 돌이 범인인 모양이야."

컬리가 말했다.

"고칠 수 있습니까?"

"물론, 고칠 수 있지. 이러고 얼마나 온 거야?"

"3킬로미터쯤. 하지만 정말 천천히 왔습니다."

루터가 대답했다. 컬리가 바퀴를 살피더니 고개를 끄덕였다.

"림이 휘거나 하지는 않은 것 같아. 제시, 어디서 온 건가?"

운전하는 동안 내내, 얘기를 하나 만들어내야 한다는 생각은 했었다. 하지만 그럴 때마다 머릿속은 자기 피를 뒤집어쓴 채 바닥에 누워 있는 제시나, 루터의 팔을 잡으려는 목사, 집 안으로 들어오라고 우기던 아더 스몰리, 아니면 마음을 걸어 잠근 채 그를 노려보던 릴라의 영상으로 가득 채워지고 말았었다.

"오하이오, 콜럼버스."

그가 대답했다. 털사라고 말할 수는 없었다.

"하지만 저긴 동쪽인데?"

컬리가 다시 물었다. 양쪽 귀로 찬바람이 느껴져 루터는 앞좌석의 코트를 꺼내 입었다.

"웨인즈빌의 친구 집에 갔다가 돌아가는 중이죠."

루터가 대답했다.

"이 추위에 콜럼버스에서 웨인즈빌까지 다녔군."

컬리가 말하는데 버나드가 쾅 소리를 내며 후드를 닫았다.

"그럴 수 있지. 코트 멋지군그래."

버나드가 차 옆으로 돌아오며 말했다.

루터가 코트를 보았다. 컨버터블칼라를 부착한 체비엇 양모 소재의 고급 코트. 물론 제시의 것이다. 원래 화려한 복장을 좋아하지만 그 어느 것보다 그가 좋아했던 옷이었다.

"고맙습니다."

루터가 인사했다.

"너무 커."

버나드가 말했다.

"그게 무슨 소리죠?"

"그냥 자네한테 크다고." 컬리가 의미심장하게 웃으며 어깨를 펴고 일어섰다. "어때, 버나드? 이 친구 타이어 고칠 수 있겠어?"

"못할 것 없잖아?"

"엔진은 어때 보여?"

"평소에 손질이 잘 된 차야. 후드 안은 모두 말짱해."

버나드의 대답이었다.

컬리가 고개를 끄덕이며 다시 차를 돌아 나왔다.

"에, 제시, 자네를 돕게 되어 기쁘네. 금방 쌩쌩 달리게 해주지. 그런데 말이야. 이 나라엔 아주 웃기는 법이 하나 있다네. 흑인 차를 고치기 전에 면허증과 등록증부터 대조하게 되어 있거든. 면허증은 있겠지?"

남자는 내내 싱글싱글 웃으며 말했다.

"잃어버렸습니다."

컬리가 버나드를 보고 텅 빈 도로를 보더니 다시 루터에게 고개를 돌렸다.

"그거 안됐군."

"그냥 펑크 난 겁니다."

"오, 그건 나도 알아, 제시. 망할, 지난 화요일만 해도 내 맘대로였지. 지금도 5분이면 이 차를 고쳐 달리게 할 수 있다네. 그 정도야 일도 아니니까. 까놓고 말해서, 내 맘대로 한다면야 이 나라에 법이 무슨 필요가 있겠나? 하지만 그 사람들도 나름대로 일을 처리하는 방식이 있지 않겠어? 그렇다고 내가 관리들한테 거짓말 할 이유도 없고 말이야. 솔직히 말하면 요즘 일도 별로 없다네. 버나드가 차를 고치는 동안 나하고 함께 카운티 법원에 가서 양식 하나만 제출하면 되는 일이야. 혹시 모르지. 에델이 그 자리에서 새 면허증을 만들어줄지도."

버나드가 걸레로 후드를 닦아 내려갔다.

"이 차, 사고 난 적 있나?"

"아니, 없습니다요, 나리."

루터가 대답했다.

"처음으로 '나리'를 붙이네. 너도 들었지?"

버나드였다.

"응, 들었어. 좋아, 제시. 우린 다만 미주리 흑인들한테 익숙해져 있어서 그런 거야. 그 애들은 좀 다르거든. 나야 개의치 않지만 그냥 그렇다는 얘기라네."

그가 루터에게 두 손을 펼쳐보였다.

"예, 나리."

"두 번째야!"

버나드가 외쳤다.

"물건 챙기지 그래? 나하고 같이 타고 가자고."

컬리였다.

루터는 뒷좌석에서 가방을 꺼냈다. 잠시 후 그는 컬리의 픽업트럭에 올라탔고 컬리는 서쪽으로 차를 몰았다.

10분 정도 지나고 먼저 컬리가 얘기를 걸었다.

"내가 전쟁에 나간 건 알 테고? 자넨?"

루터가 고개를 저었다.

"아주 좆같은 일이였네, 제시. 솔직히 지금은 뭣 때문에 싸웠는지도 모르겠다니까. 1914년하고 똑같아. 그때 세르비아 친구가 오스트리아에서 누군가 쐈잖아? 그러더니 독일이 벨기에를 협박하고 프랑스가 나서서 왜 벨기에를 괴롭히느냐고 독일한테 따지는 거야. 그 다음엔 러시아가 나섰고. 그 친구들이 끼어들었을 때 기억나나? 그 친구들이 프랑스를 옹호하고 나서니까, 어느 순간, 개나 소나 총을 쏴대고 지랄이었잖아. 이봐, 자네, 무기 공장 일했다고 했지? 그래, 거기서는 왜 싸운다고 하던가?"

"아뇨. 거기 나리들은 무기 파는 것만 생각하는 것 같던데요."

컬리가 큰 소리로 웃었다.

"망할. 어쩌면 정말 무기 팔아먹으려고 싸우는 건지도 모르겠군. 그래, 그게 다일 수도 있겠어. 무기 장사가 그만큼 중요할 수도 있으니까."

그가 다시 큰 소리로 웃으며 주먹으로 루터의 허벅지를 찔렀다. 루터도 동의의 미소를 지어 보였다. 세상이 그 정도로 어리석다면, 정말로 그럴 수 있겠다는 생각도 들기는 했다.

"예, 나리."

그가 대답했다.

"난 신문을 자주 읽는데, 베르사유에서, 독일한테 석탄 생산량 15퍼센트하고 강철도 50퍼센트 가까이 내놓으라고 하는 모양이야. 장장 50퍼센트. 그러고도 그 멍청한 나라가 다시 일어설 수 있을까? 자네 생각은 어때, 제시?"

"아닐 것 같군요."

그의 대답에 컬리가 키득거렸다.

"거기에다 영토까지 15퍼센트 빼앗기는 모양이더라고. 그런데, 그게 다 친구 싸움을 도와주려다 그런 거잖아, 안 그래? 세상에, 그럼 도대체 어느 미친놈이 친구하려고 들겠나?"

루터는 제시 생각을 했다. 문득 컬리가 누구에 대해 생각하는지 궁금했다. 지금은 차창 밖을 보고 있었는데 그 눈빛이 갈망인지 우수인지는 알 수 없었다.

"없겠죠."

루터가 대답했다.

"그러게. 친구 만들어 뭐해? 그냥 따로따로 놀지. 내 생각엔 말이야. 친구를 도와주지 않는 놈은 남자도 아니야. 물론 친구의 나쁜 짓을 도우면 대가를 치르기는 해야겠지. 하지만 그렇다고 저렇게 아작을 낼 필요가 있나? 내 생각은 그 반대지만 세상은 또 나랑 다르니까."

그는 의자에 등을 기대고 한 손을 느긋하게 운전대에 기댔다. 루터는 무슨 말을 해야 하는 건지 확신이 서지 않았다.

"내가 참전했을 땐데, 어느 날 비행기 한 대가 날아오더니 소화탄을 뿌리더라고. 휴, 정말 끔찍한 광경이었어. 소화탄이 참호를 덮치니까 군인들이 모두 뛰쳐나왔는데, 참호에 숨어 있던 독일군들이 그때부터 총을 쏴대기 시작하는 거야. 이봐, 제시, 그 날은 정말 지옥이 따로 없었다네. 자네라면 어떻게 하겠나?"

"예?"

컬리는 운전대에 가볍게 손을 얹은 채 루터를 돌아보았다.

"참호에 그냥 앉아 소화탄을 맞을 텐가? 아니면 애새끼들이 콩을 볶아대는 밖으로 뛰쳐나갈 건가?"

"잘 모르겠습니다요, 나리."

"그래, 상상도 안 갈 거야. 정말 끔찍한 일이니까. 군인들이 죽어가면서 내지르는 비명소리들. 진짜 무시무시하지." 컬리는 몸을 부르르 떨면서 하품을 했다. "그래, 살다보면 때로는 좆같은 일과 더 좆같은 일만 남을 때가 있네. 그럴 때면 생각이고 자시고 할 것도 없다네. 그냥, 되는 대로 살아가는 거야."

컬리가 다시 하품을 하고는 입을 다물었고, 둘은 그런 상태로 15킬로미터 정도를 달렸다. 주변으로는 온통 딱딱한 구름과 딱딱하게 얼어붙은 들판뿐이었다. 추위 때문에 주변은 어디나 강모로 문지른 강철처럼 보였다. 길가를 따라 뿌연 서리가 소용돌이치며 라디에이터를 향해 돌진해 들어왔다. 컬리는 기차 건널목에 다다르더니 기찻길 한가운데 트럭을 멈춰 세웠다. 엔진이 낮은 목소리로 툴툴거렸다. 그리고 그가 루터를 돌아보았다. 지금껏 담배 피우는 모습을 보지 못했건만, 그에게선 담배냄새가 났다. 두 눈 가장자리로 분홍빛의 핏줄이 선명했다.

"여기가 흑인을 담그는 데야, 제시. 자동차 절도범보다 가벼운 죄인들도 수없이 당했지."

"훔치지 않았습니다."

루터가 항변했다. 문득 가방에 든 총이 생각났다.

"자동차를 몰기만 해도 마찬가지야. 이봐, 여긴 미주리잖아. 제시, 법으로 따지려면 아무래도 일이 복잡할 거야. 좋을 수도 아닐 수도 있지만, 맘에 안 든다고 해도 솔직히 어쩔 수가 없잖아. 나야 그냥 꼴리는 대로 하면 그만이니까. 무슨 말인지 알겠지?"

루터는 아무 말도 하지 않았다.

"저기 물탱크 보이나?"

컬리의 턱짓을 따라가 보니, 선로에서 200미터쯤 아래 물탱크가 보였다.

"예."

컬리가 눈썹을 살짝 들어올렸다.

"'나리'는 또 씹어 먹은 거야? 아냐, 차라리 그게 낫다. 이봐, 이제 3분 후면 화물기차가 달려올 거야. 저기서 잠깐 물을 보충하고 세인트 루이스로 가는 기차인데, 아무래도 자넨 그 차에 타는 게 좋겠어."

문득 브로시어스 목사의 턱에 총을 박아 넣을 때만큼이나 마음이 차분해졌다. 이 자를 처리할 수만 있다면 얼마든지 이 트럭에서 죽을 수도 있다.

"그건 내 차입니다."

루터가 말했다. 컬리가 키득거렸다.

"미주리에선 아니야. 네가 왔다고 주장하는 콜럼버스 같은 데선 가능할지도 모르지. 하지만 여긴 미주리야, 제시. 내가 정비소를 나오자마자 버나드가 뭘 시작했는지 알아?"

루터의 무릎에 가방이 놓여 있고 엄지에 걸쇠가 걸렸다.

"사방에 전화를 걸어서 우리가 만난 검둥이에 대해 이빨을 까대고 있을 거야. 분수에 넘치는 차를 몰고, 몸에 맞지도 않는 코트를 입고 다니는 놈이 있다고. 한창 때에도 검둥이 몇을 죽였지만, 지금도 얼마든지 죽이고 싶어 하는 친구거든. 아, 버나드 얘기라네. 지금쯤 사람들을 모으고 있을 텐데, 안됐지만 자넬 도와줄 그룹은 못 돼, 제시. 물론 난 버나드가 아니지. 자네한테 악감정도 없고 린치 같은 건 본 적도 없어. 솔직히 보고 싶지도 않다네. 심장이 약하거든."

"내 차입니다. 분명히."

루터가 말했다. 컬리는 루터의 말을 못들은 척했다.

"그러니 자넨 내 조언을 따르는 게 좋을 거야. 자네가 이 근처에서 알짱거리고 싶다면, 뭐, 그렇게 하라고. 하지만 말이야……"

"그건 내 차……"

"……하지만 제시, 내 트럭에 있는 건 안 돼. 단 1초도."

컬리의 목소리가 갑자기 커졌다.

루터는 그의 눈을 보았다. 부드럽지만 전혀 흔들림 없는 눈빛이다.

"이제 내려라, 꼬마."

루터가 미소 지었다.

"당신이 착하다고? 이런 식으로 남의 차를 빼앗으면서? 예?"

컬리도 미소 지었다.

"오늘은 저게 막차야, 제시. 뒤에서 세 번째 객차에 타라고. 저 소리 들리지?"

그가 루터 너머로 손을 내밀어 문을 열어주었다.

"가족이 있나요? 아이들은?"

루터가 물었다. 컬리가 고개를 젖히며 키득거렸다.

"오, 이런, 까불지 마, 꼬마. 그냥 내리기나 하라고."

루터는 잠시 그대로 앉아 있었다. 컬리도 고개를 돌려 창밖을 내다보았다. 어디에선가 까마귀 우는 소리가 들렸다. 루터는 손잡이를 향해 손을 내밀었다.

그는 자갈길에 내려서서 선로 반대편의 어두운 나무들을 바라보았다. 이미 헐벗은 터라 아침 햇살이 줄기 사이를 한껏 헤집고 들어왔다. 컬리가 다시 손을 내밀어 문을 쾅 하고 닫았다. 루터가 돌아보니 그가 트럭을 돌리고 있었다. 자갈이 바퀴에 깔려 자글거렸다. 컬리가 창밖으로 손을 흔들어주었다.

기차는 세인트 루이스 경계를 지나 미시시피를 건너 일리노이 주로 들어갔다. 그건 루터가 오랜만에 얻은 행운의 시작이었다. 애초에 세인트 루이스 동부로 가려고 했었다. 삼촌 홀리스가 사는 곳인데 그곳에서 차를 팔고 한동안 숨어 지낼 생각이었던 것이다.

얼굴도 모르는 아버지는 루터가 두 살 때 가족을 떠나 세인트 루이스 동부로 갔다고 했다. 아버지 티몬 로렌스는 벨마 스탠디시라는 여자와 달아나 그곳에 정착했고, 마침내 시계를 팔고 수리해 주는 가게를 열었다. 로렌스 형제는 모두 셋이었다. 맏형이 코르넬리우스, 그 다음이 홀리스와 티몬 순이다. 코르넬리우스 삼촌은 루터에게 종종 아버지가 없다고 해서 아쉬워 할 필요 없다고 말해주었다. 막내 동생이 여자와 술을 배운 후부터 그 두 가지에 사족을 못 쓰던 놈이라, 루터의 엄마처럼 좋은 여자를 버리고 창녀한테 갔다는 얘기였다(코르넬리우스 삼촌은 죽을 때까지 루터의 어머니를 갈망했다. 하지만 너무도 순결한 인내와 사랑인 탓에 어머니의 내외를 당연한 것으로 받아들였고 세월이 흐르면서는 아예 의식조차 하지 못했다. 완전히 실명하기 전 코르넬리우스는, 누구도 원치 않는 사랑을 간직하는 것 또한 자신의 운명이라고 했다. 반면에 그의 막내 동생은, 떨어지는 낙엽을 줍듯 아무 원칙 없이 사랑을 긁어모았다.).

루터한테도 아버지 사진이 한 장 있었다. 양철판에 붙여놓은 사진인데 그동안 얼마나 만지작거렸는지 아버지 얼굴은 거의 알아볼 수 없을 지경이었다. 어느 정도 큰 후에는 그가 아버지를 얼마나 닮았는지조차 알 방법이 없었다. 자라는 동안, 아버지가 아들 생각은 눈곱만치도 하지 않는다는 사실을 깨닫는 게 얼마나 사무치는 일인지는 누구한테도 말한 적이 없다. 엄마도 누나도 심지어 릴라에게도 말이다. 그 남자는 자기가 데려온 생명을 힐끗 보고는 이렇게 중얼거렸더랬다. '이 따위는 없는 게 더 좋아.' 후에 당당하고 장래가 총망한 젊은이가 되어 아버지를 찾아가 그가 후회하는 모습을 지켜보는 상상을 하고 또 했었다. 하지만 그마저 이제 완전히 틀어지고 말았다.

아버지는 16개월 전에 죽었다. 세인트 루이스 동부의 화재 때 백여 명의 흑인들과 함께 죽었다고 한다. 루터는 홀리스 삼촌의 편지를 받았다. 한 장짜리 노란 종이 안에 고통스럽게 꾹꾹 눌러쓴 글자는 읽기도 어려웠다.

네 아빠는 배긴드리 싸주겨따. 안대꾸나.

루터가 야적장을 나와 다운타운으로 들어갈 때쯤에는 하늘이 어두워지고 있었다. 그에겐 그 편지가 들어 있던 봉투가 있었다. 홀리스 삼촌의 주소가 적힌. 하지만 흑인 지역으로 깊이 들어갈수록 도무지 상상도 할 수 없는 풍경들뿐이었다. 거리는 텅 빈 채였다. 당연히 독감과도 연관이 있겠지만, 건물의 불이 모두 꺼지거나, 무너져 잡석과 먼지 속에 파묻혀 있었다. 그런 거리를 사람들이 어슬렁거릴 이유가 있을 리 없었다. 마치 치아가 거의 빠지고 남은 한두 개마저도 반쯤 부러지거나 한쪽으로 기울어버린 노인의 입 안을 들여다보는 기분이었다. 동네 전체가 잿더미에 불과했다. 마을 전체가 이른 저녁의 산들바람에 이리저리 휩쓸리고 있었다. 동네가 불에 탄 지 1년이 훨씬 지났건만, 산더미처럼 쌓인 잿더미는 토네이도조차 실어갈 수 없었던 모양이었다. 그 황량한 거리에 서 있자니 말 그대로 지상 최후의 인간이라도 된 기분이었다. 독일이 폭격기와 폭탄과 라이플을 앞세우고 바다를 건너 왔다 해도 이보다 더 확실하게 폐허를 만들 수는 없었을 것이다.

그 모두가 일자리 때문이었다. 백인 노동자들은 자신들이 가난한 이유가 흑인들이 자기들 식탁에서 일거리와 식량을 훔쳐가고 있기 때문이라고 확신했고, 그래서 남녀노소 할 것 없이 모두 이곳으로 달려와 흑인들을 쏘고, 때리고, 불질러버린 것이다. 심지어 일부는 흑인들을 커호키아 강으로 내몰고 육지로 헤엄쳐 나오려고 하면 무자비하게 돌을 던졌다. 그들은 그 일을 아이들한테 맡겼다. 백인 여자들은 전차에 탄 흑인여자들을 끌어내려 돌을 던지고 부엌칼로 찔렀는데, 출동한 주 방위군들은 주변에 서서 그 광경들을 지켜보기만 했다.

그게 1917년 7월 2일의 일이다.

루터가 삼촌의 싸구려술집에 나타나자 홀리스 삼촌이 들려준 얘기다. 삼촌은 그를 뒷방 사무실로 데려가 술을 따라주었다.

"땡전 한 푼 벌어주지는 못했지만 그래도 네 아버지는 가게를 지키려고 했다. 놈들은 가게에 불을 지르고 네 아버지한테 나오라고 외쳤다. 하지만 벽이 불에 타 무너지자, 결국 벨마를 데리고 나올 수밖에 없었어. 그때 누군가 무릎을 쐈고 네 아버진 한동안 길거리에 누워 있었구나. 벨마도 백인여자들한테 넘겨졌는데, 그들은 밀대로 때리기 시작했어. 머리, 얼굴, 엉덩이 가리는 데가 없었지. 참다못해 골목으로 달아났다가 현관 밑에 낀 개새끼처럼 죽고 말았단다. 누군가 네 아버지한테도 다가갔어. 나와 마찬가지로, 일어서라는 명령을 받았지만, 그럴 수가 없었지. 네 아버진 계속 넘어지면서 살려달라고 애원했다. 그런데 백인 둘이 총알이 다 떨어질 때까지 총을 쏜 거야."

"어디에 묻었죠?"

루터가 물었다. 홀리스 삼촌은 고개를 저었다.

"묻을 게 없었다. 총을 쏜 다음, 놈들이 양쪽에서 들어 올려 그대로 가게 안으로 집어던져버렸으니까."

루터는 자리에서 일어나 작은 싱크대로 건너가 토악질을 하기 시작했다. 그는 한참 동안을 토했다. 마치 검댕과 노란 불길과 재를 토해내는 기분이었다. 머릿속은 백인여자들이 밀대를 들고 검은 얼굴들을 내리치는 영상으로 소용돌이쳤다. 하얀 얼굴들이 기쁨과 분노의 비명을 질렀고 목사는 휠체어 겸 흔들의자에 앉아 노래 불렀으며 거리로 나온 아버지는 무릎으로 앉기 위해 애를 써야 했다. 그러자 마르타 이모와 오너러블 라이어넬 A. 개리티가 손뼉을 치며 웃기 시작했다. 누군가 성가를 부르기 시작했다. "예수를 찬미하라! 예수를 찬미하라!" 하지만 세상은 눈이 닿을 수 있는 끝까지 불 타 올랐다. 마침내 파란 하늘은 반쯤 검은색으로 덮이고 하얀 햇빛이 연기 속으로 사라졌다.

그는 구토를 끝내고 입을 헹궜다. 홀리스가 작은 수건을 건네 그는 수건으로 입술을 닦은 다음 이마의 땀도 훔쳐냈다.

"힘드냐?"

"아뇨, 이제 괜찮아요."

홀리스 삼촌은 천천히 고개를 저으며 다시 술을 따랐다.

"아니, 내가 힘드냐고 물은 건, 사람들이 널 찾고 있기 때문이다. 여기 중서부까지 소문이 들어왔어. 털사 술집에서 흑인들 몇을 죽였더구나. 브로시어스 목사라는 자도 있고. 도무지 제 정신인 거냐?"

"어떻게 알았어요?"

"망할, 전화가 불이 날 지경이야."

"경찰인가요?"

홀리스 삼촌이 고개를 저었다.

"경찰은 다른 멍청이가 한 줄 알아. 클라렌스인지 뭔지 하는."

"텔. 클라렌스 텔이에요."

루터가 말했다. 홀리스 삼촌이 코를 씩씩거리며 그를 노려보았다.

"그래, 그 이름이었어. 그 중 하나를 살려뒀지? 스모크라고 하던데."

루터가 고개를 끄덕였다.

"병원에 있다. 살아날지는 모르지만, 그자가 널 찍었어. 여기는 물론 뉴욕 총잡이들도 네 머리를 노리고 있다."

"얼마죠?"

"스모크란 놈이 네 시체 사진에 500달러를 걸었단다."

"스모크가 죽으면요?"

홀리스 삼촌이 어깨를 으쓱였다.

"목사의 사업을 잇는 자가 또 있겠지. 그게 누구든 널 끝까지 추적할 거야."

"어차피 갈 데도 없어요."

루터가 말했다.

"동부로 가라. 여긴 안 돼. 하지만 절대 할렘에 들어가면 안 된다. 절대로. 얘야, 보스턴에 널 받아줄 사람이 하나 있다."

"보스턴?"

루터는 잠시 생각해 보았으나 결국 생각 자체가 시간낭비라는 사실만 깨달았다. 이런 상황에서 선택의 여지가 있을 리가 없었다. 보스턴이 마지막 '피신처'라면, 보스턴으로 갈 수밖에 없다.

"삼촌은요? 그냥 여기 계실 거예요?"

"나? 난 아무도 쏘지 않았어."

홀리스 삼촌이 대답했다.

"예, 하지만 여기도 남은 게 없잖아요. 동네도 다 불에 탔고. 흑인들도 모두 떠났거나 떠나려 한다면서요."

"떠나면? 루터, 우리 흑인들의 문제는 희망을 물고 평생 놔주지 않는다는 거다. 여기보다 나은 곳이 있을 것 같더냐? 어차피 똑같은 지옥일 뿐이다. 조금 나아봐야 지옥은 지옥이야. 빌어먹을, 이젠 늙어서 움직일 수도 없지만 어쨌든 지금 여기가 내 집이야. 바로 여기가."

두 사람은 아무 말 없이 앉아 남은 술을 마저 마셨다.

홀리스 삼촌은 의자를 뒤로 밀고 머리 위로 두 팔을 뻗었다.

"2층에 방이 하나 있다. 오늘 밤은 여기서 자도 좋다. 그동안 나도 몇 군데 전화할 데도 있고. 하지만 아침엔……"

그가 어깻짓을 했다.

"보스턴으로 가야겠죠."

루터가 대신 대답했다. 홀리스 삼촌이 고개를 끄덕였다.

“보스턴. 내가 할 수 있는 건 그뿐이구나.”

루터는 화차 건초더미에 제시의 고급 코트를 덮고 누워 하느님께 속죄할 것을 약속했다. 더 이상 카드게임도 위스키도 코카인도 하지 않을 것이다. 노름꾼, 조폭, 심지어 헤로인을 취급하는 누구와도 상종하지 않을 것이며, 밤거리의 유혹에 넘어가지도 않으리라. 고개는 숙이고 관심을 일으킬 행동도 않고 가만히 참고 지내겠다. 행여 털사에 돌아와도 좋다는 소문을 들으면 완전히 다른 사람이 되어 돌아갈 것이다. 겸손한 참회자가 되어.

자신을 종교적이라고 생각해 본 적은 없지만, 그건 하느님보다는 그 종교에 대한 반감 때문이었다. 할머니와 어머니는 그에게 침례교 신앙을 주입하려 했고, 루터도 그들을 기쁘게 하기 위해 최선을 다했었다. 하지만 종교는 억지로 해야 하는 숙제만큼이나 재미가 없었다. 털사에 들어가면서는 예수와의 거리도 더 멀어졌다. 순전히 마르타와 제임스와 그 친구들이 죽어라 예수찬양을 외쳤기 때문이었다. 솔직히 예수가 그 사람들 얘기를 듣는다면, 인상부터 쓰고 그 다음엔 어떻게든 귀를 막으려 들 것 같았다.

백인들 교회를 지나친 적도 여러 번이었다. 그들이 찬송을 부르고 “아멘”을 합창하는 소리도 들었고, 예배가 끝난 후에는 레모네이드와 경건함을 받쳐 들고 여기저기 현관에 모이는 것도 보았다. 하지만 행여 루터가 굶주리거나 부상당해 도움을 청한다 해도 그에게 돌아올 대답이라고는 샷건으로 얼굴을 겨누는 식의 '아멘'뿐일 것이다.

그리스도와 그의 관계는 오래 전부터, '당신은 당신 맘대로 하쇼, 난 내 꼴리는 대로 살 테니.' 수준을 유지해 왔다. 하지만 화차에 누워 있자니 뭔가 그를 건드리는 게 있었다. 자신의 삶에 의미를 부여해야겠다는 각오 같은 것이었다. 이 세상에 태어나 말똥풍뎅이보다 못한 족적을 남긴 채 죽을 순 없지 않겠는가.

그는 중서부를 횡단해 오하이오로 돌아왔다가 다시 북동부로 들어갔다. 화차에서 만난 사람들은 듣던 것만큼 적대적이거나 위험하지 않았고, 그들을 괴롭히거나 강제로 끌어내리는 승무원들도 없었다. 릴라와 털사에 갈 때의 기차여행을 떠올리곤 가슴이 에일 정도로 슬퍼지기는 했다. 마치 가슴속에 수백, 수천 개의 면도날이 박혀 있기라도 한 것 같았다. 그는 화차 구석에서 꼼짝도 하지 않았다. 다른 사람들이 건드려도 거의 말도 하지 않았다.

기차에 탄 사람 중 도망자가 루터만은 아니었다. 그들은 법정출두일과 경찰, 빚, 아내로부터 달아나는 중이었다. 반대로 그런 것들을 향해 제 발로 달려가는 사람도 있고 그저 변화가 필요한 사람들도 있었다. 당연히 모두 일자리가 필요했지만 최근 신문은 연이은 불경기를 경고하고 나섰다. 활황은 끝났다. 전쟁 산업들은 문을 닫았건만, 700만의 인구가 길거리에 나앉고 400만이 해외에서 돌아오는 중이었다. 바야흐로 1100만의 노동자가 씨가 마른 노동시장에 몰려든다는 얘기였다.

그 1100만의 잠재 실업자 중 하나인 BB라는 이름의 덩치 큰 백인이 화차 문을 활짝 열어젖히면서 루터의 마지막 아침이 시작되었다. 갑작스러운 돌풍에 화들짝 놀라 눈을 떠보니 BB가 열린 문 옆에 서 있었다. 왼쪽 팔이 드릴프레스에 씹혀 팬케이크처럼 납작해진 사내였다. 기차는 어느 교외를 질주하고 있었고 아직 새벽인지라 유령 같은 달이 하늘에 떠 있었다.

"기막힌 그림 아닌가, 응?"

BB가 달을 바라보며 물었다.

루터는 고개를 끄덕이며 손등으로 입을 가리고 하품을 했다. 그는 자리에서 일어나 잠을 떨쳐낸 다음 BB 옆에 가서 섰다. 하늘은 맑고 푸르고 또 딱딱했다. 바람은 차가웠으나 너무도 신선해 접시에 담아 마시고 싶다는 생각까지 들었다. 꽁꽁 얼어붙은 들판과 헐벗은 숲. 그와 BB는 잠든 세상을 훔쳐보는 기분이었다. 이 세상에서 오직 두 사람만이 이 새벽을 지켜보는 기분이었다. 루터가 본 그 어느 때보다 푸르고 딱딱한 하늘, 이 아름다운 하늘을 릴라에게 보여줄 수 있다면 얼마나 좋을까. 두 팔로 그녀의 배를 끌어안고 턱을 어깨에 파묻고, 이렇게 파란 하늘을 본 적이 있는지 묻고 싶었다. 릴라, 어때? 한 번이라도 본 적 있어?

그는 화차 문에서 물러섰다.

이제 다 끝난 거야. 모두가 다.

그는 하늘에 걸린 달을 보았다. 그리고 그 달이 완전히 흐려지고 바람이 코트를 헤집고 들어와 살갗을 깨물 때까지 시선을 떼지 못했다.

THE GIVEN DAY

베이브 루스와 노동자 혁명

12

사우스엔드의 지체부자유아동 직업훈련학교. 베이브는 아침 내내 아이들에게 사탕과 야구공을 나눠주었다. 발목에서 목까지 석고를 뒤집어쓴 아이가 깁스에 사인을 부탁해, 그는 두 팔과 두 다리에 사인하고 숨을 한 번 크게 내쉰 후 아이의 오른쪽 히프에서 왼쪽 가슴까지 자기 이름을 길게 휘갈겨 올렸다. 다른 아이들이 키득거렸다. 간호사들과 애덕 수녀회 수녀들까지 웃었다. 깁스 소년은 베이브에게 윌버 코널리라는 이름을 말해주었다. 소년은 데덤의 셰퍼튼 울 공장에서 일했다. 그런데 작업장 바닥에 엎질러진 화학약품 증기가 전단기의 스파크와 만나면서 온몸에 불이 붙고 말았단다. 베이브는 윌버에게 괜찮을 거라고 말해주었다. 언젠가 월드 시리즈에서 홈런도 칠 수 있을 거라는 말도 했다. 그때가 되면 셰퍼튼의 심술쟁이 사장도 질투가 나서 오금을 저리고 말걸? 윌버 코널리는 졸음을 못 이겨 거의 미소도 짓지 못했지만, 다른 아이들은 배꼽을 잡고 웃으며 베이브한테 갖가지 물건을 들고 와 사인을 부탁했다……《스탠더드》의 스포츠란에서 오려낸 사진, 작은 목발 두 개, 그리고 누렇게 바랜 잠옷.

학교를 떠나면서 에이전트 조니 이고가 몇 블록 떨어진 세인트 빈센트 고아원에도 들르는 게 어떻겠느냐고 제안했다. '손해 볼 것 없잖아. 호의적인 기사도 나오고 게다가 해리 프레이지와의 협상에서 우위를 점할 수 있을지도 모른다고.' 조니는 그렇게 말했다. 하지만 베이브는 지쳐 있었다. 협상에 지치고, 면전에서 터져대는 카메라에 지치고, 고아들한테도 지쳤다. 물론 아이들을 좋아한다. 특히 고아들…… 하지만 오, 맙소사, 오늘 아침은 정말, 절룩거리고 부러지고 불에 탄 아이들은 그의 가슴을 말 그대로 찢어놓고 말았다. 손가락이 모두 잘린 아이의 손가락은 자라지 않을 것이며, 얼굴에 상처가 난 아이는 아무리 거울을 노려보아도 흉터는 남을 것이다. 휠체어에 탄 아이가 자다 깨어나 걸어 다니게 되는 일도 없을 것이다. 게다가 언젠가는 저들도 세상에 내동댕이쳐지지 않겠는가. 오늘 아침 베이브의 기운과 진액을 모두 빼앗아버린 건 바로 그런 사실들이었다.

그래서 그는 조니의 제안을 거절했다. 아내 헬렌이 화가 나 선물을 사다 바쳐야 한다는 게 핑계였다. 헬렌이 화가 난 건 맞지만, 그래도 그는 선물을 고르러 다니지 않았다. 적어도 가게를 뒤진 건 아니다. 대신 그는 캐슬스퀘어 호텔을 향해 걸어갔다. 으스스한 11월의 바람이 칼날처럼 날카로운 빗방울들을 내뱉었지만, 담비코트 차림이라 춥지는 않았다. 그는 목을 숙여 눈에서 떨어지는 빗방울을 피하며, 황량한 거리의 고요함과 익명성을 즐겼다. 호텔로비를 가로질러 바(Bar)로 들어갔으나, 그곳 역시 거리만큼이나 황량했다. 그는 문 안에서 제일 첫 번째 자리를 잡고 코트를 벗어 털어 옆 의자에 걸었다. 바텐더는 바의 맨 끝에 서서 다른 두 남자와 얘기 중이었다. 그래서 베이브는 시거에 불을 붙이고 주변의 어두운 월넛 들보들을 돌아보고 가죽 냄새를 맡았다. 기어이 빼도 박도 못하게 된 그놈의 금주법을 이 나라는 어떻게 받아들이려는 건지. 전쟁이 끝나면서 도덕파와 엄격파들이 득세를 하는 모양이다. 둘 다 자칭 진보주의자로 부르는 모양인데, 사나이에게 술을 못 마시게 하고, 나무와 가죽으로 지은 휴식의 터전에 못을 박는 게 무슨 진보란 말인가. 망할, 쥐꼬리만 한 봉급에 48시간 중노동을 시켰으면 맥주와 호밀주 한 잔 정도는 대접해야 하는 것 아닌가? 베이브가 48시간을 일해 본 적이 있다는 게 아니라 말이 그렇다는 얘기다.

거한의 바텐더가 그에게 다가왔다. 두터운 콧수염이 어찌나 빳빳하게 굽었던지 거기에 모자라도 걸고 싶었다.

"뭘 드릴까요?"

여전히 노동자와의 유대감을 잃지 않은 베이브는 맥주 두 잔과 위스키를 더블로 시켰다. 잠시 후 바텐더가 맥주 두 잔을 놓고 위스키 잔을 가득 채웠다.

베이브는 맥주를 조금 마셨다.

"도미니크라는 사람을 찾고 있습니다."

"제가 도미니크입니다, 손님."

"튼튼한 트럭이 있다고 들었는데 운반 좀 부탁할까 해서요."

베이브가 말했다.

"그런 일을 하기는 하죠."

바의 반대편에서 한 남자가 동전으로 카운터를 두드렸다.

"잠깐만 기다리세요. 저분들, 아주 목마른 분들이라서."

바텐더가 말했다.

그는 그쪽으로 건너가 잠시 두 사내의 말을 듣고 커다란 머리를 조아리더니, 술통 꼭지로 갔다가 다시 술병들을 가지러 건너갔다. 베이브는 두 사람이 자기를 보고 있음을 깨닫고 그도 건너다보았다.

왼쪽의 사내는 다부진 체격에 키도 컸다. 게다가 검은 머리에 검은 눈이 어찌나 매혹적이던지, 그를 영화나 잡지 같은 데서 봤을지도 모르겠다는 생각이 들었다. 귀국한 전쟁영웅들을 다루는 매체들 말이다. 비록 기나긴 바의 반대편이지만, 베이브는 잔을 입술에 대고 아직 불을 붙이지 않은 담배로 나무를 두드려, 비록 약식이나마 영웅적 위업을 이룬 사내들을 존중하고 있다는 인사를 보냈다.

그 옆의 사내는 훨씬 작고 눈에 잘 띄지도 않았다. 유약하고 음침한 생쥐 인상의 사내는, 이마 위로 흘러내리는 갈색 머리를 연신 귀 뒤로 넘기고 있었다. 아무래도 성격도 여자 같은 모양이었다. 아니 눈도 손도 여자처럼 작은 데다 내내 짜증어린 표정이었다.

잘생긴 남자가 잔을 들어보였다.

"당신 팬이라오, 루스 씨."

베이브도 잔을 들고 고갯짓으로 인사했다. 생쥐 인상의 사내는 모른 척했다.

"마셔, 진, 마시라고."

잘생긴 사내가 친구의 등을 때리며 말했다. 위대한 연극배우의 바리톤 목소리가 뒷벽을 울렸다.

도미니크가 그들 앞에 새 술을 갖다놓자 두 사람은 원래의 대화로 되돌아갔고, 도미니크도 베이브한테 돌아와 베이브의 위스키 잔을 가득 채우고 현금등록기에 기댔다.

"그러니까 처리할 게 있는 겁니까?"

베이브가 다시 위스키를 조금 마셨다.

"그래요."

"그게 뭡니까, 루스 씨?"

베이크가 다시 한 모금 마셨다.

"피아노."

도미니크가 팔짱을 꼈다.

"피아노라. 에, 그렇다면 트럭이 아니라……"

"호수 바닥에서 꺼내야 해요."

도미니크는 잠시 아무 말도 하지 않더니, 입술을 삐죽 내밀고 베이브의 등 뒤를 보았다. 마치 이상한 메아리라도 듣는 사람 같았다.

"호수 안에 피아노가 있다는 겁니까?"

루스가 끄덕였다.

"사실은 연못에 더 가깝죠."

"연못."

"예."

"정확히 뭡니까, 베이브 씨?"

"연못."

그가 최종 결론을 내렸다.

도미니크가 마치 과거에 그런 문제를 다뤄본 적이 있다는 듯 끄덕였고 베이브도 뭔가 막연한 희망에 부풀었다.

"어떻게 피아노가 연못으로 들어간 거죠?"

베이브가 위스키 잔을 만지작거렸다.

"에, 파티가 있었죠. 아이들, 그러니까 고아 애들을 위해 나와 아내가 연 겁니다. 작년 겨울에. 에, 그런데, 그때 집이 공사 중이라 별로 멀지 않은 호숫가 오두막을 빌렸죠."

"연못이겠죠."

"예, 그래요, 연못." 도미니크가 자기 잔에 술을 조금 따라 입에 털어 넣었다. "어쨌든, 다들 즐겁게 놀고 있었어요. 작은 롤러스케이트를 사서 나눠줬더니 다들 연못 위에서 넘어지고 난리가 아니었죠. 얼어 있었거든요."

"이해했습니다, 베이브 씨."

"그래서, 음, 그러니까, 난 피아노 연주를 좋아해요. 헬렌도 물론 좋아하죠."

"헬렌은 부인이시죠?"

"예, 그래요."

"유명한 분이시죠. 계속 하세요."

"그래서 나와 친구 몇이 거실에서 피아노를 꺼내와 얼음 위로 밀어 버린 겁니다."

"좋은 아이디어였을 것 같군요. 그 땐."

"예, 그랬던 것 같습니다."

베이브는 의자에 등을 기댄 후 시거에 다시 불을 붙여 뻐끔뻐끔 피우고 위스키를 한 모금 홀짝였다. 도미니크가 새 맥주를 갖다 주자 베이브가 고갯짓으로 인사를 표했다. 둘 다 잠시 아무 말도 하지 않았다. 다른 쪽의 두 남자가 소외된 노동과 자본의 지배에 대해 떠드는 소리가 들렸다. 베이브가 이해하기에는 이집트 말만큼이나 요원한 얘기들이다.

"아직 이해가 안 가는 부분이 있습니다."

도미니크가 말했다.

스툴 의자에 앉아 있던 베이브는 부끄러워 오그라들고 싶은 심정이었다.

"말해보세요."

"피아노를 얼음 위로 내왔다고 했죠? 그럼, 아이들이 놀고 있던 빙판을 깨뜨린 겁니까?"

"아뇨."

"예, 어디선가 그 얘기를 읽은 기억이 나서요. 에, 그럼, 제 질문은 그럼 그게 어떻게 얼음을 뚫고 들어간 거죠?"

"얼음이 녹았죠."

베이브가 재빨리 대답했다.

"언제요?"

베이브가 숨을 들이마셨다.

"3월일 겁니다."

"하지만 파티는……?"

"그건 1월이었죠."

"그럼 피아노가 두 달 동안 얼음 위에 있다가 가라앉은 겁니까?"

"제가 말하려던 게 바로 그겁니다."

베이브가 말했다. 도미니크가 콧수염을 어루만졌다.

"물론, 그러시겠죠. 그 주인은 그럼……"

"오, 원 주인은 화가 나서 펄쩍 뛰었죠. 하지만 배상은 했습니다."

도미니크가 두꺼운 손가락으로 바를 두드렸다.

"값을 치렀다면, 왜 지금 와서……"

베이브는 술집에서 달아나고 싶었다. 이 부분은 아직 머릿속에조차 결정하지 못한 고비였다. 그는 임대 오두막과 수리가 끝난 더튼 로드의 집 모두에 새 피아노를 들여놓았다. 하지만 헬렌은 새 피아노를 대할 때마다, 베이브를 마치 똥통에 처박힌 돼지새끼 쳐다보듯 했다. 결국 피아노를 들여놓은 이후 둘 다 그 피아노엔 손도 대지 않았다.

"내 생각엔, 그 피아노를 호수에서 꺼낼 수만 있다면……"

"연못이겠죠."

"예, 연못. 피아노를 꺼내 고칠 수만 있다면 내 아내한테 기가 막힌 결혼기념선물이 될 것 같아서요."

도미니크가 고개를 끄덕였다.

"그럼, 몇 번째 기념일인 거죠?"

"다섯 번째."

"대개 나무를 선물하지 않던가요?"

"예, 피아노도 나무로 되어 있긴 하죠."

"예, 그렇군요."

"아직 시간은 좀 있습니다. 6개월 정도. 결혼기념일이 그때거든요."

도미니크가 베이브와 자신한테 한 잔씩 따르고 건배를 권했다.

"루스 씨의 대책 없는 낙관주의를 위해. 바로 그게 지금의 우리나라를 만든 원동력이죠." 둘은 술을 마셨다. "나무가 물을 먹으면 어떻게 되는지는 아십니까? 상아 열쇠와 피아노 선 같은 섬세한 부품 같은 것들도?"

베이브가 고개를 끄덕였다.

"쉽지 않을 거라는 생각은 했습니다."

"쉬워요? 그게 어디 가능이나 하겠습니까? 저한테 조카가 한 놈 있습니다. 준설 공사가 직업인데 거의 평생 바다를 메우며 살았죠. 혹시 피아노의 위치를 확인할 수 있다면야…… 아, 그게 호수 얼마나 깊은 곳에 있을까요?"

"연못."

"예, 연못. 그것만 알아도 어느 정도 대책은 나오겠죠."

베이브가 그 생각을 해보더니 고개를 끄덕였다.

"비용이 얼마나 들까요?"

"조카 놈한테 말해봐야 알겠지만, 새 피아노 값보다는 더 들 겁니다. 그 이하일 수도 있겠지만 최종금액에 대해선 뭐라고 드릴 말씀이 없군요."

그가 어깻짓을 하며 베이브에게 두 손바닥을 보여주었다.

"그렇겠죠."

도미니크는 종이쪼가리를 집더니 전화번호를 적어 베이브한테 주었다.

"이 집 전화번호입니다. 전 일주일 내내 정오에서 10시까지 일하죠. 목요일에 전화하세요, 그럼 보다 정확한 내용을 알려드리겠습니다."

"고맙습니다."

베이브는 전화번호를 주머니에 넣었고 도미니크는 바 저쪽으로 떠났다.

그가 조금 더 마시고 조금 더 피우는 동안, 사람들 몇이 들어와 바 반대편 사람들과 합류했다. 술이 몇 순배 더 돌고 크고 잘 생긴 사내를 위한 건배 소리도 들렸다. 트레몬트 템플 침례교회에서 설교라도 하듯 무척이나 시끄러운 자였지만 베이브는 여전히 누군지 알지 못했다. 아무렴 어떤가. 이곳은 따뜻하고 안락하기만 한데. 베이브는 불빛이 흐리고 짙은 색의 기둥이 있고 또 가죽 의자가 있는 그런 술집을 좋아했다. 오늘 아침의 아이들도 지금은 몇 주나 지난 듯 아련하기만 했다. 밖이 아무리 춥다 한들 무슨 상관인가. 이곳에선 느낄 수조차 없는데.

한가을에서 겨울까지는 그도 힘들었다. 때릴 공이 없고 턱을 맞댈 동료선수가 없으니, 무엇을 해야 하는 건지, 사람들이 뭘 원하는지 판단 자체가 불가능했다. 매일 아침 그는 선택에 직면했다. 어떻게 헬렌의 비위를 맞추지? 무엇을 먹고, 어디로 가고, 무엇을 입고, 어떻게 시간을 때울지? 등. 야구 시즌이 시작되는 봄이 오면 가방에 여행복을 채우고 라커 앞에 서서 옷을 갈아입게 될 것이다. 유니폼이 그곳에 걸려 있는 한 고민할 필요도 없다. 그것도 구단 세탁소에서 깨끗하게 다려둔 유니폼이다. 그의 일과도 이미 정해져 있으리라. 게임 아니면 연습. 삭스의 여행담당 범피 조던은 그를 다른 도시로 실어다줄 기차역까지 배웅할 택시 또한 수배해 줄 것이다. 식단도 언제나 알아서 정해지기 때문에 먹을 걱정할 필요도 없다. 어디에서 잘지 고민해 본 적도 없다. 그의 이름은 이미 호텔 명부에 올라 있고 벨보이가 대기하고 있다가 가방을 옮겨준다. 그리고 밤에는 친구들이 술집에서 기다린다. 봄이 아무 탈 없이 지나고 여름에 접어들면, 밝은 노랑과 선명한 신록이 울고 싶을 정도로 푸르른 향을 내뿜어주었다.

다른 사람들이 어떤 생각을 하는지는 베이브도 모른다. 하지만 적어도 자신이 원하는 바가 무엇인지 정도는 알고 있다. 세인트 메어리의 마티아스 선생이 그와 다른 아이들을 위해 그랬듯, 누군가 그 대신 일과를 정해주면 그만이다. 그렇지 않으면, 일상이라는 따분한 일과들로 인해 베이브는 난감해하고 심지어 두렵기까지 할 것이다.

'하지만 여기에선 아니야.' 그가 그런 생각들을 하고 있을 때 술집 사람들이 그의 둘레에 포진하더니, 누군가 그의 어깨를 두드렸다. 고개를 돌려 보니 바 끝에 앉아 있던 덩치가 미소 짓고 있었다.

"술 한잔 사도 되겠소, 루스 선생?"

남자가 테이블을 돌아 그의 옆으로 왔을 때 베이브는 그에게서 다시 영웅의 풍미를 엿볼 수 있었다. 이런 술집으로는 도저히 담아내지 못할 거대한 스케일 같은.

"물론입니다. 레드삭스 팬이십니까?"

베이브가 물었다.

사내는 고개를 저으며 도미니크한테 손가락 세 개를 펼쳐보였다. 그리고 그의 작은 친구가 합류했다. 그 작은 친구는 의자를 끌어당기더니 마치 체중이 두 배는 나가는 사람처럼 털썩 주저앉았다.

"딱히 그런 건 아닙니다. 스포츠를 좋아합니다만 팀플레이라는 개념엔 별로 동의하지 않죠."

"그럼 경기를 시작하면 누굴 지지하죠?"

"지지?"

남자가 되물었을 때 술이 들어왔다.

"응원 말입니다."

사내가 활짝 웃어보였다.

"이런, 개인적인 활약이요, 루스 씨. 순수한 개인의 능력, 빈틈없는 기술, 완벽한 조화가 있을 때 팀이 하나의 개념으로 완성되는 겁니다.

요컨대 단일 목표를 지닌 동료애와 조합정신 같은 것이죠. 하지만 베이브 씨가 장막 뒤를 본다면, 그 정신이 어떻게 공동체의 이익이라는 이데올로기에 왜곡되어, 이 나라가 구현하겠다고 주장하는 모든 것의 안티테제를 이상으로 받아들이는지 보게 될 것입니다."

베이브는 그의 연설 중간쯤에서 길을 잃고 말았지만 그래도 위스키 잔을 들어, 다 알아들었다는 뜻을 표하고 한 모금 홀짝였다.

생쥐 인상의 사내가 바에 기대더니 베이브를 훔쳐보며 그의 고갯짓을 흉내 냈다. 그가 자기 잔을 입 안에 털어 넣었다.

"저 친구는 자네가 무슨 얘기를 하는지 손톱만큼도 못 알아듣고 있어, 잭."

잭이 잔을 바에 올려놓았다.

"진 대신 사과드리죠, 루스 씨. 이 친구는 빌리지라는 데를 다녀오더니 예의범절까지 모두 잃고 돌아왔답니다."

"빌리지라뇨?"

베이브가 물었다.

잭이 베이브에게 부드러운 미소를 지어 보였다.

"그리니치빌리지(뉴욕의 극장 — 옮긴이) 말입니다, 루스 씨."

"뉴욕에 있지."

진이 덧붙였다.

"이보쇼, 그게 어디 있는지는 나도 알아."

베이브가 투덜댔다. 잭이 아무리 덩치가 크다 해도, 맘먹고 저 생쥐머리를 뽑아버리려 든다면야 베이브의 상대가 되지는 못할 것이다.

"오, 이런, 황제 존스(유진 오닐의 희곡 제목. 배금주의에 물든 기득권자를 상징한다 — 옮긴이)께서 화가 나셨군그래."

"뭐야?"

"자자, 친구들, 우리 모두 형제임을 잊지 맙시다. 우리의 투쟁은 공동의 투쟁이라오, 루스 씨. 난 여행을 많이 다니지만 당신은 이 세계 어디에서나 이름이 알려져 있죠. 아마 내 여행 가방에도 당신 스티커 하나쯤은 붙어 있을 겁니다."

"세일즈맨입니까?"

베이브는 단지에서 피클에그를 하나 집어 입에 넣었다.

잭의 눈이 밝아졌다.

"그렇게 말할 수도 있겠죠."

"솔직히, 당신, 지금 누구하고 얘기 하는지도 모르지, 응?"

생쥐사내가 따져 물었다.

"알고말고. 이 분은 잭이고 당신은 버진이고."

"유진. 난 유진 오닐*이오. 당신이 얘기하고 있는 분이 바로 잭 리드 씨지."

베이브는 생쥐를 물끄러미 바라보았다.

"그래도 난 버진이라 부르겠소."

잭이 웃으며 둘의 등을 때렸다.

"조금 전에 말했지만, 베이브, 난 여행을 많이 합니다. 그리스, 핀란드, 이탈리아, 프랑스의 체조경기도 보았고, 러시아의 폴로 경기에서는 선수 몇이 말에 짓밟히는 것도 보았죠. 솔직하게 말하면, 시합을 하는 남자들보다 순수하고 영감적인 건 없습니다. 하지만 순수라는 것도 대개 그렇듯, 역시 거대 자본과 대기업에 오염되고 결국 보다 사악한 목적에 종사하게 되죠."

베이브가 미소 지었다. 무슨 말인지 이해는 안가지만 리드가 말하는 방식이 맘에 들었다.

또 다른 남자. 굶주리고 성마른 옆얼굴의 마른 사내가 자리에 합류했다.

"이 양반, 홈런왕 아닌가?"

"그래, 베이브 루스 본인이라네."

"난 짐 라킨(아일랜드의 노조지도자이자 사회주의 활동가 — 옮긴이)이오. 솔직히 말하면, 당신 시합을 별로 보지 못했구려."

"사과하실 필요 없습니다, 짐."

베이브가 그와 굳은 악수를 나눴다.

"루스 씨, 여기 내 동료들이 하는 얘기는, 민중을 향한 미래의 아편이란 종교가 아니라, 바로 엔터테인먼트라는 거라오."

짐이 말했다.

"그런가요?"

스터피 맥기니스가 지금쯤 집에 도착했을까? 전화를 받기만 하면 시내 어딘가에서 만나 스테이크를 먹고 야구와 여자 얘기를 할 수 있으련만.

"왜 야구 리그가 전국적인 붐을 일으키는지 알아요? 공장, 조선소 어디든 난리잖소? 도대체 회사들이 앞 다퉈 노동자 팀을 꾸리는 이유가 뭐겠소?"

"당연히, 재미있으니까 그렇겠죠."

베이브가 대답했다.

"그야 그렇죠. 그건 분명합니다. 하지만 회사 편에서 좀 더 정확한 이유를 대자면 야구가 직원들의 단합을 유도하기 때문이랍니다."

"그게, 나쁜 겁니까?"

베이브가 되묻자, 진이 다시 코웃음을 쳤다.

라킨이 루스 쪽으로 상체를 기울였는데 베이브는 그가 내뿜는 진 냄새로부터 달아나고 싶었다.

"동시에 이주 노동자들의 미국화를 가속화하지."

"하지만, 당신이 주당 75시간을 일하고 다시 15~20시간을 야구에 쏟는다고 해봅시다. 그럼, 너무 피곤해서 다른 생각은 꿈도 못 꿀 거요. 진짜 이유가 뭔지 아십니까?"

이번엔 잭이었다.

베이브가 어깻짓을 했다.

"파업이요, 베이브 씨. 너무 피곤해서 파업은커녕 노동자로서의 권리조차 생각 못하게 되는 거란 말이요."

베이브는 턱을 문질렀다. 그 문제에 대해 고민하는 것처럼 보이기 위해서지만, 사실 그들이 얼른 떠났으면 하는 게 솔직한 바람이었다.

"노동자를 위해!"

잭이 잔을 들어 올리며 외쳤다.

다른 사람들도(모두 아홉에서 열 명은 되어 보였다.) 모두 잔을 들고 합창을 했다.

"노동자를 위해!"

베이브를 포함해 모두가 자기 술잔을 입 안에 털어 넣었다.

도미니크가 "자자, 여러분." 하고 말렸으나 그의 목소리는 사람들이 자리에서 일어나는 소음에 묻히고 말았다.

"혁명 만세!"

"새로운 프롤레타리아를 위해!"

다시 터지는 고함과 환성에 도미니크도 체념하고 분주히 돌아다니며 술잔을 채우기 시작했다.

사람들이 들끓는 틈을 타 베이브가 코트를 집으려 했으나 라킨이 의자를 막고 다시 건배를 선창했다. 베이브는 사람들의 얼굴을 보았다. 모두 땀과 단호한 결의로 번들거리는 얼굴이다. 아니, 결의를 넘어서서 그가 알지 못할 어떤 경지일 수도 있겠다. 라킨이 엉덩이를 오른쪽으로 돌린 덕분에 베이브는 술집 입구와 코트 자락을 볼 수 있었다. 하지만 베이브가 다시 손을 내밀 때 잭이 외쳤다.

"자본주의를 박살내고, 독재자를 타도하라!"

베이브가 다시 코트를 챙기려 했으나 라킨이 실수로 팔을 건드리는 바람에 이번에도 실패하고 말았다. 베이브가 한숨을 내쉬며 다시 도전했다.

그때 거리에서 남자 여섯이 들어왔다. 모두 정장 차림이었다. 다른 날이라면 존경 받을만한 풍모들이겠으나, 오늘 그들한테선 술과 분노의 냄새가 났다. 베이브는 그들의 눈을 보는 순간, 이곳이 난장판이 될 것임을 확신할 수 있었다. 그럼, 최선은 달아나는 일뿐이다.

오늘 코너 커글린은 파괴분자들 문제로 심사가 꼬인 상태였다. 사실 그렇게 꼭지가 돈 것도 아니고 특별히 파괴분자 때문도 아니었다. 그 보다는 법정에서 쪽팔린 게 더 문제였다. 9개월간의 수사, 200건 이상의 조서, 6주간의 심리…… 이제 겨우 비토리오 스칼로니, 즉 상원 회기 중 의회의사당을 날려버리겠다고 떠벌리고 다닌 골수 갈레아니스트 하나를 추방할 의지를 다지고 있었다.

하지만 재판관은 요건이 부족하다는 판단을 내렸다. 그는 판사석에서 내려와, 지방검사 실라스 펜더가스트, 검사보 코너 커글린, 검사보 피터 왈드, 그리고 다른 검사보 여섯 명과 그 뒷줄에 앉은 형사 넷에게 말했다.

"국외추방 소추에 대한 주정부 자격에 대해, 이곳 카운티 차원에서 논하는 게 적절한지의 여부는 여전히 논쟁의 여지가 있습니다. 따라서 그 건은 이 법정에서 따질 문제가 못 됩니다." 그리고 그는 코너의 상사를 뚫어져라 노려보았다. "펜더가스트 검사라면 충분히 그렇게 만들려고 할 사람이라는 건 압니다. 문제는 피고가 어떤 식으로든 반역행위를 했느냐에 달려 있는데, 내가 보기엔 술이 취해서 아무렇게나 떠든 것 말고 어떤 증거도 없어 보이는군요." 그는 이번엔 스칼로니를 돌아보았다. "이보게, 젊은이, 아무리 그래도 방첩법에 따르면 그것만으로 심각한 범죄라네. 그에 대해 피고한테는, 찰스타운 감화원에서의 2년 형을 선고하되 그 중 6개월은 집행유예하는 바이네."

반역죄에 1년 6개월이라. 법정 계단으로 나오자, 실라스 펜더가스트는 젊은 검사보들을 향해 노골적이고 처절한 실망감을 드러냈다. 이제 모두 경범죄로 강등되고 이런 종류의 사건은 영원히 구경도 못하게 될 판이었다. 캐슬스퀘어 호텔까지 치고 들어가 이 건을 휘어잡을 때까지, 무수히 도시를 뒤지고 술집들을 전전했건만…… 결과가 겨우 이거라니.

술집 안으로 들어갔을 때 손님들은 순식간에 얘기를 멈추고 대신 단골손님의 어쭙잖은 미소를 내걸었다. 코너와 피터 왈드는 카운터로 다가가 위스키 한 병과 잔 다섯 개를 주문했다. 바텐더가 병과 잔을 바에 늘어놓았지만 아직도 입을 여는 사람은 없었다. 코너는 그런 게 좋았다. 폭풍전야의 끈적거리는 침묵. 이른바 쿵쿵거리는 심장박동이 난무하는 기이한 형태의 침묵이다. 동료 검사보들이 바에 합류해 자신들의 잔을 채웠다. 삐걱거리는 의자 소리. 피터가 잔을 들고 바의 얼굴들을 둘러보며 외쳤다.

"미국 검찰총장을 위하여!"

"위하여!"

코너의 복창에 다들 술을 털어 넣고 다시 채웠다.

"불평분자의 추방을 위해!"

이번엔 코너가 외쳤고 다른 사람들이 복창했다.

"블라디미르 레닌의 죽음을 위하여!"

이번엔 해리 블록이었다.

그들이 그 말을 복창하자 사람들도 마침내 야유와 조롱을 시작했다.

영화배우 외모의 키 큰 사내가 갑자기 코너 옆으로 다가섰다.

"안녕하시오."

그가 인사를 건넸다.

"꺼져."

코너가 내뱉고는 잔을 털어 넣었다. 다른 검사보들이 웃었다

"합리적으로 하죠. 얘기로 해결하자는 거요, 응? 서로의 관점이 얼마나 비슷한지 알면 다들 놀랄 거외다."

코너는 바 위의 술잔을 노려보았다.

"음흠."

"우리의 지향점은 동일해요."

그는 다시 한 잔을 붓고 나서야 남자를 돌아보았다. 문득 재판장 생각이 났다. 느물거리는 미소를 지으며 법정을 빠져나오던 비토리오 스칼로니도 떠올랐다. 그의 좌절감과 불만을 노라한테 하소연해 보면 어떨까? 그녀는 어떻게 반응을 보일까? 물론 동정이나 위로를 해줄 수도 있다. 그게 아니면 모호하고 냉담한 태도일 것이다. 사실 어느 쪽인지 감도 잡히지 않았다. 이따금 그를 사랑하는 것처럼 보이기는 했다. 하지만 다른 때는 조를 대하듯, 기껏 머리를 쓰다듬어 주고 뺨에 건조한 굿 나이트 키스를 해주는 게 고작이었다. 그녀의 두 눈을 그려보았으나…… 여전히 아무것도 남은 게 없었다. 난감하고 난해한 눈. 투명인간을 바라보듯 공허하기만 한 눈…… 아니, 그 문제라면 노라가 진실로 바라보는 사람은 없었다. 그저 시선을 향하고만 있을 뿐이었다. 물론 예외는 있었다. 그녀가 누군가를 바라볼 때……

대니.

불현듯 찾아온 깨달음이었으나 동시에 그건 오랫동안 마음속에 숨어 있던 생각이기도 했었다. 이제야 인정했다는 사실 자체가 기막힐 노릇이었다. 뱃속이 느글거리고 두 눈이 면도날로 긁어놓은 듯 따끔거렸다.

그가 미소 띤 눈으로 자신 앞에 선 미남 아저씨를 보다가 그의 고운 흑발에 위스키 잔을 비우고 그대로 얼굴을 받아버렸다.

옅은 머리색에 주근깨투성이 아일랜드 놈이 술잔을 잭의 머리에 붓고 얼굴을 받는 순간, 베이브도 코트를 집어 들고 죽어라 달아나려 했다. 제일 큰놈부터 조지라는 술집 전투의 기본 수칙을 모르는 바는 아니었지만, 공교롭게도 그게 자신이었다. 때문에 스툴의자가 뒤통수를 갈기고 커다란 두 팔이 어깨를, 그리고 두 다리가 히프를 감을 때조차 별로 놀라거나 하지는 않았다. 베이브는 코트를 포기하고 등을 붙잡은 놈과 함께 돌아섰다. 그때 한 놈이 다른 스툴의자로 허리를 때리더니, 그를 바라보며 이렇게 중얼거렸다.

"어라. 이 새끼 베이비 베이브하고 똑같이 생겼네."

그 바람에 등을 휘감은 자가 힘을 풀었다. 그때를 틈타 베이브는 쏜살같이 카운터를 향해 돌진하다가 바로 그 앞에서 급정거를 했다. 등에 매달린 놈은 카운터 너머로 날아가 현금등록기 뒤쪽의 술병을 모조리 박살내고 말았다.

베이브는 바로 옆의 남자를 한 방 갈겼다. 때리기 전에는 몰랐으나 상대가 생쥐 머리 유진이라는 사실에 커다란 만족감까지 덤으로 얻을 수 있었다. 유진은 한 바퀴 돌고는, 두 팔을 휘두르며 의자 위로 넘어졌다가 다시 바닥에 엉덩방아를 찧어야 했다. 술집엔 대충 열 명 정도의 볼셰비키들이 있었는데, 대부분이 쓸 만한 덩치였지만, 나머지 친구들 역시 볼셰비키들조차 함부로 못할 정도의 막무가내였다. 주근깨는 라킨의 얼굴에 한 방을 먹인 다음 오른쪽으로 물러나 다른 자의 목에 잽을 날렸다. 문득 아버지한테 들었던 유일한 충고 한 마디가 떠올랐다. 술집에서 싸울 경우 절대 아일랜드 놈과 맞장 뜨지 말 것.

다른 볼셰비키가 베이브에게 몸을 날렸다. 베이브는 주자를 잡듯 몸을 잔뜩 낮춰 피했다. 몸을 날린 자는 테이블 위로 떨어졌고, 테이블은 잠시 흔들거리다가 무게를 못 이기고 폭삭 주저앉고 말았다.

"어라, 이 새끼 진짜 베이브 루스잖아!"

누군가의 소리에 돌아보니, 의자로 그를 때렸던 촌놈이었다. 입가로 피가 흘러내리고 있었다.

"누가 아니래?"

베이브는 그 자의 머리에 한 방 먹인 다음, 재빨리 바닥에서 코트를 집어 들고 술집을 빠져나왔다.

THE GIVEN DAY

노동자 계급 (상)

13

1918년 늦가을. 대니 커글린은 순찰을 중지하고 수염을 짙게 기르고, 1916년 서부 펜실베이니아 톰슨 납광 파업의 베테랑 대니얼 상트로 다시 태어났다. 진짜 대니얼 상트 본인은 대니의 키와 비슷했고 머리색도 같았다. 1차 대전 당시 가족 하나 없이 징집되었다가, 벨기에에 도착하자마자 신종독감에 걸려 그만 총 한 번 쏴보지 못하고 야전병원에서 숨을 거둔 인물이다.

1916년 파업에 가담한 광부 중 다섯 명이 무기징역에 처해졌는데, 비록 정황증거가 고작이었으나, 어쨌든 톰슨 납광의 사장. E. 제임스 맥리시의 폭탄에 연루되었다는 혐의 때문이었다. 마부가 우편물을 들고 왔을 때 맥리시는 아침 목욕 중이었다. 하필 문지방에 걸려 넘어지는 통에 마부는 평범한 갈색봉투에 담긴 마분지상자를 놓쳤는데, 후에 그의 팔은 식당에서 발견 되고 나머지 부위는 홀에 그대로 남아 있었다. 그밖에도 50명의 파업자들이 감옥에 갇히거나, 몇 년 동안 그곳에 진을 친 핑커튼 용역과 경찰들한테 실컷 얻어터졌으며, 나머지는 금속산업 부문의 일반 파업자들과 동일한 운명에 처해졌다. 즉, 직장을 잃고 주 경계를 넘어 오하이오로 스며들어간 것이다. 톰슨 납광의 블랙리스트를 보지 못한 회사에라도 취직하기 위해서였다.

세계 노동자혁명에 적을 마련한 건 꽤 괜찮은 작전이었다. 유명 노조와 발 빠른 조직책들이 아직 개입 전이었기 때문이다. 노동자혁명은 광부들의 자생조직인데, 결성 속도가 어찌나 빨랐던지 그들 자신도 놀랄 정도였다. 조직책들이 도착했을 때는 이미 폭탄이 터지고 진압마저 끝난 후라, 할 일이라곤 병원에 입원한 파업자들을 병문안하는 게 고작이었다.

따라서 대니얼 상트로서의 위장은 앞으로 맞닥뜨리게 될 다양한 급진운동 단체의 검증을 충분히 버텨낼 것으로 보였고, 실제로도 그랬다. 그가 아는 한, 그의 신분에 물음표를 내건 사람은 아무도 없었다. 문제는, 그의 경력을 믿는다는 것만으로, 그들의 관심을 끌 수는 없다는 데 있었다.

아무리 모임에 참석해도 관심을 갖는 사람은 아무도 없었다. 술집에 가도 결국 외톨이 신세였다. 행여 화두를 꺼내기라도 하면, 그가 무슨 말을 하든 사람들은 공손하게 대꾸하고 마찬가지로 공손히 등을 돌렸다. 그는 록스베리의 한 건물에 방을 얻어, 낮 동안에는《혁명시대》,《크로나카 소베르시바》,《프롤레타리아》그리고《노동자》같은 진보 정간지들을 공부하고, 마르크스와 엥겔스, 리드와 라킨의 저서, 빅 빌 헤이우드, 에마 골드먼, 트로츠키, 레닌, 갈레아니의 연설문들도 다시 읽었다. 갈레아니는 글자 그대로 외울 정도였다. 월요일과 수요일은 록스베리 레트의 집회가 있고 집회는 소벨리 살롱에서의 술잔치로 이어졌다. 그는 매일 밤 그들과 지냈으며 아침이면 배를 쥐어짜고 머리통을 헤집는 숙취와 싸워야 했다. 한 떼의 세르게이와 보리스와 요제프에, 이따금 페테르와 표트르까지 섞인 레트들은, 보드카와 구호와 따뜻한 맥주 양동이로 밤을 패며, 맥주잔으로 다 낡은 테이블들을 고문했다. 그들은 마르크스와 엥겔스와 레닌과 에마 골드먼을 인용했고, 또 노동자의 권리를 들먹였으며, 그러는 동안 내내 여자 바텐더를 희롱했다.

그들은 유진 뎁스에 대해 떠들고 빅 빌 헤이우드를 논하며 위스키 잔으로 테이블을 내리쳤고, 온몸에 타르를 바르고 깃털로 덮는, 가혹한 린치를 당한 털사의 조직책들의 복수를 다짐했다. 하지만 털사의 린치는 벌써 2년 전 일인 데다 이들 중 누구도 그 빚을 청산해 줄 것 같지는 않았다. 그들은 빵모자를 벗고, 줄담배를 피우고, 윌슨, 파머, 록펠러, 모건, 올리버 웬델 홈스 등을 성토하고, 잭 리드와 짐 라킨을 환영했으며 니콜라이 2세의 몰락을 환호했다.

말, 말, 말, 말, 말, 말, 말, 말.

대니는 숙취의 원인이 술이 아니라 그놈의 헛소리들이라는 생각을 했다. 맙소사, 볼셰비키들은 상대방의 눈이 돌아갈 때까지 떠들고, 딱딱한 러시아 경음과 라트비아의 콧소리가 꿈에 나타날 지경까지 지껄여댔다. 일주일에 이틀 밤을 그들과 보냈건만, 루이스 프라이나를 본 건 단 한 번뿐이었다. 그것도 짤막한 연설을 끝낸 후 철저한 경호를 받으며 사라지는 뒷모습이 고작이었다.

대니는 네이든 비숍을 찾기 위해 주 전체의 노동 시장, 치안 법정, 마르크스 기금 모임 등을 누비고 다녔다. 노조 모임과 좌파 회합, 심지어 사상이 허무맹랑하기 짝이 없는 유토피아주의자들의 친목회에도 참석해, 연사들의 이름을 기록하고 조용히 물러나왔다. 그러면서는 자신을 '대니얼 상트'라고 소개했는데, 그럼 그와 악수를 나눈 사람들도 똑같이 '앤디'가 아니라 '앤디 서스턴' 또는 '필'이 아니라 '리버 동무' 식으로 자신을 소개했다. 기회가 있을 때면 방명록 한두 장을 훔쳤으며, 회합장소 밖에 차가 서 있으면 번호판을 베껴 적기도 했다.

도시의 모임들은 볼링장, 당구장, 오후 복싱클럽, 살롱, 카페 등에서 열렸다. 사우스쇼어에서는 막사나 댄스홀, 또는 여름까지 폐쇄된 박람회장 등을 이용했고, 노스쇼어와 메리맥밸리에선, 철도 조차장과 무두질 공장(구리 거품이 빗물과 함께 둥둥 떠다니는 해안 옆이었다.)을 이용했으며, 버크셔에서는 과수원을 빌렸다.

어느 모임에 나가게 되면 그 다음 모임에 대한 정보도 얻을 수 있었다. 글로스터의 어부들은 뉴베드포드 동료들과, 그리고 록스베리의 공산주의자들은 린 지역 동무들과의 연대를 얘기했다. 하지만 폭탄은 물론 정부를 전복하자는 구체적인 계획은 어디에서도 나오지 않았다. 그들이 얘기한 건 막연한 일반론에 불과했으며, 그마저 아이들만큼이나 시끄럽고 장황하고 또 무의미했다. 연대 파업에 대한 논의 역시 다를 바 없었다. 노동절을 논하긴 했지만 모두 다른 조직과 다른 도시의 얘기들뿐이었다. 뉴욕의 동무들이 도시의 근간을 흔들 것이다. 피츠버그의 동무들이 혁명의 첫 불씨를 피울 것이다 등…….

무정부주의자들의 회합은 주로 노스쇼어에서 열렸고 참석자는 많지 않았다. 회의라고 해봐야 마이크를 잡은 사람들이 서툰 영어로 갈레아니나 토마시노 디페페, 아니면 밀란 남쪽의 교도소에서 몰래 빼낸 레온 스크리바노의 명상들을 낭독해 주는 게 고작이었다. 감정 및 열정을 갖고 말하거나 소리치는 사람도 없었는데, 그 때문에 오히려 어수선한 분위기였다. 결국 그들은 대니가 다른 부류라고 결론을 내렸고 그 역시 재빨리 분위기를 눈치 챘다. 같이 놀기엔 대니는 너무 크고 영양 상태도 좋고, 또 깨진 이도 없었다.

글로스터 공동묘지 끝에서의 모임이 끝난 후, 세 사람이 무리에서 떨어져 나와 그를 미행했다. 그들은 적당한 간격을 유지하며 쫓아왔는데 그가 눈치 챘다는 것도 개의치 않았다. 어느 시점에선가는 그 중 하나가 이태리 말로 그가 할례를 했는지 묻기도 했다.

대니는 공동묘지 가장자리를 돌아 석회공장 뒤쪽의 뼈처럼 하얀 사구들을 가로 질렀다. 이제 30미터쯤 따라붙은 사내들이 이빨을 이용해 휘파람을 불기 시작했다.

"어이, 이봐, 거기."

마치 한 사람이 부르는 소리 같았다.

석회 언덕들은 지금껏 잊고 있던 꿈들을 불러 일으켰다. 어디로 가는지도 모르고, 어디에 집이 있는지도 모르는 채 달빛 비추는 광활한 사막을 하염없이 걷는데, 걸음을 뗄 때마다 더 이상 집이 존재하지 않는다는 두려움만 무겁게 어깨를 짓누르던 그런 꿈이었다. 가족은 물론 그가 아는 사람들은 모두 죽은 지 오래인데, 그만 혼자 살아남아 버려진 땅을 걷고 있었던 것이다. 꿈의 마지막엔 언제나 제일 낮은 언덕에 기어올라 겨울의 달빛을 받으며 손으로 땅을 파내기 시작했었다.

"어이, 이보라고."

사구에 오르니 반대편으로 잉크 빛의 하늘이 펼쳐져 있고, 그 아래 대문 열린 울타리가 몇 개 이어져 있었다.

자갈이 다 드러난 도로에 나와 보니 격리병원이었다. 문 위에 걸린 간판도 케이프 앤 요양소와 똑같았다. 그는 재빨리 접수데스크의 간호사를 지나쳐갔다. 그녀가 두 번을 불렀지만 물론 대꾸하지 않았다.

계단에 다다라서야 대니는 밖을 내다보았다. 셋은 밖에 묶여 있었다. 그 중 하나가 간판을 가리켰다. 그들도 물론 이 유령의 집 괴물한테 가족 중 누군가를 빼앗겼을 것이다. 폐결핵, 천연두, 소아마비, 콜레라. 겁에 질린 태도를 보니 들어올 용자는 없을 것 같았다. 그는 뒷문을 찾아 빠져나왔다.

달빛 하나 없는 밤이었다. 바람이 어찌나 찬지 저절로 이가 부딪쳤다. 그는 전속력으로 하얀 모래언덕과 묘지를 가로질렀다. 차는 낭떠러지 옆 그 자리에 서 있었다. 그는 차에 앉자마자 주머니 속에서 단추를 꺼냈다. 엄지로 단추를 만지작거리자 해변의 집에서 곰 인형을 휘두르던 노라의 모습이 떠올랐다. 베개가 터져 사방에 흩날리고 그녀의 눈에서 창백한 불꽃이 일었다. 그는 두 눈을 감고 그녀의 냄새를 맡았다. 차를 몰고 도시로 돌아왔을 땐 차창에 소금기가 배어 있고 두개골에도 두려움이 가루처럼 박혀 있었다.

어느 날 아침, 그는 쓰디쓴 블랙커피를 마시며 에디 맥케나를 기다렸다. 해리슨 애버뉴의 한 카페인데, 체크무늬 타일 바닥에 더러운 천장 선풍기가 한 바퀴 돌 때마다 삐걱거렸다. 창밖 자갈 길 위로 칼 가는 사람이 수레를 덜컹거리며 지나갔는데, 줄에 매달아둔 칼날들이 흔들리는 통에 날카로운 햇살이 대니의 눈과 카페의 벽들을 무자비하게 베어버렸다. 그는 어른거리는 햇빛을 피해 몸을 돌린 다음 시계의 커버를 열었다. 약속시간은 이미 지났지만 새삼스러울 건 없었다. 그는 다시 한 번 카페 안을 둘러보았다. 누군가 그에게 지나친 관심을 보일 수도 있고, 아니면 의도적으로 시선을 피할 수도 있었다. 다행히, 보통 직장인들과 흑인 짐꾼들 그리고 스테이틀러 건물 직원들뿐이었다. 그는 다시 커피를 한 모금 마셨다. 비록 숙취가 있기는 했지만 미행을 못 알아챌 정도는 아니었다.

맥케나는 특유의 거대한 덩치와 완강한 낙관주의, 지복직관(至福直觀)의 목적의식으로 입구를 가득 채웠다. 커글린 가문이 노스엔드에 살고, 지금보다 50킬로그램은 더 가볍고 젊은 에디가 대니와 코너에게 줄 감초사탕을 들고 아버지를 방문하기 시작할 때부터 지켜본 바로 그 고집스러움이다. 당시 그는 찰스타운 해안의 살롱들을 담당하는 순경에 불과했다. 도시에서도 가장 유혈이 낭자하고 발진티푸스와 소아마비 비율이 타 지역의 세 배나 될 정도로 쥐가 들끓는 곳이었지만 그럼에도 불구하고 그를 둘러싼 광휘는 눈부실 정도였다. 경찰서를 떠도는 전설에 이런 이야기가 있다. 초년 시절의 에디 맥케나에게, 누군가 그가 덩치 때문에 은밀한 일은 하지 못할 거라는 얘기를 한 적이 있다. 하지만 당시의 서장 말은 달랐다.

"도대체 어떻게 된 놈이 5분이 지나서야 방에 들어온 걸 알 수 있는 거냐?"

그는 코트를 걸고 대니 맞은편 자리로 미끄러져 들어와 웨이트리스한테 입 모양으로 '커피'를 주문했다.

"맙소사, 술 취한 염소라도 잡아먹은 거냐? 도대체 이 악취라니."

그가 제일 처음 한 말이다.

대니가 어깻짓을 하고 커피를 조금 더 마셨다.

"아니, 그 염소를 토했다가 다시 주워 먹어도 이 정도는 아니겠다."

맥케나는 계속 비아냥댔다.

"카이사르의 칭찬이로군요."

맥케나가 시거 토막에 불을 붙이자 그 냄새가 곧바로 대니의 뱃속을 들쑤셨다. 웨이트리스가 테이블 위에 커피 잔을 놓고 대니의 잔에도 채워주었다. 맥케나가 다른 곳으로 물러나는 여자 엉덩이를 쳐다보았다.

그가 플라스크를 꺼내 대니한테 건넸다.

"해장해야지."

대니는 커피에 몇 방울을 타고 다시 돌려주었다.

맥케나는 테이블 위로 메모첩을 던지고 그 옆에 시거만큼이나 짧고 뭉툭한 연필을 놓았다.

"다른 애들 몇 명 만나고 오는 길이다. 그놈들보다 더 잘났다는 걸 증명해 봐."

특공대의 '다른 애들' 중 일부는 지적능력을 기준으로 뽑혔지만 대부분은 소수민족으로 통한다는 이유 때문이었다. 보스턴 경찰에 유대인이나 이태리 인은 없지만, 헤럴드 크리스천과 래리 벤지는 그리스나 이태리 인으로 통할 만큼 가무잡잡했다. 작고 검은 눈의 폴 와스콘은 뉴욕의 로어 이스트사이드에서 자라 유대 말에 어느 정도 능했기에, 웨스트엔드의 지하실을 거점으로 한 잭 리드와 짐 라킨의 사회주의 좌파 조직에 침투할 수 있었다.

그런 식의 특수임무를 원한 사람은 없었다. 그건 특별수당도 시간외수당도 보너스도 없는 기나긴 외근을 의미했기 때문이다. 테러리스트 조직이 뉴욕, 시카고, 샌프란시스코의 관할이라는 경찰서의 공식적인 입장 때문이었다. 따라서 특공대가 성공한다 해도 명예는커녕 가욋돈 한 푼 얻을 수가 없는 실정이었다.

하지만 맥케나는 늘 하던 대로 뇌물과 협박과 강요를 적절히 섞어 그들을 이끌어냈다. 대니는 테사 때문에 개구멍으로 들어온 경우였다. 크리스천과 벤지한테는 어떤 약속을 했는지 아무도 모르지만, 와스콘은 지난 8월 도둑질을 하다 걸린 적이 있었다. 물론 맥케나는 평생 그를 쥐고 흔들 것이다.

대니가 맥케나에게 메모첩을 건넸다.

"우즈 홀의 어부 노조 회합에서 모은 번호판. 웨스트록스베리 지붕수리 노조원 명부, 노스쇼어 사회주의 클럽 노조명부, 록스베리 레트 두 건을 포함한 이번 주 참석한 회합의 상세 보고서."

맥케나가 메모첩을 집어 작은 가방에 넣었다.

"좋아, 좋아. 그밖에는?"

"없습니다."

"없다니?"

"말 그대로 없습니다."

대니의 말에 맥케나가 연필을 던지며 한숨을 내쉬었다.

"맙소사."

커피에 위스키를 타니 머리가 조금 가벼워진 기분이다.

"왜요? 외국인 급진주의자들은 미국인을 불신하는 데다, 최소한 내가 첩자일 가능성을 염두에 둘 만큼은 편집적이에요. 상트의 위장이 아무리 탄탄하다 해도 소용없어요. 어차피 속는다 해도 상트를 날름 관리요원으로 발탁할 리 없잖아요? 최소한 레트는 불가능해요. 완전히 이방인 취급이니까."

"루이스 프라이나는 봤냐?"

대니가 끄덕였다.

"연설하는 걸 봤지만 만나지는 못했어요. 일반 당원들과도 떨어져 있는 데다, 수뇌부와 경호원들로 에워싸여 있더군요."

"옛 애인은?"

대니가 인상을 찌푸렸다.

"봤다면 지금쯤 감옥에 있겠죠."

맥케나가 플라스크의 술을 한 모금 마셨다.

"찾아는 봤다는 얘기냐?"

"이 빌어먹을 주를 샅샅이 돌아다녔어요. 코네티컷에도 몇 번 넘어갔고."

"이 근처는?"

"경찰이 테사와 페데리코를 찾아 노스엔드를 헤집은 덕분에, 사람들이 모두 겁먹었어요. 이젠 나한테도 말 안 해요. 미국인이라면 무조건 등을 돌리니까."

맥케나가 한숨을 쉬며 손으로 얼굴을 문질렀다.

"그래, 쉽지 않을 거라는 생각은 했다."

"예."

"아무튼 계속 쑤셔봐."

맙소사. 이런 게 형사 일이라는 건가? 어망 없이 고기 잡는 게?

"뭔가 찾아볼게요."

"숙취 말고?"

대니가 멋쩍은 미소를 지었다.

맥케나는 다시 얼굴을 문지르고 하품을 했다.

"빌어먹을 빨갱이 새끼들. 오, 네이든 비숍도 못 만난 거지? 의사 말이다."

"네."

맥케나가 윙크를 했다.

"그가 30일 동안 첼시아 취객보호소에 갇혀 있었다더군. 이틀 전에야 나왔다. 거기 교도관 놈한테 물어보니까 그 자가 캐피털 주점을 좋아한다더라. 그 친구 우편물도 그쪽으로 반송한대."

"캐피털 주점이라. 웨스트엔드의 지하실 말인가요?"

대니가 되물었다.

"그래. 이제 너도 거기서 퍼마시면서 애국하면 된다."

맥케나가 끄덕였다.

네이든 비숍이 말을 걸어온 건 대니가 캐피털 주점에서 3일 밤을 죽쳤을 때였다. 비숍은 쉽게 알아보았다. 첫날밤 문을 열고 들어가 바에 자리를 잡았을 때 비숍은 테이블에 혼자 앉아 있었다. 바로 위쪽 벽에 촛불 하나만 달랑 켜놓은 자리였다. 그날 그는 작은 책을 읽었고, 그 다음 이틀 밤은 잔뜩 쌓인 신문을 골라 읽었다. 술은 위스키였는데 그건 술잔 옆에 놓인 병을 보고 알 수 있었다. 문제는 처음 이틀간 술을 깨작거리기만 했다는 것이다. 술은 거의 줄지 않고 뻔질나게 들락거리기만 하는 통에, 대니는 핀치와 후버의 네이든 비숍에 관한 설명이 정확한지 의심하기도 했다.

하지만 셋째 날 밤, 그는 일찍 신문을 물리더니 잔을 들기 시작했고 거기에 줄담배까지 피워댔다. 처음엔 자기 담배연기만 쳐다보았는데 그 때문에 눈의 초점이 완전히 풀린 것처럼 보였다. 하지만 조금씩 눈에 생기가 돌기 시작하면서 얼굴에도 미소가 번져갔다. 누군가 성급하게 갖다 붙인 듯한 그런 미소였다.

처음 노랫소리를 들었을 땐 그 목소리와 그를 연결하지 못했다. 비숍은 섬세한 외모에 섬세한 골격의 작고 연약하고 섬세한 사내였다. 하지만 그의 목소리는 기차 화통만큼이나 우렁차게 울려나왔다.

"드디어 시작이군."

바텐더가 한숨을 내쉬었으나 불만스러운 표정은 아니었다.

네이든 비숍이 그날 밤 첫 곡으로 선정한 노래는 조힐의 「목사와 노예」였다. 그의 깊은 바리톤 성량에, 켈트의 아련한 풍미가 담긴 운동가는, 캐피털 주점의 커다란 난로와 어둑한 조명과도 쉽게 어우러졌다. 부두의 예인선이 자아내는 낮은 고동소리와도 같은.

"매일 밤, 장발의 목사들이 나와, 무엇이 그르고 무엇이 옳은지 설교하네. 하지만 먹을 것을 요구하자 그들은 부드러운 목소리로 이렇게 말하지. '이제 곧 먹게 되리라. 저 하늘 높은 곳 영광의 땅 위에서. 그러니 일하고 기도하라. 건초 위에서 잠을 청하라. 너 죽으면 하늘에서 파이를 주리로다.' 거짓말이야. 거짓말이야……"

그가 배의 반기(半旗)를 바라보며 부드러운 미소를 지었다. 바에 앉았던 손님 몇이 가볍게 박수를 보냈다. 분위기를 이어간 것은 대니였다. 그가 자리에서 일어나 잔을 들고 노래를 마저 부르기 시작했다.

"오순절과 부흥회 광신자들이 뛰어나와, 고함치고 발버둥치고 울부짖노라. '네 돈을 예수님께 바쳐라. 그럼 그분께서 모든 질병을 고쳐 주리니.'"

대니는 옆 사람과 어깨동무를 했다. 엉덩이를 다친 굴뚝청소부는 대니한테 잔을 들어보였다. 네이든 비숍이 테이블에서 일어나 위스키 병과 잔을 챙기더니 두 사람이 있는 바로 합류했다. 상선 선원 둘도 끼어들었다. 시끄럽고 음정도 불안했지만 누가 그걸 개의하겠는가. 그들은 모두 팔꿈치를 흔들며 술잔을 옆으로 돌렸다.

아이들과 아내를 위해 열심히 싸워,
현세에서 복을 누리고자 한다면,
너는 죄인이요, 악한이니,
네가 죽어 반드시 지옥에 떨어질지어다.

마지막 소절은 거의 고함과 갈가리 찢긴 웃음에 불과했다. 바텐더가 바 뒤의 벨을 때려 공짜 술을 한 잔씩 돌리겠다고 제안했다.

"이봐, 우리도 감사로 답가를 불러주자고."

선원 하나가 큰 소리로 외치자 사람들이 웃었다.

"노래를 그만 둬야 공술이 나가지! 그게 조건이야. 아니면 국물도 없어!"

바텐더도 있는 대로 악을 써댔다.

사람들은 모두 취해 그 말에 환호를 보내고 공짜 술을 향해 몰려들며 서로 악수를 나누었다. 대니얼 상트가 에이브 로울리를 만나고 에이브 로울리는 테렌스 본과 거스 스위트를 만났으며, 테렌스 본과 거스 스위트는 네이든 비숍을, 네이든 비숍이 드디어 대니얼 상트를 만났다.

"목소리 하나는 일품이더군요, 네이든."

"고맙네, 하지만 대니얼, 자네도 대단했어."

"버릇입니까? 술집에서 노래를 부르는 게?"

"저 연못 너머에선 다들 그래. 내가 사는 곳이지. 하지만 테이프를 끊지 않았다면 여기도 음울하기 짝이 없었을 걸세, 안 그런가?"

"그야 여부가 있습니까."

"그럼 됐잖아. 건배나 하자고."

"건배."

두 사람은 잔을 부딪고 술을 털어 넣었다.

위스키 일곱 잔과 네 곡의 합창이 이어진 끝에, 그들은 바텐더가 하루 종일 요리한 스튜를 먹었다. 끔찍한 맛이었다. 갈색의 고기는 정체불명에 잿빛 감자는 질기기가 이를 데 없었다. 술에 취하지 않았던들 이빨 사이에 낀 찌꺼기가 톱밥이 분명하다고 주장했겠지만 어쨌든 배는 불렀다. 그 후 두 사람은 함께 술을 마셨고, 대니는 펜실베이니아 서부와 톰슨 납광에 대한 대니얼 상트의 거짓말을 풀어놓았다.

"바로 그거야. 이 세상에 뭔가를 요구하면 대답은 언제나 '안 돼'라고. 그럼, 우리도 먼저 빼앗아 간 놈들한테서 빼앗을 수밖에 없겠지. 그런데도 놈들은 우리를 도둑이라고 부른다니까. 완전히 개소리지."

그는 얘기를 하면서 주머니에서 담배를 꺼내 말아 대니한테 하나를 건네주었다.

대니가 한 손을 들어보였다.

"괜찮습니다. 난 갑담배를 피워요."

그가 셔츠 주머니에서 뮤라드를 꺼내 테이블에 올려놓았다.

네이든이 담뱃불을 붙였다.

"그 상처는 어찌 된 건가?"

대니가 목을 가리켰다.

"이거요? 메탄이 폭발한 겁니다."

"탄광에서?"

대니가 끄덕였다.

"아버지도 광부셨네. 여긴 아니지만."

네이든이 말했다.

"연못 건너에서요?"

"비슷해. 북쪽의 맨체스터 밖이니까. 난 그곳에서 자랐네."

"거친 곳이라고 들었습니다."

"그래. 추악하고 황량한 곳이기도 하지. 온통 회색 아니면 갈색이었으니까. 아버진 그곳에서 돌아가셨네. 탄광 안에서. 짐작이 가지?"

"탄광 말입니까? 물론이죠."

대니가 대답했다.

"아버진 강한 분이셨네. 그 아수라장 속에서도 가장 불행한 게 바로 그 점이었어. 무슨 말인지 알겠나?"

대니가 고개를 저었다.

"예를 하나 들어보지. 과거의 나는 건강한 타입이 못 되었네. 안짱다리에 운동신경은 젬병이고 근시에 천식까지 있었으니까."

대니가 웃었다.

"그게 답니까?"

네이든도 웃으며 손을 들어보였다.

"몇 가지 더 있긴 해. 아무튼 요점은 약골이었다는 거야. 만일 갱이 붕괴해, 수백 킬로그램의 토사물과 갱목이 짓누르고 산소도 부족하다면, 난 그냥 포기하고 말았을 거야. 점잖은 영국인답게 조용히, 얌전히 죽는 거지."

"아버님은 안 그러셨군요."

"기어 나왔더군. 벽이 무너진 지점에서 구두를 찾아냈는데 시체를 찾아낸 건 100미터나 떨어진 곳이었어. 거기까지 기어온 거지. 회사가 이틀이나 뜸을 들여 발굴하는 동안 아버지는 부러진 등으로 수백 킬로그램의 흙과 바위를 뚫고 나온 거라고. 그동안 회사는 구조하려다가 주요 갱도의 벽이 추가 붕괴될 것만 걱정했어. 미치겠는 건, 아버지가 그 사실만 알았더라도, 처음부터 그 헛지랄을 포기했든지, 아니면 몇 십 미터만이라도 더 기를 썼을 것 아닌가."

두 사람은 한동안 아무 말도 하지 않았다. 장작이 덜 마른 탓에 난로에선 내내 탁탁거리는 소리가 들려왔다. 네이든 비숍이 자기 잔을 채운 다음, 대니의 잔에도 넉넉하게 따라주었다.

"이건 말이 안 돼."

그가 말했다.

"뭐가 말입니까?"

"있는 자들이 없는 자를 착취하잖아. 그러곤 찌꺼기를 남겨준 데 대해 감사하라고 강요하고, 행여 고분고분 따르지 않으면, 뻔뻔스럽게도 배신에 배은망덕까지 들먹이며 길길이 뛰는 거야. 모조리 불에 태워버려야 해."

대니는 뱃속의 술이 어는 듯한 한기를 느꼈다.

"누구 말입니까?"

그가 대니에게 나른한 미소를 지어 보였다.

"부자 놈들. 모두 화형 시켜야 한다고."

대니는 보스턴 경우회 모임을 위해 다시 페이홀에 갔다. 오늘의 의제에 대해서도 당국은 거부입장을 분명히 했다. 신종독감 관련 근무자들의 산재를 인정하자는 내용이었다. 스티브 코일은 다소 취한 얼굴로, 지난 12년간 복무해 온 경찰청으로부터 일종의 장애급여를 타내기 위해 계속 투쟁하겠다는 취지의 연설을 했다.

독감 안건이 끝난 후에는, 파손되거나 해진 제복의 대체 비용 일부를 당국에서 부담하는 내용으로 넘어갔다.

"이건 우리에게 꽃놀이패나 다름없습니다. 만일 거절하면, 저들이 일체의 양보를 거부했다는 반증으로 내세울 수 있으니까요."

마크 덴튼의 지적이었다.

"누구한테 내세운다는 얘깁니까?"

애드리안 멜킨즈가 물었다.

"신문이죠. 조만간 이 싸움은 언론 전쟁이 될 겁니다. 난 그들을 우리 편으로 묶고 싶습니다."

마크 덴튼이 대답했다.

모임이 끝난 후, 사람들은 커피포트로 몰리거나 플라스크를 돌렸다. 대니는 자기도 모르게 네이든 비숍과 그의 아버지를 생각하고 있었다.

"턱수염이 멋지군. 그 속에 고양이라도 키우나?"

마크 덴튼이 물었다.

"위장근무 때문입니다." 대니가 대답했다. 그는 붕괴된 갱도를 뚫는 비숍의 아버지와 그 참극을 술로 달래는 아들을 떠올렸다. "원하는 게 뭐죠?"

"응?"

"나한테 원하는 게 뭐냐고 물었습니다."

마크는 한 걸음 물러나 그를 가늠해 보았다.

"자네가 여기 처음 나타날 때부터 첩자인지 아닌지 궁금했지."

"누구 첩자라는 거죠?"

덴튼이 웃었다.

"우스운 얘기군. 에디 맥케나의 대자, 토미 커글린의 친자. 지금 누구 첩자냐고 물었나?"

"내가 첩자라면, 왜 나한테 도움을 청한 겁니까?"

"자네가 얼마나 빨리 제안을 받아먹는지 보고 싶었지. 솔직히 말하면, 자네가 달려들지 않는 것 때문에 더 모호해졌네. 그런데 이제

나한테 어떻게 도울 수 있는지 묻는 건가?"

"그렇습니다."

"그럼, 고민하는 건 이제 내 쪽이 되겠군그래."

에디 맥케나는 이따금 자기 집 옥상에서 업무회의를 열었다. 사우스 보스턴 텔레그래프힐 꼭대기의 앤 여왕 시대 건물인데, 토머스 파크, 도체스터 하이츠, 시내의 화려한 건물들, 포트 포인트 해협, 보스턴 항이 내려다보이는 전망 또한 그의 풍채만큼이나 웅장했다. 옥상은 타르를 발랐지만 판금처럼 평평했는데, 에디는 그곳에 늘 작은 테이블 하나와 의자 두 개를 갖다 놓았다. 그 옆에 헛간도 하나 지어놓았다. 그의 도구들과 아내 메어리 패트가 집 뒤의 작은 정원을 돌보는 데 사용하는 연장들을 보관해 두는 곳이다. 언제나 자기한테 좋은 전망과 옥상과 착한 여인의 사랑이 있기 때문에, 신이 자신을 버린다 해도 전혀 아쉬울 게 없다고 입버릇처럼 떠들곤 했었다.

에디 맥케나의 말이 늘 그렇듯, 그 역시 개똥철학으로 얼버무린 개소리였다. 토머스 커글린이 언젠가 이런 말을 한 적이 있었다.

"에디의 지하실엔 석탄 넣을 공간도 없어. 마당에 토마토나 허브 그리고 작은 장미 따위를 심을 수도 있겠지만 그렇다고 연장 같은 게 무슨 필요가 있겠냐. 그런 건 다 개소리다. 요는 에디 맥케나의 헛간에는 도구나 연장만 들어 있는 게 아니라 이거야."

"또 뭐가 있는데요?"

대니가 물었을 때 토머스는 손가락 하나를 흔들어보였다.

"아직 그 정도로 취한 건 아니다, 이놈아."

오늘밤, 대니와 대부는 술잔을 들고 헛간 옆에 서서, 탬파 본청 친구가 에디한테 매달 보내준다는 최고급 시거를 피우고 있었다. 짙은 안개가 깔린 듯 바람에서 축축한 냄새가 나기는 했지만 날씨는 아주 청명했다. 대니는 네이든 비숍과의 만남과, 부자들에 대한 그의 반감에 대해 보고했지만, 에디는 거의 들은 척도 하지 않았다.

하지만 대니가 또 다른 목록을 내놓자 그도 비로소 관심을 보였다. 남부 이태리 민중 연합의 집회에서 나온 명단과 차량번호였다. 그는 대니한테서 목록을 빼앗아 재빨리 훑어보더니, 정원 헛간의 문을 열고 늘 가지고 다니던 소형가방을 꺼내 리스트를 집어넣고 다시 헛간에 돌려놓은 후 문을 닫았다.

"자물쇠도 없습니까?"

대니가 묻자 에디 고개를 갸웃했다.

"연장들 때문에 필요한가?"

"가방들은 어쩌고요?"

에디가 미소 지었다.

"미치지 않고서야 누가 이 집에 들어오겠냐?"

대니도 따라 미소를 지었지만 그저 겉치레에 불과했다. 그는 시거를 피우며 도시를 내려다보고 부두의 냄새를 맡았다.

"지금, 우리가 여기서 뭐 하는 거죠?"

"좋은 밤이잖아."

"아뇨, 수사 말입니다."

"빨갱이들을 사냥하고 이 위대한 대지를 수호하는 중이다."

"리스트를 편집하면 되는 일입니까?"

"기분이 안 좋은 거냐, 대니?"

"그건 또 무슨 뜻이죠?"

"너답지가 않아서 그런다. 잠은 잘 자고 있니?"

"노동절 얘기는 어디에도 없어요. 어쨌든 말씀하시는 식의 얘기는 나오지 않아요."

"흠, 그 문제는 우루루 몰려다니는 것과는 또 다르다. 옥상에 올라가 큰소리로 광고할 만한 일이 못 되잖니, 응? 넌 거기 붙은 지 한 달밖에 안 됐어."

"그 자들은 떠버리라고요. 대다수가 그렇죠. 하지만 그게 전부라고요."

"무정부주의자들 말이냐?"

"아뇨. 그 자들이야 진짜 테러범들이죠. 하지만 나머지는요? 나한테 배관공, 목수 노조 같은 이빨 빠진 사회주의자 그룹들을 감시하라고 했죠? 이유가 뭡니까? 단체 명칭? 도무지 이해가 안 가요."

"그럼, 그 자들이 모조리 날려버리고 나서야 심각하게 고민하자는 얘기냐?"

"누구요? 배관공들 말입니까?"

"장난하자는 게 아니다."

"볼셰비키들? 사회주의자들? 아뇨, 자기들 가슴 말고는 아무것도 터뜨리지 못할 사람들입니다."

"그자들은 파괴분자들이야."

"불평분자들일 뿐입니다."

"아무래도, 너한테 휴가가 필요할 것 같다."

"지금 나한테 필요한 건, 도대체 내가 무슨 지랄하는 건지 정확히 아는 것뿐입니다."

에디는 대니의 어깨를 감싸고 옥상 끄트머리로 데려갔다. 둘은 도시를 바라보았다. 공원과 잿빛의 거리, 벽돌 건물, 검은 지붕, 시내를 가로지르는 검은 물과 그 위에 비친 도시의 조명들.

"이걸 지키려는 거다, 대니. 우린 그 일을 하는 거야. 가정과 평화. 그래, 그게 전부다."

그가 시거를 길게 빨아들였다.

캐피털 주점에서 다시 만나던 날 밤, 네이든 비숍은 세 잔이 들어가고 나서야 입을 열었다.

"누군가한테 맞아본 적 있나?"

"예?"

그가 두 주먹을 들어보였다.

"이것 말이야."

"예, 옛날엔 복싱을 했죠…… 펜실베이니아에 있을 때."

"하지만 신체적으로 밀린 적은 없었지?"

"밀려요? 아뇨, 그런 기억은 없어요. 왜요?"

"그게 얼마나 소중한 건지 아나 해서. 그러니까 타인을 두려워하지 않고 살아간다는 것 말일세."

전에는 그런 식으로 생각해 본 적이 없었다. 문득 세상이 그를 위해 존재한다는 생각으로 평생을 살아왔다는 생각이 들었다. 아니, 지금까지는 실제로도 그랬다.

"정말 멋질 거야. 정말로."

네이든이 중얼거렸다.

"무슨 일을 합니까?"

대니가 물었다.

"무슨 일을 하다니?"

"난 일거리를 찾고 있어요. 하지만 당신은요? 그건 노동자의 손이 아니에요. 옷도 그렇고."

네이든이 코트 깃을 어루만졌다.

"별로 비싼 옷은 아니야."

"누더기도 아니죠. 게다가 구두하고 콤비예요."

네이든 비숍이 일그러진 미소를 그렸다.

"재미있는 관찰력이군. 자넨 형산가?"

"예."

대니가 담뱃불을 붙였다.

"난 의사일세."

"짭새와 의사라. 내가 쏘면 고쳐주면 되겠군요."

"농담 아니야."

"저도요."

"진짜라니까."

"좋아요. 난 짭새 아니에요. 그래도 의사 할 겁니까?"

"과거지사일세."

비숍이 담배를 비벼 끄고는 천천히 한 모금 들이켰다.

"의사였다가 아닐 수도 있는 겁니까?"

비숍이 다시 한 모금을 마시고 긴 한숨을 내쉬었다.

"아닐 것도 없지. 한때는 외과의였지. 하지만 내가 구한 사람들 대부분이 자격도 없는 자들이었어."

"부자들?"

대니는 비숍의 얼굴을 가로지르는 분노를 보았다. 이제 조금씩 익숙해져가는 표정이기도 하다. 그건 그가 분노에 지배되기 시작한다는 뜻이며, 동시에 그 분노가 소진될 때까지 그 어떤 위로도 소용없게 된다는 뜻이기도 하다.

"편리한 족속들이야. 그 자들한테 이런 얘기를 해보게. '노스엔드, 웨스트엔드, 사우스 보스턴, 첼시아 같은 곳에선 매일 사람들이 죽어갑니다. 그리고 그들이 죽는 이유는 하나뿐이죠. 가난. 단지 그게 이유입니다.' 그럼, 그 자들이 뭐라고 대답하는 줄 아나? '도리 없잖아?' 마치 그게 해답이라도 되는 듯이 내뱉는다네. 도리가 없다고? 망할, 도와주면 되잖아. 그러면 되는 거야, 이 부르주아 돼지새끼들아. 뭘 할 수 있냐고? 그럼, 뭘 할 수 없지? 그놈의 잘난 소맷자락을 걷고, 지금 깔고 앉은 고급 소파에서 여편네와 함께 살찐 엉덩이를 떼어낸 다음, 네놈들 동포, 형제, 자매, 동료, 인간이 생짜로 굶어 죽는 곳으로 내려가서, 뭐든 도울 수 있는 일을 하면 되는 거야. 그게 너희 추접한 놈들이 해야 하는 일이란 말이야."

그는 이를 박박 갈다시피 한달음에 내뱉고는, 상체를 기울여 담배를 새로 말기 시작했다.

잠시 후, 네이든 비숍은 무릎에 놓아둔 잔을 한 입에 털어 넣고 쾅 하고 내려놓은 다음 바 주변을 둘러보았다. 두 눈이 붉은 빛으로 번들거렸다.

네이든의 장광설 뒤엔 종종 이렇듯 분위기가 무거워지는데, 그럴 때면 대니도 입을 다물었다. 가까운 테이블의 사람들이 불편한 듯 몸을 뒤척였다. 그들 중 하나가 베이브 루스의 화제를 꺼냈다. 최근의 트레이드와 관련된 소문이었다. 네이든은 콧구멍으로 씩씩거리며 술병을 잡고 담배를 입에 물었다. 병을 잡은 손이 파르르 떨렸다. 그는 자기 잔에 술을 따르고 의자에 등을 기댔다. 그리고 엄지로 성냥을 때려 담뱃불을 붙였다.

"그래, 그렇게 하면 되는 거야."

그가 중얼거렸다.

소벨리 살롱에서 대니는 록스베리 레트 무리를 뚫고 안쪽 테이블을 엿보려고 했다. 오늘 밤, 그곳에 암갈색 정장에 가늘고 검은 타이를 맨 루이스 프라이나가 앉아 작은 잔에 담긴 호박색 술을 홀짝이고 있었다. 작고 둥근 안경 너머의 이글거리는 눈빛만 아니었다면, 술집을 잘못 찾아온 대학교수 정도로 생각했을 것이다. 다른 사람들이 그를 대하는 태도도 특별했다. 사람들은 그의 앞에 조심스럽게 술잔을 내려놓거나, 불안한 아이처럼 턱을 내민 채 질문을 했고, 뭔가를 설명하면서도 그가 관심을 기울이는지 연신 확인했다. 이탈리아 태생인 프라이나는 본토에서 자란 사람들 못지않게 유창한 러시아어를 구사해, 어쩌면 트로츠키(레온 트로츠키, 러시아의 혁명가 — 옮긴이)의 장남일지도 모른다는 소문이 나돌기도 했다. 그는 테이블 위에 검은색의 능직 공책을 펼쳐놓고 연필로 뭔가 적어 넣거나 아니면 페이지를 들춰보았다. 고개를 드는 법은 거의 없었지만, 이따금 눈썹을 가볍게 깜빡이는 것으로 말하는 이의 말에 아는 체를 하기는 했다. 순간이나마 대니가 시선을 마주친 적은 한 번도 없었다.

하지만 다른 레트들은 이제 대니를 뉘 집 개 쳐다보듯 하지는 않았다. 아직 신뢰까지는 아니더라도 적어도 그가 주변에 있다는 사실에 익숙해진 것이다.

그렇다 해도, 대니의 억양이 워낙에 걸쭉한 탓에 이내 그와의 대화에 싫증을 냈고 다른 레트가 끼어드는 순간 옳다구나 하며 그를 떠나버렸다. 그날 밤, 그들은 술집 집회에서 비롯된 수많은 문제와 해결책들을 안주로 삼고 있었다.

문제. 미국은 신 러시아의 볼셰비키 임시정부를 상대로 은밀한 전쟁을 벌이고 있다. 윌슨은 339 보병 연대의 파병을 인준, 영국군과 함께 백해의 아르한겔스크 항을 침략했다. 기나긴 동절기를 이용, 레닌과 트로츠키의 보급로를 끊어 그들을 굶어죽게 할 의도였으나, 역으로 미국과 영국군은 이른 겨울의 혹한에 갇혀, 군벌과 지역 조폭들의 추악한 연합체인 백러시아 동맹군의 손아귀에 떨어지고 말았다. 이 난감한 지경이야말로 위대한 국민의 운동의지를 꺾으려는 서구 자본주의의 말로라고 할 수 있었다.

해답. 전 세계 노동자들이 단결하여 사회불안을 조성, 미국과 영국군의 철군을 유도할 것.

문제. 몬트리올 주정부가 소방관과 경찰을 억압하고 그들의 권리를 박탈하고 있다.

해답. 캐나다 정부가 경찰과 소방관에게 항복하고 정당한 대가를 지불할 때까지, 전 세계 노동자들이 단결하여 사회불안을 조성한다.

문제. 헝가리와 바바리아와 그리스, 심지어 프랑스에서도 혁명이 무르익고 있다. 독일 베를린에서는 스파르타쿠스 당원들이 활약 중이고, 뉴욕에서는 부두 노조가 출근 거부 투쟁을 벌이고 있으며, 전국에 걸쳐 노조들이 금주법이 전국적으로 시행될 경우 '맥주 없이 노동 없다.'를 모토로 연좌시위를 벌이겠다고 경고하고 나섰다.

해답. 이러한 일련의 움직임을 지지하기 위해 전 세계 노동자들이 단결하여 사회불안을 조성한다.

'해야 한다.'

'할 수 있다.'

'할 것이다.'

대니가 들은 얘기 중에는 혁명을 위한 어떤 실제적인 계획도 들어 있지 않았다. 폭동의 어떤 구체적인 음모도 없었다.

있다면 술이었다. 그밖엔 고함과 의자를 집어던지는 것으로 끝나고 마는 논쟁이 있었다. 그날 밤 고함을 지르고 의자를 부순 건 남자들뿐만 아니라 여자들도 마찬가지였다. 물론 남녀를 구분하는 건 쉽지 않은 노릇이다. 노동자 혁명은 미합중국 자본주의체제가 자랑하는 성차별이 끼어들 여지가 없는 데다, 술집에 모인 대부분의 여자들이 낯이 두껍고 노동현장에서 잔뼈가 굵은 부류였다. 그리고 그들이 동무라고 부르는 남정네들만큼이나 거친 옷에 거친 말투를 구사했다. 대개의 레트들과 마찬가지로 여자들 역시 유머감각은 젬병이었지만, 더 문제는 정치적 성향 때문에 유머를 거부한다는 점이었다. 농담은 감상적 질병이자 낭만주의의 부산물이며, 낭만적 관념이야말로 지배계급이 대중들이 진실을 보지 못하도록 하기 위해 이용하는 또 하나의 마약으로 여겨졌다.

그날 밤 헤타 로스비치가 한 말은 이랬다.

"마음껏 웃어. 바보처럼 보이고 하이에나처럼 보일 때까지 웃으라고. 그럼 자본가들이 당신을 보고 웃을 테니까. 왜냐고? 그거야말로 저들이 원하는 바니까. 바로 무기력이지. 멋도 모르고 시시덕거리는 무능력자 말이야."

표트르 글라비아치라는 이름의 건장한 에스토니아 인이 대니의 어깨를 때렸다.

"팜풀라트, 응? 내일, 응?"

대니가 그를 올려다보았다.

"무슨 말인지 모르겠어."

글라비아치의 수염은 완전히 제멋대로라 흡사 너구리를 잡아먹다가 목에 걸린 것처럼 보였는데, 그가 고개를 젖히고 웃자 수염이 마구 흔들렸다. 그는 웃을 줄 아는, 몇 안 되는 레트 중 하나였다. 나머지 일반 당원들의 몫까지 더해서 웃느라 소리도 컸지만, 유감스럽게도 대니가 신뢰하는 종류의 웃음은 못 되었다. 표트르 글라비아치는 원래 레트의 창설 멤버라고 했다. 이른바 1912년 니콜라이 2세에 대항하여 최초의 게릴라전을 벌인 조직이라는 얘기다. 이 창설 멤버들은 80대 1로 수가 많은 제정러시아군을 상대로 숨바꼭질을 했고, 반쯤 언 감자를 쪼개 먹으며 러시아의 겨울을 야전에서 이겨낸 사람들이다. 게다가 로마노프(러시아 왕조 — 옮긴이) 추종자가 한 명이라도 있다고 의심되면 마을 전체를 학살할 정도의 악명을 듣고 있었다.

"내일 나가 팜풀라트 나눠준다. 노동자들에게, 응? 이해?"

표트르 글라비아치의 말은 여전히 이해불가였다. 그가 고개를 저었다.

"팜풀…… 뭐라고?"

표트르 글라비아치가 짜증난다는 듯 손뼉을 쳤다.

"팜풀라트, 바보야. 팜풀라트."

"도대체 그게……"

"팸플릿. 내가 듣기엔 팸플릿 같은데?"

등 뒤에서 누군가의 목소리가 들렸다.

대니가 돌아보니 네이든 비숍이 서 있었다. 그는 팔꿈치 하나를 대니의 등받이에 걸치고 있었다.

"그래, 그래. 우리, 팸플릿 나눠준다. 소식 전한다."

표트르 글라비아치가 말했다.

"'오케이'라고 하게. 그 단어를 좋아하니까."

네이든 비숍이 말했다.

"오케이."

대니가 글라비아치에게 말하며 엄지를 세워보였다.

"호케! 호케! 이봐, 여기서 만난다. 8시."

글라비아치도 커다란 엄지를 세웠다.

대니가 한숨을 쉬었다.

"여기로 오겠소."

"재미있다. 어쩌면 예쁜 여자들 만난다."

글라비아치가 대니의 등을 때리며 박장대소를 터뜨리고는 성큼성큼 다른 곳으로 가버렸다.

비숍이 부스 안으로 들어와 그에게 맥주잔을 건넸다.

"이 운동에서 미인을 만나는 유일한 방법은 적의 딸을 납치하는 것뿐이지."

"여긴 웬일이세요?"

대니가 물었다.

"무슨 소리야?"

"선생님도 레트입니까?"

"자네는?"

"희망사항이죠."

네이든이 어깻짓을 했다.

"난 어느 조직에도 속해 있지 않아. 외곽에서 도울 뿐이지. 루와는 오랫동안 알고 지내지만."

"루?"

"프라이나 동무. 언제 한 번 만나볼 생각은 있나?"

네이든이 턱으로 그를 가리켰다.

"농담하세요? 그럼 영광이죠."

비숍이 작고 은밀한 미소를 지어보였다.

"무슨 쓸 만한 재주라도 있나?"

"글을 씁니다."

"잘 써?"

"그것도 희망사항입니다."

"나한테 견본을 보내보게. 도와줄 일이 있을지도 모르니까." 그가 바를 둘러보았다. "맙소사, 정말 난감하구먼."

"예? 내가 프라이나 동무를 만나는 것 말입니까?"

"응? 아니, 그게 아닐세. 글라비아치 때문이야. 이 일을 하다 보면 반반한 여자를 만나기가 어렵지. 한 사람도…… 에, 하나는 있군."

"있다고요?"

그가 끄덕였다.

"세상에, 그걸 잊고 있다니. 그래, 한 여자가 있네. 정말 기가 막힌 여자지."

그가 휘파람을 불었다.

"여기에요?"

그가 웃었다.

"그녀가 여기 있다면, 자네가 몰랐겠어?"

"이름이 뭐죠?"

비숍이 어찌나 빨리 대니를 돌아보던지, 대니는 위장을 들킨 줄만 알았다. 비숍은 그의 눈을 들여다보고 표정을 연구하는 사람처럼 굴었다.

대니가 맥주를 조금 마셨다.

비숍이 다시 사람들을 돌아보았다.

"이름이야 많지."

14

루터가 화물차에서 내린 곳은 보스턴이었다. 비록 홀리스 삼촌이 괴발개발 그려놓은 약도일망정 도버 거리는 쉽게 찾을 수 있었다. 그는 그 길을 따라 콜럼버스 애버뉴에 다다랐고 다시 사우스엔드의 중심가로 들어갔다. 그리고 세인트 보톨프 가를 찾아, 붉은 벽돌의 타운하우스들과 축축한 낙엽이 두텁게 쌓인 보도를 따라 간 끝에 121

번지를 찾아내 계단을 올라가 벨을 눌렀다.

121번지에 사는 남자는 이사야 기드로, 바로 홀리스 삼촌의 두 번째 아내 브렌다의 아버지였다. 홀리스는 네 번이나 결혼을 했다. 첫 번째와 세 번째는 그를 떠났고 브렌다는 장티푸스로 죽었다. 그리고 약 5년 전 홀리스와 네 번째 아내는 합의 이혼 했는데, 그는 루터에게 브렌다도 보고 싶지만(그는 미치도록 그립다는 표현을 썼다.), 이따금 그녀의 아버지도 그녀 못지않게 보고 싶다고 했다. 이사야 기드로는 1905년 뒤부아 박사(W. E. B. 뒤부아, 하버드 대 최초의 흑인 박사로 미국의 사상가 — 옮긴이)의 나이아가라 운동에 참여하기 위해 동부로 이사했지만, 여전히 홀리스와 연락이 닿는다고 했다.

문을 연 사람은 작고 마른 사람이었고, 검은색 쓰리피스 울 정장에 흰색 물방울무늬의 남색 타이를 매고 있었다. 머리는 바짝 깎았지만 그래도 여기저기 희끗거렸다. 둥근 안경 너머의 눈은 차분하고 맑았다.

그가 손을 내밀었다.

"네가 루터 로렌스냐?"

루터가 악수를 했다.

"이사야?"

"이왕이면, 기드로 씨라고 부르도록 해라."

"예, 알겠습니다. 기드로 씨."

이사야는 체구는 작은 편인데 실제로는 꽤나 커보였다. 루터가 본 누구보다 자세가 곧았기 때문일 것이다. 그는 두 손을 벨트 버클 앞에 포개 놓고 있었다. 두 눈이 어찌나 투명한지 아무것도 읽을 수가 없었다. 여름날 저녁 마지막 햇살을 받으며 누워 있는 어린 양의 눈이 아니면, 그 양이 잠들기를 기다리던 사자의 눈일 거라는 생각이 들었다.

"삼촌 홀리스는 잘 있더냐?"

그가 루터를 이끌고 안으로 들어갔다.

"예, 그렇습니다."

"그놈의 류머티즘은 어떻다더냐?"

"오후엔 엄청나게 아프지만 그밖에는 팔팔하십니다."

이사야가 넓은 계단으로 이끌며 어깨 너머를 돌아보았다.

"이제 결혼 같은 건 안 하겠지?"

"그럴 것 같습니다."

루터는 한 번도 고급 저택에 들어와 본 적이 없었기에 그 규모에 놀랄 수밖에 없었다. 방들이 거리에서 얼마나 깊이 들어온 건지, 천장이 얼마나 높은지 판단하기도 쉽지 않을 정도였다. 실내는 디트로이트 애버뉴의 어느 집만큼이나 화려했다. 커다란 샹들리에, 짙은 색의 유칼리나무 들보, 프랑스산 소파와 긴 의자. 기드로 부부의 중앙 침실은 꼭대기 층에 있었고 2층에도 침실이 셋이나 되었다. 이사야가 루터를 데리고 간 곳은 그 중 하나였다. 이사야는 루터가 가방을 던져놓을 만큼만 문을 열고 얼른 다시 닫았다. 고급 청동침대와 호두나무 경대, 그리고 그 위에 놓인 사기대야가 얼핏 눈에 띄었다. 그 집에서 사는 사람은 이사야와 그의 아내 이베트뿐이었다. 3층 건물과 동네가 한 눈에 내려다보이는 옥상 조망대까지 모두. 이사야의 설명에 따르면, 사우스엔드는 자생적으로 피어나는 그린우드였다. 흑인들이 스스로 개척한 곳이라 식당에서 그들의 음식을 팔고 클럽은 그들의 음악을 연주한다고 했다. 마을은 과거 하인들의 거주공간에 대한 필요에 따라 지어졌다. 비컨 힐과 백베이의 부자들을 돌봐주는 하인들이 주로 모여 살았는데, 건물이 그렇게 웅장한 이유는(모두 붉은 벽돌의 타운하우스와 활 모양의 창이 있는 초콜릿색의 저택이다.), 하인들이 일부러 고용주의 스타일로 살고자 했기 때문이었다.

그들은 다시 계단을 내려와 거실로 내려갔다. 그곳에 찻주전자가 기다리고 있었다.

"네 삼촌이 널 좋게 평가하더군."

"그렇습니까?"

이사야가 웃었다.

"혈관에 개망나니가 한 마리 들어 있긴 하지만, 언젠가 마음을 잘 다스려 훌륭한 사람이 될 거라더군."

루터는 대답할 말을 찾지 못했다.

이사야가 찻주전자를 들어 두 잔을 따라 하나를 루터한테 건넸다. 이사야는 자기 몫의 찻잔에 우유 한 방울을 떨어뜨린 다음 천천히 젓기 시작했다.

"네 삼촌이 내 얘기를 많이 하더냐?"

"장인이셨다는 말씀과 뒤부아와 함께 나이아가라 일원이셨다는 얘기뿐이었습니다."

"뒤부아 박사님이라고 해라. 그래, 그건 사실이다."

"그분을 아십니까? 뒤부아 박사님을?"

루터의 질문에 이사야가 끄덕였다.

"아주 잘 알지. 전미 흑인 지위 향상 협회(NAACP)*가 이곳 보스턴에 사무실을 열기로 했을 때 내게 요청한 사람이 그였다."

"대단한 영광이군요."

이사야가 가볍게 고개를 끄덕이곤 각설탕을 잔에 넣고 휘저었다.

"털사는 어떻더냐?"

루터도 차에 우유를 조금 넣고 홀짝였다.

"예?"

"죄를 지은 거지? 홀리스는 어떤 죄인지 구체적인 얘기를 하지 않더라만."

그가 잔을 입술에 가져갔다.

"그럼, 죄송하지만, 기드로 씨, 저도…… 안 했으면 합니다."

이사야가 몸을 뒤척이다가 바짓단을 양말 위까지 끌어내렸다.

"그린우드의 나이트클럽 총격사건에 대한 소문은 들었다. 거기에 대해서도 아무것도 모르는 거지?"

루터는 노인의 눈을 마주 보았지만 말은 하지 않았다.

이사야가 차를 한 모금 더 마셨다.

"너한테 선택의 여지가 있는 줄 알았더냐?"

루터가 깔개를 내려다보았다.

"다시 말해주랴?"

루터는 깔개에서 눈을 떼지 못했다. 청색과 적색과 황색의 직물. 이제 그 색이 모두 소용돌이를 치고 있었다. 비싸겠다는 생각이 들었다. 저 소용돌이 얘기다.

"너한테 선택의 여지가 있다고 생각한 거야?" 루터가 고개를 들어 그를 보았으나 말은 하지 않았다. "하지만 넌 동족을 죽였어."

"악은 동족을 가리지 않습니다. 모든 것이 엉망이 될 때까지 닥치는 대로 망가뜨릴 뿐이죠."

찻잔을 내려놓는 루터의 손이 떨렸다.

"그게 악에 대한 네 정의냐?"

루터가 방을 둘러보았다. 디트로이트 애버뉴의 고급저택만큼이나 화려한 집.

"기드로 씨도 보시면 아실 겁니다."

이사야가 잔을 홀짝였다.

"살인이 악이라고 말하는 사람도 있다. 너도 동의하나?"

"그렇게 말하는 사람이 있다는 데는 동의합니다."

"넌 살인을 했어." 루터가 아무 말도 하지 않았다. "따라서……"

이사야가 그의 손을 내밀었다.

"어째서죠? 난 죄를 지었다고 말한 적 없습니다."

둘은 한동안 아무 말 없이 앉아 있었다. 루터의 등 뒤에서 시계 소리가 들리고, 몇 블록 건너 희미한 자동차 경적소리가 빵빵 하고 들렸다. 이사야가 차를 마저 마시고 잔을 쟁반 위에 내려놓았다.

"후에 내 아내 이베트를 만나게 될 게다. 우린 얼마 전 이곳 협회

사무실로 쓰기 위해 건물 하나를 구입했다. 그곳에 자원하도록 해라."

"뭘 한다고요?"

"그곳에 자원하는 거야. 너한테 손재간이 있다고 들었다. 문을 열기 전에 필요한 수리를 할 생각인데, 네가 힘을 쓸 일이 있을 게다, 루터."

힘을 쓴다고? 망할. 영감, 당신은 찻잔 드는 것 말고 힘을 써본 게 언젠데 그래? 이거야말로 털사에서 느꼈던 개떡 같은 짓거리와 다를 게 없지 않은가. 돈 많은 깜둥이들이 마치 당연하다는 듯 돈의 힘으로 이래라 저래라 명령하고 있었다. 게다가 이 영감탱이는 아예 루터의 속을 훤히 들여다본다는 듯 구는 데다, '악'이라는 게 마치 함께 앉아 술 몇 잔 마시면 꿰뚫어볼 수 있는 수다쟁이라도 되는 듯 말하고 있었다. 노인은 거의 성서라도 빼들 태세였다. 하지만 루터도 화물칸에서 다짐한 게 하나 있었다. 새로운 루터, 더 나은 루터가 되는 것. 그는 이사야 기드로에 대한 판단을 굳히기 전에 좀 더 여유를 갖기로 했다. 이 남자는 W. E. B. 뒤부아와 함께 일했고 뒤부아는 이 나라에서 루터가 존경할 만한 두 위인 중 하나다. 물론 다른 한 사람은 잭 존슨(당대의 유명한 흑인 복서 — 옮긴이)이었다. 잭은 흑인, 백인, 누구도 가리지 않는 사람이다.

"하인을 구하는 백인 가족이 하나 있다. 그런 일도 할 수 있나?"

"못할 이유는 없습니다."

"백인들 중에서는 그래도 좋은 사람들이야. 주의할 게 하나 있다.

문제의 집 주인이 경찰 서장이야. 가명을 들이댄다 해도 금세 알아낼 게다."

노인이 두 손을 펼쳐 보이며 말했다.

"그럴 필요까지는 없습니다. 털사를 언급하지 않으면 그만이니까요. 난 최근에 콜럼버스에서 건너온 루터 로렌스일 뿐입니다. 아무튼 감사합니다."

루터는 지금까지의 무기력증에서 벗어나고 싶었다. 그와 이사야 사이의 공간에서 불꽃이 튀기 시작했다.

이사야가 끄덕였다.

"그럼 2층으로 올라가거라. 저녁식사 때 깨우마."

루터는 폭우와 홍수 속에서 야구하는 꿈을 꾸었다. 외야수들이 급류에 휩쓸려 내려가고, 허리까지 차오르는 물 위로 공을 치려했지만 배트 끝이 자꾸만 수면을 때리는 통에 사람들이 비웃었다. 베이브 루스와 컬리는 농약살포기를 타고 날아가며 불발 수류탄을 마구 떨어뜨렸다.

잠에서 깨어났을 때 한 나이 든 부인이 경대 위의 대야에 온수를 따르고 있었다. 그녀가 어깨 너머로 그를 돌아보았다. 비록 찰나이지만 문득 루터는 어머니를 만난 착각에 빠졌다. 키가 비슷하고 피부색도 밝은 편에, 광대뼈 위로 짙은 주근깨가 잔뜩 흩뿌려져 있는 것도 같았다. 비록 부인의 머리는 잿빛이고 체구도 엄마보다 말랐지만 그래도 그 안에 엄마 같은 온정과 사랑이 가득할 것만 같았다. 너무도

선해 도저히 감출 수 없는 영혼이.

"네가 루터구나."

루터가 일어나 앉았다.

"예, 부인."

"괜찮다. 다른 사람이 갑자기 남의 방에 들어왔으니 당연히 놀랐겠지." 그녀는 이발소용 면도기와, 면도크림, 빗과 그릇을 대야 옆에 내려놓았다. "기드로 씨는 식사 때 깨끗이 면도하는 걸 좋아한단다. 이제 곧 저녁이 준비될 거야. 그 후에 다른 문제들도 깨끗이 할 방법을 생각해 보자꾸나. 괜찮지?"

루터가 침대를 빠져나오며 하품을 했다.

"예, 부인."

그녀가 섬세한 손을 내밀었다. 너무 작아서 인형의 손처럼 보였다.

"내가 이베트 기드로야, 루터. 내 집에 온 걸 환영한다."

경찰서장과의 면담을 기다리는 동안, 루터는 이베트 기드로와 함께 쇼멋 애버뉴에 있는 NAACP 사무실 예정지로 향했다. 건물은 프랑스 제2제정 스타일이었다. 요컨대, 초콜릿색 돌 피부에 망사르드 지붕을 매단 바로크 괴물이라는 얘기인데, 루터도 책 말고 실물을 본 것은 처음이었다. 그는 조금 더 가까이에서 인도를 따라 걸으며 건물을 올려다보았다. 건물 선은 들어간 곳도 나온 곳도 없이 올곧았다. 구조물 자체는 자체의 무게로 변형되어 있으나, 1830년대쯤에 지었을 법한 건물치고는 그다지 나쁘지 않았다. 그는 네 귀의 경사를 확인한 후 기초가 파손된 건 아니라는 결론을 내렸다. 즉, 건물 자체는 튼튼하다는 얘기다. 그는 보도에서 내려 서서 거리 가장자리를 따라 걸으며 지붕을 살폈다.

"기드로 부인?"

"응?"

"지붕 일부가 없어진 것 같네요."

그가 그녀를 돌아보았다. 그녀는 핸드백을 앞쪽으로 꼭 쥔 채 그를 보고 있었다. 그림에서나 볼 법한 순수한 표정이었다.

"그래, 그런 일이 있었다는 얘긴 들었어."

루터는 균열을 찾아낸 시점에서 계속 시선을 이동하다가 중심축 한가운데에서 침하를 발견했다. 침하가 있지 않기를 바란 바로 그 지점이었다. 기드로 부인은 여전히 동그랗게 뜬 눈으로 루터를 보고 있었다. 그는 가볍게 그녀의 팔짱을 끼고 안으로 안내했다.

지상층 천장 대부분이 날아갔고 살아남은 곳에서는 물이 샜다. 바로 오른쪽 계단은 새까맣게 탄 채였다. 벽의 석고가 꺼진 곳도 여섯 군데나 되었고, 바닥은 불과 물에 완전히 침식되어 기초바닥까지 파손된 상태였다. 창문은 모두 널빤지로 봉해놓았다.

루터가 휘파람을 불었다.

"이 건물은 경매로 산 건가요?"

"그럴 거야. 그건 왜?"

"돈을 돌려받을 방법은 없겠죠?"

그녀가 그의 팔꿈치를 때렸다. 문득 그녀를 끌어안고 싶다는 생각이 들었다. 그런 기분은 처음이지만, 마지막도 아닐 것이다. 물론 엄마와 누나한테 하는 식으로 말이다. 그들이 빠져나오려고 버둥거리는 느낌도 그립고 끝내 갈빗대나 엉덩이에 한 대 얻어맞는 기억도 아련하기만 했다.

"어디 봐요. 조지 워싱턴은 아니라도 그 사람 부하들 정도는 여기서 잤을 것 같네요."

그녀가 이를 드러내며 웃었다. 작은 주먹 두 개는 작은 엉덩이에 꼭 붙인 채였다.

"고칠 수 있겠니?"

루터가 웃었다. 그의 웃음이 물이 뚝뚝 떨어지는 건물을 울리며 뛰어다녔다.

"아뇨."

그녀가 그를 올려다보았다. 얼굴은 무표정했지만 눈은 여전히 즐거워보였다.

"얘야, 그런 말은 아무 쓸모도 없잖니?"

"이건 아무도 못 고쳐요. 시에서 철거하지 않은 게 신기하네요."

"그러려고는 했지."

루터가 그녀를 보며 한숨을 내쉬었다.

"이 건물을 쓸 만하게 고치는데 돈이 얼마나 드는지는 아세요?"

"돈 걱정은 말고. 고칠 수는 있겠어?"

그는 다시 휘파람을 불었다. 몇 년은 아니더라도 몇 개월은 족히 걸릴 일이다.

"솔직히 모르겠어요. 도와줄 사람이 많지도 않겠죠?"

"이따금, 자원봉사자들이 나올 거야. 그리고 필요한 게 있으면 그냥 목록만 적어주면 돼. 원하는 걸 모두 제때 제공한다는 약속은 못하지만 최대한 노력은 해보마."

루터가 고개를 끄덕이며 그녀의 선한 얼굴을 내려다보았다.

"여기에 들어갈 노고가 천문학적이라는 건 아시죠?"

그녀가 다시 팔꿈치를 때렸다.

"그럼, 네가 제격이구나."

루터가 한숨을 내쉬었다.

"예, 그래요."

토머스 커글린 서장은 서재 문을 열고 크고 따뜻한 미소로 루터를 맞이했다.

"네가 로렌스로군."

"예, 커글린 서장님."

"노라, 이제 됐다. 수고했어."

"예, 서장님. 만나서 반가웠어요, 로렌스 씨."

루터가 조금 전에 만난 아일랜드 여자다.

"저도 반갑습니다, 미스 오셔."

그녀가 고개인사를 하고 물러났다.

"들어와, 들어와."

커글린 서장이 문을 활짝 열고 루터를 들게 했다. 방에서는 고급 담배와, 꺼진 지 얼마 되지 않은 장작불, 그리고 저물어가는 가을 냄새가 났다. 커글린 서장이 그를 가죽의자로 인도하고는 커다란 마호가니 책상을 돌아가 창가의 의자에 앉았다.

"이사야 기드로 말로는, 오하이오에서 왔다고?"

"예, 나리."

"아까는 '서장님'이라고 했었지?"

"예?"

"조금 전에. 처음 만났을 때. 넌 '서장님'이라고 했어. '나리'가 아니라. 어떤 게 맞는 건가?"

그가 밝은 청색의 눈을 반짝이며 물었다.

"어느 쪽이 좋으십니까?"

서장은 아직 불을 붙이지 않은 시거를 흔들었다.

"네가 편한 것으로 해라, 루터."

"예, 서장님."

다시 미소. 이번 건 따뜻하다기보다는 작위적인 미소였다.

"콜럼버스?"

"예, 서장님"

"그래, 거기에선 뭘 했지?"

"앤더슨 무기 회사에서 일했습니다."

"그리고 그 전엔?"

"목수 일을 했습니다. 석공, 배관 등등 일도 조금씩 했죠."

커글린은 의자에 기대고 두 발을 책상 위에 올렸다. 그리고 시거에 불을 붙인 다음 불꽃과 연기 사이로 루터를 바라보았다. 시거 끝이 벌겋게 달아올랐다.

"집안일을 한 적은 없군그래."

"예, 서장님. 없습니다."

커글린 서장을 고개를 젖혀 연기 고리 몇 개를 내뿜었다.

"그래도 일은 빨리 배웁니다. 뭐든지 고칠 수도 있고, 연미복과 흰 장갑도 아주 잘 어울릴 겁니다."

루터가 말했다.

커글린 서장이 키득거리며 웃더니, 한 손으로 뒤통수를 긁었다.

"유머감각이 있군. 그건 좋아, 아주. 하지만 이건 상근직이 아니야. 숙소도 제공되지 않고."

"알고 있습니다, 서장님."

"대충 1주일에 40시간 정도를 일할 텐데, 대부분은 커글린 부인을 성당까지 태워드리는 일하고, 청소, 관리, 식사 준비 같은 거야. 요리는 하나?"

"할 수 있습니다."

커글린 서장이 다시 시거를 내저었다.

"그것도 신경 쓸 건 없어. 대개는 노라가 하니까. 지금 만난 아이가 노라야. 우리와 함께 살면서 허드렛일을 하지만, 낮에는 주로 공장에 나가서 일하지. 이제 곧 커글린 부인도 만나게 될 거다. 그래, 내가 이 집의 가장이긴 하다만, 하느님께서 깜빡 잊고 그 얘기를 아내한테 전하지 않은 모양이야. 무슨 말인지 알겠지? 뭐든 그녀가 시키면 그대로 하라는 얘기야."

"예, 알겠습니다."

"숙소는 마을 동쪽으로 정하도록 해라."

"예?"

커글린 서장이 책상에서 발을 내렸다.

"동쪽 말이야. 서쪽은 흑인들을 못살게 굴기로 악명이 높으니까."

"예, 서장님."

"물론 우리 집에서 일한다는 소문이 퍼지면, 건달은 물론 서쪽 사람들한테도 확실한 경고가 되겠지만, 조심한다고 나쁠 건 없잖아."

"조언 감사드립니다, 서장님."

서장의 시선이 다시 연기를 뚫고 날아왔다. 서장의 눈은 이제 연기의 일부가 되어, 그 안에서 맴돌며 루터의 눈, 가슴, 영혼 등을 훑고 다니는 듯했다. 예전에도 경찰들의 시선에서 이런 능력을 엿본 적이 있었다. 물론 괜히 짭새 눈이라고 부르는 게 아니겠으나, 커글린 서장의 눈빛은 한 번도 경험하지 못한 관통의 지경에 이른 듯 보였다. 다시는 만나고 싶지 않은 시선.

"누구한테서 읽는 법을 배웠느냐, 루터?"

서장의 목소리는 부드러웠다.

"머트레이 선생님입니다, 서장님. 콜럼버스 근교의 해밀턴 학교였죠."

"또 뭘 배웠지?"

"예?"

"그밖에 또 배운 건."

커글린은 시거를 천천히 빨아들였다.

"무슨 말씀이신지……?"

"읽는 것 말고 배운 게 더 있는지 물었다."

서장이 세 번째로 물었다.

"질문의 뜻을 잘 모르겠습니다요."

"가난하게 자랐지?"

서장이 가볍게 상체를 내밀었다. 순간 루터는 의자를 뒤로 빼내고 싶은 충동을 느껴야 했다.

루터가 끄덕였다.

"예, 서장님."

"소작도 했나?"

"전 별로 안 했습니다만. 부모님이."

커글린 서장이 고개를 끄덕이더니, 화가 난 듯 입술을 삐죽 내밀었다.

"나도 가난한 집에서 태어났다. 방 두 개짜리 오두막에서 파리, 들쥐들과 살았지. 아이가 살만한 곳이 못 됐어. 더욱이 지적인 아이에겐 더 힘들었지. 그런 환경에서 총명한 아이가 뭘 배우는지 아나, 루터?"

"아뇨, 모릅니다."

"아니, 넌 알아." 커글린 서장이 다시 미소를 지었다. 처음 만난 이후로 벌써 세 번째인데, 이번 미소는 그의 눈빛과 마찬가지로 대기에

스며들어 맴을 돌았다. “날 가지고 놀 생각은 안 하는 게 좋을 거다, 루터.”

“제가 무슨 잘못을 했는지 잘 몰라서 그럽니다요.”

그 말에 커글린 서장이 고개를 갸우뚱하며 고개를 한 번 끄덕였다. 그가 책상 안쪽으로 손을 내밀자 담배 연기가 순간적으로 소용돌이를 일으켰다.

“불행한 가정에 태어난 총명한 아이는, 루터, 사람 홀리는 법을 배운다. 그리고 그 마법 속에 숨어 정말로 어떤 생각을 하고, 뭘 느끼는지 아무도 보지 못하게 하지.”

그는 책상 뒤의 병을 들고 와 크리스털 스카치 잔 두 개에 호박색 액체를 따르더니, 책상을 돌아 나와 잔 하나를 루터에게 건넸다. 백인한테서 술잔을 받은 건 그때가 처음이었다.

“루터, 널 고용할 생각이다. 호기심이 생겼거든.” 서장은 책상 끄트머리에 앉아 루터의 잔을 부딪쳐왔다. 그는 뒤쪽으로 손을 내밀어 봉투 하나를 꺼내왔다. “에이버리 월리스가 후임을 위해 남겨놓은 거야. 아무도 봉인을 건드리지 않았다는 건 너도 보면 알 거다.”

봉투 뒤에 밤색 봉인이 있었다. 봉투를 돌려보니 ‘에이버리 월리스가, 후임에게’라고 적혀 있었다.

루터는 스카치를 마셨다. 지금껏 마신 어떤 술보다 좋은 술이었다.

“감사합니다, 서장님.”

커글린 서장이 끄덕였다.

“에이버리의 프라이버시를 존중한다. 물론 네 프라이버시도 존중

하겠지만 그렇다고 내가 널 모를 거라는 착각은 않는 게 좋다, 루터. 거울을 보듯 널 꿰뚫어볼 수 있어."

"예, 서장님."

"뭐가 '예'야?"

"예, 서장님은 절 아십니다."

"그래, 내가 뭘 알지?"

"제가 보기보다 똑똑하다는 사실입니다."

"또?"

루터가 그의 눈을 보았다.

"그리고 서장님만큼 똑똑하지 못하다는 사실도 아십니다."

네 번째 미소. 그는 오른쪽으로 고개를 갸웃하고 다시 잔을 부딪쳤다.

"내 집에 온 걸 환영한다, 루터 로렌스."

루터는 기드로의 집으로 돌아가는 전차에서 에이버리 윌리스의 메모를 읽었다.

내 후임에게,

이 글을 읽고 있다면 난 죽은 후일 겁니다. 이 편지를 읽고 있다면 당신도 나처럼 흑인이겠죠. K, L, M 스트리트의 백인들은 흑인 하인만 고용하니까요. 커글린 가는 백인치고는 그렇게 나쁘지 않습니다. 서장은 우습게보면 안 되겠지만 신경만 건드리지 않으면 부당하게 대하진 않을 겁니다. 그의 아들들은 매우 착한 편입니다. 둘째인 미스터 코너가 이따금 신경 쓰이기는 할 겁니다. 막내 조는 아직 어린애라 가만 놔두면 귀가 떨어질 때까지 재잘댑니다. 첫째인 대니는 조금 이상한 사람입니다. 자기 나름의 생각에 잠겨 사니까요. 서장과 비슷하긴 하지만 그래도 당신을 인간답게 대해 줄 겁니다. 노라도 별스런 여자이긴 해도 음흉한 사람은 아닙니다. 그녀라면 믿어도 좋습니다. 하지만 커글린 부인은 조심하세요. 시키는 대로 하되 절대 질문하면 안 됩니다. 서장의 친구 에디 맥케나 경위는 되도록 피하세요. 하느님의 천벌을 받아 마땅한 위인이니까. 행운을 빕니다.

에이버리 월리스

편지를 다 읽고 고개를 드니 전차는 브로드웨이 다리를 건너고 있었다. 발아래 은빛의 포트 포인트 해협이 천천히 흘러갔다.

'그래, 드디어 새로운 삶이야. 새로운 도시에 들어온 거라고.'

매일 아침 정각 6시 30분. 엘렌 커글린 부인이 K 스트리트 221번지의 집을 나와 계단을 내려가면, 루터가 가족차인 6기통 오번 옆에 대기하고 있다. 커글린 부인은 간단한 고갯짓으로 아는 체를 하고 그의 손에 의지해 승객 석으로 들어간다. 그녀가 자리를 잡으면, 루터는 커글린 서장의 지시대로 최대한 조용히 문을 닫고 커글린 부인을 몇 블록 떨어진 천국의 계단 성당의 7시 미사에 모셔간다. 그는 미사가 진행되는 동안 밖에 남아 이따금 미망인 에이미 바겐펠트 부인의 하인 클레이튼 톰스와 잡담을 하기도 한다. 바겐펠트 부인은 사우스 보스턴에서도 가장 부유한 동네인 M 스트리트의 타운하우스에 살고 있는데, 집에서 인디펜던스광장 공원까지 내려다보인다고 했다.

엘렌 커글린 부인과 에이미 바겐펠트 부인은 친구가 아니지만(루터와 클레이튼이 아는 한, 늙은 백인여자들은 친구를 만들지 않았다.), 결국 둘의 몸종이 유대를 이룬 셈이다. 두 사람 모두 중서부 출신이며(클레이튼은 프렌치릭에서 멀지 않은 인디애나에서 자랐다.), 또 여주인들이 20세기 과학문명에 한 발만 들여놓았던들 똥값 취급도 받지 못했을 일꾼들인 셈이었다. 매일 아침 커글린 부인을 집으로 모신 후, 루터는 제일 먼저 하는 일은 스토브에 쓸 장작을 패는 일이고 클레이튼은 지하실에 석탄을 쌓아두는 일이었기 때문이다.

"지금이 어떤 때냐고, 돈 있는 사람들 모두 전기를 쓴단 말이지. 그런데 바겐펠트 부인은 아니야. 전기라면 딱 질색이라니까."

클레이튼이 불평했다.

"커글린 부인도 그래. 그 집엔 동네를 모두 불태울 만큼 등유가 있다니까. 덕분에 벽에 붙은 기름때를 닦아내느라 반나절은 낑낑대잖아. 서장 말은 부인이 그 문제를 입 밖에 꺼내지도 못하게 한대. 옥외변소 대신 실내화장실 만드는 데 5년을 설득했다나 뭐라나."

"백인여자들이란."

클레이튼이 투덜대더니 다시 한숨을 내쉬며 되뇌었다.

커글린 여사를 K 스트리트로 데려와 차문을 열어주면 그녀는 가볍게 "고마워, 루터." 하고 인사를 했다. 그리고 아침을 차려주고 나면 그 다음부터는 거의 볼 일이 없다. 한 달간 두 사람의 대화는 오직 그녀의 "고마워."와 그의 "별 말씀을요, 마님."이 전부였다. 그가 어디 사는지, 가족이 있는지, 어디 출신인지 따위는 아예 묻지 않았고, 루터 역시 그녀에게 말을 거는 게 얼마나 어리석은 짓인지 알 만큼은 고용인—몸종 관계에 대해 터득한 터였다.

어느 날 일주일간의 식료품을 사기 위해 헤이마켓 광장에 갔을 때 노라가 이런 말을 했다.

"어려운 여자예요. 벌써 5년 동안 그 집에 있었는데도 처음 들어온 날에서 한 발짝도 다가가지 못한 것 같을 정도니."

"내가 하는 일에 특별히 불만이 없는 한 계속 그럴 것 같더군요."

노라는 가져간 자루에 감자 열두 알을 담았다.

"다른 사람들하고는 괜찮아요?"

루터가 끄덕였다.

"좋은 가족 같더군요."

그녀도 고개를 끄덕였다. 하지만 그게 동의의 표현인지, 아니면 지금 고른 사과가 맘에 든다는 건지는 알 수 없었다.

"조가 당신을 잘 따르는 것 같던데."

"남자들은 야구를 사랑하니까요."

그녀가 미소 지었다.

"당신한테는 '사랑'이라는 표현도 부족해 보여요."

루터가 한가할 때 야구 놀이를 한다는 사실을 안 다음부터, 조의 방과 후 시간은 커글린 저택의 작은 뒷마당에서 캐치볼과 수비 훈련으로 채워졌다. 루터의 근무시간이 해질 무렵까지였으므로, 마지막

세 시간은 대개 놀면서 보냈다. 그건 커글린 서장도 인정한 상황이다.

"마님 성질만 건드리지 않는다면 팁이라도 꾸려줄 수 있다, 루터."

조는 타고난 운동능력은 없지만 감도 좋고 나이에 비해 이해력도 빨랐다. 루터는 땅볼을 잡을 때 어떤 식으로 무릎을 꿇는지 보여주고, 공을 던질 때와 배트를 휘두를 때 공을 끝까지 보라고 일러주었으며, 내야플라이를 처리할 때에는 두 다리를 벌리고 단단히 중심을 잡은 다음 반드시 머리 위에서 처리하라는 얘기 등을 들려주었다. 투구도 가르쳐주려 했지만 꼬마는 투수의 팔도 아닌 데다 금세 싫증을 냈다. 그가 원하는 건 그저 한 방 때리는 것뿐이었다. 베이브 루스 때문이었다. 게임을 타격전과 볼거리로 전락시켜버린 것이다. 그 때문에 보스턴의 백인 꼬마들에게 야구는 환호와 야유와 경기 운영의 맥을 끊는 홈런포뿐이었다.

커글린 부인과의 오전 시간, 조와의 오후 시간을 제외하면 루터는 대부분의 근무시간을 노라 오셔와 함께 지냈다.

"그래, 지금까지 해보니까 어때요?"

"별로 할 일은 많지 않네요."

"그럼, 내 일 좀 도와줄래요?"

"정말입니까? 좋아요. 아침에 부인을 교회에 데려다주고, 데리고 오고. 아침을 차려준 다음엔 차에 왁스칠 하고, 서장님과 미스터 코너의 구두를 닦고 정장을 손질해요. 가끔 행사가 있을 때면 서장님의 훈장에 광도 내고, 일요일이면 서재에서 서장님과 친구 분들의 술 시중을 들죠. 나머지 시간은 그냥 쓸 데 없이 먼지도 털고 정리하고 작은 화로에 불 따위를 피워요. 그러니까, 그게 얼마나 걸리지? 두 시간? 그 다음부터는 노라나 미스터 조가 집에 올 때까지 괜히 바쁜 척하는 겁니다. 도대체 왜 나를 고용했는지도 모를 정도예요."

그녀가 가볍게 그의 팔을 건드렸다.

"훌륭한 가문엔 다들 하나씩 있거든요."

"흑인?"

노라가 끄덕였다. 그녀의 두 눈이 밝게 빛났다.

"이 동네 특징이에요. 커글린 가문이 당신을 고용하지 않으면 이웃한테 그 이유를 설명해야 하거든요."

"영문을 모르겠군요. 게다가 이 사람들은 왜 전기를 안 쓰는 거죠?"

두 사람은 이스트 브로드웨이를 따라 시티 포인트로 향하고 있었다.

"체면 때문이에요. 이곳 아일랜드 인들은 영국 사람들하고 똑같아요. 정말로. 창문의 레이스 커튼도 그렇고…… 바짓단을 부츠 안에 넣는 걸 봐요. 마치 자수성가한 사람들 같잖아요?"

"어쩌면 이 동네 다른 사람들은……"

"예?"

노라가 되묻자 그가 어깻짓을 했다.

"아니, 말해 봐요."

그녀가 그의 팔을 잡아당기자, 루터가 그녀의 손을 보며 말했다.

"지금 뭐 해요. 이 동네에선 절대 그러지 말아요. 제발."

"아."

"그러다간 둘 다 죽고 말 겁니다. 레이스 커튼이라는 게 밖을 훔쳐보기 위해 다는 거 아닌가요?"

매일 밤 그는 릴라에게 편지를 썼다. 그리고 며칠에 한 번씩 개봉하지 않은 편지들이 돌아왔다.

미칠 지경이었다. 그녀의 침묵, 낯선 도시에서의 삶, 그 어느 때보다도 불안정하고 무의미한 자아…… 그러던 어느 날 아침 이베트가 반송 편지 두 통을 그의 팔꿈치 옆에 내려놓았다.

"네 내자니?" 그녀가 자리에 앉았다. 루터가 고개를 끄덕였다. "단단히 화나게 만든 모양이구나."

"예, 그랬습니다. 정말로."

"여자 문제는 아니지?"

"아닙니다."

"그럼 난 널 용서하마."

그녀가 그의 손을 다독여주었다. 그녀의 친절에 엉클어진 뱃속이 따뜻하게 풀리는 기분이었다.

"감사합니다."

"걱정하지 마라. 네 아낸 아직 널 생각하고 있으니까."

그가 고개를 저었다. 그녀의 부재가 그를 뿌리째 흔들었다.

"그렇지 않습니다."

이베트가 그를 보며 천천히 고개를 저었다. 입가엔 부드러운 미소가 걸려 있었다.

"루터, 남자들이 잘하는 일은 많다만 여자의 마음에 대해서는 아주 기본적인 것도 모른단다."

"바로 그거예요. 릴라는 더 이상 내가 마음을 알아주기를 원치 않는 거죠."

"얘야, 미안하지만 난 생각이 다르구나." 기드로 부인이 편지 한 장을 들어 그가 봉투 뒷면을 볼 수 있게 해주었다. "여기 가장자리에 이게 뭔지 아니?"

루터도 보았지만 아무것도 찾아낼 수 없었다.

기드로 부인이 덮개를 따라 손을 움직였다.

"이 근방이 좀 더 진해보이지 않아? 그 밑에 종이는 더 얇어졌고."

이제 루터도 알 수 있었다.

"예."

"그건 증기 때문이야. 증기."

루터가 편지를 잡고 자세히 살펴보았다.

"네 편지를 읽고 있단다, 루터. 그러고는 마치 아닌 것처럼 돌려보내는 거야. 글쎄, 그걸 사랑이라고 부를 수 있을지는 모르겠다만, 적어도 무관심이나 냉담은 아니잖아?"

그녀가 그의 팔을 쓰다듬었다.

15

일련의 축축한 돌풍이 동부 해안을 가르면서 가을도 어느덧 겨울로 넘어갔다. 대니의 명단도 점점 방대해져 갔지만, 그게 노동절 폭동에 대해 무엇을 말해주고 또 누구를 지적하는지는 여전히 미스터리였다. 기껏해야, 철부지 노동자들을 꼬드기는 철부지 낭만주의자들 이름에 불과하지 않는가.

하지만 요 근래 록스베리 레트와 보스턴 경우회 사이를 오가며, 그 황망하기 짝이 없는 모임들에 자신이 중독되고 있다는 생각이 들기 시작했다. 레트와 그들의 논쟁과 음주는 예외 없이 더 많은 논쟁과 음주로 귀결될 뿐이었다. 그럼에도 불구하고 집회나 뒤풀이가 없는 밤이면 어딘가 허전했다. 그는 어두운 위장 숙소에 숨어 술을 마시고 엄지와 검지로 곰인형 단추를 문질렀다. 얼마나 절박하게 문질렀던지 단추가 깨지지 않은 게 신기할 정도였다. 그래서 그는 부지불식간에 페이홀의 보스턴 경우회 모임에 나타났고, 그 다음 집회에도 얼굴을 내밀었다.

경우회도 레트 집회와 별반 다르지 않았다. 그럴 듯한 수사, 분노, 무력감. 대니는 그 아이러니에 실소를 금할 수가 없었다. 자신들이 파업진압자로 투입되어 때리고 짓밟았던 사람들과 똑같은 궁지에 몰려 있는 꼴이 아닌가.

또 다른 밤, 또 다른 술집, 노동자의 권리에 대한 반복된 논쟁. 하지만, 이 경우는 대상이 보스턴 경우회라는 게 달랐다. 반복적으로 거부당한 데 따른 당혹감과 분노로 잔뜩 달아오른 동료 경관과 순경들. 여전히 협상도 없고 적절한 근무시간과 적절한 봉급에 대한 적절한 대화도 없었다. 물론 봉급인상도 없었다. 그리고 600킬로미터 북쪽의 몬트리올로부터, 시에서 일방적으로 경찰과 소방관과의 협상을 깨버리는 바람에 파업이 불가피해졌다는 소문이 들려왔다.

'안 될 것 없잖아?' 술집에 모인 사람들이 말했다. 가족을 먹여 살릴 방법도, 가족을 만날 시간도 없는 직장에 묶인 채, 굶주리고 천대받고 지친 사람들의 하소연이었다.

"막내 놈이 형 옷을 물려 입더군. 큰놈들이 그 옷을 입을 수 없게 된 걸 보고 식겁했지 뭔가. 빌어먹을, 열나게 일만 해대는 통에 내 새끼들이 아직도 2학년인 줄 알았는데 벌써 5학년이더라고. 내 엉덩이에 간신히 걸친다고 알았던 놈들이 키가 벌써 가슴까지 차올랐으니, 젠장."

프란시에 디건이 불평을 끝내자 사람들이 동조의 환호를 보내고 이번엔 숀 게일이 불평을 이어갔다.

"부두노무자 놈들이 우리보다 세 배는 더 번다더군. 금요일 밤이면 음주소란으로 우리한테 신나게 깨지는 새끼들이잖아. 상황이 이 정도면 누구든 나와서 뭐가 제대로 된 대우인지 얘기해 줘야 하는 거 아냐, 응?"

"옳소! 옳소!"

여기저기서 환호가 쏟아질 때였다. 그때 누군가 자기 옆 사람의 옆구리를 찌르기 시작하더니 이윽고 모두가 바를 향해 고개를 돌렸다.

그곳엔 보스턴 경찰청장 스티븐 오미라가 서서 주문한 맥주를 기다리고 있었다. 맥주잔에 술이 채워지고 술집 안에 침묵이 채워지는 동안, 청장은 면도칼로 거품을 걷어내는 바텐더의 몸동작을 지켜보았다. 그가 맥주 값을 내고 거스름돈을 기다렸다. 지금은 실내를 등진 채였다. 바텐더가 금전등록기를 열어 스티븐 오미라에게 잔돈을 거슬러주자, 오미라는 동전 하나를 바에 남긴 다음 나머지를 주머니에 챙겨 넣고 실내를 향해 돌아섰다.

디건과 게일이 고개를 숙인 채 청장의 처분을 기다렸다.

오미라는 술을 흘리지 않기 위해 높이 쳐든 채 조심스럽게 사람들을 헤치고 나가 마티 리어리와 데니 톨레 부근의 난로 옆에 자리를 잡았다. 그는 모여 있는 사람들을 특유의 부드러운 시선으로 돌아보며 맥주를 홀짝였다. 맥주 거품이 그의 콧수염 안으로 누에처럼 파고들어 갔다.

"밖은 추워. 여긴 따뜻하고." 그가 등 뒤에서 딱딱거리는 장작을 가리키며 맥주를 조금 더 마셨다. 그리고 고개를 한 번 끄덕였는데 그 동작만으로 사람들 모두를 포용하는 것처럼 보였다. "이보게, 나도 해답은 없네. 자네들은 계속 박봉일 테고 그게 현실이라고."

아무도 감히 입을 열지 못했다. 조금 전만해도 제일 시끄럽고 제일 열정적이고 제일 분노하고 제일 상처받았다던 사람들마저 시선을 피했다.

오미라는 경찰 모두에게 씁쓸한 미소를 돌리고 난 후 자기 무릎으로 데니 톨레의 무릎을 툭 건드렸다.

"좋은 곳이야, 안 그래?" 그가 다시 사람들을 훑었는데 누군가를 (아니면 무언가를) 찾는 사람 같았다. "커글린 경관? 수염 기른 게 자네 맞지?"

대니는 그의 부드러운 시선을 느끼곤 문득 불편해졌다.

"예, 청장님."

"위장 근무 중이라고 들었네."

"예, 청장님."

"곰으로 위장한 건가?"

사람들이 웃음을 터뜨렸다.

"비슷합니다."

오미라의 시선은 부드러웠다. 권위의식까지 빠진 터라 방 안엔 그들 둘만 있는 것처럼 느껴졌다.

"자네 아버지야 오래 전부터 알고 있지. 그래, 모친께서는 어떤가?"

"잘 지내십니다."

이제 다른 사람들의 시선을 느낄 수 있었다.

"세상 누구보다 우아한 분이시지. 모친께 안부 전해주게나."

"알겠습니다."

"이런 걸 물어도 괜찮은지 모르겠네만…… 이 경제적 교착상태에 대한 자네 입장은 어떤가?"

다른 사람들이 대니를 돌아보는 동안 오미라가 다시 한 모금을 마셨다. 그래도 눈은 대니를 떠나지 않았다.

"공감하고 있습니다."

대니는 입을 여는 순간 갑자기 목이 말랐다. 실내가 더 어두웠으면 하는 생각이 들었다. 칠흑처럼 어두워져 저들의 눈을 느끼지 않을 수 있다면…… 맙소사.

대니가 자기 잔의 맥주를 마신 후 다시 입을 열었다.

"공감합니다, 청장님. 생계비가 치솟는데 돈줄은 막혀 있으니까요. 충분히 이해합니다." 오미라가 끄덕였다. "우리가 단순한 민간인이 아니라 근무서약까지 마친 공무원이라는 점도 이해합니다. 물론 공무원보다 더 큰 소명은 없다는 사실도 알고 있습니다."

"당연히 없지."

오미라가 동의하자 대니가 끄덕였다.

오미라가 그를 보았다. 모두가 그를 보았다.

"하지만…… 약속은 지켜야 합니다. 전시에 봉급을 동결하는 대신, 전쟁이 끝나자마자 200퍼센트 인상으로 노고에 보답하겠다는 약속이었죠."

대니는 목소리를 차분하게 가져갔다. 그가 다시 용기를 내어 실내를 둘러보았다. 그에게 꽂혀 있는 저 눈들…… 부디 저 눈들이 허벅지를 가로지르는 이놈의 경련을 보지 않아야 할 텐데.

"이해하네, 커글린 경관. 그래, 이해해. 하지만 그 생계비 인상이라는 게 매우 현실적인 문제인데 시 재정도 여의치 않아서 말이야. 그렇게 간단한 문제가 아니야."

대니는 고개를 끄덕였다. 이제 자리에 돌아가 앉으면 끝인데 도저히 그럴 수가 없었다. 다리가 말을 듣지 않았던 것이다. 그는 오미라를 보았다. 그 남자에게 생명력처럼 달라붙어 있는 품위를 느낄 수 있었다. 마크 덴튼을 돌아보니 그가 고개를 끄덕였다.

"청장님, 물론 청장님의 공감을 의심하지는 않습니다. 당연하니까요. 그리고 시 재정이 어렵다는 것도 압니다. 예, 그것도 당연하겠죠. (숨을 들이키며) 하지만 청장님, 약속은 약속입니다. 결국 이 모든 것이 그 때문이겠죠. 청장님께서는 간단한 문제가 아니라고 하셨지만, 사실은 간단합니다. 감히 말씀드리지만 정말 간단합니다. 어려운 건지는 모르겠지만 그래도 간단한 건 간단한 겁니다. 지금 무고하고 용감한 경관들이 굶주리고 있습니다. 그리고 약속은 약속이죠."

아무도 말하지 않았다. 움직이지도 않았다. 실내 한가운데 폭탄이 떨어졌는데 아직 터지지 않은 그런 순간처럼 느껴졌다.

오미라가 자리에서 일어났다. 그리고 경관들이 황급히 열어주는 길을 따라 대니가 있는 난로 앞에까지 걸어와 그에게 손을 내밀었다. 대니는 맥주를 벽로 선반에 올려놓고 떨리는 손으로 상관의 손을 잡았다.

청장이 그 손을 굳게 잡았다. 위아래로 흔들지는 않았다.

"약속은 약속이라고?"

오미라가 되물었다.

"예, 청장님."

대니가 간신히 대답했다.

오미라는 고개를 끄덕이고 대니의 손을 놓은 다음 사람들을 돌아보았다. 문득 대니는 신들이 시간을 얼려 역사적 변화로 전이한 것만 같은 기분을 느꼈다. 딱딱거리는 장작불 앞에 나란히 선 대니와 거인.

오미라가 맥주잔을 들었다.

"자네들은 이 대도시의 자존심이야. 난 자네들 동료라는 사실을 자랑스럽게 생각하네. 그리고 약속은 약속이야." 대니는 등 뒤가 뜨거웠다. 오미라의 손이 그의 척추에 가 있었다. "나를 믿나? 내가 아직 자네들의 신뢰를 받고는 있는 건가?"

오미라가 외쳐 물었다.

"예, 믿습니다!"

우레와 같은 함성.

오미라는 콧구멍으로 크게 숨을 들이마시고 잔을 더 높이 들었다.

"보스턴 경찰청의 용사들을 위해! 이 나라에서 자네들보다 고귀한 존재는 없다!"

오미라는 한꺼번에 맥주를 비웠다. 사람들도 흥분해 모두 그의 본을 따랐다. 마티 리어리가 다시 한 잔을 주문했는데, 대니는 문득 그들이 어린애로 돌아왔다는 사실을 느낄 수 있었다. 맹목적 전우애로 똘똘 뭉친 아이들.

오미라가 대니한테 상체를 기울였다.

"자넨, 아버지와 다르군." 대니는 무슨 말인지 몰라 난감한 표정을 지었다. "자네 심장이 더 순수해."

대니는 아무 말도 하지 못했다.

오미라가 대니의 팔꿈치 윗부분을 살짝 비틀었다.

"절대 버리지 말게. 그건 절대 돌려받을 수 없는 보물이니까."

"예, 청장님."

오미라는 다시 한참 동안 그를 보았다. 이윽고 마크 덴튼이 두 사람의 맥주잔을 가져오고 청장은 그제야 대니의 팔을 놓았다.

오미라는 두 번째 잔을 비운 후 작별을 고했다. 대니와 마크 덴튼이 그를 배웅했다. 검은 하늘에서 폭우가 쏟아지고 있었다.

그의 운전사 레이드 하퍼 경사가 차에서 나와 상관에게 우산을 받쳐주었다. 그는 고갯짓으로 대니와 덴튼에게 아는 체를 하고 오미라를 위해 뒷문을 열어주었다. 청장은 차문에 한 팔을 걸친 채 두 사람을 돌아보았다.

"내일 아침 제일 먼저 피터스 시장과 담판을 짓겠네. 상황이 시급한 데 대한 유감을 전하고 보스턴 경우회와의 협상을 주선해 보지. 자네 둘이 협상 대표가 되는 데 이의는 없나?"

대니가 덴튼을 보았다. 오미라가 두 사람의 심장박동 소리를 들었을까?

"없습니다."

"없습니다."

"그럼 됐어. 두 사람한테 감사하고 싶네. 진심으로." 오미라가 손을 내밀었고 그들은 악수를 나누었다. "두 사람은 보스턴 경찰 노조의 미래일세. 그 임무를 잘해내길 빌겠네. 자 어서 들어가라고. 비가 많이 와." 그가 차에 올라탔다. "집으로 가자, 레이드. 아니면, 내가 여자 꽁무니를 좇아다닌다고 바가지를 긁어댈 거야."

레이드 하퍼가 갓길에서 차를 빼내는 동안 오미라가 창밖으로 가볍게 손짓을 해보였다.

그의 머리와 목덜미가 흠뻑 젖고 말았다.

"맙소사, 커글린. 이런 세상에."

마크 덴튼이 탄성을 질렀다.

"압니다."

"안다고? 자네가 지금 막 무슨 짓을 했는지 안다는 거야?"

"난 아무 짓도……"

덴튼이 불곰처럼 대니를 끌어안더니 아예 허공으로 들어올렸다.

"자네가 우릴 구한 거야!"

그는 대니를 빙빙 돌리며 거리에 대고 환호를 질렀다. 대니는 그에게서 빠져나오기 위해 안간힘을 쓰면서 함께 웃었다. 두 사람은 비를 맞으며 미친 듯이 웃어댔다. 빗물이 눈을 괴롭혔음에도 불구하고, 대니에게는 평생 가장 기분 좋은 순간이 분명했다.

어느 날 밤, 에디 맥케나를 만났다. 거버너스 광장 버크민스터 호텔 바였다.

"소득이 있냐?"

"비숍에게 접근은 했지만 아직은 조심스럽습니다."

맥케나가 두 팔을 펼쳐보였다.

"너를 첩자로 의심하더냐?"

"전에도 말씀드렸지만 당연한 얘기입니다."

"대책은 있고?"

대니가 고개를 끄덕였다.

"하나 있는데, 위험해요."

"얼마나 위험한데?"

대니가 능직 공책을 꺼냈다. 프라이나와 같은 종류인데 그 공책을 사기 위해 무려 문방구를 네 개나 돌았었다. 그가 맥케나에게 공책을 넘겼다.

"2주 동안 연구한 겁니다."

맥케나가 몇 번씩 고개를 들며 페이지를 넘겨나갔다.

"일부러 몇 페이지에 커피 자국을 냈습니다. 하나는 담배 구멍도 내고."

맥케나가 가볍게 휘파람을 불렀다.

"그런 것 같구나."

"대니얼 상트의 정치적 명상집이죠. 어떻습니까?"

맥케나가 엄지로 페이지를 넘겼다.

"몬트리올과 스파르타쿠스 단원들을 다뤘군. 잘 했어. 오…… 시애틀과 올레 한슨(시애틀 시장. 임기 중 1919년 시애틀 총파업을 분쇄한 것으로 유명 — 옮긴이)까지. 좋아, 좋아. 아르한겔스크도 들어 있냐?"

"당연하죠."

"베르사이유 기구는?"

대니가 두 눈을 굴렸다.

"세계지배 음모로서 말입니까? 설마 그걸 빼먹었을까요."

"조심해라. 오만은 위장 근무의 적이야."

"몇 주 동안 아무 곳에도 안 갔어요, 에디. 오만해서 그랬겠습니까? 그 공책을 가져갔을 때 비숍이 프라이나에게 보여주겠다고 했지만 장담은 못했어요. 그게 다입니다."

에디가 공책을 돌려주었다.

"당분간 노조 모임엔 나가지 마라."

"안 돼요."

에디가 시계를 덮고 조끼에 집어넣었다.

"오, 그래. 요즘엔 너도 경우회 멤버지."

"말도 안 됩니다."

그가 가볍게 미소를 지었다.

"그날 밤, 오미라와 만난 후 그런 얘기가 돌고 있다. 이 바닥에 거의 30년을 있었지만 친애하는 청장께서는 아직 내 이름도 모를 게다."

"우연히 줄을 잘 선 것뿐입니다."

대니가 대답했다.

"잘못 선 거야. 조심하는 게 좋을 거다, 대니. 다른 사람들이 너를 지켜보기 시작했으니까. 에디 삼촌의 충고를 새겨듣고 얌전히 물러나 있는 게 좋아. 사방에서 폭풍이 몰아치고 있잖니? 사방에서. 거리, 공장, 지금은 경찰서에까지 밀려들고 있어. 권력? 그건 덧없는 거야, 대니. 지금은 전보다 더 심해졌지. 그러니 자중해."

"이미 늦었습니다."

에디가 테이블을 때렸다.

대니가 등을 기댔다. 에디 맥케나가 특유의 절제된 평정심을 잃은 건 처음 본다.

"청장하고 만나다가 신문에 얼굴이라도 나오면? 시장은? 그럼 지금 수사가 어떻게 될지 생각이나 해봤냐? 볼셰비키 도제 대니얼 상트가 보스턴 경우회의 얼굴 에이든 커글린으로 밝혀지는 날엔 네 역할도 끝장이야. 나한텐 프라이나의 우편물 발송 명부가 필요하단 말이다!"

대니는 테이블 너머의 남자를 보았다. 평생을 알던 사람이건만 이렇게 다를 수가. 물론 이제야 깨달았을 뿐이지 언제나 그곳에 있던 모습이겠다.

"우편물 발송 명부가 왜 필요한 거죠, 에디? 노동절 폭동 계획의 증거를 찾는다고 하지 않았나요?"

"둘 다 필요해. 하지만 네 말대로 놈들이 입을 굳게 다물고, 네 수사 능력이 바람에 못 미친다면, 그럼 네 얼굴이 신문 1면에 도배되기 전에 우편물 발송 명부부터 빼내. 네 삼촌을 위해 그 정도는 해줄 수 있겠지?" 그는 부스에서 빠져나가 코트를 걸친 다음 동전 몇 개를 테이블에 던졌다. "그거면 될 거다."

"이제 막 오셨잖습니까."

대니가 따졌다.

에디는 다시 가면을 썼다. 늘 대니 주변을 떠돌았던 바로 그 가면.

"도시는 잠드는 법이 없다. 브리튼에 볼 일이 있어."

"브리튼?"

에디가 끄덕였다.

"가축시장. 끔찍한 곳이지."

대니는 에디를 문까지 따라 나왔다.

"이번엔 소를 체포할 겁니까?"

에디가 문을 열고 추운 밖으로 나갔다.

"더 못한 놈들이다. 흑인들. 몇 시간 후 깜둥이 새끼들이 거기 모여 권리를 따진단다. 그게 말이나 되냐? 도대체 분수를 모른다니까. 다음엔 짱깨 놈들이 우리 세탁물을 볼모로 잡으려 들겠군."

에디의 운전사가 검은색 허드슨을 갓길에 댔다.

"태워줄까?"

에디가 물었다.

"걸을래요."

"그래, 걸으면서 술 깨는 것도 좋은 생각이다. 아, 혹시 핀이라는 이름을 들어본 적이 있냐?"

에디의 얼굴은 밝고 솔직해 보였다.

대니도 똑같은 표정을 지었다.

"브리튼에서요?"

에디가 인상을 찌푸렸다.

"브리튼엔 깜둥이 잡으러 간댔잖아. '핀'이 흑인 이름 같아?"

"아일랜드 같네요."

"그래. 아는 사람 있어?"

"아뇨. 왜요?"

"그냥 물어봤다. 정말 모르지?"

에디가 되물었다.

"말한 대로예요, 에디. 몰라요."

대니가 코트 깃을 올려 바람을 막았다.

에디가 끄덕이며 차문을 향해 손을 뻗었다.

"뭘 하는데요?"

대니가 물었다.

"응?"

"그 핀이라는 사람. 하는 일이 뭐죠?"

대니가 다시 물었다.

에디가 한참 동안 대니의 얼굴을 바라보았다.

"잘 가라, 대니."

"잘 가요, 에디."

에디의 차는 비컨 가를 따라 올라갔다. 대니는 다시 들어가 호텔 로비의 공중전화로 노라한테 전화할까 하는 생각도 해보았다. 맥케나가 그녀의 주변을 캐고 있다는 경고를 해줘야 할 것 같아서다. 하지만 그때 그녀가 코너와 함께 있는 모습이 떠올랐다. 그의 손을 잡고, 키스하고…… 아무도 없을 땐 그의 무릎에 앉기도 하지 않겠는가. 그래, 세상에 핀이라는 이름이 어디 하나 둘인가? 게다가 그들 중 반은 아일랜드나 보스턴에 있을 것이다. 맥케나는 그중 누군가를 찾고 있을 것이고. 아니면 그들 모두이든가.

16

쇼멋 애버뉴 건물에서 루터가 제일 먼저 해야 할 일은 비바람을 막는 일이었다. 지붕. 불행과 외면의 이중고를 겪고 있는 슬레이트 지붕 얘기다. 그는 어느 추운 날 지붕 축을 가로질러가며 일했다. 바람에서는 공장연기 냄새가 나고 맑은 하늘은 짙은 남색이었다. 그는 홈통에서 소방관이 도끼로 날려버린 슬레이트 조각들을 찾아, 아래층에서 모은 조각들과 더했다. 골격에 붙어 있는 나무 중에서, 불에 타거나 물에 젖은 것들은 모두 뜯어내고 그 자리에 새 널빤지를 박은 다음, 건져낸 슬레이트로 모두 덮었다. 재생 슬레이트가 떨어진 후에는, 기드로 부인이 클리블랜드의 한 회사에서 가까스로 얻어낸 슬레이트를 사용했다. 토요일 동트자마자 시작된 일은 일요일 오후 늦게야 끝이 났다. 그는 추운 오후, 땀으로 범벅이 된 채 지붕의 능선에 앉아 손으로 이마를 훔치고 맑은 하늘을 올려다보고 다시 주변에 펼쳐진 도시를 바라보았다. 아직 눈으로 확인할 수는 없었지만 대기에선 임박한 황혼의 냄새가 났다. 너무도 기가 막힌 냄새였다.

***

루터의 주중 일정은, 커글린 가족이 저녁 식탁에 앉기 전에 끝이 났다. 마지막 일은 대개 노라를 도와 식탁을 준비하는 정도였다. 하지만 일요일이면 디너 모임이 하루 종일이었고, 그건 스탠드파이프 언덕의 마르타와 제임스 집에 있을 때와 비슷했다. 교회 예배와 일요일에 입는 고급 옷 때문에라도 흑인이나 백인이나 뭔가 떠들 거리가 필요한 모양이었다.

서장의 서재에서 술시중을 드노라면, 그들이 그의 얘기를 하는 착각에 시달려야 했다. 서장 친구 중 하나는 우생학이나 백인종의 우월성 같은, 정말로 넋 나간 인간들이나 할 법한 개소리를 늘어놓으며 곁눈질로 루터를 살피기도 했다.

가장 말수가 적지만 눈매가 제일 섬뜩한 사람이 전임자 에이버리 윌리스가 경고한 바로 그 자였다. 커글린 서장의 오른팔 에디 맥케나 경위. 뚱뚱한 남자는 코털이 빽빽한 코로 씩씩거리며 숨을 쉬었다. 강 위의 보름달만큼이나 시원한 미소를 지녔으나 루터가 보기에도 그 떠들썩한 외형을 그대로 믿다가는 큰 코 다칠 게 분명했다. 그런 사람은 늘 미소와 무관한 본성을 깊이깊이 감추고 있기 마련이다. 이제 곧 동면에서 깨어나 어슬렁어슬렁 동굴 밖으로 기어나오는 불곰처럼, 누구도 상상할 수 없는 예민한 코를 킁킁거리기 시작할 것이다.

서재 모임에 참여하는 일요 멤버들 중(참가자는 매주 조금씩 달랐다.), 루터를 가장 눈여겨보는 것도 맥케나였다. 처음에는 따뜻한 환대로 보였다. 다른 사람들은 그를 무시하는 것이 당연하다는 투로 행동했지만, 그는 루터가 술을 가져가거나 채워줄 때마다 감사 인사를 건넸다. 서재에 들어갈 때에도 맥케나는 루터의 건강과 근무 상황부터 챙겼고, 추운 날씨에 잘 적응하는지도 물어주었다.

"여분의 코트가 필요하면 언제든 얘기해. 서에 가면 몇 벌 있을 테니까. 냄새는 좀 나겠지만 말이야."

그가 루터의 등을 두드리며 말했다.

그는 루터를 남부 출신으로 여겼지만, 루터는 굳이 수정할 필요를 느끼지 못했다. 적어도 그날 오후의 모임 이전까지는.

"켄터키?"

맥케나가 물었다.

처음에 루터는 자기한테 묻는 줄도 몰랐다. 그는 찬장에서 작은 그릇에 각설탕을 채우는 중이었다.

"루이빌 맞지, 응?"

맥케나는 돼지고기 조각을 입에 넣으며 그를 바라보았다.

"제가 어디 출신이냐고 물으시는 겁니까?"

맥케나가 눈을 반짝였다.

"그래, 그걸 물은 거다."

서장이 와인을 조금 마셨다.

"경위는 억양으로 출신지역을 알아맞히는 데 자부심을 갖고 있지."

"자기 고향 억양밖에 못 맞히던데요?"

대니가 비아냥댔다.

코너와 조가 웃고 맥케나는 대니에게 포크를 저어보였다.

"이놈은 기저귀 찰 때부터 잘난 척했어. (루터를 돌아본다.) 루터, 어디냐?"

하지만 루터가 대답하기 전에 커글린 서장이 한 손을 들어보였다.

"경위님이 알아맞히게 둬라, 루터."

"이미 맞혔네, 톰."

"아냐, 틀렸어."

"아, 그럼 루이빌이 아니라고?"

에디 맥케나가 냅킨으로 입술을 찍어냈다.

"아닙니다, 나리."

"렉싱턴?"

루터가 다시 고개를 저었다. 가족 모두가 지켜보고 있는 게 신경 쓰였다.

맥케나가 등을 기대고 한 손으로 배를 쓰다듬었다.

"그럼, 어디 보자. '물론 미시시피입죠.'라고 할 때처럼 남부 특유의 늘어짐은 없었어. 그러니까 가우기아(조지아의 사투리 — 옮긴이)는 절대 아냐. 버지니아치고는 너무 유성음이 많고 앨라배마라고 하기엔 너무 빠르단 말이야."

"버뮤다 아닐까요?"

대니였다. 루터가 그의 눈을 보며 미소 지었다. 커글린 식구들 중 대니와 접촉이 제일 적었으나, 에이버리 말이 맞았다. 이 사내는 거짓을 모른다.

"쿠바."

루터가 대니에게 말했다.

"그건 너무 남부잖아?"

대니가 너스레를 떨었다.

둘이 키득거리며 웃자, 맥케나의 눈이 가늘어지고 살색이 벌게졌다.

"저 애들이 아주 신났어요." 그가 테이블 끝에 있는 엘렌 커글린에게 미소를 짓곤 구운 돼지고기를 잘랐다. "아주 신났어."

"그래서, 자네 추측이 뭔가, 에디?"

커글린 서장이 감자 칩을 포크로 찍으며 물었다.

에디 맥케나가 고개를 들었다.

"조금 더 생각해 봐야겠네. 이런 식으로 아무렇게나 읊어대다간 본전도 못 건지겠어."

루터는 얼른 커피 쟁반 일로 돌아왔지만, 그 전에 대니의 또 다른 표정을 보고 말았다. 유쾌하다기보다는 마치 상대가 불쌍하다는 표정이었다.

계단으로 나가며 외투를 걸쳐 입는데, 대니가 밤색 오클랜드 49의 후드에 기대 있는 게 보였다. 그가 루터를 향해 술병 비슷한 물건을 들어보였다. 다가가서 보니 위스키였다. 그것도 전전에 나온 고급주.

"한 잔 하겠나, 로렌스?"

루터가 대니한테서 술병을 받아 입술로 가져가다가 우뚝 멈췄다.

이 백인이 흑인과 병을 공유해도 괜찮다는 뜻인지 확신이 서지 않아서였다. 대니는 뭐 하냐는 듯 눈썹을 찡긋거렸고 루터는 병을 기울여 입 안에 흘려 넣었다.

루터가 술병을 건넸지만 덩치 큰 경관은 소매로 꼭지도 닦지 않은 채 그대로 입에 물고 꿀꺽꿀꺽 들이키기 시작했다.

"좋은 술이야, 응?"

에이버리는 이 커글린이 자기만의 세상을 가진 괴짜라고 했다. 맞는 말 같았다.

"멋진 밤입니다."

서늘하지만 바람 한 점 없는 밤. 공기는 죽은 낙엽 가루 때문에 다소 뿌옇게 느껴졌다.

"그래. 한 잔 더?"

대니가 병을 돌려주었다. 루터는 한 모금 마시며 덩치 큰 백인의 진솔하고 잘 생긴 얼굴을 보았다. 여자깨나 울렸겠으나, 그렇다고 평생 제비 짓을 할 위인은 아니다. 눈빛으로 보면야, 다른 사람이 듣지 못하는 음악소리를 듣고, 아무도 원치 않는 길을 갈 것 같은 사내였다.

"이 집에서 일하는 게 맘에 드나?"

루터가 고개를 끄덕였다.

"예, 좋습니다. 좋은 가족이니까요, 나리."

대니가 두 눈을 굴리며 다시 한 모금을 들이켰다.

"나하고 있을 땐 그놈의 '나리' 좀 뺄 수 없나, 로렌스? 제발 부탁이야."

루터가 한 걸음 물러섰다.

"그럼 뭐라고 부를까요?"

"여기 밖에서? 대니로 하자고. 저기? 저기선 커글린 씨 정도로 하고."

그가 턱으로 집을 가리키며 덧붙였다.

"'나리'가 왜 싫다시는 거죠?"

대니가 어깻짓을 했다.

"개소리니까."

"알겠습니다. 그럼, 루터라고 부르시죠."

대니가 끄덕였다.

"거기에 건배."

루터가 병을 들어 올리며 키득거렸다.

"당신이 남들과 다르다고 에이버리가 경고하더군요."

"에이버리가 무덤에서 돌아와 자네한테 그런 경고를 해?"

루터가 고개를 저었다.

"'후임'을 위해 메모를 남겼죠."

대니가 병을 돌려받았다.

"아. 에디 삼촌은 어때?"

"좋은 분 같더군요."

"아니, 안 그래."

대니의 목소리는 차분했다. 루터도 대니 옆에 엉덩이를 걸쳤다.

"예, 아닙니다."

"자네를 압박하던데…… 느꼈나?"

"예, 느꼈습니다."

"루터, 자넨 과거가 깨끗한가?"

"다른 사람들만큼은 그렇겠죠."

"그럼, 별로 깨끗하지 못하다는 얘기군."

루터가 미소 지었다.

"정곡이군요."

대니는 다시 술병을 넘겼다.

"에디 삼촌? 그 사람은 살아있는 누구보다도 사람을 잘 읽네. 사람들의 머리를 그대로 꿰뚫어보고는, 세상 누구한테도 밝히기 싫어하는 비밀을 캐내는 거야. 어느 구역 파출소에 죽어도 입을 안 여는 용의자가 하나 있다고? 그럼 그들은 삼촌한테 전화하고 삼촌은 백발백중 진술을 받아내지. 어떤 수단을 써서라도 말이야."

루터가 두 손바닥으로 병을 굴렸다.

"왜 나한테 그런 얘기를 하는 겁니까?"

"에디가 자네한테서 뭔가 께름칙한 냄새를 맡았으니까. 그 양반 눈을 보면 알지. 더군다나 우리 농담 때문에 기분까지 꼬였잖아. 우리가 놀린다고 생각한 모양이라, 아무래도 분위기가 좋지 않아."

"술 감사했습니다. 백인과 술병을 돌린 건 처음입니다만, 그래도 집에 가야 할 시간이라서요."

루터가 어깨를 으쓱이고 차에서 한 걸음 물러섰다.

"자네를 떠보려는 게 아냐."

루터가 그를 보았다.

"아니라고요? 그걸 제가 어떻게 알죠?"

대니가 두 손을 내밀었다.

"이 세상엔 얘깃거리가 되는 사람이 두 부류밖에 없네. 겉과 속이 같은 사람과 그렇지 않은 사람. 자넨 내가 어느 쪽인 것 같나."

루터는 위스키가 살갗 바로 안쪽을 스멀거리는 기분이었다.

"이 도시에서 만난 사람 중 제일 신기한 사람 쪽입니다."

대니가 술을 마시며 별을 올려다보았다.

"에디는 1년 정도 자넬 살펴볼 거야. 아니면 2년이 될 수도 있겠지. 어차피 바쁜 일도 없는 사람이니까. 하지만 결국 자네를 잡는다면? 장담하지, 빠져나가는 건 절대 불가능해. (루터의 눈을 보며) 에디와 아버지가 깡패와 사기꾼과 도둑놈들을 잡기 위해 별 수단을 다 써도 지금껏 모르는 척했네. 하지만 그런 식으로 민간인을 쫓는 건 나도 맘에 안 들어. 이해하나?"

루터는 두 손을 주머니에 넣었다. 날은 점점 어둡고 차가워졌다.

"그래서, 개를 쫓아주시겠다는 겁니까?"

대니가 어깻짓을 했다.

"어쩌면. 그거야 그때가 되어봐야 알겠지."

루터가 고개를 끄덕였다.

"대가는 뭐죠?"

대니가 미소 지었다.

"대가?"

루터도 자신도 모르게 미소를 지었다. 그들 둘 다 말을 빙빙 돌리고 있지만 재미는 있었다.

"불행이 아니라면 세상에 공짜는 없다고 들었죠."

"노라."

대니가 말했다. 루터는 자동차로 돌아가 대니한테서 병을 넘겨받았다.

"노라?"

"그녀와 내 동생 관계가 어떻게 진행되는지 알고 싶네." 루터가 술을 한 잔 마시곤 슬며시 웃었다. "왜?"

"동생 여자와 사랑에 빠진 분이 나한테 '왜'라고 묻는 겁니까?"

루터가 다시 웃자 대니도 피식하고 웃음을 터뜨렸다.

"노라와 나도 이야기가 없지 않다는 정도로 해두자고."

"그 정도는 나도 압니다. 두 분하고는 처음 같은 방에 있었지만, 눈이 먼 제 삼촌도 그 정도는 알 겁니다. 지금은 돌아가셨지만."

"그렇게 뻔하던가?"

"누구나 알 겁니다. 미스터 코너가 그걸 보지 못한다는 게 더 신기하더군요. 그녀에 관한 한 무조건 장님이 되는 모양입니다."

"그래, 그런 모양이야."

"그냥 가서 청혼하지 그러세요. 그럼 얼씨구나 할 텐데."

"아니, 그렇지 않아. 장담할 수 있네."

"아뇨, 그렇게 할 겁니다. 약혼이요? 엿 먹으라 그러시죠. 중요한 건 사랑입니다."

대니가 고개를 저었다.

"사랑이 개입될수록 논리적으로 반응하는 여자를 본 적이 있나?"

"아뇨."

"그렇겠지. 저 사람들에 대해선 정말 모르겠어. 무슨 생각을 하며 사는지도 모르겠고."

대니가 집을 올려다보며 중얼거렸다. 루터도 고개를 저었다.

"그래도 잘 지내신다고 생각했습니다만."

대니가 병을 들어보였다.

"이제 5센티미터쯤 남았군. 마지막으로 한 잔씩 하기?"

"마셔도 되겠습니까?" 루터는 한 모금 마시고 병을 돌려주었고, 대니가 마저 비웠다. "눈과 귀를 열어두죠. 그럼 되겠습니까?"

"좋아. 에디가 괴롭히면 나한테 알려줘."

루터가 손을 내밀었다.

"그럼 거래는 성사된 겁니다."

대니가 그의 손을 잡고 흔들었다.

"서로 알게 돼서 기쁘네, 루터."

"동감입니다, 대니."

쇼멋 애버뉴로 돌아와 루터는 건물의 균열을 확인하고 또 확인했지만 천장에서 새는 건 아무것도 없었다. 벽에도 습기 찬 곳은 보이지 않았다. 그는 제일 먼저 회벽을 모두 뜯어내 그 안의 목재 대부분을 건질 수 있음을 확인했다. 일부는 완전히 문드러진 수준이었지만 그것만으로 어떻게든 해봐야 할 처지였다. 바닥과 계단도 마찬가지였다. 정상적인 상황이라면, 관리 소홀과 화재와 수재로 파손된 자재들을 모조리 들어내야 할 것이다. 하지만 부족한 예산과 겨우 얻어낸 철근밖에 없는 상황에선, 구할 수 있는 건 어떻게든 살려낼 수밖에 없다. 그와 바겐펠트의 하인 클레이튼 톰스는 사우스 보스턴에서 거의 같은 시간을 일했고 비번도 같았다. 이베트 기드로와 함께 한 번 저녁을 든 후, 클레이튼 역시 넋을 잃고 얼떨결에 프로젝트에 얽혀들고 말았다. 그리하여 그 주말부터는 루터에게도 도우미가 생겼다. 두 사람은 하루 종일 재활용이 가능한 목재와 철근과 청동 설비를 모아 3층으로 옮겼다. 다음 주에는 배관공사와 배선 공사를 시작할 수 있을 것이다.

고된 일이었다. 흙과 먼지와 땀. 지렛대로 당기고 서까래를 부수고 장도리로 뽑고…… 모두 목이 뻐근하고 어깨가 결리는 일이며, 종지뼈가 소금처럼 부서지고 허리춤의 뜨거운 자갈들이 척추까지 먹어 들어가는 중노동이다. 루터는 먼지투성이 바닥에 주저앉아 무릎에 머리를 기댄 채 "휴" 하고 한숨을 내뱉고는 한참 동안 눈을 감고 있기가 태반이었다.

하지만 커글린 저택에서 거의 아무 일도 않고 몇 주를 지낸 터라 절대 포기할 생각은 없었다. 이 프로젝트야말로 손과 정신과 근육의 일이었다. 그가 세상을 떠난 후에도 결실은 물론 자신의 흔적까지 남는 그런 일이었다.

코르넬리우스 삼촌이 언젠가 한 말이 있다. '기술이란 노동을 사랑할 때 일어나는 기적을 뜻하는 죽이는 단어란다.'

클레이튼은 입구에 누워 2층 위의 천장을 올려다보았다.

"빌어먹을. 이베트가 실내 화장실을 마련하라고 하면……"

"했어."

"……그럼, 루터, 그 배수관 하나가 지하실에서 지붕환기통까지 올라가야 하는 거야. 야, 그게 장장 4층이야."

루터가 키득거렸다.

"파이프는 직경 10센티미터에 주철이지."

"그 파이프에서 각 층으로 파이프를 빼내고? 거기에다 화장실용으로 두 개를 더 뽑아야 하잖아. 루터, 이건 정신 나간 짓이야."

클레이튼의 눈이 접시만 해졌다.

"그래."

"그런데 지금 웃음이 나와?"

"그러는 넌?"

"대니는 어때요?"

헤이마켓을 돌아다니다가 루터가 노라에게 물었다.

"뭐가요?"

"가족하고 잘 어울리는 것 같지 않아서요."

"에이든은 어디에도 어울리지 않아요."

"다들 보면 대니라고 했다 에이든이라고 했다 그러더군요."

그녀가 어깻짓을 했다.

"그냥 그렇게 됐어요. 당신도 보니까 미스터 대니라고 하지 않네요."

"예?"

"코너는 미스터라고 하잖아요. 심지어 조한테도 붙이고."

"대니가 하지 말랬어요. 적어도 사람들 없을 땐."

"벌써 친구가 된 거예요?"

망할. 나도 모르게 티를 낸 건가?

"친구라고 부를 수 있는지는 모르겠군요."

"그래도 그를 좋아하죠? 얼굴에 쓰여 있어요."

"글쎄요, 뭔가 다르잖아요. 그런 백인은 처음 봤어요. 물론 당신 같은 백인여자도 처음이지만."

"난 백인이 아니에요, 루터. 아일랜드 인이죠."

"예? 그 사람들은 무슨 색인데요?"

그녀가 미소 지었다.

"희끄무레."

루터가 웃으며 자신을 가리켰다.

"가무잡잡. 만나서 반갑습니다."

노라가 재빨리 그에게 무릎인사를 했다.

"저도 반갑사와요, 가무잡잡 나리."

어느 날 일요일 저녁 모임이 끝난 후, 맥케나는 루터에게 태워주겠다고 고집을 부렸다. 마침 홀에서 코트를 입던 루터는 너무 놀라 아무 대답도 하지 못했다.

"날씨가 장난이 아니에요. 메어리 패트한테 세상이 얼어 죽기 전에 들어간다고 했답니다." 맥케나는 자리에서 일어나며 커글린 부인의 뺨에 키스했다. "옷걸이에서 코트 좀 가져다주겠나, 루터? 고맙다."

대니는 이번엔 모임에 참석하지 않았다. 루터가 방을 둘러보았지만 다른 사람은 그다지 신경 쓰는 것 같지 같았다.

"아, 우린 먼저 가겠습니다, 여러분."

"잘 가게, 에디. 루터도 수고했다."

토머스 커글린이 인사했다.

"안녕히 계십시오, 서장님."

에디는 이스트 브로드웨이로 내려가다가 웨스트 브로드웨이로 우회전을 했다. 추운 겨울밤인데도 그곳 분위기는 그린우드의 금요일 밤만큼이나 소란스럽고 무질서했다. 거리에서는 주사위 노름판이 벌어지고 창녀들이 창턱에 기댄 채 밖을 내다보았으며 살롱마다 시끄러운 음악소리가 터져 나왔다. 이곳엔 상상 이상으로 많은 살롱이 있었다. 덕분에 육중한 대형 승용차의 진행은 더디기만 했다.

"오하이오?"

맥케나의 질문에 루터는 미소부터 지었다.

"예, 나리. 켄터키하고 가까운 곳이죠. 그날 밤 맞추실 줄 알았는데……"

맥케나가 손가락을 퉁겼다.

"아, 알고는 있었다. 다만 강 반대편을 고른 게 탈이었지. 동네가 정확히 어디냐?"

웨스트 브로드웨이의 소음이 차를 흔들고 조명불빛이 아이스크림처럼 앞 유리를 핥았다.

"콜럼버스 바로 밖입니다요."

"전엔 경찰차에 타본 적 없지?"

"물론입니다, 나리."

맥케나가 마치 자갈을 내뱉듯 키득거렸다.

"아, 루터, 믿기 어렵겠지만 토머스 커글린과 난 경찰이 되기 전엔 수없이 법을 무시하며 살았다. 경찰차도 수없이 타고 금요일 밤이면 주정뱅이 유치장이 단골이었지. (손을 저으며) 이민자들이 사는 게 다 그랬지. 귀리 씨를 뿌리고 낯선 사회를 배우고. 너도 당연히 이런 식의 통과의례를 겪었겠지?"

"전 이민자가 아닙니다, 나리."

맥케나가 그를 건너다보았다.

"아니야?"

"여기서 태어난 걸요."

"그게 무슨 뜻이냐?"

"아무 뜻도 아닙니다. 그냥…… 나리께서 이민자들 사는 게 다 그렇다고 하시니, 당연히 그렇겠다는 생각은 하지만…… 제가 이민자가 아니라……"

"뭐가 그래?"

"예?"

"뭐가 그러냐고?"

맥케나가 미소를 지었다. 때마침 차는 가로등 아래를 지나고 있었다.

"도무지 무슨 말씀이신지……"

"네가 그랬잖아."

"예?"

"네가 그랬다고. 유치장이 이민자들 사는 방식이라고."

"아뇨, 나리, 아닙니다요."

맥케나가 자기 귓불을 잡아 당겼다.

"그래? 아무래도 내 머리에 귀지가 잔뜩 낀 모양이다."

루터는 아무 말도 않고 차창만 내다보았다. 차는 D 스트리트와 웨스트 브로드웨이 모퉁이 신호등에 멈춰 섰다.

"이민자들한테 불만 있냐?"

에디 맥케나가 다시 물었다.

"아뇨, 나리, 그럴 리가요."

"아직도 우리가 무임승차했다고 생각하는 거야?"

"절대 아닙니다."

"우리가 누리는 영화가 손자 대나 가야 가당하다고 여기는 거지?"

"나리, 전 그런 생각을……"

맥케나가 루터에게 손가락을 저으며 큰 소리로 웃었다.

"놀랐냐, 루터? 하, 속았지? 장난 좀 쳐본 거야."

그는 루터의 무릎을 때리며 다시 한 번 호탕하게 웃었다. 신호등은 녹색으로 바뀌고 차는 브로드웨이를 따라 올라갔다.

"장난이 심하셨습니다요, 나리. 얼마나 놀랐는지."

"그래, 그래, 미안해." 맥케나가 계기반을 때리며 말했다. 차는 브로드웨이 다리를 건너고 있었다. "커글린 집에서 일하는 게 맘에 드냐?"

"예, 좋습니다."

"기드로 부부는?"

"예?"

"기드로 부부 말이야. 그 친구를 모를 줄 알았나? 이 지역에 흑인들 중에선 이사야야 말로 최고의 명사야. 뒤부아의 정보통이라고들 하더군. 무엇보다 이 도시에서의 인종평등을 꿈꾸고 있고. 대단하지?"

"예, 나리."

그가 너무도 따뜻한 미소를 지었다.

"그래, 대단한 얘기야. 물론 일부 기드로 지지자들이 네 종족하고도 대립한다는 정도는 알고 있지? 사실 그자들은 적이야. 그런 식으로 평등의 꿈을 밀어붙이다간 끔찍한 참극이 일어날 테니까. 그럼 네 종족의 피가 거리를 뒤덮게 되는 거야. 어쨌든 사람들 얘기는 그렇다. (손을 가슴에 대며) 극히 일부의 주장이다. 모두가 아니라. 이 세상에 이렇게 불협화음이 많다니 참 가슴 아픈 일이야. 안 그래?"

"예, 나리."

"참으로 비극이지." 맥케나는 세인트 보톨프 거리로 꺾으면서 고개를 젓고 쯧쯧 혀까지 찼다. "네 가족은?"

"예?"

맥케나는 언덕으로 오르며 천천히 건물들을 둘러보았다.

"캔튼에 가족들이 있나?"

"콜럼버스입니다요, 나리."

"그래, 콜럼버스."

"아뇨, 저 혼자인걸요."

"보스턴까지 무슨 일로 온 거야?"

"저 집입니다."

"응?"

"기드로의 집입니다. 지금 막 지나치셨습니다요."

맥케나가 브레이크를 밟았다.

"그래, 다음에 또 하자고."

"그럼, 또 뵙겠습니다요, 나리."

"잘 지내! 옷 따뜻하게 입고!"

"예, 감사합니다, 나리."

루터가 차에서 내려 뒤로 돌아 인도로 올라갔다. 그때 맥케나가 차창을 내리는 소리가 들렸다.

"공부는 좀 했냐?"

맥케나가 물었다.

"어떤 공부 말씀입니까요?"

"보스턴!"

맥케나의 눈썹이 경쾌하게 올라갔다.

"사실은 별로 하지 못했습죠."

맥케나가 고개를 끄덕였다. 그 대답으로 모든 게 분명해졌다는 투다.

"1300킬로미터야."

"예?"

그가 차문을 두드렸다.

"거리 말이야. 보스턴과 콜럼버스 사이의 거리. 아무튼 잘 자라, 루터."

"안녕히 가십시오."

루터는 인도에 서서 맥케나가 차를 몰고 떠나는 모습을 지켜보았다. 두 손을 들어보니 파르르 떨리고 있었다. '그래도 나쁘지는 않았어. 정말이야. 이 정도면 잘 버틴 거야.'

대니는 일요일 오후 워렌 주점에서 스티브 코일과 만났다. 가을보다 겨울에 가까운 날씨였다. 스티브는 대니의 턱수염을 놀리며 사건 얘기를 물었다. 물론 대니는 사과와 함께 민간인과 공개수사는 불가능하다는 얘기만 되풀이했다.

"치사하게 이러기야?" 스티브가 투덜대며 한 손을 들어보였다. "아냐, 농담이야. 농담. 나야 이해하지. 당연히 이해하고말고."

그가 호방하면서도 멋쩍은 미소를 지어 보였다.

둘은 옛날 사건과 옛날 얘기를 했다. 대니는 스티브가 석 잔 마실 때 한 잔 정도를 마셨다. 스티브는 요즘 웨스트엔드에 살았다. 창 없는 지하실 원룸을 파티션으로 6등분한 곳인데 어느 방이나 석탄 냄새가 진동했다.

"아직 실내변소도 없어. 웃기지? 뒷마당 헛간에 변소가 있는데 그게 완전히 1910년식이야. 아니, 그 시절 매사추세츠 서부의 검둥이 뒷간보다도 못하다니까. 그리고 11시까지 집에 안 들어오면 어떤지 알아? 사이코 영감탱이가 아예 문을 잠가버린다고. 진짜 살기 빡빡해."

그가 고개를 저으며 다시 멋쩍은 미소를 지었다.

"하지만 카트만 마련하면 괜찮을 거야. 문제없어."

스티브의 최근 취업 계획은 파누일홀 장터에 과일가판대를 설치한다는 것이다. 하지만 이미 그런 가판대가 10여 개가 들어가 있고, 주인이 다들 (사악하지는 않아도) 어느 정도씩 거칠다고 했다. 그런데도 그를 말리는 사람은 아무도 없는 듯 보였다. 또 하나, 과일 도매상들이 새로운 중매인들 등쌀에 '취임세'를 지불하느라, 지난 6개월 동안 수지를 맞추지 못하는 형편이었지만 스티브는 그마저 '풍문' 정도로 치부해 버렸다. 시청에서 그 지역의 영업허가증을 내주지 않은 게 벌써 2년 전이라는 사실도 개의치 않았다.

"시청에 아는 사람이 어디 한둘이냐? 망할, 그런 가판대 정도는 신세 갚는 셈 칠 거야."

그가 대니한테 큰소리를 쳤다.

전화에 응해주는 친구가 이제 대니밖에 남지 않았다는 얘기를 들은 게 벌써 2주 전이지만, 대니는 모르는 척 그저 고개만 끄덕여주었다. 아니면 어쩌겠는가.

"한 잔 더?"

스티브가 물었다.

대니가 시계를 보았다. 7시에 네이든 비숍과 식사를 하기로 했다.

"가봐야 해요."

그가 고개를 저었다.

하지만 스티브는 이미 바텐더에게 신호를 보낸 터였다. 그는 부랴부랴 과장된 미소와 큰 소리로 두 눈에 스친 실망감을 지워버렸다.

"아냐, 됐어, 케빈."

바텐더가 인상을 쓰며 꼭지에서 손을 떼었다.

"1달러 20센트야, 이 주정뱅이야. 이번엔 절대 외상 안 돼."

케빈이 으르렁거렸다.

스티브가 주머니를 두드렸지만 대니가 말렸다.

"내가 낼게요."

"그래도 괜찮겠어?"

"그럼요."

대니는 부스에서 빠져나가 바로 걸어갔다.

"이봐요, 케빈, 잠깐 나 좀 봐요."

바텐더가 마치 특혜를 베푸는 사람처럼 다가왔다.

"뭐야?"

대니가 1달러 지폐와 5센트 동전 네 개를 바에 올려놓았다.

"이건 팁이요."

"오늘은 해가 서쪽에서 뜨겠군."

그가 돈을 집으려 하자 대니가 그의 팔목을 잡아 당겼다.

"웃어. 아니면 부러지니까."

"뭐?"

"지금 보스턴 레드삭스 얘기하는 것처럼 미소 지으란 말이야. 아니면, 그놈의 팔목을 분질러 버릴 테니까."

케빈이 미소 지었다. 하지만 턱은 팽팽했고 두 눈은 올챙이처럼 튀어나왔다.

"다시 한 번만 내 친구를 '주정뱅이'라고 부르기만 해봐. 당신 이빨을 모조리 부러뜨려 똥구멍에 쑤셔 박고 말 테니까."

"난……"

대니가 그의 손을 비틀었다.

"그냥 고개만 끄덕여."

케빈이 아랫입술을 깨물며 네 번이나 끄덕였다.

"저 친구 다음 번 술값은 공짜요."

대니가 바텐더의 팔목을 놓아주었다.

두 사람은 어스레한 하노버 거리를 걸었다. 대니는 하숙집으로 돌아가 따뜻한 옷 몇 가지를 챙겨 위장 숙소에 갖다 둘 생각이었다. 스티브는 옛 동네를 돌아보겠다고 했다. 프린스 스트리트에 다다랐을 때 사람들이 옆을 지나 살렘으로 달려가고 있었다. 하숙촌 모퉁이에 도착했을 때는 수많은 인파가 검은색 허드슨슈퍼 6을 에워쌌는데 남자와 아이들 몇이 발판과 후드 위에서 널뛰기를 하고 있었다.

"뭐야?"

스티브가 중얼거렸다.

"대니 경관! 대니 경관!"

계단에 있던 디마시 부인이 미친 듯이 손을 흔들어댔다. 대니는 잠시 고개를 숙였다. 20미터 밖의 노파가 턱수염을 잔뜩 기른 그를 알아보는 바람에 몇 주간의 위장이 날아가 버릴 수도 있었다. 무리를 뚫고 들어가니 운전사도 승객도 모두 밀짚모자를 쓰고 있었다.

"저 놈들이 조카애를 데려가려고 해요. 아라벨라를 데려가겠대요."

그와 스티브가 다가가자 디마시 부인이 애원을 했다. 자동차 안을 들여다보니 레이미 핀치가 운전대를 잡고 있었다. 그는 앞으로 차를 빼내기 위해 마구 경적을 눌러댔다.

군중은 꿈쩍도 하지 않았다. 주먹을 휘두르며 이태리 말로 고함치고 욕설을 퍼붓기는 했지만 아직 돌 같은 걸 던지지는 않았다. 흑수단원 둘이 군중의 끄트머리를 따라 움직이는 게 보였다.

"차 안에 있어요?"

대니가 물었다.

"뒷좌석에. 그 애를 잡아가요."

디마시 부인이 소리쳤다.

대니가 그녀의 손을 한 번 다독여주고 사람들을 뚫고 들어갔다. 핀치가 그를 보곤 눈살을 찌푸렸지만 10초도 채 안 되어 알아보는 눈치였다. 하지만 그것도 잠시. 그는 사람들이 무서워서가 아니라, 특유의 왕고집으로 기어를 넣고 조금씩 차를 움직였다.

누군가 대니를 밀치는 바람에 하마터면 넘어질 뻔했지만, 튼튼한 팔을 지닌 두 명의 중년여자와 부딪치는 바람에 위기를 모면했다. 한 아이가 손에 던질 수 있는 오렌지를 들고 가로등을 기어오르고 있었다. 아이의 팔 힘이 좋다면 상황은 걷잡을 수 없게 될 수도 있었다.

대니가 다가가자 핀치가 유리창을 조금 열었다. 아라벨라는 뒷좌석에 웅크리고 앉아 두 눈을 동그랗게 뜬 채 십자가를 움켜쥐고 있었다. 기도를 하는지 입술이 쉴 새 없이 움직였다.

"내보내요."

대니가 말했다.

"사람들을 해산시켜요, 커글린."

"폭동이 일어날 겁니다."

"이태리 연놈 몇이 길거리에 죽어 쓰러져야 알겠소? 커글린, 어서 저들을 쫓아내요."

핀치가 주먹으로 경적을 빵빵 두들겨댔다.

"저 여자는 무정부주의자들하고 아무 상관없습니다."

대니가 따졌다.

"페데리코 피카라와 있는 걸 목격했소."

대니가 아라벨라를 보았다. 그녀도 그를 보았는데, 커져만 가는 군중의 분노 말고는 아무것도 모르는 표정이었다. 누군가의 팔꿈치가 허리춤을 찌르는 바람에 대니는 차에 바짝 붙고 말았다.

"스티브! 거기 있어요?"

그가 외쳤다.

"3미터 거리."

"여기 공간 좀 만들어줘요."

"지팡이로 하면 돼."

"부탁할게요." 대니가 돌아서서 레이미가 열어놓은 창문 틈에 얼굴을 바짝 들이댔다. "페데리코와 있는 걸 봤다고 했소?"

"그래요."

"언제?"

"30분쯤 전에. 빵공장 옆에서."

"당신 혼자?"

"아니, 다른 요원도 있었소. 페데리코는 달아났지만 이 여자의 정체에 대한 결정적인 증거를 확보했지."

누군가가 정수리로 등을 받아, 대니는 그자의 머리와 턱을 세게 후려쳤다.

그가 다시 창문 틈에 입술을 붙였다.

"핀치, 지금 잡아갔다가 다시 데리고 오면 여자는 암살당해요. 무슨 말인지 알겠소? 당신이 죽이는 거라고요. 내보내요. 내가 처리할 테니까." 다시 누군가 등을 떠밀었다. 후드에 올라가는 남자도 있었다. "망할, 숨도 쉬지 못하겠군."

"이제 와서 물러날 수는 없소."

다른 놈이 후드에 올라가자 차가 흔들리기 시작했다.

"핀치! 차에 태운 것만으로 여자는 끝장이요. 상황이고 뭐고 누구든 밀고자로 찍히고 말 거요. 지금 당장 내보내면 어떻게든 무마해 보겠지만 그렇지 않으면……" 또 다른 자가 대니의 몸을 밀치고 들어왔다. "망할, 핀치! 문 좀 열어요."

"나하고 얘기 좀 해야 할 거요."

"좋아, 나중에. 그러니 어서 문 여시오."

핀치가 한참 동안 그를 노려보았다. 표정을 보아 하니 아직 끝나지 않았다는 얘기다. 마침내 그가 팔을 뻗어 뒷문 잠금장치를 풀었다. 대니는 손잡이를 잡은 채 군중을 향해 돌아섰다.

"치 에 스타토 운 에로레. 소스테뇨! 소스테뇨! 스타 우셴도. 소스테뇨![6]"

놀랍게도 군중들이 몇 발짝 물러났다. 대니는 문을 열고 뒷좌석에서 바들바들 떠는 소녀를 끌어냈다. 몇몇 사람이 환호와 박수갈채를 보냈다. 대니는 아라벨라를 끌어안고 보도로 이동했다. 그녀는 두 손으로 가슴을 감싸고 있었는데, 팔 아래로 딱딱한 상자 같은 게 느껴졌다. 그녀의 눈을 들여다보았으나 그곳엔 두려움뿐이었다.

대니는 아라벨라를 꼭 끌어안고, 길을 열어주는 사람들에게 고갯짓으로 감사를 표했다. 그리고 핀치를 돌아보며 턱으로 거리 위쪽을 가리켰다. 다시 박수갈채가 터지고 차를 에워싼 사람들이 물러나기 시작했다. 핀치가 차를 1미터 정도 앞으로 빼내는데, 그때 첫 번째 오렌지가 터졌다. 얼은 과일이라 소리가 돌멩이 같았다. 그 뒤로 사과와 감자가 날아오더니 차는 이내 과일과 채소의 융단폭격을 받기 시작했다. 차는 그래도 꾸준히 살렘 거리로 올라가고 있었다. 악동 몇이 차를 따라가며 욕설을 퍼부었으나, 아이들의 표정은 훨씬 밝아졌고 군중의 야유에도 장난기가 묻어났다.

대니가 인도에 오르자 디마시 부인이 조카를 인계받아 계단으로 데려갔다. 저쪽 모퉁이에 핀치의 허드슨 미등이 보였다. 스티브 코일은 그의 옆에 서서 손수건으로 머리를 닦으며 거리에 널브러진 냉동 과일들 파편을 내려다보았다.

"술 생각나지, 응?"

그가 대니한테 플라스크를 넘겼다.

대니는 한 모금 마셨지만 아무 말 하지 않았다. 그는 이모의 가슴에 안긴 아라벨라 모스카를 보며, 이젠 자신이 어느 편인지도 모르겠다는 생각을 했다.

"아라벨라와 얘기 좀 해야겠습니다, 디마시 부인."

디마시 부인이 그를 올려다보았다.

"지금요."

그가 재촉했다.

커다란 아몬드 눈에 짧은 군청색 머리의 키 작은 아라벨라 모스카는 '안녕.' '고마워요.' 말고는 영어를 한 마디도 하지 못했다. 그녀는 이모의 거실 소파에 앉았다. 아직 코트도 벗지 않은 채였고 디마시 부인이 그녀의 두 손을 꼭 쥐고 있었다.

대니가 디마시 부인한테 물었다.

"코트 안에 감춘 게 뭔지 물어봐주세요."

디마시 부인이 인상을 찌푸리더니 손가락으로 조카의 코트를 가리키며 열어보라고 주문했다.

아라벨라는 고개를 떨어뜨리며 격렬하게 젓기 시작했다.

"제발."

대니가 애원했다.

디마시는 어린 조카한테 '제발'이라고 할 사람이 못되었다. 대신 그녀는 뺨을 때렸다. 아라벨라는 대들지 못했지만, 고개를 더욱 숙인 채 열심히 저어댔다. 디마시 부인이 물러나 팔을 소파 위에 걸쳤다.

대니가 두 사람 사이에 상체를 디밀고 서툰 이태리어로 말하기 시작했다.

"아라벨라, 저 사람들은 당신 남편을 추방할 거예요." 그녀가 고개를 들자 그가 끄덕였다. "밀짚모자를 쓴 사람들. 그들이 추방해요."

아라벨라의 입에서 이태리 말이 급류처럼 터져 나오고 디마시 부인이 한 손을 들었다. 불안할 때면 늘 이렇게 말이 빨라진다고 했다. 부인이 대니를 돌아보았다.

"남편한테 직업이 있기 때문에 그렇게는 못할 거래요."

"밀입국자예요."

대니가 말했다.

"하, 이 동네 반은 밀입국자라오. 모두 추방하게요?"

대니가 고개를 저었다.

"그 사람들을 화나게 하는 자들만 추방해요. 조카한테 그렇게 전해주세요."

디마시 부인이 아라벨라의 턱 아래에 손을 넣었다.

"담미 켈 케 티에니 소토 일 카포토, 오 투오 마리토 파세라 일 프로시모 나탈레 마 팔레르모네[7]."

"안 돼, 안 돼, 안 돼."

아라벨라가 우는 소리를 했다.

디마시 부인이 다시 팔을 올리고 아라벨라만큼이나 빠른 말투로 말했다.

"퀘스티 아메리카니 치 트라타노 코메 카니. 논 티 페르메테로 디 우미리아르미 디난치 아드 우노 디 로로. 아프리 일 카포토, 오 테 로 스프랍포 디 도쏘[8]!"

무슨 말인지는 몰라도 '양키', '개'와 '개망신'이라는 얘기는 알아들었다. 어쨌든 먹힌 모양이었다. 아라벨라가 코트를 들추더니 하얀 종이가방을 꺼내 디마시 부인한테 주었고, 부인이 다시 대니한테 넘겼다.

안을 들여다보니 종이 뭉치였다. 그가 제일 위의 종이를 꺼냈다.

그대가 휴식하고 기도할 때, 우리는 일하고 실행했으니,

이는 끝이 아니라 시작이로다. 끝은 없노라.

그대의 어리석은 신과 어리석은 피가 바다로 달려가면,

그대의 어리석은 세계가 따라오리다.

대니가 종이를 스티브한테 보여주고 디마시 부인을 돌아보았다.

"이걸 언제 배포할 생각이었답니까?"

디마시 부인이 아라벨라에게 물었다. 그녀는 다시 고개를 젓다가 금세 멈추고 디마시 부인한테 단어 하나를 알려주었다. 디마시가 전해들은 단어는 '해질녘'이었다.

그는 스티브를 돌아보았다.

"저녁 미사를 하는 성당이 얼마나 돼요?"

"노스엔드에서? 둘, 아니면 셋? 왜?"

대니가 메모를 가리켰다.

"'휴식하고 기도할 때.' 예?"

스티브가 고개를 저었다.

"아니, 모르겠어."

"휴식은 안식일이에요. 기도는 교회에서 하고. 그리고 마지막…… 그대의 피가 바다로 달려 갈 때. 아마 해변에 있는 성당일 겁니다."

대니가 말했다. 스티브는 디마시 부인의 전화로 향했다.

"경찰을 부를게. 뭐, 잡히는 게 있어?"

"조건에 맞는 성당은 두 개뿐이에요. 세인트 테레사와 세인트 토머스."

"세인트 토머스엔 저녁미사가 없어."

대니가 문을 향해 달려갔다.

"뒤에 따라올 거죠?"

스티브가 전화를 귀에 대고 미소 지었다.

"물론. 지팡이도 함께. 어서 가봐. 아, 대니?"

대니가 문에서 잠시 멈췄다.

"예?"

"먼저 쏘라고. 많이 쏘는 게 장땡이야."

세인트 테레사는 루이 선창의 맞은편, 플리트와 애틀랜틱 스트리트의 모퉁이에 있었다. 노스엔드에서 가장 오래 된 성당 중 하나라 무척이나 작은 데다 언제든 붕괴될 것만 같은 곳이었다. 대니는 허리를 굽히고 숨을 골랐다. 죽어라 달려온 터라 셔츠도 땀에 흠뻑 젖었다. 주머니에서 시계를 꺼내 보니 4시 48분이었다. 미사는 곧 끝날 것이다. 만일 살루테이션처럼 폭탄이 지하실에 있다면, 해야 할 일이라곤 무조건 성당으로 달려 들어가 모두 내쫓는 수밖에 없다. 스티브가 전화를 걸었을 테니 폭발물제거반이 곧 따라올 것이다. 하지만 폭발물이 지하에 있는데 왜 아직 터지지 않은 거지? 신도들이 모인 지 벌써 45분이나 지났는데? 저들의 발밑을 날려버리기엔 충분한 시간이건만…….

그때 멀리서 최초의 사이렌이 들렸다. 첫 번째 백차가 01 지구 경찰서에서 출동한 것이다. 이제 다른 곳에서도 출동할 것이다.

교차로는 조용했다. 낡은 자동차 몇 대가 성당 앞에 서 있었다. 두 대 정도는 정성을 들여 관리를 한 모양이지만, 나머지는 마차보다 별로 나을 게 없어 보였다. 그는 거리 맞은편의 지붕을 훑어보았다. 왜지? 왜 하필 성당이지? 아무리 무정부주의자들이라고 해도, 그건 정치적 자살 행위에 불과했다. 더군다나 노스엔드에서? 그때 문득 이 동네 성당이 초저녁 미사를 제공하는 이유가, 전쟁을 위해 너무도 '중요한' 역할을 수행하느라 안식일에조차 하루 비번 얻기가 불가능한 노동자들을 위해서라는 생각이 떠올랐다. '중요하다'는 건, 어떤 식으로든 군대와 관계가 있다는 뜻이다. 다시 말해 무기, 철강, 고무, 산업용 알코올 공장에서 일하는 남녀라는 얘기다. 때문에 이 성당은 단순한 성당이 아니라 군사적 목표인 셈이다.

교회 안에서 찬송가를 부르는 10여 명의 목소리가 새어나왔다. 선택의 여지는 없었다. 사람들을 내보내야 한다. 폭탄이 아직 터지지 않은 이유는 모르겠다. 어쩌면 일주일 후의 예고일 수도 있고, 무정부주의자들이 대개 그렇듯, 폭발물을 잘못 다뤘을 수도 있다. 불발의 이유는 얼마든지 끌어들일 수 있지만, 그러다가 신도들이 죽는다면 모두 개소리일 수밖에 없다. 우선 그들을 대피시킨 후에, 추궁을 걱정하고 얼굴에 계란세례를 각오하라.

그는 거리를 건너다가 고물차 하나가 이중 주차되어 있는 걸 눈치챘다.

그럴 이유는 없었다. 거리 양쪽에 공간은 얼마든지 있었다. 비어 있지 않은 구간이라고는 성당 바로 앞뿐인데 바로 그곳에 차가 주차되어 있는 것이다. 낡은 램블러 63쿠페. 1911년이나 1912년 식일 것이다. 대니는 거리 한가운데 멈춰 섰다. 목과 겨드랑이의 땀이 얼 듯, 그렇게 얼어붙은 것이다. 그는 숨을 한 번 내뱉고 다시 움직였다. 이번엔 속도를 좀 더 높였다. 차에 다가가자 운전사가 운전대 밑에 바짝 웅크리고 있는 게 보였다. 검은 모자를 푹 눌러쓰고 있었다. 사이렌 소리가 점점 더 커지고, 더 많아졌다. 운전사가 일어나 앉았다. 왼손은 운전대에 올려놓았지만 오른손은 보이지 않았다.

교회 안에서는 찬송이 끝났다.

운전사는 고개를 갸우뚱하더니 거리 쪽으로 얼굴을 돌렸다.

페데리코. 지금은 머리색깔이 바뀌었고 콧수염도 깎은 터라, 더 말라 보였고 또 굶주려보였다.

그도 대니를 보았지만 알아보는 것 같지는 않았다. 그저 노스엔드의 거리를 건너고 있는 덥수룩한 턱수염의 볼셰비키를 향한 호기심 정도였다.

교회 문이 열렸다.

선두 차의 사이렌도 한 블록까지 접근했다. 한 소년이 네 집 아래의 가게에서 나왔다. 트위드 찐빵모자를 썼는데 겨드랑이에 뭔가 들려 있었다.

대니가 코트 안에 손을 넣었다. 페데리코는 대니의 눈을 노려보았다.

대니가 코트에서 총을 꺼냈다. 페데리코는 자동차 시트 안으로 손을 밀어 넣었다.

첫 번째 교구민이 교회 계단에 다다랐다.

대니가 총을 흔들며 외쳤다.

"안으로 들어가!"

그들에게 소리치고 있다는 사실을 깨닫는 사람이 없었다. 대니는 할 수 없이 팔을 흔들며 왼쪽으로 빠져나와, 페데리코의 앞 유리를 향해 방아쇠를 당겼다.

교회 계단의 몇 사람이 비명을 질렀다.

대니가 다시 총을 쏘자 앞 유리가 박살났다.

"다시 들어가요!"

뭔가 뜨거운 느낌이 대니의 귓불 아래쪽을 훑었다. 그의 왼쪽에서 총구의 하얀 섬광이 일었다. 사내 아이. 그에게 총을 쏜 건 그놈이었다. 페데리코의 차문이 활짝 열렸다. 손에는 다이너마이트 하나가 들려 있었는데 심지에서 불꽃이 튀고 있었다. 대니는 손으로 팔꿈치를 받치고 페데리코의 왼쪽 종지뼈를 쏘았다. 페데리코가 비명을 지르며 차 위로 쓰러졌고, 다이너마이트는 앞좌석에 떨어졌다.

대니도 차에 가까운 덕에 뒷좌석에 있는 또 다른 다이너마이트 다발을 볼 수 있었다. 두 개 아니면 세 개?

순간 도로 위에서 자갈이 튀었다. 대니는 몸을 낮추고 소년에게 응사했다. 소년이 길 위에 쓰러져 차 아래로 굴러들어갔다. 순간 모자가 벗겨지고 담갈색의 긴 머리가 흘러내렸다. 사내가 아냐. 테사야. 언뜻 램블러에서 뭔가 움직여 그가 다시 그쪽을 향해 방아쇠를 당겼다. 총알은 발판을 때렸다. 난감한 사격. 그리고 그의 리볼버가 철컥 하고 빈 공이를 때렸다. 그는 주머니에서 총알을 찾아내고 길바닥에 탄피를 비웠다. 그리고 허리를 굽히고 가로등으로 달려가 어깨를 붙인 다음 떨리는 손으로 리볼버를 재장전했다. 총알이 퍽퍽 소리를 내며 옆 자동차들을 때리거나 가로등을 맞췄다.

테사가 애처롭고 절박한 목소리로 페데리코를 불러댔다.

"스카파, 스카파, 아모레 미오! 메티티 인 살보! 스카파![9]"

페데리코가 몸을 비틀어 운전석에서 빠져나오다가 성한 무릎으로 바닥을 때렸다. 그리고 대니도 가로등을 빠져나오며 총을 쏘았다. 첫 발은 문을 때렸지만 두 번째는 페데리코의 엉덩이를 때렸다. 다시 한 번 기이한 비명소리와 함께, 피가 터지고 바지가 검게 물들었다.

그는 좌석을 붙들고 다시 안으로 기어들어갔다. 문득 페데리코의 집에서 본 두 사람의 모습이 주마등처럼 떠올랐다. 특유의 따뜻하고 눈부신 미소를 짓고 있는 페데리코. 그는 테사의 비명소리를 들으며 그 이미지를 밀쳐냈다. 절망밖에 남지 않은 인후음의 절규. 그녀는 두 손으로 피스톨을 잡고 방아쇠를 당겼다. 대니는 왼쪽으로 몸을 날려 도로 위를 굴렀다. 총알들이 자갈길을 파헤치며 따라왔다. 대니가 길 맞은편에 세워둔 차에까지 굴러갔을 때, 테사의 총에서 빈 공이소리가 들렸다. 램블러에서는 페데리코가 다시 모습을 드러내더니, 등을 젖히고 돌아서서 차문을 밀어냈다. 그리고 대니가 그의 배를 쏘았다. 페데리코는 다시 램블러 안으로 쓰러졌다. 그의 두 다리가 문에 걸렸다.

대니는 테사를 향해 방아쇠를 당겼지만 그녀는 더 이상 그곳에 없었다. 교회에서 몇 집 저쪽으로 달아나는 중이었다. 히프에 댄 손이 피로 빨갛게 물들었고, 얼굴은 눈물로 뒤범벅이었으며, 소리 없는 절규를 터뜨리느라 입을 크게 벌린 모습이었다. 마침내 최초의 순찰차가 모퉁이를 돌아 나왔다. 대니는 그녀를 마지막으로 본 후, 두 손을 올린 채 순찰차 앞으로 달려갔다. 너무 가까이 오기 전에 멈춰 세워야 했다.

폭발은 마치 물속에서 터진 것처럼 밖으로 부글부글 끓어올랐다. 첫 번째 파동이 대니의 다리를 때려 도랑 안으로 날려버렸다. 램블러는 네 발로 튀어 오르더니 정확히 그 자리에 그대로 내려앉았다. 창문은 모두 터져나갔고 바퀴는 주저앉았으며, 지붕 대부분이 깡통 뚜껑처럼 벗겨져나갔다. 교회 앞 계단도 산산조각 나며 사방으로 석회를 토해냈다. 육중한 나무문은 걸쇠에서 떨어져 나가고 스테인드글라스 유리는 모두 무너져 내렸다. 파편과 흰 먼지가 허공으로 피어오르고 이제 차에서는 불꽃이 뿜어져 나왔다. 불꽃과 검은 기름연기. 대니가 일어섰다. 귀에서 피가 흘러내리는 모양이다.

누군가 불쑥 그의 앞에 나타났다. 낯익은 얼굴. 그가 입 모양으로 대니의 이름을 불렀다. 대니는 두 손을 들었다. 한 손에는 여전히 리볼버가 들려 있었다. 이제 경찰의 이름이 기억났다. 글렌 뭐더라? 그래, 글렌 페처트 경관. 그가 고개를 저었다. '아니, 손 내려도 돼요.'

대니는 총을 내려 코트에 집어넣었다. 불꽃의 열기에 얼굴이 후끈거렸다. 페데리코는 드라이브 하다가 잠시 잠을 청한 사람처럼 조수석 문에 기댄 채 까맣게 불타고 있었다. 두 눈을 감은 표정으로 보고 있자니, 함께 식사하던 첫날밤이 떠올랐다. 그때 페데리코는 축음기에서 흘러나오는 음악에 취해 두 눈을 감고 지휘하는 흉내를 냈었다. 사람들이 교회를 빠져나와, 양 쪽으로 갈라져 층계를 내려왔다. 문득 그들의 목소리가 들렸지만, 수 킬로미터는 떨어진 동굴 속에서 떠드는 소리 같았다.

그가 글렌을 보았다.

"내 말이 들리면 고개를 끄덕여요."

글렌이 이상한 표정을 지었지만 고갯짓을 했다.

"테사 피카라를 수배해요. 20세. 이태리. 168센티미터. 갈색 장발. 오른쪽 히프에 총상. 글렌, 지금은 소년 복장이요. 트위드 니커보커 반바지. 격자무늬 셔츠. 멜빵. 갈색 작업화. 알겠소?"

글렌이 메모첩에 휘갈기며 고개를 끄덕였다.

"무장했으니까 주의를 요한다는 것도 첨부하고."

다시 필기.

순간 그의 왼쪽 귀가 퍽하고 열리더니 피가 한꺼번에 목으로 흘러내렸다. 귀가 갑자기 뚫리는 통에 소음이 고통스러울 정도였다. 그가 손으로 귀를 막았다.

"망할!"

"이제 들려요?"

"예, 글렌, 들려요."

"차에 있는 숯덩이는 누구죠?"

"페데리코 피카라. 연방 구속영장이 떨어진 자요. 한 달 전 점호 때 들어봤을 겁니다. 폭파범이죠."

"이젠 죽은 폭파범이군요. 당신이 쐈나요?"

"세 번."

대니가 말했다.

글렌은 흰 먼지와 파편이 두 사람의 머리와 얼굴에 내려앉는 광경을 바라보았다.

"미친놈, 일요일을 확실하게 날려버렸군."

폭발이 있고 10분쯤 후, 에디 맥케나가 현장에 도착했다. 대니는 박살난 교회 계단에 앉아, 폭탄 처리반 경사 펜튼과 대부가 대화하는 소리를 들었다.

"우리 판단에 의하면, 사람들이 모두 밖으로 나온 후 차 안의 다이너마이트를 터뜨릴 계획이었습니다. 아시다시피 10분 정도는 어수선하거든요. 이 사람들 어떤지 아시잖습니까. 하지만 이탈리아인들이 교회에서 나오기 시작할 때 저기 커글린 경관이 다들 안으로 들어가라고 외치며, 경고로 공포까지 쏜 겁니다. 사람들이 안으로 달아나면서 커글린이 저 램블러의 개자식을 쏘기 시작했습니다. 그때 다른 누군가가 현장에 끼어들었는데 저 친구가 그쪽도 상대했죠. 전략팀에서 듣자니 여자라던데, 참 세상이 요지경이라니까요. 망할, 저 놈이 차에서 나오기라도 했다면, 세상에. 결국, 자기 폭탄에 당하고 만 거죠."

"달콤한 아이러니지. 아무튼, 경사, 여기부터는 특공대가 처리하겠다."

"전략팀에도 그렇게 말해주시죠."

"오, 그러지. 걱정 말게." 하지만 그는 펜튼이 떠나기 전 그의 어깨에 손을 얹었다. "전문가의 견해로 볼 때, 교회 사람들이 거리에 몰려 있을 때 폭탄이 터졌다면 어땠을 것 같나?"

"최소 20명에서 30명 사망이죠. 나머지는 부상에 평생 병신, 뭐 그런 식일 겁니다."

"그렇군."

맥케나는 그렇게 중얼거리며 대니한테 다가왔다. 고개를 설레설레 저었지만 기분 좋은 표정이었다.

"넌 긁힌 데밖에 없는 거냐?"

"그렇긴 한데, 귀가 아파 죽겠어요."

"처음엔 살루테이션. 그 다음엔 신종독감. 그리고 이번엔 이거냐?" 맥케나가 교회 계단에 앉아 바짓단을 무릎까지 끌어올렸다. "죽을 고비를 얼마나 넘길 참이냐, 대니?"

"그렇지 않아도 한 번 실험해 볼 생각입니다."

"그 여자를 쐈다며? 테사라는 계집년 말이다."

대니가 끄덕였다.

"오른쪽 엉덩이에 맞았어요. 직격탄인지 도탄(跳彈)인지는 몰라도."

"식사 약속이 한 시간 남았지?"

맥케나가 물었다. 대니가 고개를 갸웃했다.

"솔직히 내가 갈 거라고 생각하는 건 아니시겠죠?"

"그건 왜?"

"그 친구가 얘기를 나누면서 테사를 꿰맬 수도 있잖습니까."

맥케나가 고개를 저었다.

"그 여잔 군인이야. 진짜 군인. 절대 당황할 리도 없어. 게다가 출혈이 있는 한 어두워지기 전에 도시를 빠져나가지도 않을 거다. (주변의 건물들을 둘러본다.) 아직 이 동네에 있을 거야. 오늘 밤 대규모 수색이 있을 테니 잡아내겠지. 어쨌든 멀리 달아나게 두지는 않을 거다. 이런 상황에선 네 친구 네이든도 대안이 못 돼. 따라서 식사 모임은 예정대로 진행해도 괜찮다. 위험부담이야 있지만 해볼 만하잖아."

대니가 그의 얼굴을 살폈다. 지금 농담하는 건가?

"이제 목표까지 다 왔어. 네이든이 너한테 글을 요구했고 네가 줬다. 그리고 저녁 초대를 받았고. 아일랜드 황금을 모두 걸어도 좋다. 프라이나는 거기 나타난다."

"그야 모를 일이죠."

"아니, 알아. 뻔한 얘기니까. 행여 별이 모두 한 줄로 늘어서서 프라이나가 정말로 너를 《혁명시대》의 사무실로 불러올린다면?"

"예? 그럼 이렇게 말하면 되는 겁니까? '이봐, 어차피 친해졌는데, 네 조직의 우편물 발송 명부부터 넘기는 게 어때?' 이렇게요?"

"훔쳐내."

맥케나가 말했다.

"예?"

"사무실에 진입하면 어떻게든 훔쳐내라, 대니."

대니가 자리에서 일어났다. 아직 어지러워 중심을 잡기가 어려웠고 귀 한쪽도 먹먹했다.

"그 명부가 왜 그렇게 중요한 겁니까?"

"감시하기가 용이하니까."

"감시요?"

맥케나가 고개를 끄덕였다.

대니가 계단을 내려가며 말했다.

"정말 별 말 같지 않은 소리를 다 들어보겠군요. 어쨌든 사무실은 근처에도 안 갈 겁니다. 식당에서 만나기로 했으니까."

맥케나가 미소 지었다.

"좋아. 좋아. 특공대가 너한테 약간의 보험을 마련해 주마. 적어도 이틀 동안은 볼셰비키들이 절대 널 우습게보지 못할 게다. 그럼, 좀 마음이 편해지겠지?"

"보험이라뇨?"

"내 팀의 해밀턴 알지?"

대니가 고개를 끄덕였다. 제리 해밀턴. 저지 제리. 깡패. 그가 감옥에 들어가지 않는 이유는 오직 배지 때문이었다.

"해밀턴이야 알죠."

"좋아. 눈을 똑바로 뜨고 마음을 단단히 먹어."

"뭣 때문에요?"

"때가 되면 알게 된다. 믿어도 좋아." 맥케나가 일어나 바지의 먼지를 털어냈다. 폭발 이후 먼지는 꾸준히 내려앉고 있었다. "자, 가서 샤워라도 해라. 목에 피가 흘러내리는 데다, 머리고 얼굴이고 온통 먼지 투성이야. 그러니까 영락없이 그림책에서 본 부시맨이 아니더냐."

18

대니가 레스토랑에 도착했을 땐 문과 창문이 모두 잠긴 터였다. 네이든 비숍이 깜깜한 문간에서 빠져나왔다. 가까운 가로등 불빛이 그의 주변을 누렇게 물들여 놓았다.

"일요일엔 문을 닫는데 깜빡했군."

대니가 텅 빈 거리를 위아래로 훑어보았다.

"프라이나 동지는 어디 있습니까?"

"다른 곳에."

"다른 곳이라뇨?"

네이든이 인상을 찌푸렸다.

"지금 그곳으로 갈 걸세."

"오."

"여기가 닫혔으니 할 수 없잖아?"

"그런 것 같군요."

"자넨 옛날부터 그렇게 멍청했나? 아니면 오늘만 특별한 날인가?"

"늘 이 모양입니다."

네이든이 손을 내밀었다.

"차는 길 건너에 있네." 이제 대니 눈에도 보였다. 올즈 모델 M이었다. 운전대를 잡은 표트르 글라비아치가 차창 밖을 내다보고 있었다. 그가 열쇠를 돌리자 무거운 엔진이 툴툴거리는 소리가 거리를 채웠다. 네이든은 차를 향해 다가가다가 어깨 너머를 돌아보았다. "안 갈 건가?"

맥케나의 부하들이 어딘가에 숨어 지켜보고 있겠지? 왠지 저 모퉁이 술집에서 곤드레가 되어 있다가 뭐든 임무를 수행한답시고 기어 나올까봐 더 두려웠다. 상상이 됐다. 저지 제리와 그의 졸개 깡패 놈 둘이 어느 어두운 레스토랑 밖에 서 있고, 그 중 하나가 손에 적은 주소를 들여다보며 고개를 젓고 있으리라. 도대체 이게 이 내용이 왜 여기 적혀 있는 걸까? 의아해하며……

대니가 연석에서 내려와 자동차를 향해 걸어갔다.

몇 블록 지나 해리슨에서 핸들을 꺾을 때쯤 비가 내리기 시작했다. 표트르 글라비아치가 와이퍼를 돌렸다. 그 차의 부속이 다 그 모양이지만 육중한 와이퍼가 삐걱거리며 왕복하는 꼬락서니가 여간 버거워 보이지 않았다.

"오늘 밤은 조용하군."

네이든이 말했다.

대니가 해리슨 애버뉴의 텅 빈 인도를 내다보았다.

"예, 그렇군요. 일요일이니까."

"자네 얘기를 하는 거야."

레스토랑 이름은 오크토버였다. 출입문에 아주 작게 새겨놓은 빨간색 글씨가 간판의 전부라, 지난 두어 달 동안 여러 번 지나쳤음에도 불구하고 이름조차 모르고 있었다. 안에는 테이블이 세 개 있었는데 그 중 하나만 손님이 있었다. 네이든은 대니를 그쪽으로 이끌었다.

표트르가 현관문을 걸어 잠그고 바로 그 옆에 자리를 잡고 앉았다. 커다란 두 손이 마치 잠든 개처럼 무릎 위에 얌전히 웅크리고 앉았다.

루이스 프라이나는 작은 바에 앉아 있었다. 그는 빠른 러시아 말로 전화통화를 하며 쉴 새 없이 고개를 끄덕이거나 메모지에 미친 듯이 낙서를 해댔다. 60대의 덩치 큰 하녀가 네이든과 대니한테 보드카 한 병과 갈색 빵이 담긴 바구니를 가져나 주었다. 네이든이 두 잔을 따르고 자기 잔을 들었다. 대니도 그대로 따라 했다.

"건배!"

"예? 러시아어로 안 합니까?"

"맙소사, 당근 안 되지. 러시아어를 할 줄 아는 양놈을 러시아 놈들이 뭐라고 부르는지 아나?"

대니가 고개를 저었다.

"첩자라고 하지." 네이든이 다시 술잔을 채우며 대니의 생각을 읽었다. "루이는 왜 예외인 줄 알아?"

"왜죠?"

"루이니까. 빵도 좀 들게나. 최고야."

바를 들썩이던 러시아어가 놀랍도록 호방한 웃음소리로 이어지더니 루이스 프라이나가 전화를 끊었다. 그도 테이블로 자리를 옮겨 자기 잔에 술을 따랐다.

"안녕하신가, 신사양반들. 와줘서 고맙군."

"안녕하십니까, 동지."

대니가 인사했다.

"자네가 글쟁이로군."

루이스 프라이나가 손을 내밀었다.

두 사람은 악수를 나누었다. 프라이나의 손은 단호했지만 그렇다고 뭔가를 증명하려는 것 같지는 않았다.

"만나서 반갑습니다, 동지."

프라이나가 자리에 앉아 보드카 한 잔을 더 따랐다.

"이제 '동지'는 생략하게나. 글을 읽고 이데올로기에 대한 자네의 충정은 충분히 알았으니까."

"알겠습니다."

프라이나가 미소를 지었다. 이렇게 가까이에서 보니 따뜻한 온정 같은 게 느껴졌다. 그간의 연설이나, 소우벨리의 뒤에서 사람들과 대화할 때와는 사뭇 다른 인상이었다.

"펜실베이니아 서부?"

"예."

대니가 대답했다.

"보스턴에는 웬일인가?"

그는 갈색 빵을 조금 뜯어 입에 던져 넣었다.

"여기 삼촌이 살고 있었죠. 내가 왔을 땐 다른 곳으로 떠났다는데 어디인지 저도 모릅니다."

"그도 혁명가였던가?"

대니가 고개를 저었다.

"구두장이였죠."

"싸우다가 도망은 잘했겠구먼, 구두가 좋으니."

대니가 그 말에 제 머리를 치며 웃어주었다.

프라이나가 등을 기대며 손을 젓자, 여급이 고개를 끄덕이고 뒷방으로 사라졌다.

"자, 들게나. 혁명 얘기는 디저트 후에 할 테니."

세 사람은 식초와 기름에 절인 샐러드를 먹었다. 프라이나가 '스베지에 오보시'라고 부르는 요리였다. 그 뒤에도 감자 요리 '드라니키'와, 쇠고기와 감자로 만든 '자르코예'가 등장했다. 별 생각이 있었던 건 아니지만 음식은 기가 막혔다. 소우벨리가 자랑스럽게 야식으로 내놓는 죽과는 그야말로 천지차이였다. 하지만 저녁 내내 정신을 집중할 수가 없었다. 우선, 귓속이 윙윙거렸다. 대화 중 귀에 들어오는 내용은 절반도 되지 못했고, 다른 절반마저 눈치껏 미소를 짓거나 고개를 젓는 것으로 넘겨버려야 했다. 그의 관심을 테이블에서 밀어낸 것은 청력 문제만은 아니었다. 최근에 더욱 두드러진 기분이지만, 아무래도 임무가 체질에 맞지 않는다는 느낌이 더욱 강해진 것이다.

그는 오늘 아침 잠에서 깨어났다. 그리고 그로 인해 한 남자가 죽었다. 그 자가 죽을 짓을 했는지의 여부는(물론 죽어도 싼 인간이다.) 대니의 관심사가 아니었다. 중요한 건 자신이 죽였다는 데 있었다. 두 시간 전, 거리에서 사냥하듯 총으로 쏴 죽인 것이다. 지금도 찢어질 듯한 비명소리가 들리고 총알 하나하나가 페데리코 피카라의 몸에 박히는 것을 느낄 수 있었다. 첫 발은 무릎, 두 번째는 엉덩이, 그리고 마지막은 배…… 모두가 고통스러웠을 터였지만 첫 번째와 세 번째는 말 그대로 끔찍했을 것이다.

불과 두 시간 전의 일이다. 그리고 그는 곧바로 업무에 복귀해 두 사내와 함께 대화를 나누고 있었다. 열정이 지나치기는 했으되 범죄하고는 전혀 거리가 먼 두 남자와…….

페데리코의 엉덩이를 쐈을 때(사실, 대니가 가장 괴로워하는 부분이었다. 그 바람에 페데리코가 진짜 사냥감처럼 차에서 기어 나와야 하는 굴욕을 겪어야 했다!), 도대체 어떻게 해서 이런 지경에 이르렀는지 이해할 수가 없었다. 그러니까 세 사람이 다이너마이트를 가득 실은 자동차 주변에서 서로 총질을 하는 상황 말이다. 그 어느 신도 그런 시나리오를 그려내지는 않았을 것이다. 인간이야말로 가장 미친한 피조물이 아니던가. 도대체 페데리코 같은 자를 만든 게 누구지? 테사는? 그건 신이 아니라 바로 인간이었다.

내가 죽인 건 당신이야, 페데리코. 짐승이 아니라.

문득 프라이나가 그에게 말하고 있다는 사실을 깨달았다.

"무슨 말씀을 하셨죠?"

"그렇게 감동적인 글을 쓴 친구치고는 무척이나 과묵하다고 했네."

대니가 미소 지었다.

"말보다는 글로 생각하는 게 익숙해서요."

프라이나는 고개를 끄덕이며 대니의 잔을 살짝 부딪쳤다.

"그래, 그렇겠지."

그는 의자에 등을 기대고 담뱃불을 붙였다. 성냥불을 끄는 모습이 아이들이 촛불을 끄는 것만큼이나 열정적이었다.

"왜 레트 노동자연합인가?"

"그게 무슨 말씀이십니까?"

"자넨 미국인일세. 시내 안으로 1킬로미터만 걸어가면 리드 동지의 미국 공산당도 있을 텐데, 자넨 굳이 동유럽 인들한테서 해답을 찾았어. 동족한테 무슨 억하심정이라도 있나?"

"아니, 없습니다."

프라이나가 대니한테 한 손바닥을 들어보였다.

"그럼?"

"전 글을 쓰고 싶습니다. 리드 동지와 라킨 동지는 새로운 얼굴의 기사를 실어주지 않습니다."

"그럼 나는?"

"소문을 들었습니다."

대니가 대답했다.

"솔직하군. 맘에 들어. 어쨌든 몇 개는 꽤 맘에 들더군. 자네 글말일세."

"감사합니다."

"하지만 어떤 건 다소 힘이 과했어. 잔뜩 바람이 들어간 것도 하나 있었고."

대니가 어깨를 으쓱였다.

"전, 심장으로 글을 씁니다, 프라이나 동무."

"혁명은 머리로 연설하는 사람들을 원한다네. 지성과 정확성. 당에서 가장 필요한 건 그런 특성들이야." 대니가 끄덕였다. "그래서 신문일을 돕고 싶은 건가?"

"물론입니다."

"매혹적인 일은 못 되네. 물론 때때로 글을 쓸 수는 있지만, 인쇄일도 해야 해. 그밖에도 편지를 봉투에 넣고, 이름과 주소를 타이핑하는 일도 감내해야 하네. 그럴 수 있겠나?"

"예, 하겠습니다."

대니가 대답했다.

프라이나는 혀에서 담배꽁초를 빼내 재떨이에 짓이겼다.

"다음 주 금요일에 사무실에 들르게. 어떻게 진행되는지 알려줄 테니."

쉽군. 쉬워도 너무 쉬워.

오크토버를 나와, 대니는 루이스 프라이나와 표트르 글라비아치 뒤를 따라갔다. 네이든 비숍은 먼저 보도를 건너가 올즈 모델 M의 뒷문을 열었다. 그때 총소리가 텅 빈 거리를 뒤흔들고 프라이나가 휘청거렸다. 표트르 글라비아치가 프라이나를 바닥에 눕히고 그의 몸으로 덮었다. 프라이나의 안경이 갓길에서 떨어져 하수구에 빠지고 말았다. 총잡이가 한 손을 내민 채 건물에서 나오는 게 보였다. 대니는 쓰레기통 뚜껑을 벗겨 놈의 손에서 총을 쳐내고 다시 이마를 가격했다. 총이 다시 한 번 발사되었다. 잠시 후 사이렌 소리가 들리더니 조금씩 가까워졌다. 대니가 양철 뚜껑으로 총잡이를 다시 한 번 가격하자 놈이 엉덩방아를 찧으며 쓰러졌다.

그가 돌아보았을 때 글라비아치가 프라이나를 모델 M의 뒷좌석에 밀어 넣고 자신도 발판 위에 올라섰다. 네이든 비숍이 앞좌석에 올라타며 대니에게 미친 듯이 손짓을 했다.

"어서!"

총잡이가 자기 몸에 깔렸던 발을 빼내며 대니의 발목을 잡았다. 대니는 보도에 넘어져 쿵 하고 튀어 올랐다.

순찰차 한 대가 콜럼버스 도로로 돌아 나오고 있었다.

"가요!"

대니가 외쳤다.

모델 M이 마찰음을 터뜨리며 갓길에서 빠져나갔다.

"어떤 반동분자인지, 알아 와!"

글리비아치가 발판에 선 채로 외쳤다. 그때 순찰차가 식당 앞 연석 위로 올라섰으나 모델 M은 급히 왼쪽으로 꺾어 순식간에 달아나버렸다.

제일 먼저 현장에 도착한 경찰 둘은 식당으로 달려 들어갔다. 둘은 늙은 여급과 겁 없이 달려든 남자 둘을 밀쳐내고 문을 닫았다. 다음 순찰차도 곧바로 따라와 갓길에 대충 멈춰 섰다. 맥케나가 차에서 내리며 그 황당한 상황을 두고 벌써부터 키득키득 너털웃음을 흘렸다. 저지 제리 해밀턴이 대니의 발목을 놓은 채로 일어섰다. 대니도 일어나 몸을 추슬렀다. 맥케나와 함께 온 순경 둘이 건너와 두 사람을 순찰차로 끌고 갔다.

"아주 실감나잖아, 안 그래?"

맥케나가 물었다.

해밀턴이 여러 번 이마를 문지르다가 대니의 팔을 때렸다.

"야, 인마, 피 나잖아."

"얼굴 안 때린 걸 고맙게 생각해."

대니의 대답에 해밀턴이 길바닥에 피를 내뱉었다.

"뭘 고맙게 생각하라고……? 세상에 그런 말이……"

대니가 해밀턴에게 바짝 접근했다.

"네놈을 곧바로 병원으로 보낼 수도 있었다. 어때, 그렇게 해주랴, 꼴통?"

"이런, 이 새끼가 왜 나한테 신경질인 거죠?"

맥케나가 두 사람의 어깨를 두드려주었다.

"그럴 만하니까. 자, 진정들 하라고, 신사양반들."

"아니, 농담 아닙니다. 어때 한 판 붙어볼까?"

대니가 으르렁거리자 해밀턴이 시선을 피했다.

"씨발, 불평도 못 하냐?"

"씨발, 불평도 못 하냐고, 응?"

"그만 둬."

맥케나가 말리고 들었다.

대니와 저지 제리가 순찰차 후드에 손바닥을 대자 맥케나가 두 사람의 몸수색 하는 흉내를 냈다.

"이건 개지랄입니다. 그자들이 알아낼 거예요."

"허튼 소리. 믿음을 가져."

맥케나가 말했다.

맥케나가 둘의 손에 대충 수갑을 채우고 순찰차 뒷좌석에 밀어 넣었다. 그리고 그도 차에 올라타 해리슨을 향해 움직이기 시작했다.

차 안에서 해밀턴이 투덜댔다.

"너 이 새끼, 언제 이 일이 끝나는 날에는……"

"그럼, 어쩔 건데? 꽁지 빠지게 도망치려고?"

맥케나는 대니를 록스베리의 위장 숙소에 태워다주었다. 차는 건물에서 반 블록 떨어진 곳에 세웠다.

"기분이 어때?"

사실, 울고 싶은 심정이었다. 특별한 이유가 있어서가 아니라 전체적으로 지쳐 있었다. 그가 두 손으로 얼굴을 문질렀다.

"괜찮습니다."

"불과 4시간 전에 애꾸눈 테러리스트 하나를 때려잡고 곧 바로 위장신분으로 다른 테러리스트 용의자를 만난 거야, 대니."

"이런 에디, 그 사람들은……"

"그 사람들이라니?"

"……테러리스트가 아니에요. 그냥 공산주의자들이죠. 물론 우리가 망하기를 바라는 사람들입니다. 정부가 붕괴되어 낭떠러지기로 곤두박질치는 걸 보고 싶어 하죠. 그건 나도 압니다. 하지만 그렇다 해도 폭탄테러범들하고는 거리가 멀어요."

"순진하기는."

"멋대로 생각하시죠."

대니가 문고리를 잡았다.

"대니."

맥케나가 그의 어깨에 손을 얹었다.

대니가 기다렸다.

"지난 두 달 동안 너무 시달린 건 안다. 진심이야. 하지만 머지않아 금배지를 다는 일이야. 그리고 그때면, 그렇게만 되면 모든 게 찬란하게 빛나 보일 게다."

대니가 어깻짓으로 에디의 손을 떼어냈다. 에디가 손을 내렸다.

"아뇨, 그렇게는 안 될 겁니다."

대니는 곧바로 차에서 내렸다.

다음 날 오후, 그는 성당 고해실에 들어가 무릎을 꿇고 성호를 그었다. 생전 처음이었다.

"술 냄새가 나는군요."

신부가 먼저 말을 걸어왔다.

"술을 마셨으니까요. 신부님과도 한 잔 하고 싶지만 술병을 집에 두고 왔습니다."

"전에 고해해 본 적이 있습니까?"

"모르겠습니다."

"어떻게 모를 수가 있죠? 죄가 있느냐 없느냐의 일인데?"

"어제 한 사내를 쏴 죽였습니다. 성당 앞에서. 신부님도 그 얘기는 들으셨죠?"

"그래요, 들었어요. 무정부주의자라더군요. 그럼 당신이……?"

"예, 제가 세 발을 쐈죠. 사실 다섯 발이지만 두 발은 놓쳤거든요. 문제는, 신부님, 제가 옳은 일을 한 겁니까? 예?"

"죄의 판단은 하느님께서……"

"그자는 성당을 날리려고 했습니다."

"맞아요. 당신은 옳은 일을 한 겁니다."

"그 자는 죽었습니다. 내가 이 땅에서 제거해 버린 겁니다. 도무지 그 느낌을 떨칠 수가……"

침묵이 길게 이어졌다. 교회의 정적 때문에 침묵은 더욱 길게 느껴졌다. 실내는 두꺼운 벨벳과 짙은 색 나무로 감쌌고 향내와 올리브 비누 냄새가 났다.

"어떤 느낌이죠?"

"우리가…… 그러니까 나와 내가 죽인 자가 같은 족속이라는 느낌 말입니다. 아시겠습니까?"

"아니, 그건 어리석은 생각이요."

"죄송한 말씀이지만, 그것도 거대한 똥통 족속이죠, 예? 거기……"

"입 조심하세요."

"……거기엔 지배계급과 빌어먹을 유산계급들이 살지 않습니다. 원치 않는 결론은 닥치는 대로 똥통 안에 집어던지는 놈들 말입니다. 놈들은……"

"여긴 하느님의 성전이요."

"……예, 놈들은 어떤지 아십니까? 우리한테 얌전히 놀라며 콩고물을 발라주고 곧바로 떠나버리죠. 적선을 고맙게 받아들이라는 겁니다. 주는 대로 받아먹고, 이렇게 말하라는 겁니다. '제발, 한 푼만 더 줍쇼. 어이쿠, 이 은혜 백골이 난망이옵니다요.' 예, 신부님, 한 말씀드리면, 지금 막 저도 배불리 얻어먹었답니다."

"당장 성당을 나가시오."

"그러죠. 신부님도 함께 가시겠습니까?"

"먼저 술부터 깨는 게 좋겠소."

"예, 그러죠. 신부님도 이 무덤 속에만 숨어 있지 말고, 당신 교구민들이 실제로 어떻게 사는지 한 번 보시는 게 어떻습니까? 요즘, 그런 적이 있습니까?"

"난……"

"단 한 번이라도?"

"거기 앉게나."

루이스 프라이나가 자리를 권했다. 자정이 지난 시각. 조작된 암살이 시도되고 3일 후였다. 11시경, 표트르 글라비아치가 전화를 걸어 매타판 빵집의 주소를 알려주었다. 대니가 도착했을 때 표트르 글라비아치가 올즈 모델 M에서 내려, 빵집과 양복점 사이의 골목으로 대니를 끌고 갔다. 그를 쫓아 뒷골목 창고 안으로 들어갔더니, 루이스 프라이나가 딱딱한 등받이 의자에 앉아 기다리고 있었다. 맞은편에도 똑같이 생긴 의자 하나가 놓여 있었다.

대니는 그 의자에 앉았다. 작고 검은 눈의 사내가 바로 곁에 서서 잘 다듬은 구레나룻을 쓰다듬고 있었다. 프라이나의 두 눈은 대니의 얼굴을 떠나지 않았으나, 번들거리는 광인의 눈이 아니라 쫓기는 데 이력이 나 아예 권태가 끼어든 짐승의 눈이었다. 그가 발목을 교차한 채 의자 뒤로 등을 기댔다.

"우리가 떠난 후 어떤 일이 있었는지 말해주겠나?"

대니가 엄지로 가리켰다.

"네이든과 글라비아치 동무한테 얘기했습니다."

프라이나가 끄덕였다.

"나한테도 해보게."

"그런데, 네이든은 어디 있죠?"

"어떤 일이 있었는지 얘기하게. 나를 죽이려 한 자가 누군가?"

"이름은 모릅니다. 얘기해 볼 틈도 없었으니까요."

"그래, 완전히 유령 같은 인물이로군."

"얘기해 볼 틈도 없이 경찰들이 곧바로 치고 들어왔어요. 나를 때리고 그 자를 때리더니, 다시 날 몇 대 더 때렸죠. 그러곤 우리 둘 다 백차 뒤에 실어 경찰서로 데려가더군요."

"어느 경찰서?"

"록스베리 크로싱."

"그곳으로 가는 동안 암살자와 아무 얘기도 하지 않았던가?"

"시도는 했지만 대답이 없었습니다. 경찰도 아가리 닥치라고 협박해 댔고."

"경찰이 그래? 아가리 닥치라고?"

대니가 끄덕였다.

"예, 안 그러면 경찰봉을 쑤셔 넣겠다고 했죠."

프라이나가 눈을 반짝였다.

"섬뜩하군."

바닥엔 오래된 밀가루들이 굳어 있고, 이스트와 설탕과 곰팡이와 땀 냄새가 났다. 사람 키만 한 갈색의 양철조각들이 벽에 기대 있고 그 사이엔 밀가루와 곡물 부대들이 쌓여 있었다. 방 한가운데의 사슬에 살풍경한 전등 하나가 매달려 왼쪽으로 커다란 그림자들을 만들어냈다. 정오 이후로 오븐을 모두 꺼두었을 텐데도 방은 여전히 열기로 그득했다. 어딘가에서 쥐들이 찍찍거리는 소리도 들려왔다.

"아슬아슬했어, 안 그런가?"

대니는 주머니에 손을 넣고 동전 사이에서 단추를 찾아냈다. 그는 단추를 단단히 쥐고 상체를 기울였다.

"예?"

"암살범이라는 그 자. 도대체 기록이 하나도 없어. 심지어 그날 밤 록스베리 크로싱 유치장에 있던 동무도 보지 못했다더군. 제1차 차르 혁명의 베테랑에 여기 표트르 동무처럼 진짜배기 레트인데 말이야."

에스토니아 덩치는 팔짱을 한 채 대형 냉장고 문에 기대 있었는데 이름을 들었음에도 불구하고 전혀 내색이 없었다.

"자네도 못 봤다고 했네."

프라이나가 말했다.

"유치장엔 들어가지 않았습니다. 실컷 희롱하곤 날 순찰차에 태워 찰스타운으로 보내버렸죠. 비숍 동무한테도 그렇게 말했습니다."

프라이나가 미소 짓더니 손뼉을 쳤다.

"좋아, 그럼 그 문제는 해결되었네. 사실 문제 될 건 없었어. 음, 표트르? 내가 뭐라고 했지?"

글라비아치는 대니의 등 뒤에 있는 선반을 노려보던 참이었다.

"문제없다고 했죠."

"그래, 문제없어."

프라이나가 되뇌었다.

방 안의 열기가 발가락과 두개골을 간질였다.

프라이나가 상체를 숙이고 팔꿈치를 무릎에 기댔다.

"그런데 말이야, 기껏 5~6미터 거리에서 총을 쐈는데 어떻게 빗맞을 수가 있지?"

"초조했겠죠."

대니가 대답했다.

프라이나가 턱수염을 건드리며 고개를 끄덕였다.

"처음엔 나도 그런가보다고 생각했네. 하지만 문득 이상한 거야. 우린 셋이 함께 모여 있었단 말이야. 뒤에서 따라오던 자네까지 더하면 넷이었고. 게다가 우리 앞엔? 그래, 대형 투 도어 세단이 한 대 있었지. 그래, 다시 한 번 묻지. 도대체 총알이 다 어디로 간 걸까?"

"보도에 맞지 않았을까요?"

프라이나가 혀를 끌끌 차며 고개를 저었다.

"불행하게도, 아니야. 그곳도 확인해 봤어. 부근의 두 블록을 샅샅이 뒤졌네. 사실 쉬운 일이었어. 경찰이 확인하지 않았으니까. 도심에서 총소리가 났는데 신기하게도 전혀 조사를 않더군그래. 두 발이었지? 그런데 경찰은 마치 애들이 폭죽놀이라도 했다는 듯 콧방귀만 뀌었단 말이야."

"흠, 그건……"

"너 연방 짭새냐?"

"예?"

프라이나는 잔을 비우고 손수건으로 닦았다.

"법무성? 이민국? 수사국?"

"난……"

프라이나가 일어나 잔을 제 자리에 놓더니 대니를 내려다보았다.

"아니면 지방검찰이야? 요즘 위장 수사가 도시를 휩쓸고 있다던데 그 일부인 거냐? 리비어의 무정부주의 친구들이 북부 이태리 출신 신참을 하나 받았는데 남부 억양을 쓴다더라고……. 대니얼, 넌 어느 쪽이야?"

그가 대니의 의자 뒤쪽으로 돌아왔다.

"대니얼 상트. 펜실베이니아의 기계공입니다. 동무, 난 짭새도 정부 요원도 아닙니다. 거짓말 같은 건 안 해요."

프라이나가 그의 뒤에서 상체를 기울여 대니의 귀에 속삭였다.

"더 해 봐."

대니는 고개를 젖혀 프라이나의 비쩍 마른 옆얼굴을 보았다.

"할 말 없습니다. 사실이니까."

프라이나는 두 손으로 의자등받이를 잡았다.

"한 놈이 나를 암살하려고 했는데 사격 솜씨가 개판이었어. 그리고 네가 우연히 옆에 있다가 날 구하지. 그리고 총성이 들리자마자 신기하게도 경찰이 나타나고 그래서 레스토랑 사람들은 모두 억류되거든? 그런데 신문 받은 사람은 또 하나도 없어. 그나마 암살자마저 증기처럼 사라져버리고? 심지어 너도 아무 기소 없이 풀려나는데, 기기묘묘하게 재능 있는 작가란 말이야. 이 모든 사건이 일어날 확률이 얼마나 되는지는 알겠나?"

그가 다시 의자 앞으로 돌아 나와 자기 관자놀이를 두드렸다.

"재수가 좋은 거겠죠."

그가 대니의 앞에 웅크리고 앉았다.

"난 재수를 믿지 않는다, 동무. 내가 믿는 건 논리야. 그런데 네 변명엔 그게 없단 말이야. 꺼져. 네 부르주아 대장들한테 말하라. 레트노동자연합은 비난받을 일도 불법적인 일도 하지 않는다고. 그러니 밀정을 아무리 보내봐야 증명할 건 아무것도 없다고 전해."

대니는 등 뒤의 입구를 통해 들어오는 발소리를 들었다. 넷 이상. 어쩌면 여섯.

"말씀드린 대로입니다. 나는 이데올로기와 혁명에 목숨을 바쳤습니다. 떠나지 않겠습니다. 이런 식의 오해로 물러나고 싶지는 않습니다."

프라이나가 자리에서 일어섰다.

"꺼져."

"싫습니다, 동무."

표트르 글라비아치는 팔꿈치를 튕겨 냉장고 문에서 떨어져 나왔다. 다른 팔은 등 뒤에 감춘 터였다.

"마지막 경고다. 나가."

프라이나가 말했다.

"그럴 수 없습니다, 동무. 난……"

공이를 젖히는 소리가 연이어 네 차례가 들렸다. 등 뒤에서 셋. 그리고 네 번째는 표트르 글라비아치였다.

"일어나!"

글라비아치의 고함이 딱딱한 돌 벽을 울렸다. 대니가 일어서자 표트르 글라비아치가 등 뒤로 다가섰다. 대니 앞으로 길게 늘어진 그의 그림자는 한 팔을 뻗고 있었다.

프라이나가 대니한테 슬픈 미소를 지으며 한 손으로 문을 가리켰다.

"너한테 남겨진 유일한 선택이다. 게다가 우린 당장이라도 맘을 바꿀 수 있어."

"이건 오햅니다."

"아니, 난 오해 같은 거 안 해. 잘 가라."

대니는 대답 없이 그의 앞을 지나쳤다. 방 뒤쪽의 남자 넷이 앞쪽의 벽에 긴 그림자를 던졌다. 그는 목덜미가 인두에 덴 듯 뜨겁다는 생각을 하며 빵집을 나와 어둠 속으로 들어갔다.

대니가 대니얼 상트의 하숙집에서 한 마지막 일은 2층 욕실에 들어가 턱수염을 밀어내는 것이었다. 그는 큰 가위로 먼저 대부분을 잘라내 종이 가방에 집어넣고, 뜨거운 물로 턱을 찜질한 후 면도크림을 두껍게 발랐다. 업소용 면도기를 대면서는 기분도 가뿐해지고 가벼워졌다. 그는 마지막 남은 수염과 면도크림을 쓸어내며 슬며시 미소까지 지었다.

토요일 오후 대니와 마크 덴튼은 시장 집무실에 불려가 오미라 청장과 앤드루 피터스 시장을 만났다.

시장은 전혀 시장답게 생기지도 않았고, 사무실, 대형 책상, 빳빳한 셔츠, 그리고 자신의 트위드 정장과도 어울리지 않았다. 그는 책상 위의 전화기를 연신 집었다놓았다 했고 책상 압지의 위치도 끊임없이 재조정했다.

두 사람이 자리에 앉자 그가 씩 웃었다.

"보스턴 경찰청의 정예들이라며, 응?"

대니도 어색한 미소로 응대했다.

스티븐 오미라는 책상 안쪽에 서서 먼저 사전 정리를 해주었다.

"피터스 시장님과 함께 내년 예산을 점검한 결과 여기저기서 조금씩 끌어낼 여지를 찾아냈다. 충분치는 못하겠지만 제군들, 그래도 출발은 늘 의미가 있는 법 아니겠나. 더욱이, 우리가 제군들의 불만을 심각하게 여긴다는 대외적인 홍보효과도 있을 테고. 안 그렇습니까, 시장님?"

피터스는 연필통을 노려보다가 깜짝 놀라 고개를 들었다.

"오, 물론, 그렇고말고."

"도시 위생국과 상의해 전 파출소의 위생상황을 점검하기로 했다. 신년 정월에 시작하겠다고 하더군. 그 정도면 만족스러운 출발 아닌가?"

오미라가 대니의 눈을 마주보며 말했다.

대니는 마크를 보고 다시 청장을 보았다.

"물론입니다, 청장님."

"아직은 커먼웰스 애버뉴 하수도 프로젝트의 대출금을 갚아야 하네. 전차 궤도 확장공사에다 전쟁으로 인한 가정용 연료 위기도 문제고, 백인지역 초등학교운영비 부족도 골칫거리라네. 그런데도 우리 채권 수익률은 여전히 바닥만 파고 있고 생계비는 천정부지로 치솟고만 있지. 물론, 자네들의 관심엔 감사해 마지않는 바이네만, 아직은 시간이 필요하다네. 진심이야."

피터스의 설명이었다.

"우릴 믿어주게나. 조금만 더. 제군들이 동료 경관들을 설득해 주길 기대하겠네. 그리고 각 개인의 불만 내용과 일상 업무에 대한 술회를 목록화한 게 있나? 이놈의 재정불균형이 각 개인의 가정생활에 어떻게 영향을 미치는지에 대한 증언들도 필요하네. 각 파출소의 위생 상황은 물론, 상관들의 권력 남용 사례들도 정리해 주었으면 좋겠군."

"보복은 염려하지 않아도 되는 겁니까?"

대니가 물었다.

"그런 건 없어. 내가 보증하지."

오미라가 대답했다.

"그럼 문제없습니다."

마크 텐튼이었다.

오미라가 고개를 끄덕였다.

"한 달 후 여기에서 다시 만나지. 그 동안 언론에 불만을 터뜨리거나 어떤 식으로든 벌집을 건드리는 일은 삼가는 게 좋겠지. 어때, 동의하나?"

대니와 마크가 고개를 끄덕였다.

피터스 시장이 자리에서 일어나 악수를 청했다.

"비록 신임 시장이지만, 귀관들의 신뢰에 보답할 수 있기를 빌겠네."

오미라가 책상을 돌아 나와 사무실 문을 가리켰다.

"저 문을 나서면 기자들이 달려들 거야. 카메라도 터지고 이것저것 질문들도 나오겠지. 혹시 현재 위장근무 중인 사람 있나?"

대니의 얼굴에 재빨리 미소가 번졌다. 이런 대답을 할 수 있는 상황이 이토록 기쁠 줄이야.

"이젠 아닙니다, 청장님."

대니는 워렌 주점의 안쪽 부스에서 에디 맥케나를 만나 상자를 건넸다. 대니얼 상트의 옷과 하숙집 열쇠, 보고서에 포함되지 않은 각종 메모들, 그리고 위장을 위해 공부했던 자료들이 담긴 상자다.

에디가 대니의 깨끗한 턱을 가리켰다.

"그래서, 이제 끝난 거냐?"

"끝났습니다."

맥케나는 박스 안을 살펴보다가 한쪽으로 밀어냈다.

"마음을 바꿀 가능성은 없냐? 잠을 푹 자고 나면 혹……" 대니가 개소리 말라는 표정을 지었다. "놈들이 널 죽일 거라고 생각하는 거냐?"

"아뇨. 논리적으로 물으신 거죠? 그건 아닙니다. 하지만 뒤통수에서 공이 4개가 철컥거리는 소리를 들어봤습니까?"

맥케나가 고개를 끄덕였다.

"그래, 그럼 아무리 예수라도 개종했을 게야."

두 사람은 한동안 아무 말 없이 서로의 잔과 생각에 빠졌다.

"새 위장으로 다른 조직에 심어줄 수도 있다. 때마침……"

"그만요. 제발. 전 끝났습니다. 심지어 이게 무슨 개지랄인지도 모르는 놈이에요. 도무지 이러는 이유가……"

"언제부터 임무에 토를 달았냐?"

"내 임무에 토를 다는 게 아닙니다. 에디의 임무에 다는 거죠."

맥케나가 어깨를 으쓱해 보였다. 대니는 자신의 손바닥을 바라보며 말을 이어갔다.

"도대체 내가 뭘 한 거죠? 뭘 이룬 겁니까? 기껏해야 조합원들과 무해한 볼셰비키 명단……"

"무해한 빨갱이는 없다."

"……도대체 이러는 이유가 뭡니까?"

에디 맥케나는 갈색 맥주를 한 모금 마시고 다시 담뱃불을 붙였다. 담배연기가 걸렸는지 그가 한 눈을 찡그렸다.

"변했구나, 대니."

"뭐라고요?"

대니가 되물었다.

"그래 변한 거야. 결국 그렇게 되고 말았군."

에디가 부드러운 말투로 중얼거렸다.

"도대체 무슨 말씀인지 모르겠군요. 전 대니에요, 대니."

맥케나가 천장 타일을 올려다보았다.

"어렸을 적, 한동안 삼촌과 살았었다. 친삼촌인지 외삼촌인지는 몰라도 아일랜드 쓰레기인 것만은 분명했지. 음악도 사랑도 빛도 없는 사람이었으니까. 그 삼촌한테 개가 한 마리 있었다. 지저분한 똥개에 미련곰탱이였지만 그래도 그 개한테는 사랑도 있고 빛도 있었어. 내가 언덕을 올라가면 꼬리를 흔들면서 춤을 추곤 했지. 내가 쓰다듬어 주고, 함께 뛰어놀고, 지저분한 배를 쓰다듬어줄 거라는 사실을 알고 깡충깡충 뛰며 춤을 춘 거야. (담배연기를 뿜어내고) 그런데, 그만 병에 걸렸어. 기생충들 때문인데 코에서 피도 나더구나. 그리고 때가 되자, 삼촌이 나한테 그 개를 바다로 데려가라는 거야. 싫다고 하니까 마구 두들겨 패기까지 했지. 울면 더 심하게 때렸고. 그래서 난 그 똥개를 데리고 바닷물에 들어갔다. 턱 위에 찰 때까지 들어가 60을 셀 때까지 개를 누르고 있으라는 지시였지만 사실 그럴 필요도 없었어. 개는 병들고 약하고 너무 슬픈 탓에 아무 소리 않고 가라앉았으니까. 그래서 해변으로 걸어 나갔더니 삼촌이 또 때리더구나. '왜 때려요?' 내가 소리쳤더니 그가 손가락으로 가리키는데, 그 개가 있는 거야. 그 힘없는 똥개가 다시 헤엄쳐 나오고 있었다. 나를 향해서. 결국 개는 해변에 다다랐지. 흠뻑 젖은 채 몸을 떨고 숨을 헐떡이면서. 놀라운 일이었지. 그 개는 나한테 기적의 영웅이었다. 그래서 내가 그 개를 바라보는데 삼촌이 도끼로 척추를 찍어 두 조각을 내버리더구나."

그가 등을 기대더니 재떨이의 담배를 집어 들었다. 여급이 옆 테이블의 맥주 잔 여섯 개를 수거해 가자 실내는 다시 조용했다.

"그런 얘기는 왜 하는 거죠? 도대체 뭐가 문제라는 얘깁니까?"

"문제가 있는 건 너다. 지금 머릿속에 '정의'가 가득하지? 아 그건 부인하지 마라. 심지어 이룰 수 있다고 생각하고 있잖아. 그래, 맞아, 난 알 수 있다."

대니가 몸을 기울였다. 내려놓은 잔 옆으로 맥주가 한 줄기 흘러내렸다.

"똥개한테서 뭔가 배우라는 겁니까? 뭐죠? 인생은 엿 같고 게임은 지랄 같다? 그게 새로운 겁니까? 조합이나 볼셰비키들이나 보스턴 경우회도 조만간 쨍 하고 해 뜰 날 있다고 내가 믿기라도 한다는 얘기인가요?"

"그게 아니라면 왜 이러는 거냐? 네 아버지, 동생, 나…… 모두 널 걱정한다, 대니. 크게 걱정하고 있어. 프라이나의 위장이 깨진 건 네 마음이 그걸 원하기 때문이었어."

"아뇨."

"그런 놈이 거기 앉아, 정부가(지방, 주, 연방 모두) 제 정신이라면 나라의 공산화를 허용하지 않을 거라고 말하면서, 그놈의 보스턴 경우회엔 점점 더 깊숙이 빠져 들어가는 거냐? 그래서 널 소중히 하는 사람들을 등지는 거야? 이유가 뭐냐? 난 네 대부다, 대니? 왜 그러는 거야?"

"변화는 아픈 겁니다."

"그게 네 대답이야?"

대니가 일어섰다.

"변화엔 고통이 따라요, 에디, 하지만 장담하죠. 그래도 막을 수는 없습니다."

"막을 수 있어."

"아뇨, 변화는 필연입니다."

에디가 고개를 저었다.

"이봐, 싸움은 소중한 거다. 하지만 어리석은 싸움도 있는 법이야. 너도 곧 그 차이를 알게 될 게다."

19

화요일 오후 늦게 루터가 부엌에 있을 때, 노라가 직장인 구두공장에서 돌아왔다. 그녀는 루터가 수프에 넣을 야채를 써는 동안 감자를 까기 시작했다.

"여자 있어요?"

그녀가 물었다.

"예?"

그녀가 투명한 눈으로 그를 보았다. 성냥불처럼 반짝이는 두 눈.

"들었잖아요. 여자 있냐고 물었어요. 어디든."

루터가 고개를 저었다.

"아뇨, 없습니다."

그녀가 웃었다.

"왜 웃는 겁니까?"

"거짓말하니까 웃죠."

"예? 그게 왜 거짓말이죠?"

"목소리만 들어도 알아요. 거기 다 들어 있으니까."

"들어 있다니요?"

그녀가 탁한 웃음을 흘렸다.

"사랑."

"누군가를 사랑한다고 해서 그녀가 내 여자라고 할 수는 없습니다."

"한 주 내내 당신이 한 말 중에선 가장 진실한 것 같네요. 누군가를 사랑한다고 해서……"

그녀는 말끝을 흐리곤 부드러운 콧노래를 부르며 감자를 깎아 나갔다. 콧노래는 그녀의 습관이지만, 루터는 그녀가 의식조차 못하고 있다고 확신했다.

루터는 칼날을 이용해 도마의 다진 샐러리를 냄비 안으로 밀어 넣었다. 그는 노라 옆을 지나 싱크대 여과기에서 당근 몇 개를 꺼내 카운터로 되돌아와 끄트머리를 잘라 낸 후 나란히 놓고 한 번에 네 조각으로 잘라내기 시작했다.

"예뻐요?"

노라가 물었다.

"예쁩니다."

"키는요?"

"작은 편이에요. 노라처럼."

루터가 말했다.

"내가 작아요?"

그녀가 어깨 너머로 루터를 보았다. 그녀는 한 손에 껍질 벗기는 도구를 들고 있는데, 루터는 그녀에게서 가장 순수한 순간에 터져 나오는 화산을 느낄 수 있었다. 전에도 경험했던 느낌이었다. 백인여자들도 많이 알지 못하고 아일랜드 여자는 전혀 모르지만, 노라야말로 절대 함부로 대할 수 없는 여자라는 생각은 오래전부터 하던 터였다.

"크지는 않죠."

그가 대답했다.

그녀는 한참 동안 그를 건너다보았다.

"이봐요, 우린 벌써 몇 달째 일했는데, 오늘 공장에서 생각해 보니까 루터에 대해 아무것도 모른다는 생각이 들더라고요."

루터가 키득거렸다.

"그런 걸 사돈 남 말이라고 하죠."

"그 말에 무슨 특별한 의미가 있는 건 아니죠?"

루터가 고개를 저었다.

"의미? 나도 노라가 아일랜드 출신이라는 건 알지만 정확히 어디인지도 모르는 걸요."

"아일랜드 잘 알아요?"

"전혀 모르죠."

"그럼, 그걸 알아서 뭐 하게요?"

"노라가 5년 전에 이 집에 왔다는 건 압니다. 코너 씨와 교제 중이라는 것도 알고. 뭐, 별로 신경 쓰는 것 같지는 않지만. 어쨌든……"

"이봐요, 잠깐만……"

아일랜드 사람이 흑인을 부를 때의 '이봐요.'가 미국 백인이 부를 때와 의미가 같지 않다는 정도는 알고 있었다. 그가 다시 키득거렸다.

"*이런, 내가 정곡을 찌른 모양이로군.*"

노라가 웃었다. 젖은 손등을 입술에 대고 웃는 모습이 싱그러웠다.

"다시 해봐요."

"예?"

"사투리. 아일랜드 사투리 말이에요."

"무슨 말인지 모르겠군요. 사투리라뇨?"

그녀가 싱크대 옆에 기대 그를 바라보았다.

"그건 에디 맥케나의 목소리 그대로였어요. 완전히 똑같아요."

루터가 어깻짓을 했다.

"그럴 듯했습니까?"

노라가 심각한 표정을 지었다.

"절대 그 앞에선 그러지 말아요."

"내가 미쳤습니까?"

그녀는 껍질 벗기는 도구를 카운터에 내려놓았다.

"보고 싶죠? 눈을 보면 알 수 있어요."

"예, 보고 싶습니다."

"이름이 뭐예요?"

루터가 고개를 저었다.

"아직은 말하지 않는 게 좋을 것 같군요, 노라."

노라가 앞치마로 두 손을 닦았다.

"도대체 뭐가 무서운 거예요, 루터?"

"노라는요?"

그녀가 미소 지었다. 두 눈이 반짝였는데 이번엔 촉촉한 눈물 때문이었다.

"대니."

그가 끄덕였다.

"그런 줄은 알았습니다. 하지만 다른 것도 있죠. 훨씬 더 과거의 일이."

그녀는 돌아서서 물과 감자를 채운 냄비를 싱크대로 옮겼다.

"우린 흥미로운 파트너예요, 루터. 타인에 대한 직관은 기가 막힌데, 자기 자신한테는 완전히 젬병이니까. 안 그래요?"

"그래서, 다행 아닙니까?"

루터가 대답했다.

"그렇게 얘기해? 나한테서 달아나고 있다고?"

대니는 하숙집 전화로 통화중이었다.

"예, 그랬어요."

루터는 기드로의 로비에 있는 전화를 이용했다.

"달아나는데 지쳤다는 투로 말하던가?"

"아뇨. 그 보다는 익숙해진 것처럼 보였어요."

"오."

"미안합니다."

"아냐, 고마워, 정말로. 에디가 아직 안 괴롭혀?"

"날 쫓고 있다는 얘기는 해요. 하지만 어떻게 뭘 쫓는지는 모릅니다."

"오케이. 그래, 에디가 시작하면……"

"연락할게요."

"넌 그녀에 대해 어떻게 생각해?"

"노라요?"

"그래."

"대니한테는 과한 여자예요."

대니는 전화기가 터질 듯 웃어댔다. 아니, 발밑에 폭발물이라도 터진 듯했다.

"정말이야?"

"거짓말 안 합니다."

"잘 자, 루터."

"잘 자요, 대니."

노라의 비밀 중 하나는 흡연이었다. 루터는 커글린 저택에서 일하자마자 그녀가 담배 피우는 현장을 목격했고, 그 이후로는 엘렌 커글린 부인이 저녁식사를 위해 목욕을 하거나, 코너 씨나 커글린 서장이 퇴근하기 전의 여유를 틈타 둘이 몰래 빠져나가곤 했다.

그러던 중, 어느 싸늘한 오후 루터가 다시 대니에 대해 물었다.

"대니라뇨?"

"대니한테서 달아난다고 했잖아요."

"내가?"

"예."

"술에 취했을 때요?"

"그땐 부엌에 있었어요."

그녀가 어깻짓을 하며 연기를 내뿜었다. 담배는 얼굴 앞에 들고 있었다.

"아, 어쩌면 그가 나한테서 달아나는 것일지도 몰라요."

"오?"

그녀가 눈을 반짝였다. 그건 그녀의 본심이 표면화될 때의 위험천만한 표정이다.

"이봐요, 당신 친구 에이든에 대해 하나 알려줘요? 꿈에도 상상하지 못할 일이 있는데?"

지금이야말로 모르는 게 약이라는 속담이 가장 적절할 때라는 생각이 들었다.

노라는 다시 연기를 내뿜었는데 이번엔 더 빠르고 가혹했다.

"그 남자, 무척 개방적인 것 같죠? 독립적이고 사고도 열려 있고, 예?" 그녀가 고개를 저으며 다시 힘껏 담배를 빨아들였다. 루터를 바라보는 얼굴엔 어색한 미소가 가볍게 걸려 있었다. "천만에. 어림 반푼어치도 없는 소리랍니다. 결국 그도 내 과거를 받아들일 수가 없었던 거예요. 루터가 그렇게나 궁금해 하는 그놈의 과거 말이에요. 그는 '버젓한 상대'를 원하지만, 글쎄요, 그건 나한테 없는 물건인걸요."

"하지만 코너 씨도 그런 타입하고는……"

그녀가 거듭 고개를 저었다.

"코너 씨는 내 과거에 대해 아무것도 몰라요. 오직 대니만 아는데, 봐요, 덕분에 우린 둘 다 불 속에 내던져지고 말았죠." 그녀가 다시 어색한 미소를 지어 보이곤 발끝으로 꽁초를 짓이긴 후 다시 집어 앞치마 주머니에 집어넣었다. "오늘 질문은 여기서 끝난 거죠, 루터?"

그가 끄덕였다.

"이름이 뭐예요?"

그녀가 묻자 그가 그녀의 눈을 보았다.

"릴라."

"릴라. 예쁜 이름이네요. 정말로."

그녀가 훨씬 부드러운 목소리로 말했다.

토요일. 루터와 클레이튼 톰스는 쇼멋 애버뉴의 빌딩 구조물을 해체하고 있었다. 입에서 김이 하얗게 일 정도로 추운 날씨였다. 하지만 철거작업은 어려운 작업이고 수도 없이 쇠지레와 쇠메를 휘둘러야 했다. 두 사람은 한 시간도 채 못 되어 윗도리를 벗어던져야 했다.

"다음엔 또 뭐야, 응? 바닥 기초 공사라도 하냐?"

클레이튼이 투덜댔다.

루터가 고개를 끄덕이고 담뱃불을 붙여 지친 한숨과 함께 연기를 토해냈다.

"다음 주엔 저 벽 뒤에 배선을 넣을 수 있을 거야. 어쩌면 네가 그렇게 고대하는 파이프도 몇 개 설치할지 모르지."

클레이튼이 고개를 저으며 늘어지게 하품을 했다.

"망할. 이 모든 일을 단지 고상한 이상으로 해내다니. 깜둥이 천국에 자리 하나는 확실하겠군."

루터가 가볍게 웃었으나 말은 하지 않았다. '깜둥이'라는 호칭엔 도무지 익숙해지지가 않았다. 사실 클레이튼이야 다른 흑인들 앞에

서만 그 단어를 사용하는 수준이었다. 하지만 제시와 브로시어스 목사는 어디서건 쉴 새 없이 '깜둥이'를 읊어댔고, 지금껏 루터는 그 단어를 얼마이티 클럽에 묻어버렸다고 생각했다. 사실 특별한 이유는 없었다. 단지 자신의 입으로 그 단어를 옮기는 게 더 이상 올바른 일이 아니라는 느낌 정도였다. 그리고 다른 것들과 마찬가지로, 그 느낌도 사라질 거라고 생각했건만, 아직까지도……

"에, 그 일 말고도……"

그는 입을 다물고 말았다. 맥케나가 어슬렁어슬렁 현관문을 통과하고 있었던 것이다. 마치 건물주라도 된다는 투였다. 그는 로비에 서서 다 망가진 계단을 올려다보았다.

"망할. 짭새야."

클레이튼이 속삭였다.

"알아. 내 주인 친구다. 겉으로는 온갖 친절을 다 부리지만 속은 시꺼먼 자야. 절대 우리 친구는 못 된다."

클레이튼이 고개를 끄덕였다. 그런 부류의 백인들은 둘 다 얼마든지 보아온 터였다. 맥케나가 일하고 있는 방으로 들어왔다. 부엌 옆에 붙은 커다란 방인데 50년 전엔 어쩌면 식당으로 사용했을 것 같은 공간이었다.

맥케나의 입에서 나온 첫 마디는 "캔튼?"이었다.

"콜럼버스입니다."

루터가 대답했다.

"아, 그래, 그랬지." 맥케나가 루터에게 미소 짓고 클레이튼을 돌아보며 두툼한 손을 내밀었다. "우린 초면이지? 보스턴 경찰청, 맥케나 경위일세."

"클레이튼 톰스입니다."

클레이튼이 악수를 받았다.

맥케나가 그의 손을 잡고 계속 흔들었는데, 입에는 굳은 미소가 걸려 있고 두 눈은 클레이튼과 루터의 얼굴을 번갈아 살폈다. 심장이라도 꿰뚫어볼 것 같은 눈초리였다.

"M 스트리트의 미망인 집에 있지? 바겐펠트 부인?"

클레이튼이 고개를 끄덕였다.

"아, 예, 맞습니다, 나리."

맥케나가 클레이튼의 손을 놓았다.

"소문을 듣자하니 석탄통 밑에 스페인 금화를 묻어놓고 있다던데, 그게 사실인가, 클레이튼?"

"그런 얘기는 듣지 못했습니다, 선생님."

"들었다 해도 솔직하게 얘기할 리가 없겠지!"

맥케나가 웃으며 클레이튼의 등을 힘껏 때렸다. 클레이튼이 앞으로 한두 걸음 밀려날 정도의 타격이었다.

이번엔 맥케나가 루터에게 다가섰다.

"여긴 웬일이야?"

"예? 제가 기드로 부부와 함께 사는 건 아시죠? 여기에 사령부를 짓는다고 했습니다."

맥케나가 클레이튼을 향해 눈썹을 찡긋해 보였다.

"사령부? 무슨 사령부?"

"NAACP입니다."

루터가 대답했다.

"아, 대단한 곳이로군. 언젠가 내 집을 리모델링한 적이 있었지. 아주 골치 아픈 일이었어. 보아하니 해체 작업 중인 모양이로군그래."

그가 발끝으로 쇠지레를 밀쳐냈다.

"예, 그렇습니다."

"잘 돼가?"

"예, 그렇습니다."

"바닥은 거의 끝난 모양이야. 하지만 루터, 내 원래 질문은 네가 이 건물에서 일하는지 물은 게 아니었다. 내가 여기 웬일이냐고 물었을 때의 여기란 보스턴 자체를 뜻하는 거야. 예를 들어, 클레이튼 톰스, 자넨 어디에서 왔나, 응?"

"웨스트엔드 출신입죠, 선생님. 거기서 태어나 자랐습니다."

"그래, 루터, 우리 지역의 흑인들은 다들 고향이 있어. 특별한 이유 없이 여기 오는 친구는 거의 없거든. 이유? 뉴욕이나 시카고, 디트로이트 같은 데 동족이 더 많지 않나? 그래, 그런데 넌 여기 온 이유가 뭐야?"

"일자리 때문입니다."

루터가 대답했다.

맥케나가 고개를 끄덕였다.

"엘렌 커글린을 교회에 태워주기 위해 1300킬로미터를 달려왔다고? 그건 좀 웃기지 않아?"

루터가 어깨를 으쓱해 보였다.

"에, 그러고 보니, 웃긴 것 같습니다."

"이유가…… 여자 때문이냐?"

"예?"

"이 부근에 여자가 있는 거 아니냐고?"

"아니, 없습니다."

맥케나가 턱의 그루터기를 쓰다듬으며 다시 클레이튼을 넘겨보았다. 마치 함께 게임을 꾸려내기라도 하려는 표정이었다.

"봐라, 내가 보기에 네놈이 1300킬로미터나 달려온 건 여자 때문이 맞아. 그나마 말이 되니까. 하지만 진짜는 또 뭐지?"

그가 유들거리는 표정으로 한참 동안 루터를 바라보았다.

정적이 2분 정도 흘렀을 때 클레이튼이 참다못해 말했다.

"일 시작해야 하는 거 아냐, 루터?"

맥케나가 느린 톱니바퀴처럼 고개를 돌려 클레이튼 톰스를 보았다. 클레이튼이 화들짝 시선을 피했다.

맥케나가 다시 루터를 보았다.

"시간 낭비하게 하지 마라, 루터. 나도 일자리로 돌아가야 하니까. 상기시켜줘서 고맙네, 클레이튼."

클레이튼은 자신의 어리석은 행동에 고개를 절레절레 흔들어댔다.

맥케나가 맥없이 한숨을 내뱉었다.

"요즘, 세상이 어떤 줄 알아? 보수가 두둑한 놈들은 아예 먹여주는 주인 손까지 먹어치워도 된다고 생각하지. 두 사람, 자본주의의 토대가 뭔지는 아나?"

"모릅니다, 나리."

"모릅니다."

"자본주의의 토대는 판매를 목적으로 하는 상품의 제조나 수확이야. 바로 그 기초 위에 이 나라가 서 있지. 따라서 이 나라의 영웅은 군인도 운동선수도 아니고, 심지어 대통령도 아니라네. 영웅은 우리의 철도를 깔고, 자동차와 목화 공장들을 짓는 사람들이야. 그 사람들이 나라를 움직이게 하거든. 때문에 그들을 위해 일하는 자들은, 이 세상에서 가장 자유로운 사회의 구성원이라는 사실에 감사할 줄 알아야 하는 거라네. 하지만 요즘엔 어디나 배은망덕 일색이더군. 도대체 그게 말이나 되는 거야?"

그가 루터의 두 어깨를 찰싹 때렸다.

"반정부운동을 하는 흑인은 많지 않습니다, 경위님."

맥케나가 눈을 동그랗게 떴다.

"루터, 도대체 사는 데가 어디야? 요즘엔 할렘에서도 좌익운동이 판을 치고 있다는 것도 모르냐? 너희들 목소리 큰 흑인들이 교육을 받고 그놈의 마르크스와 부커 T, 프레드릭 더글러스 등을 읽어대는 거야. 뒤부아와 가비 같은 흑인들이 그런 사람들 아니야? 혹자는 골드만과 리드, 무정부주의적 노조원들만큼이나 위험인물들이라고 하더군. (손가락 하나를 들며) 심지어 NAACP가 급진적이고 폭력적 사상의 전위라는 말도 있지 않나? 일부지만 말이야."

그는 장갑 낀 손으로 루터의 뺨을 가볍게 두드리고 돌아서서 불에 탄 천장을 올려다보았다.

"자, 그럼, 할 일들 하게나. 난 가볼 테니."

그가 뒷짐을 지고 걸어가기 시작했다. 루터와 클레이튼은 그가 로비를 지나 현관 계단을 내려갈 때까지 숨 한 번 쉴 수가 없었다.

"오, 루터."

클레이튼이 먼저 탄성을 터뜨렸다.

"알아."

"저 인간한테 무슨 짓을 했는지 모르겠지만, 얼른 풀어야겠다."

"아무 짓도 안 했어. 그냥 저러는 거지."

"그냥? 백인들처럼?"

루터가 끄덕였다.

"비열한 자야. 상대가 말라죽을 때까지 끝까지 물고 늘어지는."

20

특공대를 떠난 후 대니는 하노버 스트리트의 옛 관할 01지구 도보 순찰 업무로 복귀했다. 네드 윌슨과 한 조였는데, 이제 스무 살에서 2개월이 모자란 나이지만 이미 5년 전에 세상사를 초월한 친구였다. 네드는 대부분의 근무시간을 코스텔로에서 술을 마시거나 크랩스 놀이를 하며 때웠다. 거의 매일 그와 대니는 출근카드를 찍고 5분, 그리고 퇴근카드를 찍기 전 5분 정도 보는 게 고작이었다. 나머지 시간은 대니도 자유였다. 행여 누군가 체포하는 날이면 대니는 코스텔로의 비상전화로 네드를 호출해 함께 범인을 데리고 파출소 계단을 올랐다. 그밖에는 대니도 여기저기 떠돌아다녔다. 그는 도시 전역을 휩쓸며 가능한 한 많은 파출소에 들렀다. 코트 광장의 02지구와 라그랑주의 04지구를 거쳐, 사우스엔드의 05지구로 건너간 후 그 선을 따라 보스턴 경찰청 소속의 경찰서 열여덟 곳을 도보로 순회하는 것이다. 웨스트록스베리에, 하이드파크, 자메이카 플레인의 세 곳은 에멋 스트랙, 이스티의 07지구는 케빈 맥레이한테 맡기고, 마크 덴튼이 도체스터, 사우티, 그리고 브리튼의 04지구를 맡았다. 대니는 남은 지역을 맡았다. 다운타운, 노스엔드와 사우스엔드 그리고 록스베리.

임무는 경우회 신입회원 모집과 소원술회였다. 대니는 인사하고 꼬드기고 열변을 토하고 설득해 접촉한 경찰의 3분의 1로 하여금 근무 상황, 수입과 빚, 그리고 근무 경찰서의 상황 등을 기록하게 하는데 성공했다. 순찰에 복귀한 첫 3주간 그가 페이홀의 보스턴 경우회 모임에 끌어들인 경찰은 무려 68명이었다.

대니에게는 맥케나가 지시한 특공대 업무 때문에 생긴 자기혐오가 너무도 혹독했다. 그런 임무를 수행했다는 사실조차 고통스럽기만 했다. 반면에 보스턴 경우회의 일은 실질 협상력을 담보한 노조를 꾸린다는 기대감에 그는 거의 십자군에 준하는 목적의식으로 임했다.

어느 날 10지구의 순경들로부터 소원술회 석 장을 더 받아 파출소로 돌아오면서 문득, 이 일이야말로 살루테이션 테러 사건 이후로(그러니까 생명을 구원 받은 이후로) 그가 갈망해 왔던 바로 그 소명이라는 생각이 들기도 했다.

사물함에 아버지의 메모가 놓여 있었다. 그날 밤 근무가 끝나는 대로 집에 들르라는 내용이다. 아버지가 좋은 일로 소환할 리가 없다는 정도는 알고 있지만 그래도 그는 사우스 보스턴 행의 전차를 잡아타고 눈발이 흩날리는 도시를 건너갔다.

노라가 문을 열어주었다. 그녀는 그의 방문을 전혀 예상치 못했는지 깜짝 놀라 한 발짝 물러서기까지 했다. 지금은 집에서 막 입는 스웨터 차림이었다.

"대니."

"안녕."

신종독감 이후로 거의 처음 만나는 모양이다. 사실 몇 주 전 루터 로렌스를 만났던 일요일 디너를 빼면 식구 중 만난 사람은 아무도 없었다.

"들어와요, 들어와."

그는 문지방을 넘으면서 스카프를 벗었다.

"어머니하고 조는?"

"주무세요. 뒤로 돌아요."

그녀가 명령했다. 그가 시키는 대로 하자 그녀가 어깨와 코트의 눈을 털어주었다.

"됐어요. 이제 벗어주면 돼요."

그는 코트를 벗으며 희미한 향수 냄새를 맡았다. 그녀가 아끼는 향수인데 장미와 여린 오렌지 향이 나는 종류다.

"어떻게 지냈어?"

대니는 그녀의 투명한 눈을 바라보며, 죽고 싶다는 생각을 했다.

"잘 지냈죠. 대니는요?"

"응, 괜찮아."

그녀는 복도의 나무 옷걸이에 코트를 걸고 손으로 스카프를 조심스럽게 어루만졌다. 묘한 동작이었다. 대니는 숨까지 멈추고 잠시 그녀를 지켜보았다. 그녀는 빈 옷걸이에 스카프를 걸고 돌아서더니 곧바로 고개를 숙였다. 마치 무언가를 본 사람 같았는데, 사실 어떤 점에선 봤다고 할 수도 있었다.

뭐든 하겠어. 뭐든. 내가 멍청이였어. 처음엔 당신과 함께 그 다음엔 당신 때문에 바보짓을 했지. 그리고 지금 이렇게 멍청이가 되어 당신 앞에 서 있는 거야.

"난……"

그가 다시 입을 다물었다.

"예?"

"정말 아름다워."

그가 말했다.

그녀가 다시 그의 눈을 보았다. 청아하고 따뜻하기까지 한 저 눈…….

"그러지 말아요."

"그러지 말라니?"

"무슨 뜻인지 알잖아요."

그녀는 팔꿈치를 끌어안고 다시 바닥을 내려다보았다.

"난……"

"예?"

"……미안해."

"알아요. 그동안 충분히 사과했으니까. 충분하고도 남죠. 그 정도면……" 그녀가 그를 올려다보았다. "……충분히 버젓하세요."

맙소사…… 또 저 소리. 그것도 면전에서. 사전에서 한 단어를 뺄 수만 있다면, 그래서 그가 평생 알지도 못했고 사용해 본 적도 없었으면 하는 단어가 바로 저 '버젓'이라는 놈이다. 그 말을 처음 노라에게 했을 때 그는 만취 상태였다. 취한 데다 아일랜드에 대한 그녀의 갑작스러운 고백에 주눅이 든 것이다. '퀜틴 핀'의 얘기에…….

버젓? 개뿔.

그는 할 말을 잊고 두 손을 내밀기만 했다.

"이제 내 차례군요. 나도 이제 버젓한 여자가 될 거예요."

그가 고개를 저었다.

"안 돼."

그리고 그 순간 그녀의 얼굴까지 치솟은 분노를 볼 수 있었다. 또 다시 그의 말뜻을 곡해한 것이다. 그가 하고 싶은 얘기는 버젓한 인간이라는 게 아무 가치도 없다는 뜻이었으나, 그녀는 자신이 결코 다다를 수 없는 목표라는 의미로 받아들였다.

그가 변명을 하려 했으나 이번에도 그녀가 먼저였다.

"당신 동생이 청혼했어요."

그의 심장이 멈췄다. 폐와 뇌와 피의 순환까지 모두 멈췄다.

"그래서?"

누군가 넝쿨로 목을 조르는 것만 같았다.

"생각해 보겠다고 했죠."

그녀가 대답했다.

"노라."

그가 손을 내밀었으나 그녀는 얼른 뒷걸음질 쳤다.

"아버님은 서재에 계세요."

그녀는 복도를 따라 내려가 버렸다. 또 그녀를 실망시키고 만 것이다. 세상에, 그 따위로 그녀를 대하다니. 그럼 어떻게 대하지? 더 기꺼이? 느긋하게? 아니면 좀 더 분명한 태도로? 도대체 날더러 어쩌라는 건가? 무릎을 꿇고 프러포즈를 한들 그녀가 달아나기밖에 더하겠냐는 말이다. 어쩌면 어느 정도 장황한 제스처를 취해야 했을지도 모를 일이다. 그리하여 그녀가 당당히 거절할 수 있도록 하는 거다. 그렇게 되면 어느 정도 형평을 맞출 수도 있을 테니까.

아버지 서재는 열려 있었다.

"에이든."

"대니예요."

그가 이를 앙다물고 호칭을 수정해 주었다.

눈보라가 서재 창밖의 어둠을 가르고 있었다. 대니는 책상 앞에 있는 가죽 안락의자를 하나 골라 앉았다. 난롯불 빛이 위스키 색으로 방을 물들여놓았다.

토머스 커글린은 아직 제복 차림이었다. 목을 풀어헤친 튜닉의 청색 어깨 위에 서장을 상징하는 기장이 얹혀 있었다. 반면에 대니는 사복 차림이었는데, 문득 저놈의 기장이 그를 비웃는다는 생각이 들었다. 그는 두 손으로 술잔을 어루만지며 아들을 살펴보았다.

"에디 말이, 빨갱이가 되었다더구나."

대니는 두 손으로 자기 잔을 굴리며 마음을 가라앉혔다. 이윽고 그가 손을 허벅지 위에 내려놓고 대답했다.

"에디가 과장한 겁니다."

"그래? 에이든, 네가 볼셰비키 놈들을 떨쳐내지 못했다는 인상은 나도 받았다. 마크 덴튼은 볼셰비키야. 경우회 절반이 다 그렇다."

아버지는 비릿한 미소를 지으며 술을 한 잔 홀짝였다.

"맙소사, 아버지, 그 사람들은 그냥 경찰일 뿐이에요."

"놈들은 빨갱이야. 파업을 주장하잖나, 에이든? 파업 말이다."

"내 앞에서 그런 말 하는 사람은 하나도 없어요."

"우리한테도 존중해야 할 원칙은 있다. 그건 알고 있느냐?"

"그게 뭐죠?"

"배지를 달면 그 어느 이상보다 소중한 게 공공의 안녕이야."

"먹고 사는 얘기입니다. 그건 별개의 이상이에요."

아버지는 담배 연기를 내몰 듯 그 단어에 손사래를 쳤다.

"오늘 신문 봤지? 몬트리올에서 폭동이 일어나 도시를 완전히 불

태우는데, 재산이나 민중을 보호할 경찰도 불을 꺼줄 소방관도 없었단다. 모두 파업에 뛰어들었기 때문에. 상트페테르부르크도 그 정도는 아닐 게다."

"보스턴이라고 달라야 한다는 법도 없습니다."

"우린 노동자가 아니야, 에이든. 공무원이다. 보호하고 봉사하는 사람들이란 말이다."

대니는 저도 모르게 피식 웃고 말았다. 필요 이상으로 흥분하는 노인을 보는 것도 드문 재미지만, 그 흥분을 해소할 열쇠가 자신에게 있는 경우도 드문 경우였다. 담배를 짓이겨 껐을 때 이미 아버지의 얼굴에선 웃음기가 지워진 터였다.

"지금 비웃는 거냐?"

대니가 한 손을 들어 보였다.

"아버지, 아버지. 몬트리올 꼴은 나지 않을 테니 걱정 마시죠."

아버지가 눈을 가늘게 뜨더니 책상 끄트머리에서 몸을 뒤척였다.

"이유는?"

"정확히 어떤 얘기를 들은 겁니까?"

아버지가 담배상자에서 시거를 하나 꺼냈다.

"넌 스티븐 오미라 경찰청장과 맞섰다. 내 아들이. 이 커글린 집안이 말이다. 그리고 파출소마다 돌아다니며 저급한 노동조건에 대한 진술서를 받고, 그 시끌벅적한 '노조' 회원을 모집하러 다닌다는 얘기도 들었다. 그것도 근무 시간에."

"나한테 고맙다고 했죠."

아버지가 멈칫했다. 커터가 시거 뿌리를 감싸고 있었다.

"누가?"

"오미라 청장이요. 나한테 고맙다고 했습니다. 마크 덴튼과 나한테 진술서를 모으라고 한 것도 청장이었죠. 우리를 통해 상황을 해결할 수 있다고 생각하는 것 같았어요."

"오미라가?"

대니가 끄덕였다. 아버지의 강인한 얼굴이 새하얘졌다. 이런 일은 상상도 못한 모양이었다. 어차피 수백만 년이 지난다 해도 모를 사람이다. 대니는 웃음이 얼굴 전체로 번지는 걸 참기 위해 입 안쪽을 깨물어야 했다.

'드디어 잡았어!' 대니는 그렇게 외치고 싶었다. 이 혹성에 온 지 27년, 드디어 커글린 서장을 잡은 것이다.

아버지는 놀랍게도 책상에서 일어나 악수를 청하기까지 했다. 대니도 일어나 그의 손을 잡았다. 아버지의 손은 힘이 있었다. 그는 심지어 그를 끌어당겨 등을 한 번 두드려주기까지 했다.

"맙소사, 네가 가문을 빛냈구나. 그래, 대견스럽고 자랑스러운 일이다. 게다가 이 모든 혼란까지 끝냈으니 마음이 그지없이 편하구나."

그가 대니의 손을 놓고 어깨를 두드려주곤 다시 책상에 걸터앉았다.

대니도 자리에 앉았다.

"저도 기쁩니다."

아버지가 압지를 만지작거렸는데 마치 얼굴에 다시 가면을 쓰듯 특유의 권위와 간계가 돌아오고 있었다. 아직 남은 문제가 있다는 뜻이다. 아버지는 벌써 잽을 던지기 시작했다.

"노라와 코너의 결혼에 대해 어떻게 생각하느냐?"

대니는 아버지의 시선을 마주보며 감정을 가다듬었다.

"좋죠. 둘 다 멋진 커플이잖아요."

"그래, 멋진 애들이지. 그 아이가 밤에 노라 방에 몰래 들어가지 못하게 하느라 네 엄마와 내가 얼마나 고생했는지는 말하지 않겠다. 둘 다 어린애들 같으니, 원."

그는 책상 뒤로 돌아가 바깥의 눈을 내다보았다. 대니는 두 사람의 얼굴이 모두 창에 비친다는 사실을 깨달았다. 아버지도 눈치를 채고 미소를 지어 보였다.

"넌 내 삼촌 포드릭을 그대로 닮았다. 내가 그 얘기 했었나?" 대니가 고개를 저었다. "클로나킬티에서 제일 거인이었지. 그래, 술도 엄청나게 마셨는데 그럴 때마다 완전히 난장판이었다. 한 번은 술집주인도 삼촌을 내쫓았는데, 이유가 뭔지 아냐? 삼촌이 카운터 바를 뜯어버렸거든. 단단한 오크나무였다, 에이든. 그 카운터 말이다. 그런데 삼촌은 그냥 뜯어버리더니 직접 자기 잔에 술을 따른 거야. 정말 신화적인 사내였지. 오, 그래, 여자들도 삼촌을 사랑했는데, 그 점에선 너와 비슷하겠구나. 맨 정신일 때는 다들 삼촌을 사랑했지. 넌 어떠냐? 다들 널 사랑하지? 여자들, 아이들, 더러운 이태리 인간들과 더러운 똥개들. 그리고 노라까지."

대니가 책상에 술잔을 내려놓았다.

"뭐라고 하셨죠?"

아버지가 창문에서 돌아섰다.

"나도 장님은 아니다. 서로 무슨 얘기를 했는지는 모르겠다. 그리고 노라도 코너를 다른 방식으로 사랑하겠지. 그게 더 나은 방식일 수도 있겠고. (어깻짓) 하지만 넌……"

"나라면 함부로 말하지 않겠습니다." 아버지가 입을 반쯤 벌리고 그를 바라보았다. "아시는 것도 없잖아요."

대니는 말을 하면서도 목소리의 긴장감을 느낄 수 있었다.

결국 아버지가 고개를 끄덕였다. 그건 현명한 양보였다. 이를테면 타인의 결함을 지켜보면서 자신의 성격을 되돌아볼 줄 아는 사람들의 고갯짓인 것이다. 그는 대니의 잔을 가져가 자기 잔과 함께 술을 채웠다.

그가 대니한테 잔을 건네주었다.

"너한테 왜 복싱을 허락했는지 아니?"

"말릴 수가 없었기 때문이겠죠."

대니가 대답했다.

아버지가 대니한테 잔을 부딪쳐왔다.

"그래 맞다. 어렸을 때부터 아무리 때리고 달래봐야 결국 네 멋대로 살 놈이라는 사실을 깨달았다. 그건 네 멍에였어. 걸음마를 배울 때부터 그랬지. 내가 사랑한다는 건 알고 있느냐?"

대니는 아버지의 눈을 보며 끄덕였다. 그건 사실이었다. 아버지는 늘 그를 사랑했다. 수많은 얼굴과 수많은 심장을 벗겨내서라도, 아버지는 그에게 어울리는 세상을 보여 주었고 그럴 때의 얼굴과 심장은 언제나 분명했다.

“물론 코너도 사랑한다. 당연히 아이들 모두를 사랑하지. 하지만 널 사랑하는 건 네가 패배하는 모습을 보는 게 기분 좋기 때문이야.”

“패배?”

아버지가 끄덕였다.

“난 널 믿지 못해, 에이든. 가르칠 수도 없고. 이번 오미라와의 일도 완벽한 예가 될 거다. 이번엔 잘 먹혔지만 그건 경솔한 짓이었다. 경력을 모두 날려버릴 수도 있었으니까. 나라면 평생 꿈도 꾸지 못할 일이야. 너한테 허락도 하지 않았을 테고. 그래, 그게 네가 다른 형제들과 다른 점이다. 도무지 네 운명을 예측할 수가 없다는 것.”

“코너는요?”

“네 동생은 언젠가 지방검사가 될 거야. 그건 틀림없다. 주지사까지는 몰라도 시장은 장담할 수 있다. 네가 경찰 서장이 되기를 바란다만 그건 네 운명이 아닌 것 같구나.”

“잘 보셨습니다.”

대니가 동의했다.

“그런데 시장를 꿈꾼다면 그거야말로 말 안 되는 가장 기괴한 꿈이 되겠지.” 대니가 미소 지었다. “좋다. 네 미래는 네가 그렇게나 열중하고 있는 그놈의 글쓰기에 달려 있을 것 같구나. 어쨌든 패배를 인정하마.” 하지만 그는 미소로써 어느 정도 농담을 하고 있음을 드러냈다. 그가 다시 책상에 걸터앉았다. 두 눈이 밝고 맑았는데, 파국이 다가오고 있음을 알리는 경계 경고였다. “그와 반대로 네 동생의 미래는 정원처럼 경작이 가능해…… 그래, 노라가 너한테 아일랜드에서의 과거 얘기를 하더냐? 왜 이곳에 오게 되었는지?"

"나한테요?"

"그래, 너한테."

저 인간 뭔가 알고 있어.

"아뇨."

"자기 과거에 대해 아무 말도 안 하더냐?"

어쩌면 모든 걸 알고 있을지도. 대니가 고개를 저었다.

"전 못 들었습니다."

"우습군."

"우습다뇨?"

아버지가 어깨를 으쓱였다.

"아무래도 네 둘은 내 짐작처럼 관계가 깊지는 않았던 모양이다."

"아주 위험한 생각을 하셨군요."

아버지는 무척이나 밝은 미소를 유지했다.

"사람들은 누구나 과거 얘기를 한다. 더군다나 가까운…… 친구한테는. 그런데 노라는 안 그랬어. 눈치는 챘더냐?"

대니가 대답을 궁리하는데 그때 홀의 전화가 울렸다. 날카롭고 큰 소리. 아버지가 벽난로 시계를 보았다. 거의 10시가 다 되었다.

"9시 이후에 이 집에 전화해? 맙소사, 죽고 싶어서 환장한 놈이 있나보군."

아버지가 중얼거렸다.

노라가 전화 받는 소리가 들렸다.

"아버지? 아버지는 왜……?"

대니가 말을 하려는데 노라가 방문을 노크했고 토머스 커글린이 답했다.

"열려 있다."

노라가 문을 열었다.

"에디 맥케나 경위님이세요, 서장님. 급한 용무랍니다."

토머스가 인상을 찌푸리며 책상에서 떨어져 나와 서재를 나섰다.

대니가 노라를 등진 채 말했다.

"기다려."

그가 의자에서 일어나 문간에서 그녀를 만났다. 아버지는 홀 반대편 알코브의 전화를 집어 들었다.

"에디?"

"예? 맙소사, 대니, 나 피곤해요."

노라가 투덜댔다.

"그가 알고 있어."

대니가 말했다.

"누가요? 뭘?"

"아버지. 다 알고 있더군."

"안다니? 도대체 뭘 안다는 거죠, 대니?"

"너와 퀜틴 핀에 대해. 전부는 아닐지 몰라도 어느 정도는 분명해. 지난달에 에디가 핀이라는 사람을 아는지 물었을 때는 그냥 동명이

인이려니 했지. 희귀한 성은 아니니까. 하지만 저 영감까지. 물론 단지……"

그는 손이 날아오는 걸 보지 못했다. 하지만 너무 가까운 탓에 손바닥이 턱에 닿았을 때는 말 그대로 주저앉는 줄만 알았다. 기껏 168센티미터에 불과한 그녀가 정말로 그를 때려눕힐 뻔한 것이다.

"당신이 말했어."

그녀는 그 말을 그의 얼굴에 가래침처럼 뱉어냈다. 그녀가 돌아서려는데 그가 팔목을 낚아챘다.

"지금 제 정신이야? 노라, 정말로…… 정말로 내가 널 강물에 던져버릴 거라고 생각한 거야? 정말로? 눈 돌리지 말고 똑바로 봐! 진짜 그래?"

목소리가 탁한 숨소리 같았다.

그를 바라보는 노라의 눈은 사냥꾼한테 쫓기는 짐승 같았다. 살아남기 위해 미친 듯이 숨을 구멍을 찾아다니는 눈. 하룻밤만이라도 더 살기 위해.

"대니, 대니."

그녀가 속삭였다.

"네가 믿지 못해도 난 도리가 없어, 노라. 정말로."

역시 갈라진 목소리.

"모르겠어요. 모르겠어." 그녀는 잠시 그의 가슴에 얼굴을 댔다가 다시 물러나 그를 보았다. "어쩌면 좋죠, 대니? 어떻게 해요?"

"나도 모르겠어."

아버지가 수화기를 내려놓는 소리가 들려왔다.

"정말 알고 있는 거예요?"

"뭔가 알고 있는 건 분명해."

아버지의 발자국소리가 가까워지자 노라가 그에게서 떨어져나갔다. 그녀는 그를 마지막으로 노려보곤 곧바로 홀 쪽으로 돌아섰다.

"노라."

아버지가 불렀다.

"뭐라도 갖다드릴까요, 서장님? 차?"

"아니다. 그래, 잘 자라, 노라."

아버지의 목소리도 흔들리고 있었다. 얼굴은 잿빛이고 입술도 떨렸다.

"안녕히 주무세요, 서장님."

토머스 커글린은 미닫이문을 닫고 곧바로 책상으로 가더니 술잔을 입속에 털어 넣고 다시 한 잔을 따랐다. 그가 뭔가 혼잣말을 중얼거렸다.

"뭐죠?"

대니가 물었다. 아버지는 대니가 그곳에 있는지 몰랐다는 듯 화들짝 돌아섰다.

"뇌일혈. 머리가 폭탄처럼 터져나간 거야."

"예?"

그가 눈을 크게 뜨고 술잔을 내밀었다.

"거실 바닥에 쓰러졌는데 와이프가 미처 구조 요청을 하기도 전에 황천길로 떠났다는구나. 맙소사."

"아버지, 무슨 말인지 하나도 모르겠어요. 도대체 누가……"

"그가 죽었다. 스티븐 오미라 청장이 죽었어, 에이든."

대니가 의자 등받이를 붙잡았다.

아버지는 해답이라도 구하듯 서재 벽만 노려보았다.

"경찰은 이제 지옥이 될 게다."

〈하권에서 계속〉

●— 본문 중 이탈리아 어 해석

1. 맙소사, 제발 도와주세요.
2. 남편은 어디 있습니까?
3. 이 멍청아, 어떻게 좀 해봐! 나 좀 살려줘!
4. 산파 없어요? 산파? 누구 산파 아는 사람 없습니까?
5. 제발, 도와주세요. 제발!
6. 오해가 있었답니다. 물러서요, 물러서! 이제 나올 테니까! 어서, 물러나요!
7. 외투 안에 있는 거 내놔. 아니면 네년 남편은 내년 크리스마스를 팔레르모에서 지내야 할 거다.
8. 이 양키 놈들은 우리를 개처럼 취급한다. 놈들한테 개망신 당하고 싶지는 않아. 코트 벗어, 아니면 강제로 벗겨버릴 테니까!
9. 도망쳐, 도망쳐, 여보! 어서 피해요!

상권 용어 설명

스페인 독감 Spanish Inflenza

1918~1920년 전세계적으로, 500만에서 5000만 명의 생명을 앗아간 독감. 미국은 제1차 세계대전의 참전 군인들이 귀환하면서, 9월 12일 첫 환자가 발생하고 한 달 만에 2만 4000명이 죽는다. 미국 전체적으로 50만 명의 미국인이 죽었으며, 한국에서도 14만 이상이 사망했다.

금주법National Prohibition Act

미국 영토 내에서 알코올음료의 양조, 판매, 운반 및 수출입을 금지하는 법으로, 1917년 수정헌법 제18조가 연방의회를 통과하고, 각 주의 승인을 얻어 1920년 1월 발효되었다. 입안자인 하원의원 앤드루 J. 볼스테드의 이름을 붙여 볼스테드법(Volstead Act)이라고도 한다. 청교도적 관념, 적국인 독일산 맥주에 대한 반감, 남자들의 참전으로 사회진출이 활발해진 여성들의 지지, 그리고 술집을 중심으로 한 가난한 이민자들의 불만을 통제하기 위한 계산 등을 주원인으로는 들 수 있다. 하지만 술은 끊임없이 밀수되고 집집마다 밀주를 만들었으며, 미국 대통령까지 밀주를 즐겼다 한다. 결국 취지와 달리 실제로 금주법 시대는 무법이 판치는 시대로 전락할 수밖에 없었다. 무허가술집이 횡행하고 술을 매개로 한 갱단이 기승을 부리며, 갱단간의 끔찍한 살인사건도 기승을 부렸다. 그 후 부작용이 극에 달하자 1933년 헌법수정 제21조로 폐지되고, 각주의 조례로 남아 있다가 1966년 미시시피를 끝으로 모든 주에서 사라진다.

전미 흑인 지위 향상 협회NACCP

W. E. B. 뒤부아가 이끄는 흑인 청년 단체 나이아가라 운동(Niagara Movement)과 이에 관심을 가진 백인 단체가 통합하여 1909년에 창설한 흑인 인권 단체. 흑인의 법적 불평등을 해소하고, 민권법 제정 및 흑인 교육이나 공공정보 프로그램의 개발 등의 운동을 벌여왔다.

루이스 프라이나 Louis Fraina 1892~1953

1919년 미국 공산당 창당 멤버. 1921년 공산당 인터내셔널(the Communist International)과의 공금횡령 시비로 조직화된 급진운동을 떠났다가 1930년 루이스 코리(Lewis Corey)라는 이름의 좌파 지식인으로 재등장한다. 맥카시 열풍 때 체포되어 추방 절차와 관련된 지리한 법정 투쟁을 벌였으나, 그 와중에 뇌일혈로 사망한다.

존 후버 John Edgar Hoover 1895~1972

미연방수사국(FBI)의 초대 국장으로 1972년 사망 시까지 국장 역할을 수행한다. FBI를 효율적인 대범죄 에이전시로 성장시켰으며, 지문 파일의 통합관리와 법의학팀 등 수많은 근대 경찰 기술의 혁신을 주도하였다. 하지만 임기 말과 사후, 재임 중 FBI의 사법권을 남용하고, FBI 요원들을 동원 반대파와 활동가들을 억압했으며, 또 정치 지도자들을 사찰하고 불법적인 방식으로 정보를 수집하는 등의 시비에 휘말리게 된다. 현재 FBI 국장의 임기를 10년으로 제한된 것도 후버의 장기 집권 때문이다.

새뮤얼 곰퍼스 Samuel Gompers 1850~1925

전미 노동총연맹(AFL) 초대 회장. 영국 출신으로 1863년 미국으로 이주하여 연초공으로 생활하다가, 1874년 연초공조합 위원장을 거쳐 1886년 AFL을 설립 초대회장이 된다. 보수파 노동운동가로 무책임한 파업에 반대하고 급진적 사회주의를 배제하는 등 노동조합이 정치투쟁에 휩쓸리지 않도록 힘썼다.

앤드류 J. 피터스 Andrew James Peters 1872~1938

하버드 법대 졸업 후 매사추세츠 변호사를 거쳐, 1918년에서 1920년까지 보스턴 시장으로 재직한다. 1919년 보스턴 경찰 파업이 일어났을 때 주방위군을 부르지 않고 주지사 캘빈 쿨리지한테 처리를 넘겼는데, 쿨리지는 그 덕분에 유명인사가 되어 1920년 부통령에

선출되기까지 한다.

캘빈 쿨리지 Calvin Coolidge 1872~1933

미국 제 30대 대통령. 공화당 매사추세츠 주지사 출신으로 1919년 보스턴 경찰 파업을 계기로 전국적인 인기를 얻어, 1920년 부통령을 거쳐, 1923년 하딩 대통령의 급사로 미국 대통령에 오른다.

스티븐 오미라 Stephen O'meara

1906년 경찰 지휘체제가 3인 위원회에서 단일 청장 체제로 전환한 후 임명된 초대 경찰청장. 출판업자 출신이며, 같은 해 보스턴 경찰파업의 당사자인 경우회(Boston Social Club)를 설립한 장본인이며, 부하들을 포함 도시 전체의 존경을 받은 인물로 평가된다. 1918년 겨울 그가 죽지 않았다면 경찰 파업은 일어나지 않았을 것이라고 한다.

유진 오닐 Eugene O'neal 1888~1953

희곡작가이자 노벨문학상 수상자. 미국 연극에 최초로 사실주의 기법을 도입한 인물로, 대표작으로 「황제 존스」, 「느릅나무 아래의 욕망」, 「밤으로의 긴 여로」 등이 있다.

존 리드 John Reed 1887~1920

미국 평론가, 좌파 칼럼니스트. 1차 대전 당시 유럽에 건너가 1917년 러시아 혁명을 목격한 후, 르포 문학의 걸작 『세계를 뒤흔든

열흘간』을 발표한다. 미국 최초의 공산당을 창립하였으며, 모스크바 여행 중 객사해 붉은 광장에 매장되었다.

베이브 루스 George Herman Ruth, Jr., 1895~1948

본명, 조지 허먼 루스 주니어. 미국 메이저 리그의 전설적인 홈런왕으로, 통산 22시즌에서 당대 최고 기록인 714개의 홈런을 때렸다. 그의 기록은 1974년 행크 아론에 의해 깨진다.

스터피 맥기니스 John Phalen "Stuffy" McInnis 1890~1960

메이저리그의 1루수 및 매니저. 필라델피아, 보스턴, 클리블랜드 등에서 뛰었다. 통산 열아홉 시즌, 2128 게임에서, 3할 7리의 타율, 20 홈런, 그리고 1062 타점을 기록했다.

해리 프레이지 Harry Herbert Frazee 1881~1929

연극 에이전트이자, 프로듀서 겸 감독. 1916년 50만 달러에 레드삭스를 사들여 1916년에서 1923년까지 메이저리그 야구팀 보스턴 레드삭스의 구단주로 있으면서, 1918년 월드시리즈 우승까지 이끌어낸다. 하지만 그는 자신의 연극 빚을 갚기 위해 선수들을 뉴욕 양키즈에 트레이드 하기 시작했으며, 1919년 시즌 이후엔 베이브 루스까지 팔아넘겼다. 그 후 레드삭스는 리그 최하위 팀으로 전락하였으며, 2004년까지 월드시리즈 우승을 한 번도 하지 못하는 밤비노의 저주(Bambino's Curse)에 빠지게 된다.

운명의 날(상)

1판 1쇄 펴냄 2010년 7월 19일
1판 3쇄 펴냄 2021년 3월 12일

지은이 | 데니스 루헤인
옮긴이 | 조영학
발행인 | 박근섭
편집인 | 김준혁
펴낸곳 | 황금가지

출판등록 | 2009. 10. 8 (제2009-000273호)
주소 | 06027 서울 강남구 도산대로 1길 62 강남출판문화센터 5층
전화 | **영업부** 515-2000 **편집부** 3446-8774 **팩시밀리** 515-2007
홈페이지 | www.goldenbough.co.kr

도서 파본 등의 이유로 반송이 필요할 경우에는 구매처에서 교환하시고
출판사 교환이 필요할 경우에는 아래 주소로 반송 사유를 적어 도서와 함께 보내주세요.
06027 서울 강남구 도산대로 1길 62 강남출판문화센터 6층 민음인 마케팅부

ISBN 978-89-6017-277-7 04840
ISBN 978-89-6017-276-0 04840 (set)

㈜민음인은 민음사 출판 그룹의 자회사입니다.
황금가지는 ㈜민음인의 픽션 전문 출간 브랜드입니다.

단제상(명문당 소장)

민가서 햇빛 본 성조상
(박성수 저, 『檀君紀行』에서 인용함, 九月山 三聖祠 소장)